JENNIFER ESTEP
Black Blade

DAS EISIGE FEUER DER MAGIE

Aus dem Amerikanischen
von Vanessa Lamatsch

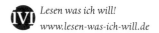
Lesen was ich will!
www.lesen-was-ich-will.de

Von Jennifer Estep liegen bei ivi und Piper vor:
Frostkuss. Mythos Academy 1
Frostfluch. Mythos Academy 2
Frostherz. Mythos Academy 3
Frostglut. Mythos Academy 4
Frostnacht. Mythos Academy 5
Frostkiller. Mythos Academy 6
First Frost (Kurzgeschichte)
Halloween Frost (Kurzgeschichte)
Spartan Frost (Kurzgeschichte)
Spinnenkuss. Elemental Assassin 1
Spinnentanz. Elemental Assassin 2
Spinnenjagd. Elemental Assassin 3
Spinnenfieber. Elemental Assassin 4
Black Blade. Das eisige Feuer der Magie

Die amerikanische Originalausgabe erschien 2015 unter dem Titel
»Cold Burn of Magic« bei Kensington Publishing Corp., New York.

ISBN 978-3-492-70328-4
© 2015 Jennifer Estep
Copyright der deutschsprachigen Ausgabe:
© ivi, ein Imprint der Piper Verlag GmbH, München/Berlin 2015
Satz: Satz für Satz. Barbara Reischmann, Wangen im Allgäu
Druck und Bindung: CPI books GmbH, Leck
Printed in Germany

*Wie immer: Für meine Mom, meine Grandma und Andre –
für all ihre Liebe, Hilfe, Unterstützung und Geduld mit meinen
Büchern und allem anderen im Leben.*

Danksagung

Jede Autorin wird erklären, dass ihr Buch ohne die Arbeit vieler, vieler Menschen nicht möglich gewesen wäre. Hier sind einige der Leute, die dabei geholfen haben, Lila Merriweather und die Welt von Cloudburst Falls ins Leben zu rufen:

Ich danke meiner Agentin Annelise Robey für all ihre hilfreichen Ratschläge.

Ich danke meiner Lektorin Alicia Condon für ihren scharfen Blick und die aufmerksamen Anmerkungen. Sie machen das Buch immer ein Stück besser.

Ich danke allen bei Kensington, die an diesem Projekt mitgearbeitet haben, besonders Alexandra Nicolajsen und Vida Engstrand für ihre Werbung. Und ein Danke geht auch an Justine Willis.

Und schließlich möchte ich all meinen Lesern da draußen danken. Ich schreibe Bücher, um euch zu unterhalten, und das ist mir immer eine besondere Ehre. Ich hoffe, ihr habt genauso viel Spaß dabei, über Lila zu lesen, wie ich, über sie zu schreiben.

Viel Spaß!

Aller schlechten Dinge sind drei.

Die drei Hexen. Diese drei Bären, denen Goldlöckchen begegnet ist.

Die drei mit Schwertern bewaffneten Wachen, die mich gerade jagten.

»Komm zurück, du Diebin!«, brüllte einer der Männer. Seine Stimme hallte über die Dächer.

Grinsend lief ich schneller.

Vor einer halben Stunde hatte ich mir Zugang zu dem luxuriös eingerichteten, aber schlecht bewachten Stadthaus eines reichen Buchhalters mit Familienverbindungen verschafft, der seiner Geliebten eine Rubinkette gekauft hatte – was seine Frau nicht allzu sehr begeistert hatte.

Deshalb war ich auf Kosten und auf Befehl der wütenden Ehefrau ausgesandt worden, besagte Kette zu stehlen. Es war ein Kinderspiel gewesen, am Abflussrohr in den ersten Stock des Hauses zu klettern, eine Balkontür zu knacken und mich ins Innere zu schleichen. Ich hatte nicht mal den Bürosafe aufbrechen müssen, da die Kette in einer offenen, schwarzen Samtschatulle auf dem Schreibtisch des Buchhalters ruhte, wo mein gieriger Blick die Rubine sofort entdeckte. Also hatte ich den Deckel geschlossen und die Schatulle mit ihrem kostbaren Inhalt in meinen langen, saphirblauen Trenchcoat geschoben.

Dann hatte ich den Rest des Schreibtisches nach weiteren Dingen durchsucht, die ich stehlen konnte.

Es hatte mich ein wenig überrascht, in einer der Schubladen ein Paar diamantbesetzte Manschettenknöpfe zu entdecken. Die Diamanten waren nicht so groß und eindrucksvoll wie die Rubine, doch sie waren trotzdem in meine Tasche gewandert, zusammen mit einem goldenen Füller, einem Brieföffner aus Sterling-Silber und einem Briefbeschwerer aus Kristall.

Nichts, was ich in meinem siebzehnjährigen Leben nicht schon Dutzende Male gestohlen hätte. Tatsächlich war dieser Job einfacher gewesen als die anderen Diebestouren, auf die Mo mich in letzter Zeit geschickt hatte.

Man hätte mich als eine Art modernen, weiblichen Robin Hood bezeichnen können, der fröhlich von den Reichen stahl. Nur dass ich meine Beute niemals an die Armen verschenkte. Es gab nur drei Leute auf der Welt, die mir etwas bedeuteten – ich, ich und ich. Na ja, vielleicht vier, wenn mir gerade danach war, Mo mit in die Rechnung aufzunehmen. Aber Mo konnte gut auf sich selbst aufpassen, und ich hatte genug damit zu tun, mich selbst durchzufüttern.

Sobald ich sichergestellt hatte, dass alles Diebesgut sicher in meinen Manteltaschen verstaut war, sah ich mich im Rest des Büros um. Doch die Vasen und der restliche Nippes war zu groß und unförmig, als dass ich das Zeug hätte wegschleppen können, und die Möbel waren einfach zu schwer.

Also hatte ich mich entschlossen, zu verschwinden, zufrieden mit meinem Beutezug. Und natürlich war genau in diesem Moment ein Wachmann in den Raum getreten, um die Kette für seinen Boss zu holen.

Er hatte nach seinen zwei Kumpel geschrien, alle drei waren mit gezogenen Schwertern ins Büro gestürmt, und ich hatte schnellstens den Rückzug durch eine Seitentür angetreten. Von dort war ich auf das Dach des Hauses geklettert und von dort auf das benachbarte Gebäude gesprungen ... und dann auf das nächste ... und dann auf das nächste ...

Fünf Minuten später rannte ich immer noch über die Dächer der besseren Häuser von Cloudburst Falls in West Virginia. Es hatte sich herausgestellt, dass die Wachen schwerer abzuschütteln waren, als ich erwartet hatte. Doch ich hatte einen Plan.

Ich hatte *immer* einen Plan.

Ich näherte mich dem Rand des Daches und legte noch einen Zahn zu, um mich auf den Sprung aufs nächste Dach vorzubereiten. Zu meinem Glück standen die Stadthäuser hier nah nebeneinander und hatten Flachdächer. Auf vielen von ihnen gab es kleine Gärten oder sogar Vogelvolieren. Dieses spezielle Dach wies sogar beides auf. Die Rosen bewegten sich, als ich an ihnen vorbeirannte, und ein paar Blütenblätter wurden in die feuchte Luft gewirbelt, während die Tauben traurig gurrten, weil ich ihren Schlaf gestört hatte.

Der Abstand zwischen den Dächern war nicht groß, vielleicht knapp einen Meter, und ich bewältigte den Sprung mühelos. Meine Füße bewegten sich für einen Moment in der Luft, bevor meine Turnschuhe wieder festen Boden fanden.

Ich stolperte kurz, und mein Mantel flatterte um meine Beine. Während ich darum kämpfte, wieder Geschwindigkeit aufzunehmen, warf ich einen kurzen Blick über die Schulter. Obwohl es nach zehn Uhr abends war und dunkle Regenwolken am Himmel hingen, konnte ich die Wachen, die mich verfolgten, so deutlich sehen, als wäre es heller Tag. Das verdankte ich meinem Talent für Sicht. Die Männer wirkten wie normale Menschen, aber ich konnte nicht sagen, ob sie wirklich langweilige Normalsterbliche waren oder eher interessantere Magier wie ich.

Die Wachen schienen kein Talent zu besitzen, zumindest benutzten sie keine offensichtliche Magie. Sonst hätten sie bereits Blitze, Eissplitter oder sogar Feuerbälle auf mich geworfen. Ein Teil von mir wünschte sich fast, die Wachmänner hätten mich mit Magie beschossen. Das hätte mir die Flucht erleichtert.

Denn ich besaß noch ein weiteres, ungewöhnliches Talent.

Doch es sollte nicht sein. Die Männer sprangen auf das Dach, gerade als ich bereits zum nächsten flog – dem letzten in dieser Häuserreihe.

Ich rannte ans andere Ende des Flachdaches. Dieses Stadthaus lag an einer Straße, was bedeutete, dass das nächste Gebäude gute dreißig Meter entfernt stand – viel zu weit für einen Sprung. Und da ich mich auf einem Privathaus befand, gab es nicht einmal eine Feuerleiter, an der ich hätte nach unten klettern können – sondern nur ein klappriges Abflussrohr, das locker an der Seitenwand befestigt war.

Doch das wusste ich bereits, denn ich hatte die Nachbarschaft früher am Abend ausgekundschaftet. Ehrlich gesagt war das sogar der Grund, warum ich zu diesem Haus gelaufen war.

Also ließ ich die Hände in die Manteltaschen gleiten und sortierte die Gegenstände darin – die Schatulle mit der Kette, das übrige Diebesgut, mein Handy, mehrere Vierteldollarmünzen, ein halber Schokoladenriegel, den ich genascht hatte, während ich das Haus des Buchhalters beobachtet hatte. Schließlich schlossen sich meine Finger um zwei Stücke weiches, nachgiebiges Metall, und ich holte die Kettenhandschuhe heraus, um sie mir über die Hände zu ziehen.

Die Wachen bewältigten den letzten Sprung mühelos. Na ja, wenn man bedachte, wie groß sie waren und wie lang ihre Beine, war es für sie eher ein großer Schritt. Ich drehte mich zu ihnen um. Die Wachmänner grinsten und verlangsamten ihre Schritte, als ihnen klar wurde, dass mir die Dächer ausgegangen waren.

Einer der Wachmänner trat vor. Seine grünen Augen glitzerten im Halbdunkel wie die eines Baumtrolls, und sein schwarzes Haar war so kurz geschnitten, dass es aussah, als trüge er eine Mütze aus Schatten.

»Gib uns die Kette, und wir lassen dich leben«, knurrte er. »Sonst ...«

Er ließ sein Schwert durch die Luft sausen, genau auf Höhe meines Halses.

»Ab mit dem Kopf?«, murmelte ich. »Wie klischeebeladen.« Er zuckte mit den Achseln.

Ich ließ die Hand zu meiner Hüfte und dem Schwert wandern, das dort hing. Ich dachte kurz darüber nach, die Waffe aus ihrer Lederscheide zu ziehen, in Angriffsposition zu gehen und einen Ausfall zu wagen, entschied mich dann jedoch dagegen. Auf keinen Fall würde ich mich auf einen Kampf mit drei Wachen einlassen – nicht für das bisschen Geld, das Mo mir zahlte.

»Komm schon«, rumpelte der Mann. »Ich zerstückle nicht gerne kleine Mädchen, aber ich habe es schon getan.«

Ich nahm keinen großen Anstoß an seinem »Kleine Mädchen«-Kommentar. Er sah aus, als sei er mindestens fünfzig.

Also seufzte ich und ließ die Schultern sinken, als würde ich meine Niederlage eingestehen. Dann griff ich in meine Manteltasche, zog die Samtschatulle heraus und hob sie hoch, sodass der Anführer der Wachen sie sehen konnte. Seine Augen waren nicht so scharf wie meine – das galt für die meisten Leute –, aber er erkannte sie.

»Diese Kette?«

Er nickte, trat vor und streckte mir die Hand entgegen.

Ich grinste und schob die Schatulle zurück in meine Tasche. »Ich hab's mir anders überlegt, ich behalte sie doch lieber. Bis später, Jungs.«

Damit sprang ich auf das Sims rings um das Dach, griff nach dem Abflussrohr und trat in die Nachtluft.

Das nasse Metall des Rohrs glitt durch meine Finger wie ein geölter Blitz. Hätte ich die Handschuhe nicht getragen, hätte mir das Rohr das Fleisch bis auf die Knochen aufgerissen. Der Wind pfiff durch meine schwarzen Haare und riss einzelne

Strähnen aus dem Pferdeschwanz. Ich stieß ein kleines, glückliches Lachen aus, weil das Gefühl des Fallens einfach berauschend war. Im letzten Moment packte ich das Rohr so fest ich nur konnte, und das Kratzen von Metall hallte durch die Luft.

Fünf Sekunden später trafen meine Sneakers auf den Asphalt des Gehweges. Ich ließ das Rohr los, trat zurück und sah nach oben.

Die Wachen hatten sich über den Rand des Daches gebeugt und starrten mit weit aufgerissenen Mündern zu mir herunter. Einer von ihnen lief zum Abflussrohr, als wollte er mir folgen, doch in seiner Eile riss er einfach nur den oberen Teil des Metalls aus seiner Halterung in der Hauswand. Der Rest des Rohrs löste sich ebenfalls und fiel klappernd zu Boden, wobei beim Aufprall ein paar Funken durch die Luft stoben. Sah aus, als wäre er doch ein Magier, und zwar einer mit einem Talent für Stärke. Verdrossen drehte sich der Wachmann zu dem Anführer um und hielt ihm das Rohrstück entgegen.

Der Anführer versetzte ihm mit dem Knauf seines Schwertes einen Schlag gegen den Kopf. Der zweite Wachmann sackte in sich zusammen und verschwand aus meinem Blickfeld, wahrscheinlich bewusstlos durch den harten Schlag. Anscheinend besaß auch der Anführer ein Stärketalent. Der dritte Wachmann beäugte den Gehweg, als denke er darüber nach, einfach über die Kante zu springen, aber das Dach lag mindestens achtzehn Meter über dem Boden. Niemals hätte er diesen Fall überleben können, außer er besaß irgendeine Art von Heiltalent. Und selbst dann wäre er ein großes Risiko eingegangen, das die Schmerzen der gebrochenen Knochen kaum wert war. Das wusste der Wachmann so gut wie ich, also zog er sich vom Rand des Daches zurück. Und genau darauf hatte ich spekuliert.

Als ihm klar wurde, dass er mich nicht fangen würde, schrie der Anführer seine Wut heraus, und er wedelte mit dem

Schwert in der Luft herum. Aber das war auch alles, was er tun konnte.

Ich salutierte spöttisch, dann schob ich die Hände in die Manteltasche, schlenderte den Gehweg entlang und pfiff ein kleines Liedchen dabei.

Alles reine Routine.

Trotz der späten Stunde waren die kopfsteingepflasterten Straßen von Cloudburst Falls nicht menschenleer.

Ganz und gar nicht.

Lichter strahlten aus den Läden, Hotels und Restaurants, und der goldene Schein vertrieb die dunkelsten Schatten aus den umliegenden Gassen, wenn auch nicht die Dinge, die darin lebten. Sterbliche und Magier aller Formen, Größen, Altersgruppen und Ethnien ergossen sich in die und aus den Läden, die alle mit Burgen, Schwertern und anderer magischer Themenkunst dekoriert waren. In einem Diner aßen die Gäste an einem langen Tresen, während geflügelte Pixies von kaum fünfzehn Zentimeter Größe durch die Luft schossen und dampfende Teller voller Hackbraten und Kartoffelbrei auf ihren winzigen Köpfen und Rücken balancierten.

Alle Kunden sahen aus wie normale Menschen, trotzdem fiel es leicht, die Magier von den Sterblichen zu unterscheiden. Die Magier waren vollkommen auf ihre Cheeseburger, Milchshakes und Pommes konzentriert. Die Menschen dagegen ließen ihr Essen kalt werden, weil sie zu sehr damit beschäftigt waren, die durch die Luft schießenden Pixies anzustarren. Tölpel, so nannten die meisten Magier die Sterblichen abwertend, und das aus gutem Grund.

Ich stoppte an einer Kreuzung und beobachtete den Verkehr. Überwiegend sah ich Autos mit Kennzeichen aus anderen Bundesstaaten und Touristenbusse. Hin und wieder kamen auch Magier auf Fahrrädern vorbei, die ihr Talent für Stärke oder Geschwindigkeit dazu einsetzten, die Beine schnell oder mühelos genug zu bewegen, um Anhänger mit knutschenden Pärchen darin hinter sich herzuziehen. Ein Schild in einem Blumenbeet erklärte Cloudburst Falls zum »magischsten Ort in Amerika«, einer Touristenstadt, in der der »Märchen wahr werden«.

Ich schnaubte. Sicher, Märchen waren hier durchaus real – allerdings inklusive all der Monster. Monster, die sich nach Blut und Knochen verzehrten, in die sie ihre Zähne und Klauen schlagen konnten, egal ob diese Knochen nun Mensch, Magier oder anderen Wesen gehörten.

Während ich an der Fußgängerampel wartete, hob ich den Blick zum Cloudburst Mountain, dem schroffen Gipfel, der über der Stadt aufragte. Die Bergspitze war von hellen Wolken verhüllt. Sie bestanden aus dem weißen Nebel, der von den Dutzenden Wasserfällen aufstieg, die ununterbrochen über die Seiten des Berges nach unten stürzten. Der Nebel legte sich um den Gipfel wie ein Sahnehäubchen. Und es waren der Berg, die Wasserfälle und die unglaubliche Aussicht von dort oben, deretwegen die Touristen in die Stadt strömten.

Zusammen mit den Monstern.

Dutzende verschiedene Tourismusunternehmen beförderten Leute auf den Berg und in die umliegenden Wälder, damit sie Monster in ihrem natürlichen Lebensraum beobachten konnten. Es ähnelte ein wenig der Südstaatenvariante einer Safari in Afrika. Diejenigen Touristen, die weniger abenteuerlustig und frischluftversessen waren, konnten in der Stadt bleiben, um die Monster aus sicherer Entfernung in den Parks, Streichelzoos und Ähnlichem zu bestaunen. Und gleichzeitig konnten sie Cloudburst Falls bewundern, das insgesamt an einen kitschigen Mittelaltermarkt erinnerte.

Ein Stück unter den Wolken breiteten sich Herrenhäuser aus weißem, grauem und schwarzem Stein über die Flanken des Berges aus. Die Lichter in ihren Fenstern glitzerten wie Sterne. Tagsüber hätte ich die Fahnen mit den Wappen sehen können, die auf den Türmen innerhalb der weitläufigen Anwesen gehisst worden waren. Die Farben und Symbole standen für die Familien – oder Mafiabanden –, die in dieser Stadt das Sagen hatten, zusammen mit anderen Magiern.

Doch es gab zwei Mafiabanden, die im wahrsten Sinne des Wortes über allen anderen standen – die Sinclair-Familie und die Draconi-Familie. Ihre Herrenhäuser waren am größten, eindrucksvollsten und lagen am höchsten auf dem Berg – das der Sinclairs auf der Westflanke, das der Draconis auf der Ostflanke.

Sie standen auch über mir. Auch wenn ich nur wenig Respekt für die Sinclairs und die Draconis und ihre ständigen Fehden aufbrachte. Doch das galt eigentlich für jeden. Man konnte kaum die Jobs erledigen, die ich so durchzog, und dabei groß Regeln folgen. Noch weniger konnte man sich darum kümmern, wen man gegen sich aufbrachte, wenn man die Regeln brach.

Trotzdem achtete ich immer darauf, mich möglichst unauffällig zu verhalten – aus den verschiedensten Gründen. Das bedeutete, nicht von den Familien zu stehlen. Zumindest nicht von ihren prominentesten Mitgliedern. Ihre Handlanger dagegen, wie der Buchhalter, den ich heute Nacht bestohlen hatte, waren Freiwild.

Mich von den Familien fernzuhalten war so ungefähr die einzige Regel, die ich befolgte. Schließlich gab es jede Menge reicher Leute in der Stadt, die ich ausrauben konnte, ganz zu schweigen von all den Touristen, die gewöhnlich erst in ihren Hotelzimmern bemerkten, dass ihre Geldbeutel, Kameras und Handys fehlten.

Mo ging manchmal auf den Berg, um seine unzähligen unrechtmäßig erworbenen Waren an jede Familie zu verkaufen, die ihn durchs Tor ließ. Ich schloss die Finger um die Schatulle in meiner Tasche und fragte mich, an wen er wohl die Kette verkaufen wollte. Wahrscheinlich an irgendeinen Familientrottel, der nach einem Geschenk Ausschau hielt – oder jemanden bestechen musste.

Die Ampel schaltete um, und ich überquerte die Straße. Gleichzeitig verdrängte ich jeden Gedanken an die Sinclairs, Draconis und die anderen Familien aus meinem Kopf.

Je weiter ich nach Westen kam, desto dünner wurde der Verkehr auf den Straßen und desto weniger *magisch* und schick wirkte die Umgebung. Die hell erleuchteten Läden verschwanden und wurden von heruntergekommenen Reihenhäusern ersetzt. Dies als den schlechten Teil der Stadt zu bezeichnen, wäre noch zu freundlich gewesen, da selbst zusammengeklebte Streichhölzer wahrscheinlich stabiler gestanden hätten als die meisten der Gebäude in diesem Viertel. Fast bei jedem Haus, das ich passierte, waren Stufen eingebrochen, die Veranden hingen schief, und große Löcher klafften in den Dächern, als wäre etwas vorbeigekommen und hätte Stücke aus dem matten, verwitterten Metall gebissen.

Vielleicht war es ja sogar so. Zusätzlich zu Menschen und Magiern bildeten Monster den dritten, wenn auch kleinsten Teil der Bevölkerung von Cloudburst Falls. In diesem Teil der Stadt waren sie keineswegs selten. All diese heruntergekommenen Häuser, vernagelten Ladengeschäfte und leer stehenden Lagerhäuser boten wunderbare Verstecke, in denen sich etwas zusammenrollen konnte, um darauf zu warten, dass der nächste Tourist vorbeischlenderte.

Ich war die einzige Person auf der Straße, also zog ich mein Schwert und ließ den Blick meiner blauen Augen von rechts nach links huschen, um in die Schatten zu spähen, die dank der zerstörten Straßenlaternen den Gehweg einhüllten. Die Dunkelheit störte mich allerdings kaum, was ich meinem Sichttalent verdankte. Ich konnte trotzdem alles deutlich sehen.

Wie alles andere wurde auch die Magie von der Zahl drei beherrscht. Es gab drei große Kategorien der Macht – Stärke, Geschwindigkeit und Sinne. Die letzte Kategorie teilte sich wiederum in Sicht, Geruch, Klang, Geschmack und Berührung. Fast alle Talente waren Variationen dieser drei Bereiche – ob es nun um die Fähigkeit ging, ein Auto mit einer Hand hochzuheben, sich schneller zu bewegen als eine zustoßende Schlange, oder auf dreißig Meter Entfernung zu hören, wie eine Münze zu Boden fiel. Und als wäre das alles noch nicht genug, waren manche Leute auch dazu fähig, ihre Magie zu rufen, um Feuerbälle, Blitze oder giftige Wolken in den Händen zu halten, sodass jeder ihre Macht sehen und fühlen – und von ihr verletzt werden konnte.

Zusätzlich gab es drei Stufen der Begabung: mindere Macht, moderate Macht und bedeutende Macht – je nachdem, wie stark die individuelle Magie war und wie viele verschiedene Dinge man damit anstellen konnte. Die meisten Leute fielen in die ersten beiden Kategorien, doch manche Talente wurden automatisch als bedeutende Macht eingestuft, weil sie so selten, mächtig oder beides waren.

Eigentlich waren wir Magier sozusagen Zirkusfreaks, die fähig waren, erstaunliche Dinge mit ihren Körpern anzustellen. Starke Frauen, schnelle Männer, Leute, die ihre Gliedmaßen in die unmöglichsten Haltungen verdrehen, mit einer Handbewegung Illusionen erzeugen oder ihr Aussehen verändern konnten, indem sie nur daran dachten. Dazu gab es Monster statt Löwen und Tiger. O Mann.

Sicht war ein recht häufiges Talent, zusammen mit den anderen verstärkten Sinnen. Doch es gehörte auch zu den nützlicheren Talenten. Auf jeden Fall war es besser als eine Begabung für Geruch. Der Gestank des Müllbergs an einer Häuserecke sorgte dafür, dass ich angewidert die Nase rümpfte. Ich konnte mir nicht mal vorstellen, wie viel schlimmer dieser Gestank auf einen magisch verstärkten Geruchssinn wirken musste.

Ich ließ die Reihenhäuser hinter mir und trat auf das Kopfsteinpflaster der Brücke, die sich über den Bluteisen-Fluss zog.

In einen Stein, der in die hüfthohe Säule am linken Ende der Brücke eingelassen war, waren drei X geritzt worden. Eine deutliche Warnung: *Hier Monster*.

Ich hielt in der Mitte der Brücke an, kurz bevor ich den Scheitelpunkt erreicht hatte, sah über die Steinbalustrade und lauschte. Doch ich hörte und sah nichts abgesehen vom leisen Plätschern des Flusses unter mir. Kein metallisches Schlagen, keine Krallen, die über den Stein kratzten, kein Monster, das sich in Erwartung eines leckeren Bissens die Lefzen leckte. Entweder das Lochness, das unter der Brücke wohnte, glitt gerade durch den Fluss wie der schwarze, riesige Oktopus, dem es ähnelte, oder es tat sich bereits an seinem heutigen Abendessen gütlich.

Ich dachte darüber nach, die Brücke zu überqueren, ohne den üblichen Zoll zu zahlen. Doch ich wollte nichts riskieren. Außerdem war es nur höflich, den Tribut zu entrichten. Meine Mutter hatte großen Wert darauf gelegt, den Zoll zu bezahlen, die alten Traditionen zu achten und jeder Kreatur – ob nun Mensch, Magier oder Monster – den Respekt zu zollen, den sie verdiente. Besonders denjenigen, die einen mit einem Happs verschlingen konnten.

Also grub ich die drei Vierteldollarmünzen aus meiner Tasche. Ich legte die Münzen auf einen glatten Stein genau in der Mitte der Brücke, der ebenfalls mit den drei X gekennzeichnet war.

Ziemlich billig, wenn ich so darüber nachdachte. Besonders wenn man die Mondpreise bedachte, die Touristen wie Einheimische überall sonst in der Stadt zahlten. Ich hätte dem Monster auch den zerknüllten Fünf-Dollar-Schein in meiner Tasche geben können, doch dieses Lochness bevorzugte aus irgendwelchen Gründen Kleingeld. Vielleicht, weil die Münzen als perfekte silberne Kreise im Mondlicht glänzten. Auch wenn ich keine Ahnung hatte, was das Wesen damit anfangen wollte. Eventuell schleppte das Lochness das Geld in eine versteckte

Höhle, häufte es zu einem Hügel auf und schlief darauf, wie Drachen es in den alten Märchen immer mit Gold, Edelsteinen und anderen Kostbarkeiten taten.

Das Lochness war nicht das einzige Monster in der Stadt. Und jedes Scheusal forderte eine andere Art von Tribut, damit es Wanderer sicher passieren ließ. Meistens waren es nur kleine Dinge wie eine Haarlocke, ein Blutstropfen oder ein Schokoriegel. Letzteres galt für Baumtrolle. Anscheinend hatten sie eine Schwäche für Zucker. Und wenn ein paar Münzen oder ein Schokoriegel verhindern konnten, dass etwas mich angriff, umbrachte und auffraß, war es sinnvoll, mitzuspielen und nett zu sein.

Nachdem ich den Tribut gezollt hatte, drehte ich mich um und ging weiter über die Brücke ...

Klimper. Klimper. Klimper.

Meine Schritte stockten, und ich packte den Knauf meines Schwertes fester. Mühsam widerstand ich der Versuchung, einen Blick über die Schulter zu werfen, um zu sehen, was meine Münzen von dem Stein genommen hatte.

Manchmal, Talent hin oder her, war es besser, gewisse Dinge nicht zu sehen.

Zehn Minuten später bog ich ab und hielt auf ein großes Ziegelgebäude zu. Ein verblasstes Schild auf dem Rasen wies es als *Bibliothek von Cloudburst Falls – Filiale West* aus. Auf diesem Schild war keine hübsche Burg abgebildet, nur ein einfacher Bücherstapel. Wie alles andere in dieser Gegend hatten auch das Schild und die Bibliothek schon bessere Zeiten gesehen.

Ich schob mein Schwert wieder in die Scheide, dann hob ich die Hand und zog zwei dünne Stäbe aus den Resten meines Pferdeschwanzes. Sie sahen aus wie zwei schwarze Haarstäbe, doch eine schnelle Drehung gab den Blick auf die Dietriche frei, die sich darin versteckten.

Ich benutzte die Dietriche, um eine Seitentür zu öffnen, dann glitt ich ins Gebäude. Der Innenraum war dunkel, doch das störte mich nicht. Selbst wenn ich mein Talent für Sicht nicht gehabt hätte, wäre es mir trotzdem möglich gewesen, mich sicher zwischen den Regalen zu bewegen. Meine Mom hatte mich früher im Sommer jeden Samstag hergebracht. Ich hatte mir schon vor langer Zeit jeden Zentimeter der Bibliothek eingeprägt, von den winzigen Stühlen und Tischen in der Kinderabteilung über die Bilder und Sprüche, die jemand in die Regale mit der Jugendliteratur geritzt hatte, bis hin zu den Ausleihtresen mit ihren veralteten Computern.

Ich wanderte durch die Regalreihen, bis ich eine Tür erreichte, die zu einem Lagerraum voller Papierhandtücher und

Putzmittel führte. Hier standen auch Kisten mit alten Büchern herum, die niemand mehr lesen wollte. Ich schob mich an den Kisten vorbei in den hinteren Teil des Raums, wo sich eine weitere Tür befand.

Auch dieses Schloss knackte ich, dann verschloss ich die Tür wieder hinter mir. Inzwischen war ich so tief in die Bibliothek vorgedrungen, dass keinerlei Licht mehr hereinkam. Doch hier gab es nichts, was mich verletzen konnte, also wanderte ich durch einen weiteren Raum voller vergessener Bücher, bevor ich über eine Treppe in den Keller stieg.

Dort ging ich noch ein Stück, zog meine Handschuhe aus und ließ die Finger über die Lampe mit dem Berührungssensor gleiten, die Mo mir geschenkt hatte, als ich vor ungefähr vier Jahren hier eingezogen war. Sanftes, weißes Licht erhellte den Kellerraum und gab den Blick frei auf einen winzigen Kühlschrank, mehrere alte Koffer voller Kleidung, einen weiteren Koffer, der mit den verschiedensten Waffen gefüllt war, und ein Metallregal voller Bücher, Fotos und anderer Erinnerungsstücke. In einer Ecke stand ein Klappbett, von dem eine blaue Wolldecke so herunterhing, wie ich sie heute Morgen zur Seite geworfen hatte.

Trautes Heim, Glück allein.

Ich löste den schwarzen Ledergürtel mit der Schwertscheide von meiner Hüfte und stellte die Klinge neben das Bett. Dann schlüpfte ich aus meinem Mantel und warf ihn auf die Decke, bevor ich mein Handy herauszog und Mo eine SMS schrieb.

Habe sie. Bin jetzt zu Hause.

Kaum eine Minute später piepte mein Handy, als hätte er auf mich gewartet. Ich schnaubte. Wahrscheinlich hatte Mo einfach nur sicherstellen wollen, dass ich auch bekam, was er haben wollte. Eventuell hatte er das Handy sogar über diese dämliche App geortet, die er auf meinem Telefon installiert hatte, damit er sicher sein konnte, dass ich es wieder in die Bibliothek zurückschaffte.

Gut. Sehen uns morgen. *Nach* der Schule!

Ich verdrehte die Augen. Aus irgendeinem Grund war Mo davon überzeugt, dass der Schulbesuch irgendwie mein nächtliches Leben voller Diebstahl und Plünderung ausgleichen konnte. Das wäre schön.

Ich hängte mein Handy ans Ladekabel. Dann zog ich die schwarze Samtschatulle aus der Manteltasche, öffnete den Deckel und zog die Kette heraus.

»Heul dir die Augen aus, Robin Hood«, murmelte ich. »Lila Merriweather hat wieder zugeschlagen.«

Ich bewunderte einen Moment lang das feurige Glitzern der Rubine, bevor ich die Kette vor ein gerahmtes Foto hielt, das auf dem kleinen Tisch neben meinem Bett stand. Eine Frau mit denselben schwarzen Haaren und dunkelblauen Augen wie ich sah mich daraus an. Meine Mom, Serena.

»Es ist gelaufen wie geplant. Du hättest ihre Gesichter sehen sollen. Diese Wachen konnten einfach nicht glauben, dass ich ihnen entkommen bin.«

Ich hielt inne, als wollte ich ihr Zeit für eine Antwort geben, doch meine Mom schwieg. Sie war gestorben, als ich gerade dreizehn Jahre alt gewesen war, doch ich sprach trotzdem noch hin und wieder mit ihrem Bild. Sicher, ich wusste, dass das dämlich war, aber ich fühlte mich dann immer ein bisschen besser. Als würde sie auf mich aufpassen, wo auch immer sie sich befand. Als wäre sie nicht ganz verschwunden.

Als wäre sie nicht brutal ermordet worden.

Ich drapierte die Kette so über dem Rahmen, dass es aussah, als würde meine Mom die Rubinkette tragen, dann wanderte ich durch den Kellerraum und räumte meine Sachen auf. Die Dinge in den Manteltaschen ließ ich drin, auch wenn ich den Schokoriegel hervorholte, um ihn zu essen. Außerdem schnappte ich mir mehrere Münzen aus einem Glas und schob sie in die Manteltasche, bevor ich das Kleidungsstück und die Handschuhe zusammenfaltete und beides in einen leeren Koffer legte.

Wie ich auch waren die Kleidungsstücke nicht so unbedeutend, wie es auf den ersten Blick schien. Die Handschuhe bestanden aus Eisengeflecht – unzählige, miteinander verwobene Ringe aus dünnem, nachgiebigem Metall. Der Mantel war noch einzigartiger. Seine verschiedenen Teile waren aus Spinnenseide gewoben, die dann vernäht worden waren, sodass ein widerstandsfähiger, leichter und sehr starker Stoff entstand. Am besten war, dass Spinnenseide jede Art von Flecken abwies – ob nun Staub, Fett, Blut oder Schlamm –, sodass ich den Mantel nie waschen musste.

Und dann war da noch das Schwert. Mein wertvollster Besitz. Auch diese Klinge bestand aus einem besonderen Metall – Bluteisen. Doch statt das zu erwartende rostige Rot aufzuweisen, zeigte sich das Schwert in einem matten Schwarz mit einem leichten Grauschimmer. Es wirkte eher wie ascheüberzogenes Holz als wie Metall. Schwarze Klingen, so nannten die meisten Leute solche Schwerter. Wegen der Farbe – und der schrecklichen Dinge, die sie anrichten konnten, besonders bei Magiern und Monstern.

Bluteisen war selten, und die meisten Waffen aus dem Metall waren mit einem Familienwappen gekennzeichnet. Die Symbole waren fast wie Brandmale, die jede Klinge leicht identifizierbar machten – und damit schwerer zu stehlen und auf dem Schwarzmarkt zu verkaufen. In den Knauf meines Schwertes war ein fünfzackiger Stern eingraviert, während sich eine Spur aus kleineren Sternen über die Klinge selbst erstreckte.

Die Klinge, der Mantel und die Handschuhe bedeuteten mir von all meinen Besitztümern am meisten. Allerdings nicht wegen ihrer magischen Eigenschaften oder ihres finanziellen Wertes. Ich liebte diese Dinge, weil sie meiner Mom gehört hatten.

Das waren die drei Gegenstände, die sie am häufigsten verwendet hatte. Früher waren wir von Stadt zu Stadt gezogen, während meine Mom erst am einen, dann am anderen Ende des Landes Aufträge angenommen hatte. Meistens hatte sie als Bodyguard gearbeitet; hatte die Reichen vor anderen Reichen beschützt, die sie tot sehen wollten. Nebenbei hatte mir Mom alles beigebracht, was sie über Kämpfen, Stehlen, Schlösser knacken und andere fürs Überleben wichtige Fähigkeiten gewusst hatte. Als Kind hatte ich genauso werden wollen wie sie.

Und ein Teil von mir wollte das immer noch.

Ich ließ die Finger über den Stoff des Mantels gleiten. Die Spinnenseide fühlte sich so kühl und glatt an wie eine Wand aus Regentropfen. Die Bewegung ließ einen Ring an meiner Hand aufblitzen – oder vielmehr den kleinen Saphir in Form eines fünfzackigen Sterns, der in das dünne, silberne Band eingelassen war.

Noch etwas, das meiner Mom gehört hatte. Eines der wenigen Dinge, die ich noch von ihr besaß. Fast alles andere war verschwunden – entweder zerstört, von Plünderern gestohlen oder versetzt, um Essen, Kleidung und andere Notwendigkeiten zu bezahlen.

Ich musterte den Ring noch einen Moment, starrte in die dunkelblaue Tiefe des glänzenden Saphirs, bevor ich die Hand wieder senkte und den Rest meiner Aufgaben erledigte.

Es kostete mich eine halbe Stunde, genug Wasser aus der Damentoilette im Erdgeschoss in den Keller zu schleppen, um ein kaltes Bad in der alten Metallwanne zu nehmen. Der Keller war nicht gerade der wärmste Ort in der Bibliothek, und bis ich endlich aus der Wanne kletterte und meinen Pyjama anzog, klapperten mir vor Kälte die Zähne.

In den meisten Nächten wäre ich jetzt noch mal nach oben gegangen, hätte mir einen Actionfilm aus der Mediensektion geschnappt und ihn auf dem Fernseher im Kinderbereich angesehen. *Die Braut des Prinzen, Stirb langsam,* der erste *Fluch-der-Karibik*-Film, die gesamte *James-Bond*-Serie, die ursprüngliche (und beste) *Star-Wars*-Trilogie. Sie alle hatte ich Dutzende Male gesehen, und ich konnte jedes Wort mitsprechen. Albern, ich weiß. Die kostenlosen Filme machten es besonders angenehm, in der Bibliothek zu wohnen.

Doch es war schon spät, und ich war müde, also kroch ich ins Bett. Ich wollte das Licht ausschalten, doch dann warf ich noch einmal einen Blick auf das Foto meiner Mom. Ihr Lächeln schien sogar heller zu leuchten als die Rubine, die über dem Rahmen hingen.

»Gute Nacht, Mom«, flüsterte ich.

Wieder einmal wartete ich, doch es kam keine Antwort. Und sie würde auch nie wieder kommen.

Mit einem Seufzen berührte ich den Fuß der Lampe, damit der Keller in Dunkelheit versank. Dann rollte ich mich auf meiner Pritsche zusammen, zog mir die Decke bis ans Kinn und versuchte einzuschlafen und nicht darüber nachzudenken, wie sehr ich meine Mom vermisste.

Unglücklicherweise – Rubine hin oder her, Diebestour hin oder her, Magierin oder nicht – musste ich am nächsten Morgen aufstehen, um mich in die Schule zu schleppen.

Ich ging auf eine der normalen Tölpel-Highschools, wo niemand wusste, wer ich war oder welche illegalen Aufträge ich nachts übernahm. Ich bezweifelte sogar, dass irgendwer abgesehen von den Lehrern meine Existenz überhaupt bemerkte. Sie zumindest mussten meine Aufgaben korrigieren und damit dem Namen auch ein Gesicht zuordnen. Aber die anderen Schüler ignorierten mich, und ich erwies ihnen dieselbe Höflichkeit. Ich brauchte sie nicht. Ich brauchte keine *Freunde*.

Selbst wenn ich mir die Mühe gemacht hätte, mich mit ein paar Leuten anzufreunden – ich hätte sie schlecht in meinen illegalen Unterschlupf in der Bibliothek mitnehmen können, um abzuhängen, Filme auf einem Fernseher zu schauen, der nicht einmal mir gehörte, und über süße Kerle zu reden. Das wäre der beste Weg, um wieder bei einer Pflegefamilie zu landen – oder noch schlimmer, wegen Hausfriedensbruch, Einbruch, Diebstahl und all der anderen schlimmen Dinge, die ich getan hatte, ins Jugendgefängnis zu wandern.

Also ging ich in den Unterricht, aß mein Mittagessen allein in der Schulbibliothek und wartete darauf, dass der Tag verging, damit ich mich wichtigeren Dingen zuwenden konnte – wie die Kette zu Mo zu bringen, um endlich mein Geld einzustreichen.

Schließlich ertönte um drei Uhr nachmittags der letzte Gong. Eine Minute nach drei war ich bereits aus der Schule raus. Da ich keine Lust hatte zu laufen, sprang ich in eine der kleinen Straßenbahnen, die rund um die Uhr durch die Stadt fuhren. Cloudburst Falls war nicht nur »der magischste Ort in Amerika«, sondern die Stadt war auch eine totale Touristenfalle. So eine Art Südstaatenversion von Las Vegas, aber mit echter Magie und Mafiatypen, die ihre magischen Fähigkeiten mit brutaler Effizienz und tödlichen Konsequenzen einsetzten. Die Leute kamen aus dem ganzen Land, sogar aus der ganzen Welt, um billige Andenken und noch billigere T-Shirts zu kaufen, fettes Essen in sich hineinzustopfen – wie frittierte Karamellbonbons – und ihr Geld in den Themenläden, Restaurants und Kasinos zu verprassen, die den Midway säumten.

Überwiegend allerdings genossen es die Touristen, über die Gehwege zu schlendern, ihr widerliches Softeis zu lecken und alles mit großen Augen anzustarren, obwohl sie genau dasselbe auch zu Hause hätten sehen können, wenn sie nur genauer hingeschaut hätten. Talentierte Magier gab es überall. Und dasselbe galt für Monster.

Doch der Legende zufolge war der Cloudburst Mountain besonders magisch, da man dort so viel Bluteisen gefunden und gewonnen hatte. Einige Leute behaupteten sogar, der Berg selbst würde Macht ausstrahlen wie ein riesiger Magnet. Deswegen hatten sich so viele Magier und Monster für ein Heim in, auf oder um den Berg herum entschieden. Auf jeden Fall hatte die Stadtverwaltung der Tölpel beschlossen, die magische Verbindung besonders hervorzuheben. Na ja, sie und die Familien. Die Familien bekamen einen Anteil an allem in dieser Stadt, darunter auch das ganze Geld, das die Touristen dort verprassten.

Ich ließ mich in der Straßenbahn auf einen Gangplatz fallen. Die Frau, die am Fenster saß, schaute mich nicht einmal an. Stattdessen hob sie ihre Kamera und schoss ein Foto von einem Verkaufswagen in Form einer winzigen Metallburg, als hätte sie noch nie einen Kerl in einem schwarzen Umhang mit dem dazu passenden Musketier-Hut gesehen, der einen Spieß voller Hotdog-Würstchen hielt und sie röstete, indem er Flammen aus seinen Fingerspitzen schießen ließ. Ich verdrehte die Augen. Touristen-Tölpel waren die Schlimmsten. Ich dachte darüber nach, der Frau den Geldbeutel zu stehlen, einfach aus Prinzip, doch dann entschied ich mich dagegen. Die zwanzig Dollar, die sich wahrscheinlich darin befanden, waren die Mühe nicht wert.

Eine halbe Stunde später stoppte die Bahn auf einem der vielen Plätze, die sich neben dem Midway erstreckten, der touristischen Hauptstraße in der Innenstadt. Während die Touristen noch damit beschäftigt waren, ihre Taschen, Kameras und Getränkebecher einzusammeln, lief ich bereits durch den Gang, um die Straßenbahn zu verlassen.

Die Straße führte an einer Seite des Platzes vorbei, während die anderen drei Seiten von Geschäften und Restaurants gesäumt wurden. Diverse Wege zwischen den Häusern führten zurück zum Midway oder auf andere Plätze. In der Mitte des

Platzes lag ein kleiner Park mit Laubbäumen, die in der Maihitze ein wenig Schatten spendeten. Mitten auf der Grünfläche erhob sich ein Springbrunnen aus grauem Stein in der Form von Cloudburst Mountain, komplett mit einem Wasserfall auf jeder Seite.

Neben dem Brunnen stand ein bronzenes Schild, das von der Geschichte der Stadt berichtete und davon, wie zwei Familien – die Sinclairs und die Draconis – angefangen hatten, Besucher auf den Berg zu führen, um die Wasserfälle und die Monster zu bewundern. Einige dieser ersten Touristen hatten geschworen, ein Schluck des Wassers zusammen mit dem Einatmen des Wassernebels könne so gut wie jedes Gebrechen heilen, von einer Glatze bis zu Bauchschmerzen. Und die Aussicht war so spektakulär und die Monster so unheimlich, dass sich die Nachricht verbreitete und immer mehr Leute in die Gegend drängten. Das Resultat war, dass Cloudburst Falls inzwischen mehr oder minder das ganze Jahr von Touristen überrannt wurde, auch wenn die Sommermonate immer noch am schlimmsten waren.

Ich schnaubte. Das Schild erzählte nicht die wahre Geschichte der Stadt. Es verschwieg, dass sowohl die Sinclair- als auch die Draconi-Familie ursprünglich arme Bergbauern gewesen waren, die zu Zeiten der Prohibition Schwarzgebrannten geschmuggelt hatten. Das war, bevor sie verstanden hatten, dass sie mehr Geld damit verdienen konnten, Touristen in die Stadt zu locken und ihnen die Aussicht vom Berg und die Monster zu zeigen. Gerüchten zufolge hatte ein Sinclair das erste Geschäft in der Stadt eröffnet: einen Laden, der am Fuße des Berges Karamellbonbons und andere Süßigkeiten an die Touristen verkaufte. Ein Draconi hatte gekontert, indem er einen Eisstand aufgestellt hatte. Und so weiter und so fort, bis die Stadt zu dem geworden war, was sie heute war, während die Sinclairs und die Draconis immer noch um die absolute Macht kämpften. Mich erinnerte das Ganze eher an die Hatfields und

McCoys oder die Capulets und Montagues als an ein wahr gewordenes Märchen. Aber die städtischen Beamten hatten diesen Teil der Geschichte genauso geschönt wie alles andere.

Ich umrundete gerade den Springbrunnen, als eine Gruppe Mädchen lachend und schwatzend in meinen Weg trat. Ich verdrehte die Augen und stoppte abrupt, konnte jedoch nicht mehr verhindern, die Schulter eines Mädchens am Rand der Gruppe anzurempeln. Sie wirkte, als wäre sie ungefähr in meinem Alter.

»Pass doch auf, wo du hingehst«, knurrte sie.

»Warum passt *du* nicht auf, wo *du* hingehst?«, blaffte ich zurück.

Das Mädchen hielt an, dann drehte sie sich zu mir um. Sie war schön, mit langem, goldenem Haar, perfekter Haut wie aus Porzellan und dunkelblauen Augen, in denen Entrüstung blitzte. Sie war die Einzige aus der Gruppe, die kein Sommerkleid trug, auch wenn ihre kurze weiße Hose und das bauchfreie rote Oberteil zum Teuersten gehörten, was man mit Geld kaufen konnte.

Dasselbe galt für die Schwarze Klinge an ihrer Hüfte.

Schusswaffen waren in Cloudburst Falls schon lange verboten, aus dem einfachen Grund, dass große, vierschrötige, unheimlich aussehende Wachen mit Pistolen die Touri-Tölpel nervös machten. Also hielten die Sinclairs, Draconis und die anderen Familien Recht und Ordnung mit Schwertern, Dolchen und anderen scharfen, spitzen Waffen aufrecht. Die Verantwortlichen für den Tourismus unterstützten diese Idee von Herzen, weil sie behaupteten, die Schwerter trügen zur magischen Atmosphäre der Stadt bei. Was auch immer.

Außerdem half eine Pistole nicht viel gegen jemanden, der ein Talent für Geschwindigkeit besaß und Kugeln ausweichen konnte, als wären sie so groß und langsam wie Strandbälle. Es kostete mehr Magie und um einiges mehr Geschick, längere Zeit der Klinge eines Schwertes auszuweichen – besonders wenn die Person, die sie schwang, wirklich wusste, was sie tat.

Dieses Mädchen sah aus, als wüsste sie genau, was sie mit ihrem Schwert anfangen sollte. Tatsächlich hatte sie das Gewicht bereits auf die Ballen verlagert, bereit, sofort anzugreifen, während sie mich so eingehend musterte wie ich sie.

Sie betrachtete meinen alten schwarzen Rucksack, die graue Cargohose, meine Turnschuhe und das verblasste, blaue T-Shirt, das mindestens ein Dutzend Male zu oft gewaschen und getragen worden war. Erst dann richtete sie den Blick auf mein Handgelenk. Ich wusste, wonach sie suchte. Nach einem Wappen, das ihr verriet, ob ich zu einer Familie gehörte, und wenn ja, zu welcher.

Wie das Wappen, das sie trug.

Eine goldene Manschette lag um ihr rechtes Handgelenk, und in das glänzende Metall war ein fauchender Drache eingestanzt. Blondes Haar, schwarze Klinge, goldenes Armband. Fantastisch. Von allen Mädchen auf dem Platz – von allen Mädchen in der Stadt – musste ich ausgerechnet sie anrempeln.

Ich mochte nicht viel von den Familien halten, aber ich erkannte das Drachenwappen und auch das Mädchen, das vor mir stand – Deah Draconi, die Tochter von Victor Draconi, Oberhaupt der Draconi-Familie und mächtigster Mann der Stadt.

»Was hast du gesagt?«, verlangte Deah zu wissen.

Ihre Begleiterinnen trugen alle ebenfalls Armbänder mit dem Draconi-Drachenwappen. Sie verteilten sich, um einen Halbkreis hinter Deah zu bilden. Anscheinend wollten sie ihr nicht in die Quere kommen, falls sie sich entschied, mich mit ihrem Schwert in zwei Hälften zu teilen. Darin war sie außerordentlich gut, wenn ich den Gerüchten glauben wollte.

Ich wünschte mir nichts mehr, als Deah Draconi genau wissen zu lassen, was ich von ihr und besonders von ihrem schrecklichen Vater hielt, doch ich zwang mich, meine Wut herunterzuschlucken.

»Gar nichts.«

»So?«, feixte sie. »Das hatte ich mir schon gedacht.«

Sie starrte mich an, und in ihren blauen Augen brannte eine klare Herausforderung. Da sie sich für das Alpha-Weibchen hier hielt, wollte sie, dass ich die Augen senkte und den Blick abwandte. Stattdessen schob ich das Kinn vor und hielt ihren Blick. Erst blitzte Überraschung in ihren Augen auf, dann Wachsamkeit. Sie erkannte eine Feindin, wenn sie eine sah. Sie ließ die Hand zu ihrem Schwert sinken, schloss die Finger um den Griff und verbarg damit die aufwendigen Verzierungen auf dem Knauf vor meinen Augen. Dann musterte sie mich erneut.

Ein Teil von mir wünschte sich, sie würde ihre Waffe ziehen. Denn ich war nicht nur eine gute Diebin, und alles in mir verzehrte sich danach, ihr zu zeigen, dass ich genauso zäh war wie sie. Auch wenn es quasi Selbstmord darstellte, einen Streit mit einer Draconi zu provozieren.

Wieder grinste sie abfällig. »Kommt«, meinte Deah zu ihrem Gefolge. »Dieser Niemand ist es nicht wert, mir die Kleidung schmutzig zu machen.«

Damit rammte sie die Schulter gegen meine, sodass ich zur Seite stolperte, bevor sie an mir vorbeirauschte. Die anderen Mädchen kicherten, doch Deah sah nicht einmal zurück.

Natürlich nicht. Ich gehörte zu keiner Familie, also war ich ein Niemand. Genau wie sie gesagt hatte.

Ich stand einfach nur da. Meine Wangen brannten, mein Körper war angespannt und meine Hände zu Fäusten geballt. Ein Teil von mir wollte hinter ihr herrennen, ihre Schulter packen, sie herumwirbeln und ihr die Faust ins Gesicht rammen ... für das, was sie mit mir gemacht hatte, und für das, was ihre Familie meiner angetan hatte ...

Das fröhliche Lachen eines kleinen Jungen, der Münzen in den Springbrunnen warf, riss mich aus meiner Wut. Ich schüttelte den Kopf, um diese verräterischen Gedanken zu vertreiben. Mich von meinen Gefühlen überwältigen zu lassen, besonders wenn es um die Draconi-Familie ging, bedeutete den sicheren Tod, und dafür war ich viel zu vernünftig.

Zumindest redete ich mir das ein. Selbst während ich Deah Draconis Rücken böse hinterherstarrte, bis sie und ihre Freunde den Platz verlassen hatten.

Ich zügelte meine Wut und ging auf einen Laden zu, der das gesamte hintere Ende des Platzes einnahm. Ein leuchtend blaues Neonschild über der Tür schrie in drei Meter hohen Buchstaben *Razzle Dazzle* in die Welt, umgeben von einem Feuerwerk aus Sternen. Als zusätzlicher Gimmick blinkten die weißen Sterne sogar noch heller als die blauen Buchstaben. Mo war nicht gerade subtil in seiner Werbung – und seiner Gier.

Ich schob die Schwingtüren auf, was ein Mobile aus Lochness-Knochen zum Klappern brachte, und betrat den Laden. Trotz seines großspurigen Namens und des Neonschildes war das Razzle Dazzle das, was die meisten Touri-Tölpel – und so gut wie jeder andere – als Pfandleihe bezeichnet hätte. Und das war noch nett ausgedrückt. Ramschladen kam der Wahrheit eigentlich näher.

Im Laden erstreckten sich Glasvitrinen von Wand zu Wand und von hinten bis nach vorne. Darin lag alles, was man sich vorstellen konnte – von Schmuck über Digitalkameras bis hin zu Musikinstrumenten. Ganz zu schweigen von den Metallregalen voller Bücher in den Ecken, den zusammengerollten Postern in verschiedenen Eimern oder den gefälschten oder auch echten Kunstdrucken und Gemälden, die die Wände dekorierten, zusammen mit ausgestopften Köpfen von Baumtrollen und anderen Monstern.

All das und mehr konnte man im Razzle Dazzle finden. Hier verpfändeten Touristen und andere Verzweifelte alles, was sie eben besaßen, um genug Bargeld in die Finger zu bekommen, um noch ein paar Kasino-Chips kaufen oder noch eine Nacht ihr Hotel zahlen zu können. Immer in der Hoffnung, am nächsten Tag endlich reich zu werden. Mo zahlte für alles, was er für gut verkäuflich hielt, daher die seltsame Mischung aus Gegenständen. Trotzdem, ich mochte das gemütliche Durcheinander im Laden. Mo hatte hier ein paar echte Kostbarkeiten versteckt, außerdem wusste man nie, was man von einem Tag auf den anderen in den Vitrinen entdecken konnte.

Doch das gute Zeug – die echten, hochwertigen Waffen und Schmuckstücke – befanden sich im hinteren Teil des Ladens, untergebracht in Vitrinen, die sehr viel stabiler waren, als sie aussahen. Sie waren mit Schlössern gesichert, die man nur knackte oder aufbrach, wenn man bereit war, eine vergiftete Nadel in der Hand zu riskieren. Mo schickte mich nur zu gerne aus, um Sachen zu stehlen, doch er mochte es gar nicht, selbst abgezockt zu werden.

Ich wanderte den Mittelgang entlang ans hintere Ende des Ladens. Dort saß ein großer, muskulöser Mann mit dunkel glänzender Haut auf einem Stuhl hinter einer langen Theke, die mit glänzenden Ringen bestückt war. Der Mann hatte schwarzes Haar, durch das sich silberne Strähnen zogen. Er stützte sich mit den Ellbogen auf die Theke und las gerade eine Zeitschrift mit Einrichtungstipps. Mo suchte ständig nach Wegen, seine Handelswaren für Kunden attraktiver zu machen. Er hatte allein dieses Jahr schon dreimal die Farbe der Wände geändert. Ich fragte mich, wie lange das Hellblau wohl halten würde.

»Endlich«, knurrte er, bevor er eine Seite in seinem Heft umblätterte. »Ich habe mich schon gefragt, ob du dich verlaufen hast, Lila.«

»Ich freue mich auch, dich zu sehen, Mo.«

Mein bissiger Tonfall sorgte dafür, dass er den Blick seiner schwarzen Augen auf mich richtete. Mo Kaminsky mochte ja ein zwielichtiger Pfandleiher und Hehler sein, aber er kleidete sich wie die Touri-Tölpel, die er so gerne übers Ohr haute. Heute trug er eine weiße Leinenhose und ein blaues Hawaiihemd mit einem Muster aus weißen Hibiskusblüten. Neben ihm auf der Theke lag ein weißer Strohhut, und ich wusste, hätte ich seine Füße sehen können, hätten sie in weißen Flip-Flops gesteckt. Mo hatte das Konzept der lässigen Gemütlichkeit perfektioniert. Ein kleiner Siegelring mit Diamanten glänzte an seiner rechten Hand, während an seinem linken Handgelenk eine förmlich mit Diamanten überzogene Uhr funkelte. Traurigerweise waren diese Steine hübscher als die in den Manschettenknöpfen, die ich gestern Nacht gestohlen hatte.

Mo schnaubte, schob sein Magazin zur Seite und winkte mich mit einem Finger heran. Seine polierten Nägel glänzten fast so hell wie die Diamanten. »Okay, Mädel, zeig mir die Kette und alles andere, was du hast mitgehen lassen.«

»Woher willst du wissen, dass ich noch etwas gestohlen habe?«

Er grinste. »Weil du dir niemals die Chance entgehen lässt, mehr Geld in deine Taschen zu stecken. Wie ich auch.«

Ich öffnete meinen Rucksack, zog die schwarze Samtschatulle heraus und legte sie zusammen mit den Manschettenknöpfen und dem anderen Zeug auf den Tresen. Mo streichelte kurz über den Samt, bevor er den Deckel des Kästchens öffnete.

»Hallo, ihr Süßen«, flötete er den Rubinen zu. »Kommt zu Papa.«

Mo nahm die Kette und untersuchte jeden Rubin einzeln, um sicherzustellen, dass die Steine echt waren und nicht nur überzeugende Fälschungen. Er besaß ein minderes Talent für Sicht, aber das brauchte er gar nicht. Nicht, wenn es um so etwas ging. Er war schon lange im Geschäft, und ihm entging nichts.

»Gut gemacht, Lila«, sagte Mo. »Diese Kette ist in einwandfreiem Zustand. Hattest du irgendwelche Probleme?«

Ich zuckte mit den Achseln. »Nichts, womit ich nicht klargekommen wäre.«

Mo nickte. Er wusste es besser, als mich darüber auszufragen, was auf den Jobs geschah, auf die er mich schickte. Genauso wie ich wusste, dass ich ihn nicht danach fragen sollte, was jetzt mit den Rubinen geschah.

Mo legte die Kette wieder in die Schatulle und schloss den Deckel. Dann untersuchte er den Rest meiner Beute, bevor er zur Kasse ging, die Schublade aufzog und die Hand hineinschob.

»Und jetzt zu deiner Bezahlung …«

»Tausend«, unterbrach ich ihn.

Er zog eine Augenbraue hoch. »Wir hatten uns auf fünfhundert geeinigt.«

»Das war, bevor du vergessen hast, mir mitzuteilen, dass das Haus von drei Wachmännern geschützt wird, die mich über mehrere Dächer gejagt und damit gedroht haben, mir den Kopf abzuschlagen. Tausend.«

»Fünffünfzig.«

»Eintausend.«

»Sechshundert.«

»Achthundert.«

»Sieben.«

»Siebenfünfzig.«

»Abgemacht.«

»Abgemacht.«

Wir schüttelten uns die Hände, aber Mo bedachte mich trotzdem mit einem schlecht gelaunten Blick.

»Deine Mutter hat nie so den Preis in die Höhe getrieben«, grummelte er.

Aus irgendeinem Grund, den ich nie richtig verstanden hatte, waren meine Mom und Mo befreundet gewesen. Also richtig gute Freunde, und zwar schon, seit ich mich erinnern konnte. Sie war die einzige Person gewesen, der es gelang, ihn zum Lachen oder Lächeln zu bringen oder dazu, über etwas anderes zu reden als Geld. In gewisser Weise war Mo sozusagen ihr Manager gewesen. Die meisten Bodyguard-Aufträge, die sie angenommen hatte, waren über ihn und seine halbseidenen Kontakte zustande gekommen. Mom hatte Mo gebeten, auf mich aufzupassen, und nach ihrem Tod hatte ich angefangen, für ihn zu arbeiten: hin und wieder den Laden hüten, ein paar Kunden die Taschen ausräumen und wichtige Lieferungen hierhin und dorthin tragen. Irgendwann hatte ich mich zu den schwierigeren und besser bezahlten Jobs hochgearbeitet. Und inzwischen war ich Mos Mädchen Nummer eins.

»Na ja, meine Mom war netter als ich.«

»Da werde ich nicht widersprechen.« Mo schenkte mir einen schlecht gelaunten Blick, doch dann wurde seine Miene weich. »Ich habe dich seit ein paar Tagen nicht gesehen, Mädchen. Wie läuft's?«

Ich zuckte mit den Schultern. »Alles beim Alten. Schule, Arbeit, wieder Schule, wieder Arbeit.«

»Und die Bibliothek?«

»Super«, log ich. »Als hätte ich meine eigene Wohnung.«

Mo öffnete den Mund, um mir eine weitere Frage zu stellen, doch ich fiel ihm ins Wort. Ich mochte Mo, aber ich wollte nicht, dass er sich in mein Leben einmischte, und hatte es auch nicht nötig. Ich konnte auf mich selbst aufpassen. Das tat ich jetzt schon seit langer Zeit.

»Wo wir gerade von Arbeit sprechen, hast du noch was für mich?«

Er zögerte. »Tatsächlich denke ich, wir sollten es ein paar Wochen ruhig angehen lassen. Ich habe Gerüchte gehört, dass sich Ärger zwischen den Familien zusammenbraut. Ich denke, es ist besser, wenn wir den Kopf unten halten und warten, wie es ausgeht.«

Trotz der Tatsache, dass sie bereits einen Anteil an allem in der Stadt besaßen, kämpften die Familien ständig um mehr – mehr Magie, mehr Geld, mehr Macht. Also waren Streitigkeiten nichts Ungewöhnliches. Genauso wenig wie Fehden zwischen den Mitgliedern einer Familie. Die meisten Familienverbindungen beruhten auf Blutsverwandtschaft, da die Sinclairs und die Draconis vor langer Zeit auf diese Art angefangen hatten. Wenn man mit der Familie verwandt war, gehörte man dazu, egal wie weitläufig die Verwandtschaft auch sein mochte oder wie reich oder mächtig – oder arm und machtlos – man war. Doch heutzutage akzeptierten die Familien auch jeden in ihrer Mitte, der sich als nützlich erwies … vorausgesetzt, man besaß genug Magie, Geld oder Macht, um sich ihre Gunst zu erschleichen.

Trotzdem gab es eine Familie, die über allen anderen stand – die Draconis.

Sie waren diejenigen, die am meisten Magie, Geld und Macht besaßen, und sie waren immer bereit und willig, noch mehr anzuhäufen. Die meisten Fehden zwischen den Familien nahmen ihren Anfang bei den Draconis, und sie waren auch immer diejenigen, die sie beendeten – meistens blutig.

Die Sinclair-Familie war als Einzige mächtig genug, um den Draconis etwas entgegenzusetzen. Aber selbst sie musste ihre Schlachten sorgfältig wählen, sonst riskierte sie, dass die anderen Familien sie vernichteten.

»Also, wer war diesmal dämlich genug, die Draconi-Familie wütend zu machen?«, fragte ich, neugieriger, als ich hätte sein sollen und sein wollte. »Darum geht's doch sicher, oder?«

Mo schüttelte den Kopf. »Nicht ganz.«

»Worum geht's dann?«

Wieder schüttelte er den Kopf. Ich überlegte, weiter nachzuhaken, entschied mich aber dagegen. Es spielte keine Rolle. Trotz meiner Begegnung mit Deah hatte ich nichts mit den Draconis oder den anderen Familien zu tun, und es war mir auch lieber so.

»Auf jeden Fall«, flötete Mo, schob die Hand in die Kasse und drückte mir ein paar Scheine in die Hand. »Hier ist dein Geld.«

Ich musste die Scheine nicht einmal zählen, um zu erkennen, dass einige fehlten. »Netter Versuch, aber wir haben uns auf siebenhundertfünfzig geeinigt. Nicht auf fünfhundert.«

Er wedelte mit der Hand durch die Luft. »Schön, schön. Aber um den Rest zu holen, muss ich nach hinten. Es war ein schwacher Tag.«

Er grummelte etwas darüber, dass ich ihn bis aufs letzte Hemd auszog, während er einen Schlüsselring aus der Hosentasche zog, sich durch die Schlüssel grub und schließlich einen davon in das Schloss der Tür schob, die in die hintere Wand eingelassen war. Mo drehte den Schlüssel, und die Tür schwang nach außen auf. Sie öffnete sich auf einen Flur, an dessen Wänden weitere Vitrinen voller Zeug standen. Dahinter wurde ein vollgestelltes Wohnzimmer sichtbar. Da das Razzle Dazzle ganz hinten am Platz lag, war Mos Büro in die Felswand geschlagen, die sich hinter dem Laden erhob. Und hier wohnte er auch.

»Bleib da. Ich bin gleich zurück.«

Ich schnaubte. »Als würde ich ohne den Rest meines Geldes irgendwohin gehen. Ich bin mir sicher, kaum wäre die Tür hinter mir ins Schloss gefallen, hättest du mein Geld praktischerweise schon vollkommen vergessen.«

»Würde ich so etwas tun?«, fragte er beleidigt und warf sich in die Brust.

»Aber absolut.«

Er grinste, dann verschwand er im hinteren Teil des Ladens. Manchmal hatte ich das Gefühl, dass Mo es mehr als alles andere genoss, mit mir zu feilschen und zu versuchen, mich übers Ohr zu hauen. Dieses Spiel spielten wir schon, seit ich klein gewesen war und versucht hatte, ihn dazu zu überlisten, mir zwei Eiswaffeln zu kaufen statt nur einer. Trotzdem, Mo war immer gut zu mir gewesen, egal wie sehr er auch jammerte. Er war der Einzige, der sich für mich interessiert hatte, als meine Mom gestorben war, und er war auch der Einzige, der danach versucht hatte, mir zu helfen. Dafür schuldete ich ihm etwas.

Mo hatte gerade die Tür hinter sich geschlossen, als die Lochness-Knochen über der Tür klapperten und eine Frau den Laden betrat.

Sie war schlank, brünett und hübscher, größer und älter als ich. Direkt hinter der Tür blieb sie stehen, als rechne sie damit, dass jemand hinter den Vitrinen hervorsprang und sie angriff. Der Blick ihrer dunkelbraunen Augen huschte durch den Laden und analysierte alles und jeden darin. Und sie trug ein Schwert an der Hüfte. Also war sie eine Wache – eine Leibwächterin, die irgendein reiches Kind auf einer Shoppingtour begleiten musste.

Die Frau trat zur Seite, um den Weg für zwei Typen frei zu machen. Der erste Junge war unbestreitbar süß, mit lockigem schwarzem Haar, bronzefarbener Haut und dieser Art von dunklen, seelenvollen Augen, über die Mädchen gerne Gedichte schrieben. Er wanderte durch die Gänge, um sich alles ein bisschen und nichts genau anzusehen.

Doch es war der zweite Typ, der meine Aufmerksamkeit erregte. Wie auch die Frau hielt er kurz in der Tür inne. Er wirkte sogar noch wachsamer als sie. Das Sonnenlicht, das durch die Fenster drang, betonte die honigfarbenen Strähnen in seinem schokoladenbraunen Haar, auch wenn sein Gesicht im Schatten lag. Die gebräunte Haut seiner Arme erinnerte an Marmor – hart, aber gleichzeitig auch glatt und geschmeidig.

Er musste durch den Wassernebel des Springbrunnens gelaufen sein, denn sein schwarzes T-Shirt war teilweise feucht. Die nassen Flecken klebten an seiner Haut und ließen mich genau erkennen, wie muskulös seine Brust war. O ja, und wie ich diesen Teil seines Körpers begaffte – bis zu dem Moment, in dem ich die silberne Manschette an seinem rechten Handgelenk entdeckte.

Von meinem Platz aus konnte ich nicht erkennen, welches Wappen in das Metall gestanzt war, doch als ich zu den anderen sah, stellte ich fest, dass auch sie Manschetten trugen. Ich seufzte. Also gehörten sie zu irgendeiner Familie. Wunderbar! Dieser Tag wurde wirklich immer besser.

Ich blieb an der Theke stehen und beobachtete, wie die drei tiefer in den Laden vordrangen. Sie ignorierten das Gerümpel im vorderen Teil und verlangsamten ihre Schritte erst, als sie die hintere Hälfte erreichten, wo die echten, teuren Gegenstände ausgestellt wurden. Dann wanderten sie durch die Gänge von einer Vitrine zu nächsten. Dabei flüsterten sie miteinander.

Nun, eigentlich flüsterte nur die Frau. Der erste Kerl wirkte gelangweilt, auch wenn er kurz Interesse zeigte, als er an einer Vitrine vorbeikam, in der alte Chemiebaukästen standen.

Die Leibwächterin bemerkte, dass ich sie beobachtete, und schenkte mir einen misstrauischen Blick. Sie musterte meine billige Kleidung und die lockere Haltung, genauso wie meinen abgetragenen Rucksack auf der Theke. Ihre Hand lag dauerhaft an ihrem Schwert. Sie entspannte sich, als sie bemerkte, dass ich unbewaffnet war. Ihr Fehler. Ich konnte zwar kaum mit einem Schwert in der Tölpel-Schule auftauchen, doch ich trug immer einen breiten schwarzen Ledergürtel, der mehrere Geheimfächer besaß und in den drei Sterne eingelassen waren. Die mochten ja aussehen wie hübscher Zierrat, aber in Wirklichkeit waren es Wurfsterne aus Bluteisen, und ich traf sehr gut damit.

Ich konzentrierte mich so vollkommen auf die Leibwächterin, dass ich den zweiten Kerl aus den Augen verlor. Ich merkte nicht, wie er sich mir näherte, bis er quasi schon direkt neben mir stand.

»Entschuldigung?«

Ich drehte den Kopf zu ihm. Und sobald ich das getan hatte, wollte ich den Blick nicht mehr abwenden.

Sein Gesicht war so ausdrucksstark und wohlgeformt wie der Rest seines Körpers, und seine Augen waren von einem intensiven, hypnotischen Grün. Er schlenderte ein wenig näher, und mir stieg ein Hauch seines Duftes in die Nase: scharf, frisch und würzig wie Kiefernnadeln. Der Geruch passte zu ihm. Auf seltsame Weise erinnerte mich dieser Junge an einen Bergwald – tief, dunkel und unendlich geheimnisvoll.

»Weißt du, wo Mo ist?«, fragte er. Seine Stimme war leise, tief und sehr melodisch wie das Rauschen eines Flusses.

»Du kennst Mo?«

Er nickte. »Ich habe ihn vor ein paar Tagen auf dem Midway getroffen. Er hatte einen Stand neben einem der Brunnen aufgebaut. Ich brauche ein Geburtstagsgeschenk für meine Mutter, und er meinte, er hätte sicher etwas, das ihr gefallen würde.«

Wahrscheinlich etwas, das ich gestohlen oder er irgendwo ergaunert hatte. Aber ich beschloss, Mo sein Geschäft nicht zu versauen. Vielleicht würde er mir einen Bonus zahlen, wenn ich den Kerl hier festhielt, bis er zurückkam.

»Mo ist hinten«, erklärte ich. »Aber er sollte jeden Moment zurückkommen.«

»Danke.«

Der Kerl lächelte mich an, und ich hob gerade rechtzeitig den Blick, um ihm genau in die Augen zu sehen.

Mein Fehler.

Sicht war ein recht häufiges Talent, doch meine Magie konnte mehr, als die Welt scharf zu stellen oder mir zu ermöglichen, mich in der Dunkelheit zu bewegen, als wäre es heller Tag.

Denn ich konnte Leuten *in die Seele* sehen.

Ich musste jemandem nur direkt in die Augen blicken, und dann wusste ich genau, was die Person in diesem Moment empfand, ob es nun Liebe, Hass, Wut oder etwas anderes war. Und nicht nur das, ich konnte diese Empfindung tatsächlich in meinem Herzen fühlen, so deutlich wie die Person, von der sie stammte. Diese Fähigkeit wurde Seelensicht genannt. Ein bedeutendes Talent, auf das ich gut hätte verzichten können. Die meisten Leute hegten nicht viele nette Gedanken, Gefühle oder Empfindungen, nicht einmal gegenüber ihrer Familie oder sogenannten Freunden.

Aber dieser Kerl ... er strahlte kalte Trauer aus, als trüge er eine schwere Bürde, von der er sich niemals befreien konnte. Doch da war auch unerschütterliche Stärke, zusammen mit einem Flackern, das tief in ihm vergraben war ... einem heißen Funken, den ich nicht klar benennen konnte.

Ich wusste sofort, dass er zu den Leuten gehörte, die ihren Freunden gegenüber absolut loyal sind, die sich immer für andere verantwortlich fühlen und die so gut wie möglich versuchen, anderen zu helfen. Selbst wenn die Personen das gar nicht verdient haben und am Ende man selbst verletzt wird. Er war jemand, dessen Nähe andere suchen und den sie als Anführer erkennen. Die Art von Kerl, die so abscheulich faszinierend ist, dass man einfach nicht anders kann, als mehr über sie erfahren zu wollen.

Der Kerl lächelte weiter, auch wenn das Lächeln dünner und schwächer wurde, je länger ich ihn anstarrte. Doch ich konnte einfach nicht anders. Zum ersten Mal seit langer Zeit war ich vollkommen fasziniert von einer anderen Person. In diesem Moment wollte ich einfach nur seine offen erkennbaren Gefühle zur Seite schieben und herausfinden, was sich wirklich darunter verbarg – und besonders, was passieren würde, wenn dieser heiße Funke tief in ihm aufflackerte und er endlich seine wahren Gefühle preisgab.

Doch er hatte auch etwas verstörend ... Vertrautes an sich. Als hätte ich ihn schon einmal getroffen, auch wenn ich mich nicht erinnern konnte, wann das gewesen sein sollte. Ich starrte weiter in seine grünen Augen, in der Hoffnung, dass meine Seelensicht noch ein wenig aufdrehen würde, um die Erinnerung aufzurufen ...

Die Leibwächterin trat zu uns, die Hand auf dem Schwertknauf. Das war eine Warnung – an mich.

»Was tust du da, Devon?«, fragte sie.

Devon. Selbst sein Name war ekelerregend faszinierend. Wie sollte es auch anders sein? Und den Namen zu hören verstärkte nur das Gefühl, dass ich genau wissen sollte, wer er war ...

Devon seufzte und sah sie an, womit er den Augenkontakt zu mir brach. »Nichts, Ashley. Ich habe mich nur mit ...«

»Lila«, bot ich an, bevor ich den Kopf schüttelte, um die Gefühle zur Seite zu schieben, die er in mir ausgelöst hatte.

Devon nickte. »... mit Lila unterhalten.«

Der andere Kerl näherte sich der Theke und damit uns dreien.

»Lila?«, meinte er locker. »Ein hübscher Name für eine hübsche Dame.«

Er schenkte mir ein breites, verschmitztes Lächeln, das zweifellos Mädchen dazu brachte, ins Schwärmen zu geraten und Gedichte über ihn zu schreiben.

Devon seufzte wieder. »Felix, das ist Lila. Lila, Felix. Und das ist unsere Freundin Ashley.«

Felix zwinkerte mir zu, dann wanderte er von dannen, um sich weiter im Laden umzusehen. Ich fragte mich, was Devon wohl hatte tun müssen, um ihn dazu zu bringen, mitzukommen. Gemeinsames Shopping, um ein Geschenk für die Mutter zu finden, gehörte nicht gerade zu dem, was Männer so miteinander unternahmen. Aber vielleicht zogen sie ja hinterher los, um mit den Touristenmädchen auf dem Midway zu flirten. O ja, dabei konnte ich mir Felix gut vorstellen.

Ashley bedachte mich mit einem weiteren, misstrauischen Blick. »Komm, ich habe dahinten auf einer Vitrine ein paar Parfümflakons gesehen. Vielleicht würde einer davon deiner Mom gefallen.«

Devon nickte mir noch einmal zu, dann ging er mit ihr davon. Ich fragte mich, ob ihm eigentlich bewusst war, dass Ashley ihn geschickt von mir – der potenziell gefährlichen Fremden – weggelockt hatte. Ich blieb stehen, wo ich war, und beobachtete sie, doch sie schlenderten nur von Vitrine zu Vitrine, also glitt mein Blick durch das Schaufenster Richtung Straße.

Verschiedene Leute gingen vorbei, erschienen und verschwanden wieder, während sie von Laden zu Laden wanderten, durch den Park bummelten, die Verkaufsstände passierten und den Platz überquerten. In der Mitte des Platzes spuckte der Springbrunnen weiter Wasser. Ein paar Touristen schossen Fotos davon. Natürlich. Ich verdrehte die Augen.

Alles wirkte vollkommen normal – bis ein Typ vor dem Schaufenster anhielt und in den Laden spähte.

Zuerst dachte ich, er würde sich die hölzernen Pixie-Häuser ansehen, die Mo wie Vogelhäuschen ins Schaufenster gestellt hatte. Das war nicht ungewöhnlich – nur dass dieser Kerl Devon anstarrte.

Ich richtete mich auf, ließ die Hand zu meinem Gürtel gleiten und strich mit den Fingern über die Wurfsterne, die am Leder befestigt waren. Die Sterne waren klein und flach, aber sie bestanden aus Bluteisen und würden alles – und jeden – durchschlagen.

Ich musste mein Sichttalent nicht einsetzen, um zu wissen, dass mir etwas an dem Kerl da draußen sauer aufstieß. Doch ich zog keinen der Wurfsterne. Ich verspürte keinerlei Bedürfnis, in einen Kampf mit der Leibwächterin Ashley zu geraten, nur weil sie irrtümlich annahm, dass ich eine Bedrohung für ihre Schützlinge darstellte.

Der Kerl beobachtete Devon mehrere Sekunden lang, bevor sein Blick durch den Rest des Ladens huschte. Scheinbar war er mit dem Anblick zufrieden, denn er trat vom Fenster fort.

Im Laden plapperte Felix nonstop. Ashley stand immer noch neben Devon, doch im Moment war ihr Blick auf die Parfümflakons auf einem Verkaufstisch gerichtet, anstatt weiter nach

Ärger Ausschau zu halten. Ich blieb, wo ich war, die Hand am Gürtel, den Blick auf die Fenster gerichtet, während ich mich fragte, was dieser Kerl wohl vorhatte.

Einen Augenblick später tauchte er wieder auf, öffnete die Tür und stiefelte ins Razzle Dazzle.

Aber er war nicht länger allein.

Vier Kerle stürmten hinter ihm in den Laden – und alle waren mit Schwertern bewaffnet.

4

Der geheimnisvolle Mann traf zuerst auf Felix, da der am nächsten an der Tür stand. Er rammte Felix die Faust ins Gesicht, sodass dieser sofort bewusstlos umfiel. Ich kniff die Augen zusammen. Der Kerl musste ganz schön durchtrainiert sein, um Felix mit einem Schlag auszuschalten.

»Felix!«, schrie Ashley und zog ihr Schwert.

Sie stürmte auf den Fremden zu. Er zeigte mit dem Finger auf sie, ein klares Signal, dass er sie aus dem Weg haben wollte. Zwei der anderen Männer rannten an ihm vorbei, um die Leibwächterin in einen Kampf zu verwickeln.

Ashley hob ihre Klinge und wirbelte erst in die eine, dann in die andere Richtung, wobei sie die Männer mit kontrollierten, wohlüberlegten Schlägen zurückhielt.

Devon riss überrascht die Augen auf, dann wurde sein Blick scharf. Kühl schätzte er die Situation – und die Gefahr – ein. Er starrte auf den Tisch vor sich, als denke er darüber nach, einen der Flakons zu greifen und ihn als Waffe einzusetzen. Dann wurde sein Blick grimmig, als hätten ihn die Fläschchen dadurch beleidigt, dass sie zu klein und zerbrechlich waren, um jemanden zu verletzen. Entschlossenheit erschien auf Devons Miene, dann trat er vor, öffnete den Mund …

Ein dritter Mann näherte sich ihm aus dem toten Winkel und schlang eine Hand um Devons Kehle. Er drückte fest zu, sodass Devon jedes Wort im Halse stecken blieb. Ich dachte schon, der Kerl würde Devon erdrosseln oder ihm das Genick brechen, doch er blieb einfach nur stehen und hielt den Druck aufrecht. Devon schlug auf den Mann ein, rammte ihm immer wieder die Faust in den Bauch, doch die harten Schläge schienen seinem Angreifer nichts auszumachen. Er musste irgendein Stärketalent besitzen, denn jeder einzelne der Schläge hätte bei einem anderen Mann dafür gesorgt, dass er seinen Griff gelockert und nach Luft geschnappt hätte.

Ich dagegen? Ich blieb, wo ich war. Nicht, weil ich durch die Geschehnisse schockiert oder vor Angst erstarrt gewesen wäre, sondern weil ich absolut nicht vorhatte, mich in diese Sache verwickeln zu lassen. Auf keinen Fall. Niemals. Unter keinen Umständen.

Das hier wirkte auf mich wie ein Kampf zwischen zwei Familien. Ein Mordanschlag, der wahrscheinlich als Vergeltung für etwas gedacht war, das jemand, der in der Hierarchie höher stand, irgendwann getan hatte. Devon und Felix hatten einfach nur das Pech, in die Mühlen einer Familienfehde geraten zu sein. Und Ashley war ein Kollateralschaden. So was passierte in Cloudburst Falls ständig. Leute wie die Draconis schmiedeten ständig Komplotte gegen die anderen Familien, besonders gegen diejenigen, die sie als Bedrohung wahrnahmen – oder noch schlimmer, als Konkurrenten im Kampf um Geld, Macht und Magie.

O nein. Ich wollte mich auf keinen Fall einmischen. Meine Mom war die Leibwächterin gewesen – nicht ich. Wieder und wieder hatte sie ihr Leben für irgendwelche reichen Schwachköpfe aufs Spiel gesetzt, ohne dafür eine echte Gegenleistung zu erhalten. Und als sie Probleme gehabt hatte, als sie diejenige gewesen war, die in Gefahr geschwebt hatte, als sie Schutz gebraucht hätte – hatte niemand sich verantwortlich gefühlt. Niemand hatte ihr geholfen. Niemand hatte sich auch nur *im Geringsten* dafür interessiert, trotz der Tatsache, dass sie unzählige Leben gerettet hatte.

Also nein. Ich würde mein Leben nicht für Fremde aufs Spiel setzen – auf keinen Fall.

Doch dann sah Devon mich an.

Der Blick seiner grünen Augen bohrte sich direkt in meine blauen. Meine Seelensicht schaltete sich ein und ließ mich seine Gefühle spüren – kochende Wut, schreckliche Schuldgefühle, entsetzliche Angst. Nicht gerade die Empfindungen, die ich in einer solchen Situation erwartet hatte. Besonders die Schuld faszinierte mich. Genauso wie die Angst, da er nicht um sich selbst fürchtete, sondern um seine Freunde. Devon war egal, was mit ihm geschah. Er wollte sich nur befreien, um Felix und Ashley zu helfen.

Devon starrte mich weiterhin an. Er bemühte sich, ein Wort hervorzustoßen, doch der Kerl, der seine Kehle umklammerte, ließ ihm keine Gelegenheit dazu.

»Ruhig!«, zischte er, schüttelte Devon kurz und packte seinen Hals noch fester.

Wieder suchte Devon meinen Blick, obwohl er kurz davorstehen musste, in Ohnmacht zu fallen. Ich sah das stumme, verzweifelte Flehen – und fühlte, wie seine Wut, seine Schuldgefühle und seine Angst mich direkt ins Herz trafen.

Verdammt.

Ich riss einen der Wurfsterne aus meinem Gürtel und ließ ihn durch die Luft sausen. Die Waffe schoss durch die Pfandleihe und grub sich in die rechte Schulter von Devons Angreifer. Dieser schrie vor Schmerz auf, gab Devon frei und – am wichtigsten – ließ das Schwert fallen.

Ich schnappte mir den nächsten Wurfstern vom Gürtel und rannte durch den Gang, direkt auf den verwundeten Mann zu. Er war so auf die Waffe konzentriert, die in seiner Schulter steckte, dass er nicht einmal den Kopf hob, als ich mich näherte. Also zog ich ihm eine Spitze des Wurfsterns über den Bauch, um seine Aufmerksamkeit zu erregen. Er riss den Kopf zurück und schrie vor Wut und Schmerz noch lauter, doch ich hatte bereits den ersten Stern aus seiner Schulter gerissen und machte mich bereit für den nächsten Angriff.

Ob nun Mensch, Magier oder Monster, es gibt bestimmte Stellen am Körper, die bei jedem besonders verletzlich sind – Augen, Kehle, Knie, Unterleib. Also konzentrierte ich mich genau auf diese Punkte. Ich rammte dem Kerl meinen Turnschuh gegen das Knie, wobei ich mein gesamtes Gewicht hinter den Tritt legte. Dann, als er nach vorne stolperte, stieß ich ihm das Knie in den Unterleib. Da schrie er mal *richtig* laut.

Der Kerl fiel auf den Boden, doch ich war noch nicht fertig. Ich schnappte mir sein Schwert vom Boden, riss die Waffe hoch und stieß sie wieder nach unten – direkt in sein Herz.

Ein Zucken erschütterte seinen Körper, dann wurde er vollkommen schlaff – er war tot.

Ich hielt lange genug inne, um meine Wurfsterne wieder am Gürtel zu befestigen und einen Blick auf Devon zu werfen, der es geschafft hatte, sich auf Hände und Knie hochzukämpfen.

»Alles okay?«

Er rang keuchend nach Luft, aber ich deutete das als *Ja*.

In der Zwischenzeit hatte Ashley, die Leibwächterin, einen der Angreifer getötet. Jetzt kämpfte sie gleichzeitig gegen den dritten Kerl und den geheimnisvollen Fremden. Ich packte das Schwert des toten Angreifers fester und trat vor, um mich in den Kampf einzumischen.

Zumindest hatte ich das vor.

Der vierte, letzte Kerl, der sich bis jetzt zurückgehalten hatte, trat mir aus einem Gang in den Weg. Im Licht der Lampen wirkten seine schwarzen, kurz rasierten Haare wie Nadeln, die aus seinem Kopf standen. Ich erkannte ihn – er war der Anführer der Wachen, die mich letzte Nacht über die Dächer gejagt hatten. Was wollte er hier?

»Also, also«, knurrte er, bevor er mich so breit angrinste, dass ich seine schiefen Zähne sehen konnte. »Wenn das mal nicht das Mädel ist, das entkommen ist.«

»Ich dachte, du zerstückelst nicht gerne kleine Mädchen?«
Er zuckte mit den Achseln. »Ich tue es vielleicht nicht gerne, aber es macht mir auch nicht viel aus. Besonders nicht, wenn man mir so viel dafür bezahlt. Heute wirst du kein Glück haben.«

Ich ließ das Schwert in meiner Hand herumwirbeln. »Das werden wir ja sehen.«

Mit einem Aufschrei hob er seine Waffe und stürmte auf mich zu.

Unser Kampf tobte durch die Gänge der Pfandleihe. Wir warfen Bücher aus den Regalen, zerschlugen Flaschen, warfen Eimer voller Poster um und richteten generell ziemliches Chaos an. Der Kerl war nicht allzu begabt mit einem Schwert, und es fiel mir nicht schwer, mich gegen seine Angriffe zu verteidigen. Doch er besaß ein moderates Talent für Stärke, und seine Schläge waren so heftig, dass sie drohten, mir meine Waffe aus der Hand zu reißen. Ich musste die Taktik ändern, bevor mir die Kraft ausging und er es wirklich schaffte, mich zu entwaffnen.

In der Zwischenzeit hatte Ashley den zweiten Angreifer getötet und duellierte sich ausschließlich mit dem geheimnisvollen Fremden, der jetzt sein Schwert gezogen hatte, um ihre schnellen, gnadenlosen Angriffe abzuwehren. Devon schaffte es, sich wieder auf die Beine zu kämpfen, auch wenn ihm dank seiner fast zerquetschten Kehle das Atmen schwerfiel. Felix lag einfach auf dem Boden im Eingangsbereich des Ladens, immer noch bewusstlos.

Alles war mehr oder minder in Ordnung – bis es dem geheimnisvollen Fremden gelang, Ashleys Abwehr zu durchbrechen und ihr die Klinge in den Bauch zu rammen.

Sie schrie, und gleichzeitig schoss Blut aus der Wunde – dunkelrotes, arterielles Blut. Ashley sank zu Boden, auch wenn es ihr gelang, ihr Schwert festzuhalten. Der geheimnisvolle Fremde trat näher, und sie hackte mit ihrer Klinge nach ihm, in dem Versuch, ihm die Beine unter dem Körper wegzuschlagen.

Doch er wich ihrem ungeschickten Angriff mühelos aus und näherte sich Devon, der die Fäuste hob, obwohl er auf den Beinen schwankte.

Ich konnte dem geheimnisvollen Fremden nicht in die Augen sehen, aber sein grausames, zufriedenes Lächeln verriet mir alles, was ich über seine Absichten wissen musste. Doch der vierte und letzte Angreifer stand immer noch vor mir, also war es mir kaum möglich, Devon zu beschützen. Außer ich ging radikal vor.

Außer ich setzte mein anderes Talent ein.

Ich verfluchte mich selbst dafür, dass ich mich in diesen Kampf hatte verwickeln lassen. Aber jetzt konnte ich nichts anderes mehr tun, als die Sache zu Ende zu bringen. Ich wusste nicht, warum, doch ich ahnte einfach, dass ich Devon nicht sterben lassen durfte. Vielleicht hatte es etwas damit zu tun, dass ich genau wusste, dass die Welt mehr Leute wie ihn brauchte – mehr von diesen starken, stillen Typen, die alles viel tiefer empfinden, als sie sich anmerken lassen. Vielleicht, weil er zu den rücksichtsvollen, loyalen Personen gehörte, die zu beschützen meine Mom immer stolz gewesen war. Vielleicht, weil er jemand war, dem andere Leute wirklich wichtig waren, besonders seine Freunde.

Also seufzte ich, senkte mein Schwert und drehte den Kopf zur Seite, während ich bereits eine Grimasse zog, weil ich wusste, was als Nächstes kam …

Die Faust meines Gegners traf mein Gesicht.

Er hatte die Chance erkannt, die ich ihm eröffnet hatte, und sie ergriffen. Der harte Schlag warf mich einen guten Meter nach hinten, sodass ich gegen einen Tisch knallte – gegen den mit den ganzen Parfümflakons, die Ashley und Devon sich angesehen hatten. Er schwankte, doch er fiel nicht um, auch wenn mehrere Flakons über den Tisch rutschten, zu Boden fielen und in Scherben zersprangen. Der sanfte Duft nach Flieder und Rosen erfüllte die Luft.

Für einen Moment drohte der Schmerz mich zu überwältigen. Es war, als wäre ein Feuerwerkskörper an meinem Kinn explodiert, und ich hatte meine liebe Mühe, bei Bewusstsein zu bleiben.

Doch dann schaltete sich mein anderes Talent ein, und der Schmerz verwandelte sich in etwas anderes – in bittere, eisige Kälte, die sich durch meine Adern brannte.

Mein gesamter Körper fühlte sich an, als sei er erst in eiskaltes Wasser geworfen worden, um dann in einem Wintersturm zu trocknen. In einer Sekunde schwitzte ich von der Anstrengung, in der stickigen Luft des Ladens mein Schwert zu schwingen. In der nächsten musste ich die Zähne zusammenbeißen, damit sie nicht klapperten, weil ich mich fühlte, als wäre das Blut in meinen Adern gefroren. Doch es war kein Eis, das meinen Körper erfüllte – es war *Magie*.

Also konzentrierte ich mich auf das eisige Feuer der Magie und ließ es mein gesamtes Sein erfüllen und beleben. Denn das hier – *das* war mein wahres Talent.

Manche Leute nannten es Transferenz – die Fähigkeit, Magie, die gegen einen eingesetzt wurde, zu übernehmen und in etwas anderes zu verwandeln. Ein bedeutendes Talent, weil es so unglaublich selten war und so unglaublich viel Macht verleihen konnte. Doch ich erkannte es als das, was es wirklich war – meine zuverlässigste Waffe und mein gefährlichstes Geheimnis. Ein Geheimnis, das ich aus den verschiedensten Gründen wahren wollte.

Oh, Magie verletzte mich genauso wie jeden anderen auch.

Aber Magie machte mich auch *stärker*.

Ich löste mich stolpernd von dem Tisch, das Schwert gesenkt. Das eisige Feuer der Magie erfüllte mein gesamtes Selbst und floss bittersüß durch meine Adern.

Der Kerl, der mich geschlagen hatte, runzelte die Stirn, weil er sich wohl fragte, warum ich nicht auf dem Boden lag. Dann schlug er erneut nach mir. Er zielte auf meinen Kopf, als wollte er seine Faust durch meinen Schädel rammen.

Dieses Mal allerdings fing ich seine Hand mit meiner ab, um ihn davon abzuhalten, erneut mein Gesicht zu treffen. Wir schwankten vor und zurück, während der Kerl versuchte, seine Größe und sein Gewicht dazu einzusetzen, mich zu überwältigen. Ihm war nicht klar, dass er mir dadurch, dass er mich geschlagen, dass er seine Stärke gegen mich eingesetzt hatte, genau das gegeben hatte, was ich brauchte, um ihn zu besiegen.

Noch während er darüber nachdachte, was eigentlich los war, riss ich mein Schwert hoch und rammte es ihm mit einem Aufwallen von Stärke so fest ins Herz, dass es fast seinen Körper durchstieß. Seine Augen traten vor Überraschung förmlich aus den Höhlen. Schnell wandte ich den Blick ab, damit meine Seelensicht sich nicht einschaltete und mir zeigte, welch unglaubliche Schmerzen er empfand. Der Kerl fiel zu Boden, mein Schwert immer noch in der Brust.

Die Kälte, die meinen Körper erfüllte, ließ ein wenig nach, da ich einen Teil der gestohlenen Magie bereits verbraucht hatte. Doch mir blieb immer noch genug Kraft, um diesen Kampf zu beenden. Also zog ich dem Toten das Schwert aus den Fingern und lief in Richtung des geheimnisvollen Fremden, der sich gerade Devon näherte.

Devon beobachtete mit erhobenen Fäusten, wie sich der Fremde näher heranschob. Hass blitzte in seinen grünen Augen, und statt sich zurückzuziehen, senkte er eine Hand und rieb sich die Kehle, als könnte das den Mann irgendwie davon abhalten, ihn umzubringen.

»Stopp!«, schrie ich, um mir die paar Sekunden zu erkaufen, die ich brauchte, um nah genug an Devon heranzukommen und ihn zu beschützen.

Der Blick des geheimnisvollen Fremden huschte zu mir, und endlich sah ich ihn zum ersten Mal deutlich. Braunes Haar, braune Augen, eine Haut, die weder dunkel noch hell war. Alles an ihm war vollkommen durchschnittlich – seine Größe, sein Gewicht, sein Körperbau. Er war so nichtssagend, dass man sich schon fünf Minuten nach einer Begegnung nicht mehr an ihn erinnern konnte. Er war die Art von Kerl, die überall mit dem Hintergrund verschmelzen würde. Ich konnte nicht einmal sein Alter zuverlässig schätzen. Er konnte zwanzig sein, er konnte vierzig sein oder auch irgendetwas dazwischen.

Mein Blick glitt über seinen Körper, doch sowohl sein Polohemd als auch seine Hose hatten einen nichtssagenden Braunton, und an seinem Handgelenk konnte ich kein Familienwappen entdecken. Selbst sein Schwert war unauffällig und nichtssagend, genau wie er.

Unsere Blicke trafen sich, und ich schnappte nach Luft. Denn so unscheinbar sein Aussehen auch sein mochte, seine Gefühle waren alles andere als das – eine Mischung aus kochender Wut und beißender Eifersucht. Er wollte Devon verletzen, aber er ... wollte auch etwas von ihm. Etwas Wichtiges. Etwas, das diese neiderfüllte Wut irgendwie befriedigen würde.

Devon schaffte es endlich, ein Wort hervorzustoßen, auch wenn ich es nicht verstehen konnte. Der geheimnisvolle Fremde zog eine Grimasse, als täte ihm das Geräusch in den Ohren weh, dann drehte er sich um und rannte aus dem Laden. Feigling. Anscheinend fehlte ihm der Mut, den Kampf allein zu Ende zu bringen, jetzt da alle seine Männer tot waren.

Ich eilte zu Devon, der an einer der Vitrinen lehnte. »Geht es dir gut?«

»Ash... ley ...«, krächzte er. »Fe... lix ...«

Ich half Devon zu seinen Freunden. Felix stöhnte leise, aber seine Lider flatterten, als wollte er sie jeden Moment öffnen. In ein paar Minuten würde er sich erholt haben.

Von Ashley konnte man das nicht behaupten.

Die Leibwächterin lag auf dem Rücken und starrte zu einem Windspiel aus Kristallsternen hinauf, das von der Decke hing. Ihr Schwert lag auf dem Boden, und sie hatte beide Hände auf die Wunde in ihrem Bauch gepresst. Sobald ich ihre Verletzung sah, verkrampfte sich mein Magen. Die Wunde war noch schlimmer, als ich gedacht hatte. Der metallische Geruch von Blut war überwältigend und verdrängte sogar den Duft der zerbrochenen Parfümflakons.

Ich ließ Devon in dem Moment los, in dem die letzten Reste der Magie verpufften. Meine zusätzliche Stärke verschwand genauso wie die Kälte in meinen Adern, und mein Körper kehrte zu seiner normalen Temperatur zurück.

Devon fiel neben Ashley auf die Knie. Ich schnappte mir mehrere weiße Seidentaschentücher aus einem Regal, kauerte mich neben Ashley und drückte den Stoff auf die Wunde. Sofort nahm die Seide eine blutrote Färbung an. Ashley starrte mich aus schmerzerfüllten Augen an, und ihr Blick wurde immer verschwommener, während das Blut aus ihrem Körper floss.

»Du bist gut«, sagte sie. »Viel besser als ich. Zu welcher Familie gehörst du?«

Statt zu antworten, drückte ich den Stoff noch fester auf ihren Bauch. Heißes, klebriges Blut floss wie ein Wasserfall über meine Finger, um sich auf dem Boden zu sammeln.

»Du solltest sie dir schnappen, Devon«, sagte Ashley und lächelte trotz ihrer Schmerzen. »Klug, hübsch und sündhaft gut mit einem Schwert. Und schau dir diese blauen Augen an. Ich weiß doch … wie sehr du … auf dieses Babyblau stehst.«

Devon schüttelte den Kopf und nahm ihre Hand.

Ich ließ den Blick über die Vitrinen um uns herum gleiten. Neben vielen anderen Dingen verkaufte Mo auch Stechstachelsaft. Ich wusste nicht, ob er genug auf Lager hatte, um ihr zu helfen, aber …

»Spar dir die Mühe«, keuchte Ashley, als hätte sie meine Gedanken gelesen. »Für eine Heilung ist es schon zu spät. Außerdem war sein Schwert vergiftet. Ich fühle das Gift … in meinen Adern. Es … brennt. Es brennt … schrecklich.«

Devon packte ihre Hand fester. »Es tut mir so leid, Ash. Hätte ich heute nicht losziehen wollen ...«

Sie schüttelte den Kopf. »Ich kannte das Risiko, als ich den Job angenommen habe, erinnerst du dich?«

Er antwortete nicht, aber in seiner Miene standen Schmerz – und Schuldgefühle.

»Sag Oscar, dass es mir leidtut«, krächzte Ashley.

»Rede nicht so. Du kannst es ihm selbst sagen.«

Sie schenkte Devon ein trauriges Lächeln. »Sicher ...«

Ein schrecklicher, quälender Husten erschütterte Ashleys Körper, und ein Rinnsal aus Blut drang aus ihrem Mundwinkel. Sie seufzte, dann fiel ihr Kopf zur Seite, und ihr gesamter Körper wurde schlaff.

Ich musste ihr nicht in die Augen sehen, um zu wissen, dass sie tot war.

Für einen Moment war es still im Laden – so unglaublich still. Das einzige Geräusch war das mechanische *Tick-Tick-Ticken* der Standuhren, die in einer Ecke des Raumes standen.

»Ashley? Ashley!«, krächzte Devon und durchbrach damit die Stille.

Er beugte sich vor und schüttelte ihre Schulter, als könnte er sie zurück ins Leben rufen, wenn er sich nur genug anstrengte. Ich stand auf, trat zurück und ließ ihn einfach machen. Es dauerte nicht lange.

»Ashley ... Ashley ...«

Devons Stimme brach in einem Schluchzen, dann zog er Ashley an seine Brust und wiegte sie wie ein Kind ein Stofftier. Seine Leibwächterin hatte ihm tatsächlich etwas bedeutet, und Ashley hatte zu seinem Schutz alles gegeben.

Genau wie meine Mom es getan hätte.

Mein Magen hob sich, also richtete ich den Blick auf die Schaufenster, um mich von den Erinnerungen abzulenken, die besser vergessen blieben. Deswegen hielt ich mich von den

Familien fern. Deswegen ließ ich mich in nichts verwickeln. Deswegen erlaubte ich mir nicht mehr, jemanden ins Herz zu schließen.

Denn das brachte nur Schmerz und Leid und Unglück.

Felix wachte endlich wieder auf. Er versuchte, sich aufzusetzen. Eine seiner Schultern lehnte an einem Regal voller Comics, doch der Rest seines Körpers lag immer noch auf dem Boden. Die linke Seite seines Kiefers, wo der geheimnisvolle Fremde ihn geschlagen hatte, schwoll bereits an, und seine braunen Augen wirkten glasig. Wahrscheinlich hatte er eine Gehirnerschütterung, aber er würde sich erholen. Er hatte Glück gehabt, dass der Fremde ihn nicht direkt getötet hatte. Allerdings schien das Ziel des Angriffs Devon gewesen zu sein …

Eine Hand berührte meine Schulter. Ich wirbelte herum und riss mein Schwert hoch, weil ich glaubte, der Fremde sei zurückgekommen.

»Hey! Hey, Lila!« Mo hob die Hände und zog sich ein paar Schritte zurück. »Ich bin's nur.«

Zischend stieß ich den Atem aus und senkte mein Schwert. Erneut war es still im Laden. Man hörte nur das Rascheln von Devons Kleidung und sein Schluchzen, während er Ashley in den Armen wiegte. Ab und zu stöhnte Felix, als wollte er sich dem Chor der Trauer anschließen.

»Ich war hinten und habe mich am Telefon unterhalten, und plötzlich habe ich Schreie und Rufe gehört. Was ist passiert?«, fragte Mo. Sein Blick wanderte von den toten Männern über Felix zu Devon, der Ashleys Leiche in den Armen hielt. Schließlich sah er wieder mich an.

Ich zog Mo ein Stück zur Seite und erzählte ihm alles.

Mo dachte nach. »Konntest du den Anführer des Angriffs deutlich sehen?«

Ich schüttelte den Kopf. »Er war einfach ein Kerl. Braune Haare, braune Augen, nichtssagendes Gesicht. Ich konnte keine Wappen an seiner Kleidung oder seiner Waffe erkennen, also habe ich keine Ahnung, für welche Familie er arbeiten könnte.«

Mo nickte. Für einen Moment stand er unbeweglich, dann verfiel er in fiebrige Aktivität, als hätte jemand ein Feuer unter seinen Füßen angezündet. Er riss mir das Schwert aus der Hand und legte es auf eine der Vitrinen, bevor er zur Theke eilte und sich meinen Rucksack schnappte. Er wirbelte wieder herum und stürmte zu mir zurück, sodass das Hawaiihemd um seinen Körper flatterte und die Flip-Flops über den Boden klapperten. Er drückte mir den Rucksack an die Brust und klatschte mir ein dickes Bündel Geldscheine in die blutige Hand.

»Du musst hier verschwinden, Lila«, sagte Mo. »Sofort.«

»Was? Warum? Wieso flippst du so aus?«

»Weißt du nicht, wer diese Jungs hier sind? Hast du *ihn* nicht erkannt?« Er deutete mit dem Finger auf Devon.

Ich schüttelte den Kopf. Jetzt war nicht der richtige Zeitpunkt, um zu erwähnen, dass Devon mir vertraut vorkam, ich mich aber nicht erinnern konnte, wo ich ihn schon gesehen haben sollte.

Mo schnaubte ungläubig. »Na ja, spielt auch keine Rolle. Wichtig ist nur, dass du ein paar Männer getötet hast.«

Nichts, was ich nicht schon öfter getan hätte. Doch ich biss mir auf die Lippe, um die Worte zurückzuhalten. Das war Mo bewusst, und im Moment wüsste er meinen Sarkasmus wahrscheinlich nicht zu schätzen.

»Und nicht nur das, du bist mitten in einer Familienfehde gelandet oder einem Mordanschlag oder wie auch immer du es nennen willst. Und du weißt, was das bedeutet.«

Ein kalter Schauder lief mir über den Rücken. Es war schlimm genug, wenn ein Mitglied einer Familie jemanden umbrachte, der für eine andere Familie arbeitete – selbst wenn es ein Akt der Selbstverteidigung war. Aber wenn jemand wie ich – ein Niemand, der zu keiner der Familien gehörte – ein paar ihrer Leute ausschaltete … Nun, das könnte Konsequenzen haben. Wirklich ernsthafte, scheußliche und unangenehme Konsequenzen – für mich.

»Du musst verschwinden«, blaffte Mo. »Jetzt, Lila. Bitte, *bitte*, geh.«

Ich runzelte die Stirn. Mo sagte niemals *bitte*. Selbst wenn er einem Lochness gegenüberstände, das ihm die Gliedmaßen einzeln ausreißen wollte, würde er die Kreatur eher umschmeicheln, beschwatzen und ihr nebenbei noch einen ihrer Tentakel klauen, bevor er um sein Leben bettelte.

Mo fing an, leise vor sich hin zu murmeln. »Ich kann nicht glauben, dass das passiert ist ... wollte doch nur ein paar Dollar verdienen ... dachte nicht, dass er wirklich herkommt ... Sabrina würde mich dafür umbringen ...«

Er tigerte auf und ab, doch ich stürzte mich auf seine letzten Worte.

»Wieso wäre Mom wegen dieser Sache sauer?«

Mo hielt an und riss den Kopf hoch. »Wieso bist du noch hier? Geh. Verschwinde!«

Er packte meine Schultern, wirbelte mich herum und schob mich vorwärts. Mo hatte kein Talent für Stärke, aber er war auch kein Leichtgewicht. Ich konnte nur dorthin gehen, wohin er mich drängte.

Wir erreichten die Schwingtüren, und Mo riss eine davon auf. Er hätte mich einfach auf die Straße geschubst, hätte ich nicht die Hand ausgestreckt und mich am Türrahmen festgeklammert, wobei ich Blut darauf verschmierte. Er stieß mich leicht an, aber ich rührte mich nicht. Erst wollte ich ein paar Antworten.

»Was geht hier vor?«

»Ich gebe dir den Rest deines Geldes später, falls du dir deswegen Sorgen machst. Ich verspreche dir, ich zahle dir sogar das Doppelte. Das Dreifache, wenn du darauf bestehst. Sieh es als Bonuszahlung. Dafür, dass du gehst. Jetzt sofort.«

Ich blinzelte. Mo zahlte mir nie einen Bonus und noch weniger das Dreifache der ausgemachten Summe. Das war noch schockierender, als aus seinem Mund eine Bitte zu hören. Wieso war er so durch den Wind, dass er sich freiwillig von einer Menge Geld trennen wollte, nur um mich loszuwerden? Sicher, der Angriff auf ein paar Mitglieder einer Familie in seinem Laden war nicht gerade gut fürs Geschäft, aber es war auch nicht allzu ungewöhnlich. In Cloudburst Falls wurden quasi täglich Leute auf der Straße überfallen, beraubt oder zusammengeschlagen. Und das alles dank der vielen Mafia-Fehden. Ganz zu schweigen von allen, die ihren Lebensunterhalt damit bestritten, die Touristen zu bestehlen, und den Touristen selbst, die auch ziemlich außer Kontrolle geraten konnten, wenn sie zu ihren Pfannkuchen ein paar Cocktails zu viel gekippt hatten.

»Aber ...«

»Geh einfach, okay?«, meinte Mo. »Gib mir die Chance, alles in Ordnung zu bringen. Ich melde mich später bei dir. Geh einfach nach Hause und dann morgen früh in die Schule, als wäre alles normal, ja? Könntest du das für mich tun, Lila? Bitte?«

Da war schon wieder dieses erstaunliche *Bitte*. Zweimal in zwei Minuten. Mo musste wirklich durcheinander sein, was mein Misstrauen nur verstärkte. Was ging hier vor und wer waren diese Jungs? Doch bevor ich ihn wieder danach fragen konnte, löste er mit einer schnellen Bewegung meine Hand vom Türrahmen und versetzte mir einen Stoß, der mich auf die Straße stolpern ließ.

»Hey!«

Ich wirbelte herum, doch Mo war schneller. Er schloss die Tür hinter mir, dann verriegelte er sie.

»Morgen!«, rief er durch das Glas, das uns jetzt trennte. »Ich schreibe dir morgen eine SMS!«

Dann drehte er das Schild hinter der Tür auf *Geschlossen* und ließ die Jalousien herunter, sodass ich ihn und Devon und Felix nicht länger sehen konnte. Ein paar Sekunden später erlosch auch das Neonschild über der Tür.

Ich hob die Hand, um gegen das Glas zu hämmern, doch in diesem Moment drang ein Murmeln an mein Ohr, und ich sah aus dem Augenwinkel eine Bewegung. Ich drehte den Kopf nach links und stellte fest, dass einige der Touristen mich anstarrten. Sie hatten die Hände über den Mund geschlagen und flüsterten miteinander. Zuerst fragte ich mich, warum sie sich so sehr für mich interessierten, doch dann senkte ich den Blick. Ich hatte das Blut vergessen, das auf meine Cargohose und das T-Shirt gespritzt war.

Ich zog eine Grimasse und drückte mir den Rucksack an die Brust, um das Blut so gut wie möglich zu verstecken, genauso wie das Geld in meiner Hand. Das Flüstern wurde lauter, und ich sah, wie eine der Touristinnen – die Frau, neben der ich in der Straßenbahn gesessen hatte – ihre Kamera aus der Handtasche zog.

Vielleicht hatte Mo ja recht damit, dass ich besser verschwinden sollte.

Also drehte ich den Touristen den Rücken zu, senkte den Kopf und entfernte mich mit schnellen Schritten vom Razzle Dazzle.

Ich verließ den Platz und glitt in eine der Seitengassen. Auf dem gesamten Heimweg drückte ich mir den Rucksack an die Brust und hielt den Kopf gesenkt. Ich wagte es nicht, wieder in eine der Straßenbahnen zu steigen. Nicht jetzt.

Doch glücklicherweise war ein blutbesudeltes Mädchen in Cloudburst Falls kein allzu außergewöhnlicher Anblick, zumindest nicht in den heruntergekommenen Vierteln der Stadt, durch die ich gerade eilte. Also schaffte ich es bis nach Hause, ohne weitere Aufmerksamkeit auf mich zu ziehen.

Zumindest von anderen Leuten.

Ich entdeckte mehr als ein Paar Augen mit geschlitzten Pupillen, die mich aus schattigen Gassen, Nischen und Mülltonnen heraus beobachteten. Leuchtende Punkte, die größer und heller wurden, weil die Monster sich immer näher an die Gehwege heranschoben, über die ich eilte. Da aber immer noch Tag war, wagten sie sich nicht aus ihren Verstecken, um mich anzugreifen.

Als ich endlich bei der Bibliothek ankam, war es nach sechs Uhr, und das Gebäude hatte bereits geschlossen. Ich zog die schwarzen Stäbchen aus meinem Pferdeschwanz, knackte wie üblich das Schloss und glitt ins Haus. Doch statt in den Keller zu gehen, ging ich direkt in die Damentoilette. Ich schaltete das Licht an, warf den Rucksack auf eine Bank neben der Tür und stellte mich vor den Spiegel.

Mein gesamter Körper war mit Blut überzogen.

Die Vorderseite meines T-Shirts war damit getränkt, sodass der Stoff eher braun wirkte als blau. Weiteres Blut war auf meine Cargohose gespritzt, und dicke, eingetrocknete Tropfen klebten auf meinen Sneakers. Ganz zu schweigen von der verschmierten roten Spur auf meiner rechten Wange und dem Blut, das an meinen Händen, Armen und selbst unter meinen Fingernägeln klebte. Mein Magen hob sich, und ich musste heiße Galle hinunterschlucken, die mir in die Kehle stieg.

Gewöhnlich machte mir Blut nichts aus. Ich hatte schon früher Leute getötet. Leute, die mich während meiner Jobs für Mo angegriffen hatten. Andere, die mich angegriffen hatten, weil sie einfach davon ausgegangen waren, dass ein einsames Mädchen ein leichtes Ziel bot. Monster, die aus dunklen Gassen gekrochen waren, entschlossen, mich in ihre nächste Mahlzeit zu verwandeln. O nein, Blut machte mir nichts aus, trotzdem überlief mich beim Anblick meines Spiegelbildes ein kalter Schauder.

Denn dieses Mal gehörte das Blut einer toten Frau – einer Frau, die mich viel zu sehr an mich selbst erinnert hatte.

Ein seltsames Gefühl ergriff Besitz von mir. Ich zog mein T-Shirt aus, wickelte es in ein paar Papierhandtücher aus dem Spender neben dem Waschbecken und schob es ganz unten in einen der Mülleimer. Dann drehte ich das Wasser auf, so heiß, wie es nur ging, und fing an, mir das Blut abzuwaschen, obwohl meine Hände so heftig zitterten, dass ich eigentlich nur mit Wasser spritzte.

Ich brauchte eine Weile, um meine Gefühle wieder unter Kontrolle zu bekommen. Aber zehn Minuten später waren meine Hände wieder ruhig. Auch mein Magen hatte sich beruhigt, und die Übelkeit war nur noch eine unangenehme Erinnerung. Ich wischte mir die scharlachroten Spuren von der Haut und schaffte es sogar, die meisten Flecken aus der Hose und von den Schuhen zu entfernen. Ich drehte das Wasser ab.

Zitternd stand ich in Hose und BH vor dem Spiegel, aber ich hatte bereits alle Papierhandtücher aufgebraucht, und mir stand nicht der Sinn danach, mir noch mehr aus der Herrentoilette zu holen.

Wieder beugte ich mich vor und musterte mein Spiegelbild. Schulterlanges, schwarzes Haar, bleiche Haut und eine bläuliche Schwellung auf der Wange, wo der Kerl in der Pfandleihe mich geschlagen hatte. Jetzt sah ich wieder aus wie ich selbst. Vielleicht wirkten meine blauen Augen ja ein wenig dunkler und gehetzter als noch heute Morgen, doch auch das war nichts Neues.

Man tat nicht die Dinge, die ich tat – lügen, stehlen, betrügen und töten –, ohne dass es Auswirkungen hatte. Man räumte nicht Touristen die Taschen aus, die nur in der Stadt waren, um ein wenig Spaß zu haben, ohne dabei ein schlechtes Gewissen zu bekommen. Man tötete keine einfachen, hungrigen Kreaturen, die damit, dass sie einen fressen wollten, nur ihrer Natur folgten, ohne ein paar Gewissensbisse zu spüren. Und besonders konnte man kaum die Nachwirkungen des Mordes an der eigenen Mutter miterleben und zu der Überzeugung kommen, dass es nichts gab, was man hätte tun können, ohne dass einem dabei das Herz brach.

Meine Gedanken wanderten zu Devon. Ich fragte mich, welche Narben der heutige Tag wohl bei ihm zurücklassen würde – denn er hatte zusehen müssen, wie seine Leibwächterin starb, um ihn zu schützen. Zweifellos würde er mehr leiden als ich. Ich fragte mich, ob Devons Gefühle sich wohl verhärten würden, bis dieser heiße Funke tief in ihm verlosch, erstickt unter all seinen Schuldgefühlen. Schwer zu sagen.

Ich griff nach meinem Handy, das ich neben den Rucksack gelegt hatte. Keine Nachricht von Mo. Ich fragte mich, was er wohl getan hatte, nachdem ich das Razzle Dazzle verlassen hatte. Er würde irgendwen über den Angriff informieren müssen. Da Devon, Felix und Ashley zu einer der Familien gehörten, würde sich die normale Tölpel-Polizei nicht einmischen. Aber irgendwer musste etwas tun, und sei es nur, die toten Männer aus dem Laden zu räumen und alles unter den sprichwörtlichen Teppich zu kehren.

Doch ich hatte keine Chance, Antworten auf meine Fragen zu erhalten, bis Mo Kontakt zu mir aufnahm.

Also sammelte ich meine Sachen ein, schaltete das Licht aus und ging in den Keller, um ins Bett zu kriechen, auch wenn ich genau wusste, dass es Stunden dauern würde, bis ich wirklich einschlafen konnte.

Nach einer Nacht voller blutiger Träume stand ich am nächsten Morgen auf und ging in die Schule. Doch im Geiste war ich bei Ashley. Ich fragte mich, wie lange sie wohl als Leibwächterin für die Familie gearbeitet hatte und ob Devon und Felix wirklich ihre Freunde gewesen waren oder ob sie das Ganze nur als Job gesehen hatte. Ich fragte mich auch, ob sie wohl Familie besaß – eine echte Familie, nicht nur die dämliche Mafia-Familie, der sie sich aus irgendwelchen Gründen angeschlossen hatte.

Ich fragte mich eine Menge Dinge, die mich eigentlich nichts angingen.

Doch der Schultag verging wie jeder andere auch. Und dasselbe galt für den nächsten ... und den danach ... und den danach ...

Mo schickte mir ein paar kryptische SMS, erklärte, dass er sich um alles kümmerte, aber er rief mich nicht an. Und ich wagte es nicht, zur Pfandleihe zu gehen, bevor er mir nicht Entwarnung gab. Also vergingen die Tage, und ich wusste immer noch nicht, was los war oder ob überhaupt etwas vor sich ging.

Die Ungewissheit trieb mich in den Wahnsinn. Aber ich konnte nichts anderes tun, als mich jeden Tag in die Schule zu schleppen und danach ein Diner zu finden, in dem ich den

Nachmittag verbringen konnte, bis die Bibliothek schloss. Ich räumte ein paar Touristen die Taschen aus, um für mein tägliches Essen aus Cheeseburgern mit Pommes zu bezahlen. Ich gab nichts von dem Geld aus, das Mo mir für den Diebstahl der Rubinkette gegeben hatte. Keinen einzigen Dollar.

Daran klebte einfach zu viel Blut.

Und hier war ich jetzt, wieder in der Schule, und fragte mich, in welcher billigen Kaschemme ich heute Nachmittag herumhängen konnte, während ich gleichzeitig alle fünf Minuten auf mein Handy starrte, um zu kontrollieren, ob Mo mir eine SMS geschrieben hatte. Es war die letzte Schulwoche vor den Ferien, und eigentlich gab es nur noch diese lächerlichen Sonderaktivitäten am Jahresende. Ich hätte sie natürlich schwänzen können. Doch ich ging grundsätzlich bis zum letzten Tag zur Schule. Jeden Tag stellte ich mich in die Schlange vor dem Frühstücks- und Mittagessenbuffet, denn dort konnte ich ein paar Kekse und Äpfel mitgehen und in meinem Rucksack verschwinden lassen, um sie später zu essen.

Der letzte Gong des Tages erklang, und ich ging gerade Richtung Ausgang, als endlich mein Handy piepte und ich eine Nachricht von Mo entdeckte. Ich hielt im Flur an und sah auf das Display.

Alles wird gut. Zettle keinen Kampf an. *Bitte*

Ich seufzte. Eine weitere geheimnisvolle Nachricht, die mir absolut gar nichts verriet. Ich fragte mich, mit wem ich seiner Meinung nach einen Kampf anfangen sollte. Sicherlich nicht mit den Tölpeln in der Schule. Dazu war ich zu klug. Oh, ich konnte jedem in den Hintern treten, der dämlich genug war, sich mit mir anzulegen. Meine Mom hatte mir beigebracht, auf mich selbst aufzupassen – und zwar ordentlich. Aber eine Prügelei hätte bedeutet, dass die Schule mit meinen Eltern reden wollte, und da ich keine Eltern hatte, würde das unzählige unangenehme Frage darüber aufwerfen, warum ich nicht bei einer Pflegefamilie untergebracht war, wo ich wohnte, und viele Probleme mehr, die ich mir gar nicht ausmalen wollte.

Ich wartete, doch Mo schickte keine weitere SMS. Also schob ich das Handy wieder in die Hosentasche, öffnete die Türen und trat in den hellen Sommersonnenschein.

Ich bemerkte den Geländewagen erst, als ich schon fast den Gehweg erreicht hatte.

Das Auto kauerte am Randstein wie ein riesiger schwarzer Käfer. Alles daran war schwarz – schwarze Lackierung, schwarze Fenster, schwarze Reifen. Es war die Art von Auto, die in Actionfilmen von Regierungsagenten benutzt wurde, um Leute verschwinden zu lassen – für immer.

Doch das hier war viel, viel schlimmer als ein Auto der Regierung, denn auf der Fahrertür prangte ein großes Wappen – eine weiße Hand, die ein Schwert in die Luft hielt. Ich mochte ja nichts mit den Familien zu tun haben, trotzdem erkannte ich das Wappen der Sinclair-Familie.

Ich hatte schon vorher so meine Vermutungen gehabt, trotzdem musste ich ein Stöhnen unterdrücken. Natürlich musste es diese Familie sein. Schlimmer hätte es nur kommen können, wenn die Draconi-Familie es auf mich abgesehen hätte.

Ein Typ lehnte an der Seite des Geländewagens, die Arme vor der muskulösen Brust verschränkt. Sein Haar war goldblond und cool nach hinten frisiert, und seine gebräunte Haut betonte noch seine hellblauen Augen. Er war der attraktivste Mann, den ich je gesehen hatte. Und ich war bei Weitem nicht die Einzige, die ihn bemerkte. Alle Mädchen, die an ihm vorbeigingen, hielten kurz an, um ihn mit den Augen zu verschlingen – besonders da er nicht viel älter wirkte als die Schüler. Er konnte höchstens zwanzig sein.

Zu dumm, dass er nicht allein war.

Neben ihm standen Felix und ein älterer Mann mit schlohweißem Haar in einem Dreiteiler aus Tweed. Dünne silberne

Manschetten glänzten an ihren Handgelenken, und der Goldjunge trug ein Schwert an der Hüfte. Felix richtete sich auf, sobald er mich sah, und stieß Goldjunge mit dem Ellbogen an. Verdammt.

Wäre ich weggelaufen, hätte das nur die Aufmerksamkeit auf mich gelenkt, also ging ich einfach weiter, wobei ich mich hinter einer Gruppe Football-Spieler einreihte. Ich erreichte den Gehweg und bog nach links ab, weg von dem Geländewagen. Ich zog den Kopf ein und eilte weiter. Ich lief noch nicht, aber ich dachte ernsthaft darüber nach ...

Ein Paar Stiefel erschien vor mir auf dem Gehweg, und ich musste anhalten, um den Besitzer nicht zu rammen.

»Hast du es eilig?«, fragte Goldjunge. Sein Lächeln erzeugte ein perfektes Grübchen in seiner linken Wange.

»So könnte man es ausdrücken.«

Ich wollte um ihn herumgehen, aber er trat mir in den Weg. Ich bewegte mich in die andere Richtung, doch er schnitt mir wieder den Weg ab. Wir exerzierten das Ganze noch ein drittes Mal durch, bevor er die Hand hob, als wollte er meinen Arm packen. Ob nun attraktiv oder nicht, ich fletschte die Zähne.

»Berühr mich, und du hast ein Problem.«

Seine goldenen Augenbrauen schossen nach oben, und sein Blick huschte an mir vorbei. Hinter uns erklangen Schritte. Viel zu spät fielen mir seine Freunde wieder ein. Ich warf einen Blick über die Schulter. Und tatsächlich, Felix und der ältere Mann standen jetzt hinter mir. Ich wich zurück, bis wir vier in einem losen Kreis standen, die drei auf einer Seite, ich auf der anderen.

»Ja, das ist sie«, sagte Felix. »Das ist das Mädchen aus der Pfandleihe. Das Mädchen, das Devon gerettet hat.«

Ich öffnete gerade den Mund, um ihm zu sagen, dass er sich irrte, als mein Handy brummte.

»Ich könnte mir vorstellen, dass das Ihr Freund Mo ist, der Sie darum bittet, ruhig mit uns zu kommen«, erklärte der ältere

Mann, in dessen kultivierter Stimme ein englischer Akzent mitschwang. »Warum sehen Sie nicht nach?«

Das machte mich nur noch misstrauischer, also wich ich einen Schritt zurück, bevor ich das Handy aus der Hosentasche zog und die Nachricht las. Und tatsächlich, sie war von Mo.

Geh mit Reginald. Ich werde alles erklären, wenn wir uns sehen.

Ich musterte die drei Kerle vor mir, dann schrieb ich zurück.

Das kannst du nicht ernst meinen.

Geh mit Reginald. Kein Kampf. *Bitte*

Da war schon wieder dieses dämliche *Bitte*. Aber eigentlich hatte ich gar keine andere Wahl. Felix konnte ich vielleicht erledigen, aber Goldjunge und der ältere Mann wirkten, als könnten sie mir Probleme bereiten. Außerdem warfen mir die anderen Schüler auf dem Gehweg bereits seltsame Blicke zu. Sie mochten mich ja bis jetzt kaum bemerkt haben, aber plötzlich war ich unglaublich interessant.

Also seufzte ich und schrieb Mo noch eine SMS.

Schön. Aber wenn sie mich ermorden, ist es *deine* Schuld.

Abgemacht!

Ich starrte das Handy böse an. Typisch Mo, mich einfach anzuweisen, zu drei Fremden in ein Auto zu steigen. Ich wartete, doch es kam keine weitere SMS, also schob ich das Handy wieder in die Hosentasche.

»Wer von euch ist Reginald?«

Der ältere Mann verbeugte sich förmlich vor mir. »Das bin ich, Miss. Winston Reginald, zugehörig zur Sinclair-Familie.« Er deutete auf den Goldjungen. »Und das ist Grant Sanders. Ich glaube, Felix Morales kennen Sie bereits.«

Ich musste schwer an mich halten, um mir meine Überraschung nicht anmerken zu lassen. Winston Reginald sah aus und klang wie ein perfekter Butler, weil er genau das war. Als Butler der Sinclair-Familie führte er das Herrenhaus und beaufsichtigte die täglichen Aufgaben von der Küche über die Gärtner bis hin zu der Entscheidung, wem Audienzen mit den Familienmitgliedern zugestanden wurden. Ich hatte einmal gehört, wie Mo sich darüber beschwert hatte, dass ohne Termin an Reginald vorbeizukommen schwerer war, als einem Toten eine Lebensversicherung zu verkaufen. Und auch Grant und Felix waren offensichtlich mehr als nur normale Wachen.

Die Sache war ernster, als ich vermutet hatte.

»Wie ich schon sagte, gehören wir zur Sinclair-Familie«, wiederholte Reginald. Offensichtlich hatte er mein Schweigen als Sorge gedeutet und hatte damit den Nagel auf den Kopf getroffen. »Wir wollen Ihnen nichts Böses.«

Klar. Genau. Weil in einen schwarzen Geländewagen voller Familienmitglieder steigen für Leute wie mich ja immer gut ausging.

Reginald nickte auffordernd, seine Miene neutral, während ein kurzes, wachsames Lächeln über Grants Gesicht huschte.

Doch am überraschendsten war Felix' Reaktion – er zwinkerte mir erst zu, dann schenkte er mir ein breites Lächeln. Er flirtete mit mir, wie er es schon in der Pfandleihe getan hatte. Ich verdrehte die Augen, aber das schien ihn nur noch mehr zu amüsieren. Ich hatte so das Gefühl, dass Felix Morales genau wusste, wie gut er aussah, und das einsetzte, um jedes Mädchen zu verführen, das ihm unter die Augen trat. Süß, frech und arrogant. Der perfekte Herzensbrecher.

Sie hatten mich nicht nach meinem Namen gefragt, also ging ich davon aus, dass sie ihn bereits kannten. Sonst wären sie gar nicht hier gewesen. Offensichtlich hatte das alles etwas mit dem Angriff im Razzle Dazzle zu tun, auch wenn ich mir nicht vorstellen konnte, was sie von mir wollten. Ich war zur falschen Zeit am falschen Ort gewesen und hatte den dämlichen Fehler begangen, mich einzumischen. Mehr war es nicht gewesen, und mehr wollte ich daraus auch nicht machen.

Besonders, wenn die Sinclair-Familie damit zu tun hatte.

»Und nun, wenn Sie so freundlich wären, Miss.« Reginald machte eine einladende Geste Richtung Geländewagen. »Wir haben einen Zeitplan einzuhalten.«

Grant trat noch näher an mich heran, und seine Hand sank auf den Knauf seines Schwertes, als rechnete er damit, die Waffe ziehen zu müssen, um mich nicht allzu freundlich davon zu überzeugen, mich ihnen anzuschließen. Sicher, ich hätte mich wehren können, hätte ich wirklich geglaubt, dass mir die Flucht gelingen könnte – was ich nicht tat.

Vor diesen Leuten konnte ich nicht fliehen. Auf keinen Fall. Ich hatte nie eine Chance gehabt.

Nicht, seit meine Mom ermordet worden war.

Also stapfte ich zum Auto. Reginald eilte an mir vorbei und öffnete die hintere Tür für mich. Felix ging um das Auto herum und stieg neben mir ein, während Grant hinter das Lenkrad rutschte. Die drei schlossen ihre Türen fast gleichzeitig. Die dumpfen Schläge klangen wie das Schließen eines Sargdeckels.

Und es war mein Sarg.

Grant startete den Motor, und los ging's.

Er ließ die Highschool hinter sich, lenkte den Wagen auf eine der Hauptstraßen und umfuhr den Midway. Niemand im Geländewagen sagte etwas, und das Radio war ausgeschaltet.

Felix sah mich unverwandt an, als erwartete er, dass ich anfangen würde zu plappern, um das Schweigen zu brechen. O bitte. Dafür war ich zu klug. Ich dachte darüber nach, seinen Blick zu erwidern und meine Seelensicht einzusetzen, um herauszufinden, was hier vor sich ging, doch dann sparte ich mir die Mühe lieber. Er war nicht derjenige, der hier das Sagen hatte. Das waren Grant und Reginald. Zu dumm, dass Grant hinter dem Steuer saß und Reginald nach vorne durch die Windschutzscheibe starrte, sodass ich meine Magie auf keinen der beiden anwenden konnte. Was auch immer hier vor sich ging, ich würde warten müssen, bis man mir alles erklärte.

Ich vertraute Mo, soweit ich irgendwem vertraute, und er hätte nie etwas getan, das mich in Gefahr gebracht hätte. Trotzdem umklammerte ich meinen Gürtel und ließ die Finger über einen der Wurfsterne gleiten. Es beruhigte mich zu wissen, dass ich nicht unbewaffnet war, falls das hier schieflief.

Grant verließ die Hauptstraße, bog in eine Seitenstraße ab und lenkte den Geländewagen über die Lochness-Brücke, die ich auch in der Nacht überquert hatte, in der ich die Rubinkette gestohlen hatte. Doch statt zu verlangsamen und ein paar

Münzen aus dem Fenster in den Fluss zu werfen, raste Grant einfach über das Kopfsteinpflaster. Dreißig Sekunden später hatte der Geländewagen die Brücke überquert.

»Du hast den Zoll nicht gezahlt«, murmelte ich.

»Zoll? Welchen Zoll?«, fragte Felix.

»Für das Lochness.«

Ich drehte mich auf meinem Sitz um und starrte aus der Heckscheibe. Vielleicht bildete ich es mir nur ein, aber die Oberfläche des Flusses schien ein wenig unruhiger als gewöhnlich, als wollte sich jeden Moment etwas aus dem Wasser erheben und sich holen, was ihm zustand. Mann, ich hätte darauf gewettet, dass das Lochness ziemlich sauer war. Ich wäre es jedenfalls gewesen. In dieser Stadt drehte sich alles um Territorien.

Grant lachte. »Du glaubst nicht wirklich an diese alten Märchen, oder?«

»Das sollten wir alle tun«, meinte Reginald.

Der steife Ton des älteren Mannes sorgte dafür, dass Grant die Stirn runzelte. Reginald drehte sich in seinem Sitz um und musterte mich, als wäre er überrascht, dass ich so etwas überhaupt wusste.

Aber meine Mom hatte mir alles über die alten Traditionen beigebracht. Ich wusste, wo welche Monster lebten, ob in der Stadt, in den Wäldern oder auf dem Berg. Und ich wusste auch, welchen kleinen Tribut man ihnen jeweils zahlen musste, um ihr Revier unbeschadet durchqueren zu dürfen. Tatsächlich hatte ich die Monster immer irgendwie als sehr distanzierte Haustiere betrachtet. Na ja, wenn man coole Haustiere mochte, die einen aber jederzeit fressen konnten. Und das tat ich absolut.

Doch Reginald starrte mich weiterhin an, als wäre mein Wissen über Monster absolut schockierend. Dachten diese Kerle, ich wäre irgendein Touristen-Tölpel, der während des Angriffes aus Versehen in die Pfandleihe gestiefelt war? Um dann nach irgendeinem Schwert zu greifen und es zu schaffen, ohne Training zwei Männer zu töten?

Mo hatte ihnen doch sicher erzählt ... Nun, ich hatte keine Ahnung, was Mo ihnen erzählt hatte. Aber was auch immer es gewesen war, es hatte ihr Interesse genug geweckt, um mich quasi zu entführen. Ich fragte mich, wo sie mich wohl hinbrachten. Wahrscheinlich an einen abgelegenen Ort, an dem es eine Betonmischmaschine und ein Schwimmbad gab, damit sie mich über den Angriff befragen konnten. Ein anderer Grund für mein dreiköpfiges Empfangskomitee fiel mir einfach nicht ein.

Ich saß stumm und grübelnd auf meinem Platz. Irgendwann fiel mir auf, dass der Geländewagen keineswegs nach Westen Richtung Pfandleihe oder in die Vororte fuhr. Nein, wir fuhren nach Norden – den Berghang hinauf.

Mir rutschte das Herz in die Hose.

Grant lenkte den Geländewagen über die kurvigen Straßen, vorbei an einem Herrenhaus nach dem anderen. Jede Menge reicher Menschen und Magier hatten sich über die Jahre Bauplätze an den Hängen des Cloudburst Mountain unter den Nagel gerissen, um dort Ferienhäuser und Villen zu bauen. Und je weiter man den Hang erklomm, desto besser war die Aussicht und umso mehr Geld, Magie und Macht besaß man.

Die reichen Leute hier verschlossen genauso wie die Beamten der Stadt die Augen vor dem Einfluss und den Fehden der Familien. Sie betrachteten sie als weißes Gesindel, als mafiaähnliche Gruppierungen und pflegten so wenig Umgang mit ihnen wie nur möglich. Für die Mittelklasse und die ärmere Bevölkerung war das leider nicht möglich, denn sie waren auf die Familien angewiesen – von ihren Jobs in den Touri-Läden bis hin zum Schutz vor Monstern.

Mein Verdacht, wohin wir unterwegs waren, bestätigte sich einige Minuten später, als der Geländewagen durch ein offen stehendes, schmiedeeisernes Tor in eine Einfahrt abbog. Der

Wagen erklomm einen steilen Hügel, dann kam unser Ziel in Sicht – ein Gebäude aus schwarzem Stein.

Das Herrenhaus der Sinclair-Familie.

Dutzende Fragen schossen mir durch den Kopf, zusammen mit noch lebhafteren Bildern von Zementmischmaschinen, Schwimmbädern und Betonschuhen. Felix starrte mich wieder an, als rechnete er damit, dass ich jetzt endlich anfangen würde zu reden. Aber ich hielt meine Miene ausdruckslos.

Grant lenkte das Auto über eine breite Steinbrücke auf eine kreisförmige Zufahrt, in deren Mitte ein Brunnen plätscherte. Dann hielt er an, und ich konnte mir das Haus genauer ansehen.

Das Herrenhaus der Sinclairs war groß, selbst nach den Maßstäben der Familien. Manche Teile ragten sieben Stockwerke in die Höhe, und der schwarze Stein vermittelte unerschütterliche Beständigkeit. Die Türme, die man sogar von der Stadt aus sehen konnte, wirkten aus der Nähe noch höher. Sie erhoben sich in den Sommerhimmel, und auf jeder Spitze wehte eine weiße Flagge mit dem Familienwappen der Sinclairs – dieser Hand, die ein Schwert hielt, allerdings diesmal schwarz auf weißem Grund.

Eine Menge Balkone und Terrassen ragten aus der Fassade, und Treppen erstreckten sich von einem Stockwerk zum nächsten. Die Stufen klammerten sich an das Gebäude wie die silbernen Fäden eines Spinnennetzes. Dieses Herrenhaus war nicht schön. Nicht im Geringsten. Dafür war es zu groß und klotzig. Es wirkte eher, als hätte man den Fels des Berges bearbeitet, um seine groben Formen freizulegen. Trotzdem strahlte es eine unterschwellige Stärke aus, als wäre das Haus so ewig wie der Berg, aus dem es geschlagen worden war.

Ich konnte mich nicht davon abhalten, aus dem Fenster zu spähen, um alles in mich aufzunehmen. Felix verzog amüsiert die Lippen.

Ich schaute am Haus vorbei und musterte die grünen Rasenflächen, die sich wie dicke Teppiche in alle Richtungen bis zum Waldrand dahinter erstreckten. Obwohl ich fast einen Kilometer entfernt war, entdeckte ich mühelos die Wachen, die sich zwischen den immergrünen Bäumen bewegten. Sie alle trugen schwarze Hosen und Umhänge zusammen mit schwarzen Musketier-Hüten mit weißen Federn daran. Silberne Manschetten glänzten an ihren Handgelenken, und von ihren Hüften baumelten Schwerter. Höher auf dem Berg drängten sich dichte, weiße Wolken um die Spitze und erschienen mir dank meines Sichttalents so nah, dass ich glaubte, sie berühren zu können.

»Trautes Heim, Glück allein«, sagte Grant, als er den Motor ausschaltete. »Dann lasst uns mal die Familie begrüßen. Zumindest das, was davon noch übrig ist.«

Reginald schenkte ihm einen weiteren, scharfen Blick, und Felix zog eine Grimasse.

Ich rutschte zur Tür, doch noch bevor ich die Hand nach dem Griff ausstrecken konnte, war Reginald schon da und hatte sie geöffnet. Ich blinzelte. Ich hatte nicht einmal mitbekommen, wie er ausgestiegen war. Er musste irgendein Geschwindigkeitstalent besitzen.

Ich stieg aus dem Auto, und Reginald machte eine Geste in Richtung Haus.

»Hier entlang, bitte, Miss.«

Grant und Felix traten hinter mich, also blieb mir keine andere Wahl, als Reginald zu folgen.

Der Butler der Sinclair-Familie ging hochaufgerichtet und mit schnellen Schritten zur Tür. Seine Kleidung schien es nicht zu wagen, Falten zu werfen, und noch weniger hatte sie Flecken. Wenn ich nicht ganz falschlag, war Reggie die Art von Person, die Listen, Ordnung und Regeln liebte und die Leute hasste, die diese Regeln brachen – wie mich.

Reginald öffnete die Tür und trat hindurch. Ich folgte ihm mit Grant und Felix immer noch hinter mir.

Von außen mochte das Herrenhaus ja roh, dunkel und klotzig wirken, aber die Innenräume waren edel, hell und erlesen. Die Böden bestanden aus poliertem weißem Marmor, der glänzte wie Glas. Farbe mit echten Gold-, Silber- und Bronzepartikeln darin bedeckte die Wände, während von der Decke Kristalllüster hingen, die ihr funkelndes Licht in alle Richtungen warfen. Und die Möbel waren noch erlesener – dunkles, schweres Holz, farbenfrohes Buntglas und echte Juwelen. Die Bilder, die ich in Magazinen und dem Internet gesehen hatte, wurden dem Herrenhaus der Sinclairs nicht gerecht – nicht ansatzweise.

Ich bemühte mich sehr, nicht offen zu gaffen – wirklich! Aber bald schon gab ich auf, auch wenn ich mich benahm wie ein lächerlicher Touri-Tölpel, dem der Mund vor Erstaunen weit offen stand, während er sich mit großen Augen umsah.

Es ging nicht nur darum, wie kostbar alles war – sondern auch darum, wie gepflegt das Haus wirkte. Alles glänzte, als wäre es erst vor Minuten poliert worden. Zweifellos war das den Pixies zu verdanken, von denen ich mehrere entdeckte. Alle waren ungefähr fünfzehn Zentimeter groß und sahen aus wie winzige Menschen mit durchsichtigen Flügeln auf dem Rücken. Sie schossen durch die Luft, wobei sie die verschiedensten Dinge trugen – von Staubtüchern über Wischmopps bis hin zu kleinen Eimern mit Wasser.

Grundsätzlich wurden Pixies den Monstern zugerechnet, da sie nicht – wie Menschen und Magier – vollkommen menschlich waren. Oder zumindest nicht menschengroß. Aber eigentlich waren die Pixies die Haushälter der Welt. Sie boten ihre Dienste im Tausch gegen Kost, Logis und Schutz an. Ich hatte immer darauf gehofft, dass mal ein Pixie – ein Niemand wie ich, ohne Familie – sich im Keller der Bibliothek einnisten würde, damit wir einen ähnlichen Handel schließen konnten. Denn ich hasste es, mein Bett zu machen, zu waschen und mich überhaupt mit Hausarbeit zu beschäftigen. Aber das war nie passiert. Ich hätte darauf gewettet, dass kein Mitglied der Sinclair-Familie sein eigenes Bett machen musste. Ich war mir ziemlich sicher, wer auch immer hier wohnte, musste nie auch nur einen Finger im Haushalt rühren. Nicht mit all diesen Pixies.

Reginald folgte einer Pixie-Frau, die ein Tablett mit Gurkensandwiches auf dem Kopf balancierte. Offensichtlich wollte sie an denselben Ort wie wir.

Ich sah mich weiter mit großen Augen um, während wir von einem Raum zum anderen wanderten, von einem Flügel des Herrenhauses in den nächsten. Wir drangen so tief in das Gebäude vor, dass ich irgendwann keine Ahnung mehr hatte, wo wir uns befanden – oder wie ich wieder rauskommen sollte.

Oder ob ich jemals wieder rauskommen würde.

Schließlich schob Reginald eine große Flügeltür auf, und wir traten in eine Bibliothek, die sich über drei Stockwerke erstreckte, bis zum Dach dieses Teils des Hauses. In jedem Stockwerk gab es verschiedene Galerien, die alle von Bücherregalen gesäumt wurden und den Blick auf den quadratischen Lesesaal im Erdgeschoss freigaben. Statt einer Decke erhob sich über uns ein pyramidenförmiges Dach aus weißen und schwarzen Glasflächen, die ein Muster aus Licht und Schatten auf den Boden zauberten.

Im Erdgeschoss zog sich ein Mahagoniregal voller Bücher, Fotos, Briefbeschwerer aus Kristall und anderem, teurem Schnickschnack an einer Wand entlang. Im hinteren Teil des Raumes stand ein antiker Schreibtisch aus Ebenholz vor verschiedenen Glastüren, die auf eine Terrasse führten, die sich über die gesamte Länge der Bibliothek erstreckte. Von der Decke baumelte ein weiterer Lüster, dessen hängende Kristalle an Eiszapfen erinnerten.

Ich beäugte die Regale und fragte mich, ob ich wohl unauffällig einen oder zwei silberne Bilderrahmen in meine Taschen mogeln konnte. Dass man mich quasi gegen meinen Willen hergebracht hatte, bedeutete noch lange nicht, dass ich mit leeren Händen wieder verschwinden musste. Wie Mo gesagt hatte, hielt ich immer nach Gelegenheiten Ausschau, mehr Geld in die Finger zu bekommen, zusammen mit Silberbesteck, Schmuck und anderen kleinen Kostbarkeiten.

Die Pixie-Frau flatterte zu einem weißen Marmorkamin, der fast die gesamte gegenüberliegende Wand einnahm. Sie stellte ihr Tablett neben ein zweites, auf dem eine Teekanne, Löffel und mehrere Tassen angerichtet waren. Ich dagegen konzentrierte mich auf die Gestalt, die an dem Tisch saß – ein vertrautes Gesicht mit verschlagenen, schwarzen Augen.

»Lila!«, rief Mo und sprang von dem Samtsofa. »Endlich! Da bist du ja!«

Er sah aus wie immer, in weißer Hose, Flip-Flops und einem blutroten Hawaiihemd mit einem Muster aus Hula-Mädchen. Ich löste mich von meinem Gefolge, schnappte mir Mos Arm und zog ihn in den hintersten Teil der Bibliothek neben die Terrassentüren. Ich warf noch einen kurzen Blick über die Schulter, um sicherzustellen, dass niemand uns hören konnte, dann wandte ich mich ihm zu.

»Was soll das?«, zischte ich. »Wer sind diese Männer, wieso haben sie vor der Schule auf mich gewartet und warum haben sie mich ins *Herrenhaus der Sinclair-Familie* gebracht?«

Mo strahlte mich an. »Das hier, Mädchen, ist eine Gelegenheit. Eine einmalige Gelegenheit!« Sein Lächeln verblasste. »Und ehrlich, in Anbetracht der Umstände war es das Beste, was ich für dich tun konnte.«

»Was meinst du damit?«

»Ich will sagen, dass ich ziemliche Mühe hatte, die Sinclairs davon zu überzeugen, dass du nichts mit dem Angriff im Razzle Dazzle zu tun hattest. Dass du nur eine unbeteiligte Zuschauerin warst, die zur Rettung geeilt ist.«

Ich kniff die Augen zusammen. »Was ist passiert, nachdem

du mich aus dem Laden gedrängt hast? Was hast du in den letzten Tagen getrieben? Was um Himmels willen geht hier vor?«

Mo wischte meine Sorgen mit einer Handbewegung zur Seite. »Oh, das wirst du in ein paar Minuten herausfinden. Versprich mir nur eines.«

»Was?«

»Lass mich die Verhandlungen führen.« Er zögerte. »Außer du glaubst, einen besseren Deal herausschlagen zu können. Dann kannst du dich jederzeit melden.«

»Deal? Was für ein Deal ...«

Bevor ich ihn noch mal fragen konnte, was hier eigentlich vorging, öffneten sich die Türen zur Bibliothek, und Devon betrat den Raum.

Dunkelbraune Haare, grüne Augen, kantiges Gesicht, muskulöser Körper. Er sah aus wie beim letzten Mal, mit einem bedeutenden Unterschied: Er hatte die Stoffhose und das T-Shirt, die er im Razzle Dazzle getragen hatte, gegen ein schwarzes Hemd unter einem schwarzen Anzug eingetauscht. Mir rutschte das Herz in die Hose. Nur hochstehende Familienmitglieder trugen solche Anzüge, und auch das nur zu besonderen Gelegenheiten.

Wie zum Beispiel bei einer Hinrichtung.

Devon nickte mir zu, dann stellte er sich zu Grant und Felix, die sich an den Gurkensandwiches gütlich taten, die die Pixie-Frau gebracht hatte.

Reginald ging zur Tür und hielt einen Flügel auf, damit eine Frau in die Bibliothek schlendern konnte. Wie Devon trug sie einen einfachen, aber teuren, schwarzen Anzug, auch wenn sie ihn mit Pumps kombiniert hatte, deren Stiletto-Absätze ungefähr zehn Zentimeter hoch waren. An ihrem linken Arm funkelte eine silberne Uhr, während um ihr rechtes Handgelenk die Manschette mit dem Familienwappen der Sinclairs prangte, diese dämliche Hand mit dem Schwert. Ihr Haar war von einem wunderschönen Kastanienbraun, während ihre Augen in kaltem, klarem Grün strahlten. Und ich erkannte sie, wie ich Deah Draconi erkannt hatte.

Das war Claudia Sinclair, das Oberhaupt der Sinclair-Familie, die mächtigste Frau der Stadt.

Claudia hielt neben Devon an. Als sie nebeneinanderstanden, war die Ähnlichkeit offensichtlich, und ich hätte mich selbst dafür schlagen können, dass ich ihn nicht früher erkannt hatte. Wie zum Beispiel im Razzle Dazzle.

Hätte ich es gewusst, hätte ich vielleicht doch zugelassen, dass der Angreifer Devon erwürgte.

Ich wirbelte zu Mo herum. »Dieser Kerl ist Devon *Sinclair*? Claudia Sinclairs *Sohn*?«

Ich hatte die Worte durch zusammengebissene Zähne hervorgestoßen, aber lauter gesprochen, als ich beabsichtigt hatte. Die anderen hörten mich. Besonders Felix schien amüsiert. Er rammte Devon den Ellbogen in die Seite, als fände er meine Ahnungslosigkeit erheiternd. Wenn das hier so weiterlief, stand ich wirklich dämlicher da als ein Touri-Tölpel. Doch im Moment war ich zu wütend, um mich darum zu scheren.

Mo nickte.

Diesmal achtete ich darauf, meine Stimme zu senken. »Warum war Devon Sinclair in deinem Laden?« Ein Verdacht keimte in mir auf. »Du hattest nicht vor, ihm diese Rubinkette zu verkaufen, oder?«

Mo schenkte mir einen beleidigten Blick. »Natürlich nicht. Dafür hatte ich bereits einen anderen Käufer.«

Ich verschränkte die Arme vor der Brust, also seufzte Mo und beantwortete endlich meine Frage.

»Devon war vor einer Weile auf dem Midway unterwegs, auf der Suche nach einem Geschenk für seine Mutter«, erklärte er. »Ich hatte für den Tag einen Stand gemietet, um ein paar meiner besseren Stücke zu präsentieren, und … eventuell habe ich angedeutet, dass noch hochwertigere Dinge im Razzle Dazzle lagern. Dinge, die selbst das Oberhaupt der Sinclair-Familie beeindrucken würden.«

Das passte zu dem, was Devon mir erzählt hatte. Doch das war nicht gut. Überhaupt nicht gut. Ich bekam Kopfweh. Das war richtig, richtig übel.

»Und der andere Typ? Felix?«

»Felix Morales. Sohn von Angelo Morales, dem Apotheker der Familie, und Devons bester Freund.«

»Und die Leibwächterin?«

»Ihr Name war Ashley Vargas. Ein weiteres Familienmitglied, wenn auch ein relativ neues.«

Ich konnte ein leises Stöhnen nicht unterdrücken. Das wurde ja immer besser. Trotz meiner besten Absichten, mich nie mit einer der Familien einzulassen – niemals –, stand ich jetzt hier in einem ihrer Herrenhäuser, während alle mich anstarrten.

Grant, Reginald und Felix hatten mich hier vor Claudia Sinclair geschleppt, um … um … weswegen eigentlich? Um mich über den Angriff auszufragen? Herauszufinden, ob ich etwas damit zu tun gehabt hatte? Mich zu foltern, bis ich das sagte, was sie hören wollten?

Auf jeden Fall war das wirklich der letzte Ort, an dem ich sein wollte. Für einen Moment erfüllte mich reine, allumfassende Panik, und ich fragte mich, ob sie wohl meine wahre Identität kannten. Mo hätte ihnen dieses Geheimnis nie verraten, aber vielleicht war Claudia Sinclair von allein darauf gekommen. Und wenn sie das getan hatte, würde sie mich nie wieder gehen lassen …

Reginald nickte Mo auffordernd zu, und Mo erwiderte die Geste. Ich drängte meine Panik zurück und richtete den Blick wieder auf Mo. Er hatte mir nie viel von seinen Kontakten zu den Familien erzählt und noch weniger zu dieser speziellen Familie. Aber Mo kannte quasi jeden. Das musste er auch in seiner Branche. Ich fragte mich, in was er mich wohl reingeritten hatte – und wie ich aus dem Schlamassel wieder rauskommen sollte.

»Bewahr einen kühlen Kopf, beantworte ihre Fragen, und alles wird gut«, sagte Mo. »Und reiß die Klappe nicht zu weit auf, okay, Mädchen? Für uns beide hängt viel von dieser Sache ab.«

Er zog mir den Rucksack aus den Armen, eilte zu dem weißen Sofa und setzte sich wieder, sodass ich plötzlich wie ein Volltrottel allein ganz hinten in der Bibliothek stand.

»Mo«, zischte ich, wieder viel zu laut. »Mo! Komm sofort zurück …«

Claudia trat vor, und die Worte erstarben auf meinen Lippen. Alle hielten in dem inne, was sie gerade taten, auch ich. So eindrucksvoll war ihre Persönlichkeit – und ich durfte nicht vergessen, dass sie außerdem fähig war, mit einem Fingerschnippen meine Hinrichtung zu befehlen.

»Jetzt da wir alle hier sind, sollten wir anfangen.« Ihre Stimme war glatt und seidig, doch ihre Worte waren definitiv ein Befehl, keine Bitte. »Grant, Felix, vielen Dank. Das wäre für den Moment alles. Ich werde euch rufen, wenn wir die Diskussion beendet haben. In der Zwischenzeit möchte ich euch bitten, alle nötigen Vorbereitungen für unseren … Gast zu treffen.«

Ihr kühler Tonfall, als sie das Wort »Gast« aussprach, ließ mich an abgetrennte Trollköpfe in meinem Bett denken statt an Bonbons auf dem Kissen. Genau diese Art von Mafia-Gastfreundlichkeit erwartete ich hier.

Grant und Felix nickten respektvoll, dann verließen sie den Raum und zogen die Türen hinter sich ins Schloss. Claudia setzte sich auf einen schwarzen Stuhl, der vor dem Kamin stand. Der große, thronähnliche Lehnstuhl stand etwas abseits in den Schatten, während alle anderen Sitzgelegenheiten auf ihn ausgerichtet waren. O ja, Claudia Sinclair war hier absolut die Königin.

Devon setzte sich auf einen ähnlichen, kleineren Stuhl, der in ihrer Nähe stand. Mo grinste und tätschelte die Sofakissen neben sich. Leise grummelnd ging ich zu ihm, setzte mich und wünschte mir sofort, ich hätte es nicht getan. Das Sofa stand in einem Sonnenfleck, und das Licht war so hell, dass ich blinzeln musste. Gleichzeitig war der weiße Samtstoff der Polster so glatt, dass ich die Fersen meiner abgetragenen Sneakers in den schwarzen Perserteppich graben musste, um nicht vom Sofa zu rutschen ...

Plötzlich tauchte Reginald dicht neben mir auf. Ich unterdrückte einen überraschten Schrei. Irgendwie war er an meiner Seite erschienen, ohne dass ich eine Bewegung gehört oder gesehen hatte. Entweder er war wirklich schnell und unglaublich leise, oder er konnte unglaublich gut schleichen. Wahrscheinlich stimmte alles davon.

Reginald streckte mir eine Porzellantasse entgegen. »Tee, Miss?«

»Auf keinen Fall, außer es ist massenweise Eis und ein Pfund Zucker drin.«

Mit einem Stirnrunzeln stellte er die Tasse zur Seite, dann nahm er das Tablett mit den Broten.

»Ein Gurkensandwich?«

Mein Magen knurrte. »Hätten Sie auch etwas Größeres?«

Sein Stirnrunzeln vertiefte sich. »Größer?«

»Na ja, Sie wissen schon, etwas Reichhaltigeres? Ein Jumbosandwich oder irgendwas? Mit Speck? Denn diese Platte mit Häppchen könnte ich in, na ja, fünf Sekunden leerputzen.«

Wenn ich schon verhört werden sollte – oder worauf auch immer das hier hinauslief –, dann wollte ich zumindest ein kostenloses Essen dabei herausschlagen. Und diese Gurkendinger waren kaum dicker als Salzcracker.

Ich hörte ein leises Kichern und verstand schnell, dass Devon über mich lachte. Zum ersten Mal heute stand Wärme in seinem Blick. Ich ballte die Hände auf meinem Schoß zu Fäusten. Er hatte kein Recht, mich auszulachen. Überhaupt kein Recht. Nicht nach all dem Ärger, den er mir bereitet hatte.

Reginald gefiel es auch nicht. Er warf Devon einen eisigen Blick zu, und das Lachen verklang in einem Husten.

»Wie Sie wünschen, Miss«, antwortete Reginald steif und stellte das Tablett wieder ab. »Ich werde sehen, ob ich ein ... Jumbosandwich organisieren kann.«

Er klang, als hätte ich ihn aufgefordert, der Königin von England Hundefutter zu servieren. Doch er verbeugte sich vor Claudia und stiefelte aus der Bibliothek.

Damit blieben nur Devon, Claudia und Mo zurück. Für einen Moment hörte man nur das leise *Tick-Tick*-Ticken der Kristalluhr auf dem Kaminsims. Das Geräusch ähnelte auf unheimliche Weise dem Ticken der Standuhren in der Pfandleihe nach dem Angriff. Nur dass es diesmal die Sekunden abzählte, bis Claudia Sinclair eine Entscheidung über mein Schicksal traf.

»Also«, sagte Claudia. Ihre Stimme erhob sich aus den schattigen Tiefen ihres Stuhls. »Sie sind also das Mädchen, das meinen Sohn gerettet hat. Lila Merriweather.«

Mo bohrte mir den Ellbogen in die Seite, um mich nicht allzu subtil zu einer Antwort aufzufordern.

»Ja, das bin ich. Die Unvergleichliche, Einzigartige.«

»Und wären Sie so freundlich, mir zu sagen, wie Sie das geschafft haben?«, fragte sie.

»Ich habe zwei Kerle getötet.«

»Sie erwarten wirklich von mir, Ihnen zu glauben, dass Sie zwei erwachsene Männer ganz allein ausgeschaltet haben? Ein siebzehnjähriges Mädchen, das nur ein Talent für Sicht besitzt?«

Ich warf einen kurzen Blick zu Mo. Sah aus, als hätte er ihr mehr erzählt, als ich vermutet hatte, wenn er meine Magie erwähnt hatte. Aber er hatte ihr nicht alles erzählt. Sonst wäre dieses Gespräch vollkommen anders verlaufen. Trotzdem verklang meine Panik. Meine wichtigsten Geheimnisse waren nach wie vor sicher.

Wieder stieß Mo mich mit dem Ellbogen an, um mich zum Sprechen aufzufordern.

Ich zuckte mit den Achseln. »Sie waren nicht die Ersten, die ich umgebracht habe, und ich bezweifle, dass sie die Letzten sein werden. Cloudburst Falls mag ja der magischste Ort Amerikas sein, aber er ist auch einer der gefährlichsten. Besonders nach Einbruch der Dunkelheit. Anders als Sie und Ihr Sohn kann ich mich nicht hinter dem Geld einer Familie und den dicken Wänden eines Herrenhauses verstecken. Und ich habe auch niemanden, der meine Drecksarbeit für mich erledigt.«

Mo schnappte bei meinem unhöflichen Tonfall nach Luft, doch das war mir egal. Fremde Männer hatten mich quasi entführt, man hatte mich auf den Berg gefahren und vor das Oberhaupt einer Familie geschleppt, und ich hatte immer noch keine Ahnung, was eigentlich vorging oder was die Sinclairs von mir wollten.

Ich wollte einfach nur weg von hier, wollte dieses Haus und diese Leute hinter mir lassen, die mich so sehr an das erinnerten, was ich verloren hatte – meine Mom.

Und an das, was ich immer noch verlieren konnte – meine Freiheit.

Doch Claudia starrte mich einfach weiter an und wartete auf eine vernünftige Antwort, also entschied ich mich, brav zu sein ... für den Moment.

»Wenn Sie mir nicht glauben, fragen Sie Mo. Er kann für mich bürgen.«

Ihr Blick schoss zu ihm, und ihre Augen wirkten noch kälter

als bisher. »Oh, ich bin mit Mr. Kaminsky vertraut. Sogar vertrauter, als mir lieb ist.«

»In der Tat. Claud und ich sind alte Freunde.« Mos Lächeln wurde noch breiter, als er ihren Missmut über den Spitznamen sah – als würde es ihm Spaß machen, sie zu ärgern.

»Ich habe mir die Kameraaufnahmen aus der Pfandleihe angesehen«, fuhr sie fort. »Und Mo hat mir alles über Ihre ... Fähigkeiten berichtet.«

Mo grinste schuldbewusst, während ich versuchte herauszufinden, was genau er erzählt hatte. Offensichtlich hatte er mein Sichttalent erwähnt, doch ich fragte mich, ob er ihr wohl auch von meinem anderen Talent berichtet hatte. Mo war die einzige Person, die von der Übertragungsmagie wusste, die mich stärker machte. Meine Mom hatte mich immer ermahnt, diese Begabung geheim zu halten, weil sie fürchtete, jemand könnte versuchen, mir dieses Talent zu rauben. Es gab in Cloudburst Falls einen florierenden Schwarzmarkt für gestohlene Magie wie auch für alles andere. Manche Kreaturen wollten einen einfach nur fressen, aber es gab schlimmere Dinge. Wie zum Beispiel Leute, die einem die Magie aus dem Körper reißen und für sich verwenden wollten – bevor sie einen umbrachten.

»Lila ist eine Kämpferin, das ist mal sicher«, schaltete Mo sich ein. »Sie ist richtig gut. Du hast ja die Aufnahmen gesehen.«

Mo hatte solche Angst vor Überfällen, dass er mehr Kameras irgendwo im Laden versteckt hatte, als auf den Verkaufstischen standen. Ich unterdrückte einen Fluch. Ich hätte wissen müssen, dass Claudia sich die Aufnahmen angesehen hatte. Natürlich hatte sie den Angriff auf ihren Sohn selbst begutachten wollen.

»Und wo warst du, als Devon, Felix und Ashley angegriffen wurden?« Ihre Stimme war so scharf wie die Schneide eines Schwertes.

»Unglücklicherweise habe ich mich im hinteren Teil des Ladens aufgehalten, sonst wäre ich selbst zu ihrer Rettung geeilt«, antwortete Mo, und seine Stimme klang sogar noch schleimiger, als sein Lächeln aussah. »Das weißt du.«

Ihr Blick wurde noch kälter.

»Aber glücklicherweise war ja Lila dort«, fuhr er eilig fort. »Du solltest sie dir besser schnappen, bevor jemand anderes es tut.«

Mich schnappen?

»Die Nachricht von Lilas Fähigkeiten hat sich bereits herumgesprochen«, fuhr Mo fort und öffnete die Arme. »Allein heute haben drei andere Familien angefragt, ob sie verfügbar wäre.«

Ob ich verfügbar wäre? Das klang verdächtig nach Verhandlungen über eine Stelle als Leibwächterin. Solche Dinge hatte Mo am Telefon gesagt, wenn er den nächsten Job für meine Mom organisiert und versucht hatte, einem möglichen Auftraggeber noch ein paar Dollar mehr aus den Rippen zu leiern, indem er vorgab, es gäbe noch andere Interessenten für ihre Dienste. Langsam wurden mir Mos Absichten unheimlich.

Claudia ignorierte ihn und konzentrierte sich stattdessen wieder auf mich. »Warum sollten Sie sich überhaupt in einen solchen Kampf einmischen? Was haben Sie sich erhofft? Eine Belohnung von meiner Familie?«

Diesmal war ich diejenige, die weit die Arme öffnete. »Genau, weil es ja eine so tolle Belohnung ist, hierher geschleppt und verhört zu werden.«

»Aber Sie wussten doch sicherlich, wer Devon war.« Sie deutete mit dem Kinn auf Mo. »Ihr Freund wusste es auf jeden Fall, da er meinen Sohn ja überhaupt erst in seinen billigen Laden gelockt hat.«

»Hey, immer langsam«, protestierte Mo. »Nichts in meinem Laden ist billig. Geschmacklos, sicher. Aber niemals *billig*.«

Diesmal ignorierten wir ihn alle.

Devon seufzte und schaltete sich zum ersten Mal in das Gespräch ein. »Er hat mich nirgendwohin gelockt, Mom. Ich habe dir erzählt, dass mir eingefallen ist, was Mo über seinen Laden gesagt hat, und dass ich mal sehen wollte, was es dort gab. Mehr war es nicht.«

»Es ist immer *mehr*, wenn es um dich geht«, blaffte Claudia.

Devon seufzte wieder. Ich meinte, Resignation in seinen Augen zu erkennen, doch er wandte den Blick ab, bevor ich das Gefühl wirklich einschätzen konnte. Sicher, als der Sohn des Oberhauptes der Sinclair-Familie war Devon wichtig. Doch es klang, als spräche Claudia von etwas anderem. Als gäbe es eine tiefere Bedeutung hinter ihren Worten. Anscheinend war ich in diesem Raum nicht die Einzige mit Geheimnissen.

»Also verstehen Sie sicherlich, dass die gesamte Situation meinen ... Verdacht erregt«, beendete sie kühl ihre Ausführungen.

Sie hatte jedes Recht, wütend zu sein, weil ihr Sohn angegriffen worden war, aber langsam ging sie mir richtig auf die Nerven. Ich hatte Devon nicht gebeten, in den Laden zu kommen, und ich hatte mich sicherlich nicht danach verzehrt, in einen Kampf verwickelt zu werden. Doch ich war dort gewesen, und ich hatte zur Abwechslung mal das Richtige getan. Und wo hatte mich das hingebracht? Ich wurde von Claudia Sinclair beschuldigt, finstere Hintergedanken gehegt zu haben. Mir reichte es.

»Hören Sie mal, Lady«, blaffte ich. »Als Devon ins Razzle Dazzle kam, hatte ich keine Ahnung, dass er Ihr Sohn ist. Und selbst wenn ich es gewusst hätte, wäre es mir egal gewesen.«

Das war eine Riesenlüge, aber nur so konnte ich meinen Hals retten, also holte ich tief Luft und log fröhlich weiter.

»Soweit es mich anging, war er einfach ein Kerl aus einer reichen Familie, der sich den Kick gegönnt hat, sich mal einen Nachmittag lang in den Läden der Stadt unter das gemeine Volk zu mischen.«

Devon biss die Zähne zusammen und suchte meinen Blick. Schmerz flackerte in seinen Augen auf. Das hätte mir nichts ausmachen dürfen, aber das tat es. Ich hasste ihn. Ich hasste ihn seit Jahren, und ich war entschlossen, ihn auch weiterhin zu hassen, zusammen mit seiner dämlichen Familie.

Trotz der Tatsache, dass mir meine Seelensicht die allumfassenden Schuldgefühle gezeigt hatte, die ihn von innen heraus zerfraßen.

»Bei Ihrer Verachtung für die Familien oder zumindest für diese bestimmte Familie, warum haben Sie meinem Sohn geholfen?«, fragte Claudia mit noch kälterer und schärferer Stimme. »Warum haben Sie nicht zugelassen, dass die Männer ihn mitnehmen?«

Ich runzelte die Stirn. Mitnehmen? Das war ein Mordanschlag gewesen, keine Entführung. Der geheimnisvolle Fremde hatte Devon tot sehen wollen. Ich hatte es in seinen Augen erkannt.

»Also?«, drängte sie.

»Ich weiß es nicht«, blaffte ich wieder. »Okay? Ich weiß es nicht. Ich habe es einfach getan. Ich fange gewöhnlich an, mir Sorgen zu machen, wenn Leute Schwerter ziehen und sie in meine Richtung schwingen.«

Ich erzählte ihnen nichts von der Mischung aus kalter Trauer, harter Stärke und warmer Güte in Devons Herz. Dass ich mich fast gegen meinen Willen zu ihm hingezogen gefühlt hatte. Und ich erzählte ihnen absolut nichts von meiner Überzeugung, dass es eine Schande wäre, wenn dieser kleine Lichtfunke, der so tief in ihm vergraben war, brutal ausgelöscht wurde. Das musste niemand wissen, nicht einmal Mo. In seinen Augen spräche das von Schwäche, und damit hätte er recht.

»Also haben Sie sich aus reiner Herzensgüte selbst in Gefahr gebracht und zwei Männer getötet?«, fragte Claudia fast höhnisch.

Ich zuckte nur mit den Achseln. Ich war das Reden leid. Vor allem, da nichts, was ich sagen konnte, sie überzeugen würde.

Sie würde mich jetzt jede Sekunde rausschmeißen. Ich konnte von Glück sagen, wenn Reginald noch mit meinem Sandwich auftauchte, bevor Claudia ein paar Wachen befahl, mich und Mo vor die Tür zu befördern. Und das war für mich vollkommen in Ordnung. Weil ich unbedingt von hier verschwinden und diese Frau nie wiedersehen wollte.

Und auf gar keinen Fall wollte ich Devon Sinclair jemals wiedersehen.

Claudia musterte mich noch einen Moment, dann stand sie auf. Mit einem Seufzen folgte ich ihrem Beispiel. Ich wusste, was als Nächstes kam. Mein kostenloses Essen konnte ich vergessen.

»Nun, Miss Merriweather«, sagte sie, »wenn Sie mit dem Schwert so flink sind wie mit der Zunge, dann wird es Ihnen sicherlich nichts ausmachen, Ihre Fähigkeiten zu demonstrieren.«

Betroffen starrte ich sie an, als ich kapierte. Das hier war kein Verhör.

Es war eine Prüfung.

Zehn Minuten später stand ich in der Mitte einer großen Trainingshalle und hielt ein Schwert in der Hand. Dicke Matten bedeckten den Boden unter mir, während an den Wänden des Raums ein paar Laufbänder und andere Fitnessgeräte verteilt standen. An zwei Wänden hingen Schwerter, Dolche und Messer in ordentlichen Reihen. Einige der Waffen – die Schwarzen Klingen – waren mit Metallgittern gesichert, um sie vor gierigen, diebischen Fingern wie meinen zu schützen.

Die Luft roch nach Schweiß mit einem Anflug von Blut. Auf manchen der Schwerter hinter den Gittern glänzten Flecken, aber ich bezweifelte, dass irgendwer außer mir sie sehen konnte. Eine kleine Tribüne hinter einer Glaswand war in eine der Ecken des Raums eingepasst wie in einer Eishockeyhalle.

Die Zuschauer waren bereits da. Claudia, Reginald, Grant und Mo saßen in einer der Sitzreihen, während zwei Wachen mit gezogenen Schwertern die Türen bewachten. Wahrscheinlich, um mich aufzuhalten, falls ich etwas Dummes tat, wie einen Fluchtversuch zu starten.

Mo streckte mir die erhobenen Daumen entgegen. Ich widerstand dem Drang, einen meiner Wurfsterne aus dem Gürtel zu reißen und in seine Richtung zu schleudern.

Auch mein Gegner war schon da. Am anderen Ende der gepolsterten Fläche stand Felix, ein Schwert in der Hand. Wieder zwinkerte er mir zu, um mich dann aufreizend anzulächeln.

Devon war ebenfalls anwesend. Er lehnte an einem der Waffengitter, doch ich ignorierte ihn.

Hinter der Glaswand stand Reginald auf. »Dies ist nur ein Übungskampf, also keine blutenden Wunden und keine Schläge, die ernsthafte Verletzungen nach sich ziehen können. Den Kampf gewinnt, wer seinen Gegner zuerst entwaffnet. Haben Sie verstanden?«

»Aber absolut«, flachste ich.

»Felix?«

Er nickte. »Alles okay.«

»Nun dann.« Reginald hob den Arm, dann ließ er ihn abrupt fallen. »Beginnt!«

Felix hob sein Schwert, stieß einen lauten Schrei aus und stürmte auf mich zu. Er versuchte mich zu überraschen und mir Angst einzujagen. Aber das funktionierte nicht. Wäre das ein echter Kampf gewesen, hätte ich mühelos vortreten und ihn mit dem Schwert durchbohren können, bevor er auch nur wusste, wie ihm geschah. Doch ich beschloss, freundlich zu sein, also wich ich ihm stattdessen nur aus. Er wirbelte herum und stürzte sich wieder auf mich. Diesmal stellte ich mich ihm zum Duell.

Felix war nicht schlecht mit dem Schwert, aber er kämpfte mit einem übertriebenen, leichtsinnigen Stil, als versuche er die auffälligen Manöver zu kopieren, die er in Filmen gesehen hatte. Ich hätte ihn schon nach zehn Sekunden entwaffnen können, aber wieder beschloss ich, freundlich zu sein, und wartete noch eine halbe Minute.

Wieder schlug er nach mir. Ich trat vor, packte seinen Arm und bog sein Handgelenk weit genug nach hinten, dass er aufschrie und seine Waffe fallen ließ. Er versuchte sich zu befreien, doch ich rammte ihm den Ellbogen in den Bauch und trat gegen sein Knie. Eine Sekunde später lag er schon auf der Matte, und die Spitze meines Schwertes schwebte über seinem Herzen.

Felix grinste mich an. »Habe ich schon erwähnt, dass ich knallharte Frauen mag? Ehrlich, im Moment bist du total sexy.«

Ich konnte ein Lachen nicht unterdrücken. Dann streckte ich ihm die Hand entgegen und zog ihn auf die Beine. Felix zwinkerte und verließ die Matten.

Im Trainingsraum war es still. Ich sah zu Reginald.

»Noch etwas?«, fragte ich bissig. »Oder kann ich jetzt gehen?«

»Noch nicht«, sagte eine leise Stimme.

Noch bevor ich mich umdrehte, wusste ich schon, was ich hinter mir entdecken würde. Und tatsächlich, Devon hatte das schwarze Jackett ausgezogen und an Felix übergeben. Die Hemdsärmel waren hochgerollt und gaben den Blick auf seine braunen, muskulösen Unterarme frei.

Er schnappte sich Felix' Schwert vom Boden und ging in Angriffsposition. Seufzend hob ich meine Waffe. Ich fragte mich, gegen wie viele Leute ich wohl würde kämpfen müssen, bevor Claudia und die anderen dieser sinnlosen Vorführung überdrüssig wurden.

Reginald erklärte erneut die Regeln, bevor er den Kampf eröffnete. Doch statt mich sofort anzugreifen, ließ Devon das Schwert locker in der Hand kreisen. Ich spiegelte seine Bewegungen, einfach, um ihn zu ärgern.

»Ich hoffe, du bist besser mit dem Schwert als dein Freund Felix. Er war keine große Herausforderung.«

Der Blick von Devons grünen Augen huschte zu Felix, der sich zu den anderen hinter die Glaswand gesetzt hatte. »Ich weiß. Es war grausam von dir, so mit ihm zu spielen.«

»Ich habe nicht so sehr mit ihm gespielt, als ihm die Chance gegeben, in Würde zu verlieren.«

»Mir musst du diesen Gefallen nicht tun«, sagte Devon langsam.

»Oh, da mach dir mal keine ...«

Er griff in dem Versuch an, mich zu überraschen, und dann tobte der Kampf.

Devon war ein viel besserer Schwertkämpfer als Felix. Stärker, klüger, mit besser geplanten Angriffen. Und er dachte immer einen Schritt voraus.

Trotzdem war ich ihm überlegen.

Ich wusste es instinktiv, so wie ich wusste, dass ich immer den Zoll an das Lochness zahlen musste. Ich wusste es, weil meine Mom mich dazu ausgebildet hatte, die Beste zu sein, und ich meine Fähigkeiten vier Jahre lang auf der Straße perfektioniert hatte. Ich wusste es, weil ich tief in mir genauso *war* wie meine Mom, egal wie sehr ich auch versuchte, etwas anderes vorzugeben.

Nach einem kurzen Schlagabtausch lösten wir uns wieder voneinander und umkreisten uns auf den Matten.

Ich kniff die Augen zusammen. »Du bist fast schnell genug, um ein Talent für Geschwindigkeit zu besitzen.«

Devon grinste und wirkte damit viel charmanter, als ich erwartet hatte, wo ich ihn doch so sehr hasste. »Fast«, stimmte er zu. »Doch traurigerweise besitze ich kein Talent für Geschwindigkeit. Aber wenn du aufgeben willst, sag es einfach. Dann lasse ich dich mit Würde verlieren.«

»Niemals ...«

Er hob das Schwert und stürzte sich wieder auf mich, doch ich parierte seine Schläge, indem ich den Schritten, Schwüngen und Positionen folgte, die ich vor langer Zeit so oft wiederholt hatte, dass sie mir in Fleisch und Blut übergegangen waren. Und dann war es an ihm, jeden meiner Schläge abzuwehren. Danach war wieder ich dran. Auf seltsame Weise wirkte der Kampf fast wie ein Tanz.

Nur dass dies hier viel mehr Spaß machte.

Devon grinste wieder. Es machte ihm genauso viel Spaß wie mir. Dieser heiße Funke, den ich in ihm gesehen hatte, brannte jetzt viel heller, wärmte seine Augen und drängte die Schuldgefühle und die Trauer zurück, die sein Herz verdunkelten. Es war fast, als würde er im Kampf Freiheit finden oder zumindest eine Ablenkung von den bedrückenden Gefühlen, die ständig an ihm nagten.

Er mochte den Kampf ja genießen, trotzdem hatte ich nicht vor, ihn gewinnen zu lassen. *So* freundlich war ich nicht.

Ich war entschlossen, ihn zu schlagen, und ich war mir auch nicht zu fein, meine Magie zu Hilfe zu nehmen. Also musterte ich Devon, nutzte mein Sichttalent, um alles an ihm genau zu beobachten, von den honigfarbenen Strähnen in seinem dunkelbraunen Haar über die kleinen schwarzen Flecken in seinen grünen Augen bis hin zu dem attraktiven, amüsierten Zucken seiner Mundwinkel. Doch besonders konzentrierte ich mich auf seine Hände und Füße. Ich nahm in mich auf, wie er das Schwert hielt und sein Gewicht auf die Zehen verlagerte.

Sein nächster Angriff sah genauso aus, wie ich erwartet hatte, also packte ich meine Klinge mit beiden Händen und parierte seinen Schlag mit aller Kraft, um den Angriff dann zu erwidern, stärker und härter. Devons Schwert flog durch die Luft. Bevor er sich fangen konnte, drückte ich ihm auch schon die Spitze meines Schwertes gegen die Brust.

»Was hast du darüber gesagt, mit Würde zu verlieren?«, spottete ich.

Er nickte mir zu. Damit akzeptierte er seine Niederlage viel besser, als ich erwartet hatte. Auf jeden Fall besser, als es bei mir der Fall gewesen wäre.

Devon trat von meinem Schwert zurück. Ich ließ es zu, obwohl ein Teil von mir nach vorne springen und ihn durchbohren wollte, einfach damit er denselben Schmerz spürte, den ich jedes Mal empfand, wenn ich ihn ansah. Doch das hatte er nicht verdient – genauso wenig wie meinen Hass. Denn eigentlich konnte er nichts dafür.

Devon verließ die Matten, sodass ich allein zurückblieb.

»Noch was?«, fragte ich spöttisch, als ich mich zu unserem Publikum umwandte. »Oder kann ich jetzt gehen?«

Statt mir zu antworten, sah Claudia Mo an. »Ich bin zufrieden. Sie ist gut genug.«

»Ich bin gut genug für was?«

Claudia richtete ihren kalten Blick auf mich. »Na, um die Leibwächterin meines Sohnes zu sein, natürlich.«

Ich? Devons Leibwächterin? Ich sollte eines der wichtigsten Mitglieder einer Familie beschützen? Der *Sinclair*-Familie?

Ich war so fassungslos, dass ich einfach nur mit dem geborgten Schwert in der Hand dastand und mich fragte, wie es dazu gekommen war. Dann wurde mir die Situation wirklich bewusst, und ich richtete meinen bösen Blick auf Mo.

Er zuckte nur mit den Achseln. Das also war der Handel, den er abgeschlossen hatte – diese einmalige Gelegenheit, mit der er so angegeben hatte. Natürlich war es eine einmalige Gelegenheit. Weil ich, wenn ich diesem Unsinn zustimmte, nicht mehr lange leben würde. Jemand hatte bereits versucht, Devon zu töten; es war nur zu wahrscheinlich, dass bald ein neuer Versuch gestartet werden würde. Und wenn ich diejenige war, die dann zwischen Devon und den neuen Meuchelmördern stand, nun, dann würde es wahrscheinlich für mich nicht allzu toll laufen.

Besonders da ein kleiner, bösartiger Teil von mir ihn mehr als alles andere tot sehen wollte.

Mo, Claudia und die anderen erhoben sich von ihren Sitzen und traten hinter der Glaswand hervor.

Ich stiefelte zu Mo, sobald seine Flip-Flops die Matten berührten.

»Hast du deinen gierigen Verstand verloren?«, zischte ich. »Was hast du dir dabei gedacht, mich als Leibwächterin anzudienen?«

»Nun, es ist besser, als in dem Kerker zu verrotten, in den

Claudia dich zuerst werfen lassen wollte«, murmelte Mo. »Vertrau mir in dieser Sache einfach, okay, Lila? Bitte?«

Da war schon wieder dieses dämliche *Bitte*. Wenn Mo so weitermachte, würde ich gar nicht mehr wissen, was ich mit ihm anfangen sollte, wenn sein normales, gieriges Selbst zurückkehrte. Trotzdem sorgte dieses *Bitte* dafür, dass ich den Mund hielt. Für den Moment.

Devon sprach leise mit seiner Mom. Ich konnte nicht hören, was sie sagten, aber er wirkte nicht glücklich. Wahrscheinlich beharrte er darauf, dass er keinen neuen Leibwächter brauchte. Und das zu Recht. Soweit ich gesehen hatte, war Devon Sinclair mehr als fähig, auf sich selbst aufzupassen.

Doch schließlich nickte er seufzend und befolgte damit wohl den Befehl, den seine Mom ihm erteilt hatte. Dann kamen die beiden zu mir und Mo.

»Devon«, sagte Claudia. »Warum bringst du Mr. Kaminsky und alle anderen nicht in den Speisesaal und bietest ihnen Erfrischungen an? Ich würde mich gerne einen Moment unter vier Augen mit Miss Merriweather unterhalten.«

»Aber ...«, setzte Devon an.

Claudia schenkte ihm einen scharfen Blick, und wieder seufzte Devon, bevor er Richtung Tür ging. Dann machte Claudia eine Geste in Richtung Mo, der mir ein breites Lächeln schenkte und hinter Devon hereilte. Genauso wie Grant, Reginald und alle anderen. Mo zog die Türen hinter sich ins Schloss, sodass ich allein mit Claudia zurückblieb.

Ich schob das Kinn vor, weil ich mir die Unsicherheit, die in mir tobte, auf keinen Fall anmerken lassen wollte. Ich hatte keine Ahnung, was Claudia Sinclair plante, aber ich war nicht auf den Kopf gefallen – und ich war auch keine Figur in ihren Machtspielen.

»Ich verstehe, dass all das sehr verstörend gewesen sein muss«, meinte Claudia. »Vielleicht hätte ich die Dinge anders angehen sollen.«

»Nein. Wirklich?«

Sie ignorierte meinen Sarkasmus. »Aber in den letzten Monaten wurde das Leben meines Sohnes mehrmals bedroht. Und diese Bedrohungen haben bereits zum Verlust mehrerer treuer Wachen geführt, darunter Ashley.«

Ihre Lippen wurden schmal, und ihre grünen Augen verdunkelten sich, fast als empfände sie echte Trauer über Ashleys Tod. Doch sie wandte den Blick ab, bevor ich ihre Gefühle wirklich einschätzen konnte.

»In der Vergangenheit war es eine große Ehre, den Sinclairs zu dienen. Aber Ashley ist bereits die dritte Person, die dieses Jahr gestorben ist, um Devon zu schützen«, murmelte sie. »Deswegen und wegen ein paar anderer Vorfälle gab es in letzter Zeit einige ... Treuebrüche.«

Endlich verstand ich, worauf sie hinauswollte – und warum man mich hergebracht hatte.

Ich schnaubte. »Lassen Sie mich raten. Niemand in der Familie will zu Devons Schutz sterben, also haben Sie beschlossen, mich so unter Druck zu setzen, dass ich den Job übernehme, richtig? Denn wen soll es schon interessieren, wenn irgendein Mädchen von der Straße stirbt, solange Ihr kostbarer Sohn überlebt?«

Claudia zuckte mit den Schultern. Sie versuchte nicht mal, es zu leugnen. »Etwas in der Art.«

»Wow. Sie sind wirklich arrogant.«

Ich hätte eher *ein kaltherziges Miststück* sagen sollen, doch selbst ich war nicht unhöflich und dumm genug, um diesen Gedanken laut auszusprechen. Claudia Sinclair konnte immer noch jederzeit ein paar Wachen heranpfeifen, um mich in den Kerker zu werfen, wie Mo angedeutet hatte. Oder um mich einfach umzubringen.

»Nicht arrogant. Praktisch veranlagt«, hielt Claudia dagegen. »Niemandem gefällt es, wenn ein Sinclair stirbt, besonders wenn das Familienmitglied jemanden wie meinen Sohn vor den anderen Familien und ihren Machenschaften geschützt hat.«

Jemanden wie ihren Sohn? Was sollte das denn bedeuten? Stimmte irgendetwas mit Devon nicht? Lauerte in ihm etwas Böses, das ich nicht gesehen hatte?

»Oh, mir kommen die Tränen«, höhnte ich. »Haben Sie jemals darüber nachgedacht, dass alles besser wäre, wenn die Sinclairs, die Draconis und all die anderen Familien einfach mal ... keine Ahnung ... versuchen würden miteinander auszukommen?«

Sie lachte nur über die Abwegigkeit meiner Worte. Klar. Ich hätte auch gelacht.

Claudia verschränkte die Hände hinter dem Rücken und wanderte vor mir auf und ab. »Mein Sohn hat ständig darüber geredet, wie Sie ihm das Leben gerettet haben. Aber zusätzlich scheint er Sie auf seltsame Art ins Herz geschlossen zu haben. Er war derjenige, der mich gedrängt hat, Sie zu finden.«

Devon hatte mich aufspüren wollen? Warum?

»Ich bin Ihnen dankbar dafür, dass Sie meinen Sohn und Felix gerettet haben«, sagte Claudia. »Daran dürfen Sie nicht zweifeln.«

Sie hielt an und musterte mich von oben bis unten. Sie betrachtete meine abgetragene Kleidung und das Schwert, das ich immer noch umklammerte. Ihr scharfer Blick fiel auf den sternförmigen Saphir an meinem Finger, und ihre Lippen wurden schmal. Sie dachte wahrscheinlich, ich hätte den Ring gestohlen. Sollte sie doch glauben, was sie wollte. Mir war das völlig egal.

»Ich war ziemlich skeptisch, als Devon erklärt hat, Sie hätten diese Männer getötet. Ashley war eine erfahrene Kämpferin mit jahrelangem Training. Sie hätte ihn retten müssen. Also können Sie sicherlich verstehen, dass ich etwas misstrauisch und verblüfft war, dass Sie stattdessen diese Aufgabe übernommen haben.«

»Und was hat Ihre Meinung geändert?«

»Sie heute kämpfen zu sehen ...« Claudias Blick wurde für einen Moment abwesend, dann blinzelte sie schnell. »Ihre Fähigkeiten sind recht eindrucksvoll. Sie sind genau die Sorte Kämpfer, die diese Familie braucht. Genau die Art Leibwächter, die mein Sohn braucht.«

Ich? Ein Familien-Leibwächter? Das war unvorstellbar. Ich war eine Diebin, nicht mehr und nicht weniger. Ich log, betrog und stahl, um über die Runden zu kommen und um zu kriegen, was ich wollte. Ich verfolgte meine eigenen Interessen – nicht die von jemand anderem. Definitiv nicht die Interessen irgendeiner Familie und auf keinen Fall die Interessen dieser speziellen Familie.

Trotzdem musste ich an meine Mom denken. Sie hätte es als Ehre betrachtet, Devons Leibwächterin zu sein – wie Claudia gesagt hatte. Doch zusätzlich hätte meine Mom es als ihre *Pflicht* betrachtet, Devon zu beschützen, der bereits so oft verletzt worden war. Jemand, der so anders war als die reichen Snobs und die gefährlichen Gangster, für die sie gewöhnlich arbeiten musste, mit all ihren finsteren Absichten, Blutfehden und hinterhältigen Intrigen.

»Ich habe bereits zu viel an die anderen Familien verloren. Meinen Sohn werde ich nicht auch noch verlieren«, sagte Claudia. »Ihr Freund Mo hat die Idee aufgebracht, und hiermit möchte ich Ihnen den Vorschlag offiziell unterbreiten, Miss Merriweather. Stimmen Sie zu, die persönliche Leibwächterin meines Sohnes zu werden und ihn vor allen zu beschützen, die ihm Schaden zufügen wollen, und Sie werden reich belohnt werden.«

Jetzt sprach sie meine Sprache, trotzdem beäugte ich sie wachsam. »Wie reich belohnt?«

Sie nannte eine Summe, die viel höher war, als ich erwartet hatte. Selbst Mo wäre mit diesem Betrag zufrieden gewesen. Tatsächlich wäre er ganz aus dem Häuschen gewesen. Die Zahl hatte genug Nullen, um mir die Sprache zu verschlagen. Mit dieser Menge Geld konnte ich tun, was immer ich wollte. Ich müsste nicht mehr in der Bibliothek wohnen. Keine Jobs mehr für Mo erledigen. Nicht länger jeden Cent zweimal umdrehen, nur um sicherzustellen, dass ich genug Essen, Kleidung und Kleingeld hatte, um den Lochness-Zoll zu bezahlen. Mit dieser Menge Geld wäre das Leben ... einfach. So einfach, wie es noch nie gewesen war. Nicht einmal, als meine Mom noch gelebt hatte.

Für einen Moment versank ich in Tagträumereien darüber, was ich mit dieser Menge Geld anfangen könnte. Stellte mir das Haus vor, in dem ich leben könnte, die Kleidung, die ich tragen könnte, die Autos und den Schmuck und die anderen hübschen Sachen, die ich mir kaufen könnte. Mit so viel Geld könnte ich mir selbst die Dinge kaufen, die ich sonst immer nur von anderen Menschen stahl.

Doch dann wurde mir die Realität wieder bewusst. Denn zuerst einmal müsste ich lang genug leben, um das Geld überhaupt auszugeben.

Das Angebot war verlockend – unglaublich verlockend. Aber die Summe sollte ja auch verlockend sein, so verlockend, dass ich nicht darüber nachdachte, worauf ich mich einließ, bis es zu spät war – für mich. So arbeiteten die Familien. Sie lockten einen mit Träumen und Luftschlössern, die viel zu oft kurz darauf zu Asche verbrannten und in sich zusammenfielen.

»Was geschieht, wenn ich Nein sage?«

Claudia zuckte mit den Achseln. »Dann werde ich jemand anderen finden. Sie können jederzeit gehen ...«

»Aber?«

»Aber es gibt ein paar Leute, die sich sicherlich sehr für ein Mädchen interessieren, das so nah am Midway zwei Männer getötet hat. Besonders die Draconis, da sie diese Gegend als ihr Territorium betrachten«, erklärte Claudia. »Außerdem würden sich bestimmt ein paar Leute gerne mit Ihnen darüber unterhalten, wo Sie leben und wieso Sie keine Pflegefamilie haben. Zuletzt besteht da noch das kleine Problem, dass Sie sich mit gefälschten Papieren an der Highschool angemeldet haben. Zweifellos wird sich dafür die Menschenpolizei interessieren.«

Mo hatte die Dokumente für mich gefälscht, zusammen mit allem anderen, was ich brauchte. Wenn nötig, hatte er sogar Schuldokumente unterschrieben. All diese Dokumente und Mos gelegentliche Hilfe hatten es mir ermöglicht, vollkommen autark zu leben, und genau so hatte ich es gewollt.

Doch jetzt drohte Claudia damit, meine Anonymität auf die schlimmstmögliche Weise auffliegen zu lassen. Die Polizei würde sich bestimmt intensiv für mich interessieren, wenn man bedachte, wie viele Touristen-Tölpel dank meiner Wenigkeit ihre Geldbeutel, Kameras und Handys vermissten. Auf jeden Fall würde mich das wieder ins Heim bringen – wenn nicht sogar für eine Weile ins Jugendgefängnis. Und die Menschen konnten immer noch entscheiden, mich als Erwachsene zu verurteilen, was eine echte Gefängnisstrafe bedeuten würde.

Doch die wahre Bedrohung lag darin, dass Claudia die Draconi-Familie auf mich aufmerksam machen könnte. Wie sie schon erklärt hatte, betrachteten die Draconis den Platz, an dem das Razzle Dazzle lag, als Teil ihres Reviers, also würden sie sich sehr für den Angriff und meine Beteiligung interessieren. Und es würde mich überhaupt nicht überraschen, wenn der geheimnisvolle Fremde und die Wachen für Victor Draconi gearbeitet hatten. Falls es so war, wollte Victor jetzt sicherlich an demjenigen Rache nehmen, der seinen Plan vereitelt hatte, Devon zu töten. Auf keinen Fall wollte ich auch nur in die Nähe der Draconis kommen, und den weitesten Bogen wollte ich um Victor schlagen.

Ein kaltes Lächeln umspielte Claudias Lippen. Sie hatte mich am Wickel, und das wussten wir beide. Ich mochte ja die bessere Kämpferin sein, aber sie war eine viel bessere Strategin.

Ich war mir nicht ganz sicher, ob ich sie deswegen bewunderte oder hasste. Trotzdem, ich hatte nicht vor, mich kampflos zu ergeben.

»Wie lange?«, fragte ich. »Wie lange muss ich Devons Leibwächterin spielen?«

»Fünf Jahre oder bis zu Ihrem einundzwanzigsten Geburtstag, je nachdem, was zuerst eintritt.«

Sie hatte wirklich eine sehr optimistische Einstellung in Bezug auf meine Lebenserwartung. Ich selbst wäre überrascht, wenn ich den Sommer überlebte. Denn das Faszinierende an Mordkomplotten war, dass der Auftraggeber gewöhnlich nicht aufgab, bis die Zielperson tot war.

»Ein Monat.«

Sie blinzelte überrascht, als hätte sie nicht damit gerechnet, dass ich einen Gegenvorschlag machte, aber dann verengte sie die Augen zu Schlitzen.

»Fünf Jahre.«

So ging es eine Weile hin und her, bis wir beide ein wenig nachgaben.

»Vier Jahre.«
»Drei Monate.«
»Drei Jahre.«
»Ein halbes Jahr.«
»Zwei Jahre.«
»Neun Monate.«
»Ein Jahr«, sagte Claudia. »Letztes Angebot.«
»Abgemacht.«
»Abgemacht.«

Ich schüttelte ihre Hand. Doch als ich mich zurückziehen wollte, packte Claudia meine Finger fester und trat vor. Ihre Hand lag eiskalt an meiner, als setze sie gerade Magie ein. Ich erinnerte mich an die Gerüchte, die ich über ihr Talent gehört hatte – dass sie die Fähigkeit besaß, die Haut einer Person mit einer einzigen Berührung gefrieren zu lassen.

»Geben Sie sich keinen Illusionen hin, Miss Merriweather«, sagte sie mit einer Stimme, die so eisig war, dass es mich wunderte, dass sich an den Wänden um uns herum keine Eiszapfen bildeten. »Ich bin nicht so dumm, Ihnen einfach meinen Sohn anzuvertrauen. Wenn Sie Ihre Seite der Abmachung nicht einhalten – wenn Sie entscheiden, nicht für ihn zu kämpfen oder ihm selbst zu schaden, ihn zu verraten oder Geld anzunehmen, um ihn dann im Stich zu lassen –, werde ich meine gesamten, durchaus beträchtlichen Ressourcen einsetzen, um Sie zu finden, zurückzuholen und vor den Augen Ihres Freundes Mo hinrichten zu lassen – bevor ich ihm dasselbe antue. Haben Sie mich verstanden?«

Ich kannte Claudia Sinclair nur vom Hörensagen. Die anderen Familien hatten sie »die Eiskönigin« getauft, und das aus gutem Grund. Meine Seelensicht ließ mich erkennen, dass sie jedes einzelne Wort ernst meinte. Wäre es nur um mich gegangen, hätte ich tatsächlich darüber nachgedacht, wie ich mir das Geld sichern und aus der Stadt verschwinden konnte. Doch ich hätte niemals Mo im Stich gelassen, und irgendwoher wusste Claudia, dass er ihr Ass im Ärmel war. Das eine Druckmittel, das mich vor allem anderen dazu bringen würde, nach ihrer Pfeife zu tanzen.

»Ich verstehe«, erklärte ich, weil mir keine andere Wahl blieb, als ihrer Forderung nachzugeben. »Ich werde Ihren Sohn so gut beschützen, wie ich nur kann.«

Egal, wie sehr ich euch beide auch hasse. Diesen Gedanken sprach ich nicht aus.

Zufrieden ließ Claudia meine Hand los.

»Schön, dass wir zu einer Einigung kommen konnten, Miss Merriweather. Reginald wird Ihnen Ihr Zimmer zeigen, und Grant, Felix und Devon werden Ihnen morgen früh Ihre Pflichten erklären. Bis dahin.«

Damit rauschte Claudia an mir vorbei Richtung Ausgang. Sie riss einen der Türflügel auf und gab damit den Blick auf Mo frei, der zusammen mit Grant, Felix, Devon und Reginald im Flur herumlungerte. Sie alle versuchten so zu tun, als hätten sie nicht die gesamte Zeit über die Ohren an die Tür gedrückt.

Ich dagegen konnte nur auf den Matten stehen und mich fragen, wie genau es dazu gekommen war. Und ich brauchte nicht lange, um zu verstehen, was passiert war.

Die Wachen, die mich über die Dächer gejagt hatten. Der Angriff in der Pfandleihe. Und jetzt das.

Ja, aller schlechten Dinge sind drei.

Claudia und die anderen verschwanden, wahrscheinlich damit sie ihnen alles über das neue, zwangsverpflichtete Familienmitglied erzählen konnte. Nur Reginald und Mo kamen zu mir in den Trainingsraum. Mo grinste von einem Ohr zum anderen, während Reginald viel weniger begeistert wirkte. Und er hatte mir immer noch kein Jumbosandwich gebracht. Mein Magen knurrte enttäuscht. Es war einfach einer dieser Tage.

»Wenn Sie mir folgen würden, Miss«, sagte Reginald. »Dann zeige ich Ihnen Ihr Zimmer.«

Ich legte das Schwert auf die Bank, auf der ich meinen Rucksack abgestellt hatte, warf mir den Ranzen über die Schulter und folgte ihm und Mo aus dem Trainingsraum.

Reginald stiefelte hoch aufgerichtet vor uns her. Ich ging hinter ihm, und Mo bildete das Schlusslicht. Reginald führte uns durch mehrere Flure und über drei Treppen nach oben, bevor er in einem langen Korridor anhielt, von dem nur eine Tür abging.

»Das ist Ihr Zimmer.«

Reginald öffnete die Tür und trat zur Seite. Mo schubste mich, sodass ich in den Raum stolperte.

Er war viel größer, als ich erwartet hatte – mindestens fünfmal so groß wie meine kleine Ecke im Keller der Bibliothek –, und die Möblierung war so luxuriös wie im restlichen Herrenhaus. So luxuriös, dass ich mich in meiner Cargohose, den Turnschuhen und meinem T-Shirt irgendwie schäbig und fehl am Platz fühlte. Ich stellte meinen Rucksack auf den Boden, weil ich keinen Stuhl dreckig machen wollte, dann wanderte ich von einem Ende des Zimmers zum anderen.

Der vordere Teil des Raumes war als eine Art Wohnzimmer möbliert, mit einer schwarzen Ledercouch und dazu passenden Sesseln, die alle auf einen Flachbildfernseher an der Wand ausgerichtet waren. Dahinter nahm ein Himmelbett mit einer schwarz-weiß gestreiften Tagesdecke und massenweise dazu passenden Kissen einen guten Teil der hinteren Wand ein. Neben dem Bett stand ein weißer Frisiertisch. Daneben lag die Tür zu einem begehbaren Schrank.

Doch das Beste war, dass linker Hand die Tür zu einem eigenen Bad offen stand – mit einer im Boden versenkten Badewanne in der Mitte des weißen Marmorbodens. Meine eigene, private Badewanne mit fließendem heißem Wasser. Himmlisch – absolut himmlisch.

Plötzlich grinste ich fast so breit wie Mo. Vielleicht war diese ganze Nummer ja doch nicht so schlimm. Mal abgesehen von der ganzen *Mein-Leben-für-einen-vollkommen-Fremden-aufs-Spiel-setzen*-Sache. Aber meine Mom hatte das unzählige Male getan. Ich würde es auch schaffen.

»Ich gehe davon aus, dass Ihnen das Zimmer gefällt?«, fragte Reginald steif.

»Es ist in Ordnung«, antwortete ich lässig. »Wird schon gehen.«

»Das ist mein Mädchen«, flüsterte Mo.

Reginald verdrehte die Augen. Das war die heftigste Gefühlsäußerung, die ich bis jetzt bei ihm gesehen hatte.

Ich schlenderte nach rechts, wo sich eine Reihe von Glastüren auf einen breiten Balkon öffnete. Durch die Scheiben konnte ich ganz Cloudburst Falls unter mir sehen. Ich wäre ja nach draußen gegangen, um die Aussicht zu genießen, doch ich war mir bewusst, dass Reginald und Mo mich beobachteten, also zwang ich mich, den Türen den Rücken zuzukehren.

Mein Blick fiel auf einen langen Beistelltisch neben den Türen. Ein Großteil des Tisches wurde von einer Konstruktion aus Ebenholz eingenommen, die mich an ein riesiges Puppenhaus erinnerte. Na ja, eigentlich sah es mehr aus wie ein heruntergekommener, baufälliger Wohnanhänger, wie ich sie aus den schlechteren Teilen der Stadt kannte. Mehrere Fenster waren zerbrochen, das Holz an einigen Stellen gesplittert, und diverse Dachschindeln waren vom Dach gerissen worden, auch wenn sie kaum größer waren als Staubkörner. Eine durchgetretene Holzveranda mit fehlenden Brettern zog sich um den Anhänger, und darum erstreckte sich eine Rasenfläche. Ich kniff die Augen zusammen. Waren das winzige Bierdosen auf dem Gras, das ungefähr eine Fingernagelbreite hoch wuchs?

»Ist das ein Pixie-Haus?«

»Ja, Sie haben Ihren persönlichen Pixie«, erklärte Reginald. »Miss Claudia dachte, es wäre vielleicht hilfreich, jemanden zu haben, der sich Tag und Nacht um Ihre Bedürfnisse kümmert. Er heißt Oscar.«

Ich schnaubte abfällig. Zweifellos sollte der Pixie mich bespitzeln und jede meiner Bewegungen an Claudia melden. So zumindest wäre ich vorgegangen, wenn ich ein wildfremdes Mädchen in mein Haus aufgenommen hätte.

Ich beugte mich vor und versuchte durch eines der Fenster zu spähen, doch alle winzigen Rollläden waren heruntergelassen. Entweder war Oscar nicht zu Hause oder er wollte mit niemandem reden.

»Das sollten Sie lieber nicht tun«, warnte Reginald. »Oscar mag es nicht, wenn Leute in seine Fenster starren. Er ist dafür bekannt, dass er jeden, der das tut, mit seinem Schwert attackiert.«

Ich richtete mich auf. Pixie-Schwerter waren kaum größer als Nadeln, aber die Klingen waren häufig vergiftet, da die Pixies nur so eine Chance hatten, die größeren Menschen, Magier und Monster zu besiegen. So oder so spürte ich nicht das Bedürfnis, mir ins Auge stechen zu lassen.

Also musterte ich den Rest des Tisches. Neben dem Wohnanhänger und dem Garten gab es eine weitere Rasenfläche voller Wildblumen, die mit einem Bretterzaun abgesperrt war, der an die Koppel einer Ranch erinnerte. Innerhalb des Geheges schlief eine kleine, grüne Schildkröte in der Sonne, die durch die Fenster fiel. Viele Pixies hielten kleine Haustiere wie Schildkröten oder Spinnen, so wie Menschen und Magier Hunde und Katzen hielten. Auf einem handgeschriebenen Schild am Zaun stand *Tiny*. Ich ging davon aus, dass das der Name der Schildkröte war. Ich musste unbedingt daran denken, Tiny etwas Leckeres mitzubringen. Und Oscar auch.

Sobald ich alles im Schlafzimmer gesehen hatte, ging ich zur Schranktür und öffnete sie. Ich rechnete damit, einen leeren Raum zu sehen.

Doch so war es nicht.

Jeans, T-Shirts, Pullover und Schuhe füllten die Regale, und ein blumiger Duft stieg mir in die Nase. Mitten im Schrank stand ein kleiner Tisch, und darauf lag ein Gürtel, auf dem in glänzenden Buchstaben *Ashley* stand.

In diesem Moment sah ich das Zimmer als das Gefängnis, das es wirklich war.

Ich blinzelte, und schon stand Reginald neben mir. Geschickt drängte er mich zur Seite und schloss die Schranktür.

»Das tut mir leid, Miss. Mir war mitgeteilt worden, Oscar habe Ashleys Sachen bereits in Kisten gepackt und eingelagert, bis wir sie an die örtlichen Wohlfahrtsverbände weitergeben können, da sie keine Verwandten hatte. Ich werde wegen dieses schwerwiegenden Pflichtverstoßes ein ernstes Wort mit ihm reden müssen.«

Er warf einen finsteren Blick auf das Pixie-Haus. Anscheinend waren Reggie und Oscar nicht gerade dicke Freunde.

Ich war in Versuchung, einen spitzen Kommentar darüber abzugeben, dass Claudia ja wirklich keine Zeit verschwendet hatte, um einen Ersatz für Ashley zu finden. Aber die Anspannung und die Trauer in Reginalds Miene sorgten dafür, dass ich die Worte wieder herunterschluckte. Zumindest würden sie nicht viel wegräumen müssen, wenn ich starb.

Dieser Gedanke war unangenehmer, als ich erwartet hatte.

Reginald räusperte sich. »Wenn sonst nichts mehr ist ...«

Ich schüttelte den Kopf.

»Frühstück gibt es um neun Uhr im Speisesaal«, erklärte Reginald. »Danach werden Sie Mister Devon begleiten, während er tagsüber seinen Pflichten für die Familie nachkommt. Wahrscheinlich wird auch Grant sich Ihnen anschließen, genauso wie Felix.«

»Welche Art von Pflichten?«, fragte ich.

Reginald warf sich stolz in die schmale Brust. »Mister Devon ist der Wächter der Familie. Er beaufsichtigt alle Wachen und Bodyguard-Dienste, welche die Familie anbietet. Er ist die rechte Hand von Miss Claudia.«

Kein Wunder, dass jemand Devon tot sehen wollte. Den Wächter einer Familie auszuschalten wäre eine gute Art, sich selbst einen Namen zu machen.

»Sobald Mister Devon seine Pflichten für den Tag erfüllt hat, werden Sie ins Herrenhaus zurückkehren«, erklärte Reginald weiter. »Danach haben Sie bis zur Nachtruhe Zeit für sich selbst.«

»Das klingt nicht, als müsste ich tatsächlich viel leibwächtern.«

Er zuckte mit den Achseln. »Devon ist im Herrenhaus sicher. Nur wenn er das Anwesen verlässt, gibt es ... Probleme.«

Ich fragte mich, ob diese *Probleme* wohl auch seinen Ausflug ins Razzle Dazzle mit einschlossen, doch ich hakte nicht nach. Das wäre sinnlos gewesen, da ja Claudias Drohung über meinem Kopf hing. Was auch immer geschah, ich hing jetzt hier fest, und ich würde ihren Sohn beschützen, bis entweder das Jahr meines Dienstes vorbei war oder bis einer oder beide von uns tot waren.

Mein Tipp? Ich hätte auf den Tod gewettet.

»Bis morgen.« Reginald neigte den Kopf in meine Richtung, ignorierte Mo vollkommen, verließ den Raum und schloss die Tür hinter sich.

Mo grinste. »Siehst du, Mädchen? Ich habe dir doch gesagt, dass sich alles zum Besten wenden wird.«

»Zum Besten? Zum Besten? Sicher, wenn du findest, dass es das Beste ist, dass ich mich als Devon Sinclairs Leibwächterin zur wandelnden Zielscheibe mache.« Ich verschränkte die Arme vor der Brust. »Was hast du dir nur dabei gedacht, Mo? Wie hast du es überhaupt geschafft, das einzufädeln? Ich hatte keine Ahnung, dass du so gute Verbindungen zu den Familien pflegst, besonders zu *dieser* Familie.«

Über die Jahre hatten Mo und ich eine Art eigenen Code entwickelt, also wusste er *genau*, wovon ich sprach. Er wedelte nur mit der Hand, sodass der Diamant an seinem Siegelring im Licht glitzerte. »Ich habe überall Verbindungen, Mädchen. Das solltest du inzwischen wissen.«

Das stimmte. Irgendwer suchte in Cloudburst Falls immer etwas Bestimmtes, und Mo war die Person, die einem besorgen konnte, was man wollte – und zwar schnell.

»Was ist nach dem Kampf im Razzle Dazzle passiert?«, fragte ich, weil ich wissen wollte, wie sich mein Leben innerhalb so weniger Tage so drastisch hatte verändern können.

»Devon hat seine Mom angerufen, und Claudia ist in den Laden gekommen, zusammen mit Grant und Reginald«, erklärte Mo. »Sie tauchten kaum eine Viertelstunde, nachdem du den Laden verlassen hattest, auf. Anscheinend hatten irgendwelche Touristen-Tölpel draußen auf dem Platz die Polizei gerufen und etwas von einem blutbesudelten Mädchen gefaselt.

Ich habe ihnen erzählt, was passiert ist und wie du Devon und Felix gerettet hast.«

»Aber warum hast du mich aus dem Laden geschmissen? Warum durfte ich nicht einfach bleiben und alles erklären?«

Mo seufzte. »Weil ich nicht wollte, dass sie glauben, du hättest etwas mit dem Angriff zu tun gehabt.«

»Und wieso sollten sie das denken?«

»Weil es nach dem, was Grant mir erzählt hat, das erste Mal seit einer Woche war, dass Devon überhaupt das Herrenhaus verlassen hat. Und just in diesem Moment wird er angegriffen? Das ist doch ziemlich verdächtig. Also wollte ich Zeit gewinnen, um alles mit Claudia zu klären.«

»Aber ich verstehe immer noch nicht, warum – warum hast du ihr die Idee in den Kopf gesetzt, mich als Devons Leibwächterin anzuheuern? Ich dachte, wir hätten da etwas Gutes am Laufen, Mo. Damit, dass ich für dich arbeite. Wie meine Mom es getan hat.«

Mo seufzte, setzte sich auf die schwarze Ledercouch vor dem Fernseher und klopfte neben sich auf das Polster. Ich grummelte, aber ich setzte mich neben ihn. Er holte tief Luft und stieß den Atem wieder aus, als wäre er sich nicht sicher, was er sagen sollte. Das wäre mal was Neues. Schließlich sah er mich an. Der Blick in seinen schwarzen Augen wirkte genauso ernst wie seine Miene.

»Wir hatten da etwas Gutes am Laufen, Mädchen. Etwas Tolles sogar. Aber ich habe deiner Mom versprochen, auf dich aufzupassen, falls ihr jemals etwas zustößt. Und wir wissen doch beide, dass ich mich in diesem Punkt nicht gerade mit Ruhm bekleckert habe.«

»Aber ...«

Mo hob eine Hand, um mir das Wort abzuschneiden. »Nein, lass mich ausreden. Nachdem sie gestorben war, dachte ich, in einer Pflegefamilie würde es dir gut gehen, aber wir wissen ja, wie das ausgegangen ist.«

Nicht gut.

»Nachdem das nicht funktioniert hat, hast du dich allein durchgeschlagen, und du schienst mir dabei nicht unglücklich zu sein. Also habe ich die Dinge schleifen lassen, obwohl du erst dreizehn warst. Ich habe eine Menge Dinge schleifen lassen, um die ich mich hätte kümmern müssen. Aber was weiß ich schon von weiblichen Teenagern? Absolut gar nichts.«

»Ich war nicht unglücklich«, murmelte ich.

Er schüttelte den Kopf. »Aber nicht unglücklich ist für dich nicht genug, Lila. Das ist nicht, was sich deine Mom für dich gewünscht hätte, und auch ich will mehr für dich. Gib es doch zu, Mädchen. Deine Fähigkeiten sind an meine Popelaufträge verschwendet. Du kannst jeden Einzelnen davon im Schlaf erledigen. Es gibt kein Schloss, das du nicht knacken kannst, kein Gebäude, in das du nicht eindringen kannst, keinen Gegenstand, den du nicht irgendwie stehlen kannst. Aber deine Mom hat dich dafür ausgebildet, etwas Besseres zu erreichen – besser zu sein. Mehr zu sein als nur eine Diebin, die in den Schatten lauert und kaum genug verdient, um über die Runden zu kommen. Sie wollte mehr für dich. Als du Devon gerettet hast, wusste ich sofort, dass das meine Chance ist, das Richtige für dich zu tun.«

»Indem du mich als Devons neuste Wegwerf-Wache anbietest?«

Mo ignorierte meinen bissigen Kommentar. »Das ist deine Chance, Mädchen.« Er machte eine Geste, die den ganzen Raum einschloss. »Schau dich um. Du hast einen Sprung von einer Ecke im Keller einer Bibliothek zu einem Superzimmer im Herrenhaus einer der mächtigsten Familien der Stadt gemacht. Und nicht nur das, du wirst genauso behandelt werden wie Devon, Felix und all die anderen Kinder von Familienangehörigen. Du wirst ihren Unterricht und ihre Partys besuchen und wirst Bekanntschaft mit den Mächtigen von Cloudburst Falls machen. Und das Beste daran ist, dass du auch noch dafür bezahlt wirst. Ich habe mit Claudia bereits alles besprochen. Für jede Woche deines Dienstes wirst du ein großzügiges Taschengeld erhalten.«

»Genau«, murmelte ich. »Und dann muss ich es nur noch schaffen, ein ganzes Jahr zu überstehen, ohne umgebracht zu werden.«

»Du hast vier Jahre auf der Straße überlebt«, hielt Mo dagegen. »Also stell dir doch mal vor, was du hier alles erreichen kannst, wo dir das gesamte Geld, die Magie, die Macht und die Ressourcen der Sinclair-Familie zur Verfügung stehen ...«

Plötzlich übertönte laute Countrymusik seine Stimme. Es dauerte ein paar Sekunden, bis ich verstand, dass wir mit »Friends in Low Places« beschallt wurden und dass die Musik aus Oscars Wohnanhänger drang. Anscheinend wollte sich der Pixie lieber die Trommelfelle mit Garth Brooks zerstören, als unserem Gespräch zuzuhören.

Mo sah mich achselzuckend an. Ihn schien die Musik nicht zu stören, auch wenn er sich näher zu mir lehnte, als er weitersprach. »Komm schon, Mädchen. Ich weiß, dass du bereits angefangen hast, das Haus abzuchecken. Was hast du aus der Bibliothek mitgenommen?«

Ich klimperte mit den Wimpern. »Was lässt dich glauben, ich würde meine neue Chefin bestehlen?«

Er zog nur die Augenbrauen hoch.

Ich schnaubte, aber dann griff ich in mein Kreuz, zog das T-Shirt hoch, schnappte mir die zwei Messer, den Löffel und die Gabel, die ich vom Bibliothekstisch hatte mitgehen lassen, als gerade niemand hingesehen hatte. Ich legte sie vor uns auf den Couchtisch.

Mo grinste, dann schob er die Hand in eine Tasche seiner weißen Hose und zog zwei weitere Messer heraus, zusammen mit einer weiteren Gabel, und legte sie neben meine Sachen.

»Schau. Zusammen haben wir schon eine Menge.«

Ich warf einen Blick zum Pixie-Haus, aber die Musik dröhnte

immer noch. Auf keinen Fall konnte Oscar uns über den Lärm hören. Gut.

Mo richtete das gestohlene Besteck in einer ordentlichen Reihe aus, bevor er mich wieder ansah.

»Als Mitglied einer Familie bist du mehr als nur eine Figur im Spiel anderer. Gerade du solltest das wissen. Es bedeutet Geld, Macht, Prestige, Schutz. Sogar eine Art echte Familie, wenn du willst.«

»Ich hatte eine Familie«, erklärte ich kalt. »Ich hatte dich und Mom. Ich brauche niemand anderen. Schon seit vier Jahren nicht.«

Mo musterte mich nur traurig.

»Außerdem«, fuhr ich fort, »weißt du doch, dass ich die Sinclairs hasse. Besonders Devon. Du weißt … du weißt, dass er der Grund dafür war, dass meine Mom ermordet wurde.«

Die letzten Worte waren nur noch ein heiseres Flüstern. Denn Devon Sinclair war der Grund dafür, dass meine Mom gestorben war. Oder zumindest einer der Gründe. Und jetzt sollte ich ihn bewachen, als wäre er einfach irgendein Kerl. Wut, Schmerz und Bitterkeit brannten in meinem Herzen, und ein paar heiße Tränen drangen aus meinen Augenwinkeln, bevor ich sie wegwischen konnte.

Mo seufzte. »Ich verstehe, warum du so empfindest, Lila. Aber es ist Zeit, den Schmerz und die Wut loszulassen und weiterzumachen. Devon war ein Kind, als deine Mom gestorben ist. Genau wie du. Es gab nichts, was du hättest tun können, um sie zu retten. Ich denke, tief in deinem Herzen weißt du das auch.«

Ich wusste es – aber das hieß noch lange nicht, dass es mir gefiel.

Ich erzählte Mo nicht, dass der Tod meiner Mom mich so tief verletzt hatte, dass ich niemals wieder diese Art von Schmerz erleben wollte. Dass darin der wahre Grund lag, warum ich für mich allein blieb und mir nicht die Mühe machte hatte, Freunde zu finden. Weil ich so tief verletzt worden war, dass ich mir nicht einmal sicher war, ob ich mich je davon erholen konnte. Denn sobald einem jemand wichtig war, sobald man Gefühle für eine Person empfand, sobald man jemanden liebte ... ab diesem Zeitpunkt konnte man quasi die Zeit herunterzählen zu dem Moment, an dem einem das Herz brechen würde, weil einem diese Person genommen wurde.

Das war mir mit meiner Mom passiert, und es würde auch mit den Sinclairs passieren.

Claudia dachte, sie hätte mich angestellt, um Devon zu beschützen. Aber in Wirklichkeit hatte sie mich gebeten, sie selbst vor dem Schmerz zu schützen, ihren Sohn auf dieselbe Art zu verlieren wie ich meine Mom – wegen dämlicher Familienfehden, hinterhältiger Pläne und politischer Manöver.

»Schon bald wirst du's ihnen allen zeigen, Lila«, erklärte Mo und versuchte damit, die Sache schönzureden, wie er im Razzle Dazzle wertlosen Müll schönredete. »Das kannst du mir glauben. Und glaub mir auch das – genau hierfür wurdest du geboren. Du bist eine gute Diebin, aber als Kämpferin bist du noch besser. Genau wie deine Mom. Sie hat es als ihre Pflicht angesehen, Leute zu beschützen und auf Leute aufzupassen, die nicht auf sich selbst achten konnten. Und ich weiß, dass du dasselbe empfindest. Selbst wenn du es nicht zugeben willst, nicht einmal vor dir selbst. Das ist der wahre Grund, warum du Devon und Felix geholfen hast. Weil es das Richtige war.«

»Genau«, erklärte ich bissig. »Und schau, wohin mich das gebracht hat. Direkt in einen goldenen Käfig, dessen Gitter mit Stacheln besetzt sind, die alle in meine Richtung zeigen.«

»Mach dir nichts vor. Du bist eine Kämpferin, eine Soldatin, eine Beschützerin, genau wie deine Mom es war. Und wenn du schon dein Leben aufs Spiel setzt, dann solltest du es zumindest für jemanden tun, der etwas bedeutet.«

»Und Devon Sinclair bedeutet etwas?«

»Du weißt, dass es so ist«, antwortete Mo ruhig. »Besonders

für dich. Deine Mom würde wollen, dass du hier bist, Lila. Nicht nur für Devon – sondern auch für dich selbst. Du gehörst hierher – auf mehr als eine Weise.«

Dieses Mal wusste ich genau, wovon er sprach. Ich konnte seinen forschenden Blick nicht erwidern, weil er recht hatte. Dieses Zimmer, dieses Herrenhaus, diese Familie, das war genau der Ort, wo meine Mom mich hätte sehen wollen. Sie hätte mich schon in den Jahren seit ihrem Tod hier sehen wollen, wären ein paar Dinge anders gewesen.

Wäre *ich* anders gewesen.

»Und Claudia?«, fragte ich mit heiserer Stimme, weil mich Erinnerungen quälten, die besser vergessen blieben. »Muss ich mir Sorgen wegen ihr machen?«

Mo zuckte mit den Achseln. Er wusste, was ich eigentlich wissen wollte. »Ich denke nicht. Für sie bist du einfach eine weitere Wache. Nicht mehr, nicht weniger. Richtig?«

»Ja, richtig.«

»Auf jeden Fall wird sie dich fair behandeln«, fügte Mo hinzu. »Das ist mehr, als du von den meisten anderen Familien behaupten könntest, besonders von den Draconis.«

Ich dachte an meinen Zusammenstoß mit Deah zurück. Dem konnte ich nicht widersprechen.

»Aber was ist mit meinen Sachen in der Bibliothek?«, fragte ich. Ich suchte immer noch nach einem Weg, mich aus der Sache rauszuwinden, obwohl die Falle bereits zugeschnappt war. »Ich kann nicht einfach alles dortlassen. Früher oder später wird jemand mein Lager finden.«

»Tatsächlich bin ich heute schon sehr früh zur Bibliothek gegangen, habe mir Zutritt verschafft und ein paar deiner Sachen eingepackt. Den Rest kannst du ein andermal holen.«

Mo deutete mit dem Daumen über die Schulter, und erst in diesem Moment entdeckte ich einen meiner ramponierten Koffer neben dem Schminktisch. Reginald musste ihn nach oben getragen haben, während ich mich im Trainingsraum mit

Claudia unterhalten hatte. Ich stand auf, ging hinüber und öffnete den Koffer.

Moms blauer Spinnenseiden-Mantel lag sorgfältig gefaltet ganz oben, zusammen mit ihren Kettenhandschuhen und der Schwarzen Klinge. Ich öffnete die Seitentasche und fand das einzige gerahmte Foto, das ich von ihr besaß, zusammen mit ihrem Lieblingsbuch über Monstertraditionen. Die Seiten waren vollgeschrieben mit Beobachtungen, die sie selbst über die Monster von Cloudburst Falls angestellt hatte.

Mo hatte alles eingepackt, was wichtig war – die einzigen Besitztümer, die mir neben dem Saphirring etwas bedeuteten.

Ich ließ die Hand über das lächelnde Gesicht meiner Mom hinter dem Glas gleiten, während ich gegen Tränen anblinzelte. Noch mehr Tränen. Langsam wurde ich wirklich weich.

»Danke, Mo«, flüsterte ich.

Er räusperte sich, aber wir achteten beide darauf, uns in diesem Moment nicht anzusehen. »Gern geschehen.«

Ich schnappte mir den Mantel meiner Mom, zog ihn aus dem Koffer und hängte ihn über einen der Bettpfosten, damit er mich an sie erinnerte. Dann legte ich die Handschuhe auf den Schminktisch und lehnte das Schwert an den Nachttisch. Das Bild meiner Mom ließ ich allerdings in der Seitentasche, die ich wieder verschloss, sodass niemand das Foto betrachten konnte. In diesem Haus sollte nur ich ihr Bild sehen.

Aus dem Pixie-Haus erklang der nächste Garth-Brooks-Song, genauso laut wie vorher. Als hätte jemand die Best-of-CD aufgelegt.

Mo stand auf. »Ich sollte jetzt mal gehen. Damit du dich einrichten kannst.«

»Du ... du willst mich hier zurücklassen? Einfach so?«

»Na ja ... ja.« Er trat von einem Fuß auf den anderen.

Natürlich würde er mich hier zurücklassen. Das musste er. Denn das hier war mein Zimmer, nicht seines. Ich arbeitete jetzt als Leibwächter, nicht er. Ich war diejenige, die an die Sinclair-Familie gebunden war. Auf mehr als eine Weise, genau wie er gesagt hatte.

Trotzdem konnte ich die heiße, magenverkrampfende Panik nicht unterdrücken, die mich bei dem Gedanken durchfuhr, dass Mo ging. Sicher, ich mochte vier Jahre lang auf mich allein gestellt gewesen sein, aber ich hatte immer gewusst, dass ich mich an ihn wenden konnte, wenn ich wirklich Hilfe brauchte. Und dass er mir helfen würde, egal was geschah. Ich konnte unbesorgt und tapfer den Straßen von Cloudburst Falls trotzen, jederzeit, ob Tag oder Nacht. Konnte in die Häuser der Reichen einbrechen, mich von Kerlen mit Schwertern jagen lassen und ohne Angst den Zoll des Lochness zahlen. Aber hier zu sein, in diesem Haus, bei dieser Familie ... es war, als wäre ich auf einen anderen Planeten gebeamt worden, auf dem es Regeln, Sprachen und Gebräuche gab, die mir vollkommen fremd waren. Und die ich gar nicht lernen wollte.

Und Leute, die ich auf keinen Fall in mein Herz schließen wollte.

»Aber mach dir keine Sorgen«, sagte Mo, der meine Unsicherheit bemerkte. »So einfach wirst du den alten Mo nicht los. Du kannst ins Razzle Dazzle kommen, wann immer du willst. Und wenn du mal etwas dazuverdienen willst, indem du Botengänge für mich erledigst, lass es mich einfach wissen. Claudia hat dich gebeten, als Devons Leibwächterin zu fungieren, aber sie hat nie erklärt, dass du nicht auch noch nebenher arbeiten kannst.«

Er zwinkerte mir zu, und ich musste einfach lachen.

Mo zögerte, dann zog er mich in eine Umarmung, die ich erwiderte.

»Ruf mich an, wann immer du etwas brauchst, Tag und Nacht«, flüsterte er. »Egal was.«

Ich nickte, während ich versuchte, die Gefühle herunterzuschlucken, die mir die Kehle zuschnürten.

Mo löste sich von mir. »Bleib anständig, Lila. Oder arbeite

anständig daran, richtig böse zu sein. Das kannst du selbst entscheiden.«

Er zwinkerte mir ein letztes Mal zu, dann drehte er sich um und verließ den Raum. Trotz der Musik, die immer noch aus Oscars Haus dröhnte, bildete ich mir ein, das leise Klicken zu hören, als die Tür sich hinter Mo schloss. Irgendwie erschien es mir so laut wie ein Gong, der das Ende meines alten Lebens einläutete – und den Anfang von etwas Neuem.

Es war noch nicht allzu spät, aber ich war so erschöpft von allem, was heute passiert war, dass ich mir meinen Schlafanzug aus dem Koffer schnappte, ins Bad ging und die Tür hinter mir verschloss.

Die nächsten zwei Stunden verbrachte ich in der Badewanne. Ich konnte mich nicht mal mehr daran erinnern, wann ich zuletzt heiß gebadet hatte. Ich genoss jede einzelne Sekunde davon, wusch mir die Haare und den restlichen Körper dreimal und fühlte mich hinterher sauberer als seit Monaten.

Ich sah mich selbst nicht gerade als Mädchen-Mädchen, aber als ich den Badezimmerschrank öffnete und hinter der Tür diverse Reihen mit teuren Seifen, Shampoos, Spülungen und Cremes entdeckte, stieß ich einen entzückten Schrei aus. Ich öffnete eine Flasche nach der anderen und schnüffelte daran, bis die süßen, blumigen und fruchtigen Düfte alle miteinander verschwammen und ich sie kaum mehr unterscheiden konnte. Es war fast wie ein Besuch in einem Hotel. Das hatte ich mir ab und zu gegönnt, wenn Mo mich gut bezahlt hatte. Doch dieses Bad war so viel schöner als in jedem Hotel, das ich je besucht hatte.

Vielleicht war die Sache es wert, trotz der Stacheln in meinem Käfig.

Doch irgendwann wurde das Wasser in der Wanne kalt, und ich wurde es leid, ein Fläschchen nach dem nächsten zu öffnen. Also trocknete ich mich ab, zog meinen Pyjama an und tapste zurück ins Schlafzimmer. Ich warf einen Blick zum Pixie-Haus, doch die Musik war verklungen, und im Wohnanhänger brannte kein Licht mehr. Tiny war nicht aus ihrem Schläfchen aufgewacht, obwohl der Sonnenfleck schon lange verschwunden war. Ich würde also bis morgen warten müssen, um die Schildkröte und Oscar offiziell kennenzulernen.

Ich öffnete eine der Glastüren und glitt auf den Balkon. Während meines Bads war die Sonne untergegangen, und ein langer Sommertag ging langsam in die Nacht über. Blutrotorangefarbene Streifen zogen sich über den Himmel, doch auch sie verblassten langsam zu rosa.

Ich hatte so lange unten in der Stadt gelebt, dass es seltsam war, sie aus diesem Blickwinkel zu sehen. Dieser Teil des Herrenhauses überblickte die vielen bewaldeten Bergkämme des Cloudburst Mountain. Die Bäume und Felsnasen erinnerten mich an einen Teppich aus grauen und grünen Juwelen mit Kanten und Spitzen. Weiter unten leuchteten auf den Anwesen der anderen Familien silberne und goldene Lichter. Und noch ein gutes Stück weiter unten, mitten im Tal, lag der Midway.

Aus dieser Entfernung sah der kreisförmige Bereich aus wie ein liegendes Riesenrad, in dem mich die Plätze mit den Verkaufsständen an die Kabinen erinnerten, in denen die Leute ihre Runden fuhren. In der beginnenden Dunkelheit pulsierten die Neonlichter auf dem Midway wie ein Regenbogen aus fallenden Sternen. Sie schossen von einer Seite zur anderen und zurück, was die Illusion eines Riesenrades nur noch verstärkte.

Ich stützte mich auf die Balkonbrüstung, fühlte die Wärme des Steins, atmete tief durch und dachte darüber nach, wie sehr sich mein Leben in einem Tag verändert hatte. Gestern um dieselbe Zeit wäre ich noch über den Midway gelaufen auf der Suche nach einer einfachen Gelegenheit zum Taschendiebstahl, immer auf der Hut vor den Familien-Wachen. Und hinterher wäre ich in die Bibliothek zurückgekehrt. Jetzt dagegen war ich hier, im Herrenhaus einer Familie, umgeben von den hochwertigsten Dingen, die man mit Geld kaufen konnte – den Dingen, die ich so oft anderen Leuten gestohlen hatte.

Ich fragte mich, was meine Mom wohl von all dem halten würde. Zweifellos wäre sie glücklich, wie Mo es gesagt hatte. Glücklich, dass ich Devon gerettet hatte; glücklich, dass Claudia mich dazu genötigt hatte, ihn zu beschützen; glücklich, dass ich für die Sinclairs arbeitete.

Selbst wenn sie ihretwegen gestorben war.

Ich starrte auf den Midway. Plötzlich blinkten die Neonlichter schneller und schneller, heller und heller, größer und größer, bis sie eine Wand aus Weiß vor meine Augen erzeugten. Ich blinzelte, und dann sah ich eine andere Szene aus einer anderen Zeit. Momente, die ich dringend vergessen wollte. Doch ich konnte mich nicht gegen die aufsteigenden Erinnerungen wehren, das hatte ich noch nie gekonnt …

Ich war mit meiner Mom auf dem Midway. Wir saßen auf einer Bank im Park und aßen Eis. Wir lachten und unterhielten uns, bis irgendetwas, das Mom aus dem Augenwinkel sah, ihre Aufmerksamkeit erregte. Ich folgte ihrem Blick und stellte fest, dass sie eine andere Frau anstarrte mit hübschem, kastanienbraunem Haar. Und einen Jungen, der vielleicht ein paar Jahre älter war als ich. Die beiden schlenderten gemeinsam durch den Park.

Ich verdrehte die Augen. Jungs waren echt ekelhaft, auch wenn dieser hier süßer war als die meisten anderen, mit leuchtend grünen Augen und einem Wirbel in den dunkelbraunen Haaren, der dafür sorgte, dass sie am Hinterkopf gerade in die Luft standen.

Ein wehmütiges Lächeln huschte über Moms Gesicht.
»Sie wirken glücklich, oder?«, murmelte sie.

»Nicht so glücklich wie wir«, antwortete ich stolz und trotzig. Mom drückte meine Hand, und in ihren dunkelblauen Augen funkelte der Schalk. »Nein. Nicht so glücklich wie wir.« Mom beobachtete weiterhin die andere Frau und den Jungen, die zusammen vor einem der Essstände angehalten hatten, um sich karamellisierte Äpfel zu kaufen. Der Junge und seine Mutter wurden von einer Familien-Wache mit schwarzem Mantel und Schwert an der Hüfte begleitet, doch das störte mich nicht. Die Hälfte der Erwachsenen auf dem Midway trug heute entweder ein Schwert oder einen Dolchgürtel an der Hüfte. Also konzentrierte ich mich wieder auf meine Eiswaffel und seufzte glücklich, als das kühle, süße Erdbeereis über meine Zunge glitt.

Alles war wunderbar, bis ein Stirnrunzeln auf Moms Stirn erschien.

»Was ist los?«, fragte ich. »Dein Eis schmilzt.«

Das Schokoladeneis tropfte bereits über ihre Hand, und die Schokoladenstücke rutschten heraus und fielen mit hörbarem Klatschen zu Boden.

Doch Mom antwortete mir nicht. Stattdessen drehte sie den Kopf hin und her, erst langsam, dann immer schneller. Ich beugte mich vor und ließ den Blick über die Menge aus Touristen, Arbeitern und Wachen gleiten. Und endlich verstand ich, was sie anstarrte – fünf Kerle mit roten Umhängen und Schwertern, die alle auf die Mutter mit Sohn zuhielten. Die beiden aßen ihre Äpfel, ohne sich der Gefahr bewusst zu sein.

»Lila«, flüsterte Mom und drückte fest meine Hand. »Versteck dich so gut wie möglich. Und gib mir bitte dein Eis.«

Ich erstarrte, weil ich mich fragte, was sie vorhatte, doch ihr Blick schoss zurück zu den Bewaffneten, und ich verstand. Mom streckte mir die Hand entgegen. Ich seufzte, leckte noch einmal an meinem Eis und gab ihr dann die Waffel. Gleich-

zeitig rutschten wir auf der Bank nach vorne, bereit, aufzuspringen.

Inzwischen hatte die andere Mom angehalten, um mit jemandem zu sprechen, während der Junge an einen Stand weitergewandert war, der Wunderkerzen verkaufte. Die fünf Kerle zogen ihre Schwerter. Doch sie stürzten sich nicht, wie ich erwartet hatte, auf die Mutter. Stattdessen schlichen sie näher an den Jungen heran ... und näher ... und noch näher ...

Mom sprang von der Bank. Ihr schwarzer Pferdeschwanz flatterte förmlich hinter ihr durch die Luft. Sie warf sich nach vorne und klatschte dem nächststehenden Angreifer die Reste unserer Eiswaffeln ins Gesicht. Er stieß ein überraschtes Knurren aus, doch sie hatte ihm bereits das Schwert aus der Hand gerissen und die Klinge über seine Brust gezogen, bevor sie zum nächsten Gegner herumwirbelte. Ich duckte mich hinter die Bank und beobachtete alles durch die Lücken im Metall.

Der Kampf tobte so schnell, dass ich kaum mehr sah als verschwommene Bewegungen. Durch die Luft sausende Klingen. Blut, das überall herumspritzte.

Irgendwie schaffte Mom es, an den Jungen mit den grünen Augen heranzukommen. Sie schubste ihn in meine Richtung.

»Hol ihn!«, blaffte sie.

Ich sprang gerade lang genug hinter meiner Bank hervor, um den Jungen an der Hand zu packen und ihn in mein Versteck zu ziehen, weg vom Kampf.

»Devon!«, schrie seine Mom, während ihre Wache versuchte, sie hinter sich zu schieben. »Devon!«

Der Junge wollte zu ihr laufen, doch ich packte seine Hand fester und zog ihn neben mir in die Hocke.

»Bleib hier«, flüsterte ich. »Das wird schon wieder. Warte nur ab.«

Angst und Misstrauen leuchteten in seinen Augen, so hell wie die Neonlichter um uns herum, aber er blieb bei mir. Seine freie Hand ballte sich zu einer festen Faust, und sein Blick schoss von links nach rechts, auf der Suche nach weiteren Angreifern. Er war bereit, gegen jeden zu kämpfen, der sich auf uns stürzte.

Aber das tat niemand.

So schnell, wie alles angefangen hatte, war der Kampf auch schon zu Ende. Die fünf Angreifer lagen tot auf dem Boden. Mom stand zwischen den Leichen und atmete schwer. Mit der Spitze ihres Schwertes öffnete sie den Hemdsärmel einer Leiche. Eine goldene Manschette glitzerte an seinem rechten Handgelenk, und Mom sog scharf die Luft ein.

»Devon! Devon!«

Die andere Mom schrie und schrie. Jetzt entriss mir der Junge seine Hand und rannte zu ihr. Mehr sah ich nicht, bevor meine Mom das Schwert zur Seite warf, zu mir rannte und meinen Arm packte.

»Wir müssen fliehen, Lila«, flüsterte sie drängend. »Wir müssen fliehen ...«

Eine Mücke umschwirrte meinen Kopf und riss mich aus meinen Erinnerungen. Der Park verschwand, und die weiße Wand vor meinen Augen verblasste wie Nebel. Schon einen Augenblick später sah ich wieder normal und starrte erneut auf den realen Midway hinunter.

Ich atmete zitternd durch und sackte über der steinernen Balkonbrüstung zusammen. Das war ein weiterer, heikler Punkt bei meinem Talent für Seelensicht. Ich konnte mit meiner Magie nicht nur in Menschen hineinsehen, nein, manchmal wurde ich von diesem magischen Talent auch in die Vergangenheit katapultiert, um dort Dinge zu sehen, die früher geschehen waren.

All die Erinnerungen, die ich vergessen wollte.

Wie den Tag, an dem meine Mom Devon gerettet hatte – und die schrecklichen Konsequenzen ihrer Handlungen.

Als ich anfing, an den Rest dieses Tages zu denken, funkelten wieder helle Sterne vor meinen Augen. Meine Gefühle nicht unter Kontrolle zu halten, war ein sicherer Weg, in eine Erinnerung gezogen zu werden, also zwang ich mich dazu, wieder und wieder zu blinzeln und dabei tief durchzuatmen, bis die weißen Sterne verschwanden und mein Herz nicht mehr raste wie die Gokarts, mit denen die Touristen auf dem Midway so gerne fuhren.

Ich wollte mich nicht an mehr erinnern. Ich würde nicht zulassen, dass ich mich an mehr erinnerte.

Nicht heute Abend.

Ich wirbelte herum, stürmte zurück in mein Zimmer und schlug die Balkontür hinter mir zu, als könnte ich damit, dass ich den Midway nicht mehr sah, auch irgendwie den Schmerz in meinem Herzen lindern.

Am nächsten Morgen wachte ich auf und machte mich fertig, als wäre es ein ganz gewöhnlicher Tag – und nicht der erste Tag vom Rest meines wahrscheinlich sehr kurzen Lebens.

Ich schob mir meine Haarstab-Dietriche in den Pferdeschwanz und zog meine beste graue Cargohose an, zusammen mit blauen Turnschuhen und einem hellblauen T-Shirt. Außerdem schnappte ich mir meinen Rucksack und überführte einige nötige Dinge daraus in meine Hosentaschen, unter anderem ein paar Vierteldollarmünzen. Natürlich hätte ich auch den blauen Spinnenseide-Mantel und meine Kettenhandschuhe anziehen können, aber ich wollte nicht, dass Claudia sie sah. Sie würde nur misstrauisch werden, wo ich die Sachen herhatte. Außerdem konnte ich mich des Gefühls nicht erwehren, dass ich mich bemühen sollte, mit der Menge zu verschmelzen.

Als Tüpfelchen auf dem i schob ich den schwarzen Ledergürtel mit den Wurfsternen durch die Laschen an meiner Hose, bevor ich Moms Schwertscheide daran befestigte. Ich wusste nicht, ob oder wann jemand hier vorhatte, mich mit einer Waffe auszustatten, und ich wollte ihr Schwert bei mir haben. Ich sollte Devons Bodyguard spielen, also konnte ich auch entsprechend aussehen.

Ich starrte auf den Stern im Heft der Schwarzen Klinge und ließ die Finger über die Form gleiten, bevor ich dasselbe mit den anderen Sternen machte, die sich über die Waffe zogen.

»Wird schon schiefgehen«, murmelte ich, als ich das Schwert in die Scheide schob.

Dann ging ich zum Pixie-Haus, in der Hoffnung, die offizielle Vorstellung hinter mich zu bringen, doch es lag immer noch dunkel und still da, obwohl anscheinend ein paar zusätzliche Bierdosen auf dem Rasen gelandet waren. Sollte Oscar sie gestern Abend geleert haben, hatte ich ihn zumindest nicht gehört. Tiny hatte sich auf den Rücken gerollt, und seine pummeligen, dunkelgrünen Beine ragten in die Luft, während er sein Morgenschläfchen genoss. Ich dachte darüber nach, ihn umzudrehen, aber die Schildkröte wirkte unglaublich zufrieden, also ließ ich sie in Ruhe …

Plötzlich tönte laute Musik aus dem Wohnanhänger, sodass ich überrascht zusammenzuckte. Ich erkannte das Lied nicht, aber es war laut, aggressiv und absolut nicht das, was ich so früh am Morgen hören wollte. Ich wartete, weil ich hoffte, dass Oscar sich endlich dazu herablassen würde, seinen Wohnanhänger zu verlassen. Aber der Pixie tauchte nicht auf. Tinys Beine zuckten, und er schwankte auf seinem Panzer von rechts nach links, als würde er sich im Schlaf zum Takt der Musik wiegen. Ich verzog das Gesicht. Damit blieb er allerdings allein.

Die Musik wurde immer lauter. Ich interpretierte das als klare Aufforderung zum Verschwinden, also wandte ich mich der geschlossenen Tür zu. Niemand hatte in der Nacht an meine Tür geklopft, und niemand hatte versucht, den Raum zu betreten. Hätte das jemand getan, wäre es ihm recht schwergefallen, da ich mir den Stuhl vom Schminktisch geschnappt und unter den Türknauf geschoben hatte. Das tat ich immer, wenn ich an einem mir unbekannten Ort schlief.

Doch ich hatte letzte Nacht keinerlei Geräusche im Flur gehört, oder zumindest war keines davon laut genug gewesen, um mich zu wecken. Ich lauschte einen Moment, doch auch jetzt hörte ich nichts – mal abgesehen von Oscars wahnsinnig lauter Musik. Also ging ich davon aus, dass es an mir war, loszuziehen und meine neue Familie zu begrüßen.

Jippie-ja-jei.

Ich zog den Stuhl zur Seite, öffnete die Tür und trat in den Flur.

Dann ging ich die Stufen nach unten, wobei ich ständig den Kopf drehte, um gleichzeitig das ganze glänzende Glas, die glatten Marmorflächen und die glitzernden Kronleuchter in mich aufzunehmen. Während ich von Zimmer zu Zimmer und von Stockwerk zu Stockwerk wanderte, dachte ich darüber nach, ein paar Dinge zu stehlen und zu dem Silberbesteck zu legen, das ich in einer der Schubladen des Schminktisches versteckt hatte. Einen kristallenen Kerzenleuchter, der auf einem Kaminsims stand. Ein Elfenbeinkästchen auf einem Beistelltisch. Silberne Buchstützen in Form des Familienwappens, der Hand mit Schwert. Doch ich widerstand der Versuchung, ein paar Dinge für schlechte Zeiten zurückzulegen. Zumindest für den Moment.

Auf dem Weg ins Erdgeschoss prägte ich mir den Grundriss des Hauses genau ein. Fenster. Türen. Flure. Balkone, von denen Treppen nach unten führten. Rosenspaliere, die sich von einem Stockwerk zum nächsten zogen. Die Fallrohre an den Außenwänden. Die Karte in meinem Kopf wurde an jeder Stelle, die einen möglichen Fluchtweg bot, mit einem geistigen X markiert.

Es überraschte mich ein wenig, dass niemand auftauchte, um mein nicht allzu heimliches Schnüffeln zu unterbinden, doch nach ein paar Minuten verstand ich, warum – weil das Herrenhaus so gut wie leer war.

Es gab keine Familienmitglieder, die in den oberen Wohnzimmern herumhingen und sich unterhielten. Es schossen auch keine Pixies durch die Luft, um Tabletts mit Essen von einem Stockwerk ins nächste zu tragen. In den Hobbyräumen gab es keine Kinder, die eine Partie Billard spielten oder auf den riesigen Bildschirmen einen Film anschauten.

Es schien, als sei die Sinclair-Familie um einiges kleiner, als ich gedacht hatte.

Ich erreichte das Erdgeschoss und wanderte weiter. Schließlich stoppte ich in einem Flur und atmete tief durch. Es roch nach ... *Frühstücksspeck*. Jeder *Menge* angebratenem Speck. Mein Magen knurrte erwartungsvoll. Reginald hatte mir gestern Abend nichts mehr zu essen gebracht, und ich hatte mich mit den Keksen und dem Apfel bescheiden müssen, die ich gestern beim Mittagessen in der Schule hatte mitgehen lassen.

Der Duft zog mich an wie Sirenengesang. Ich ging durch einen Flur, der sich in einen riesigen Speisesaal öffnete. Schmale Fenster zogen sich vom Boden bis zur Decke über die gesamte hintere Wand und gaben den Blick frei auf die dunkelgrünen Nadelwälder, die das Anwesen begrenzten. Sonnenlicht strömte durch die Scheiben und ließ die Kristalllüster wie Diamanten glitzern. Zwischen den Kronleuchtern zogen sich Muster in Gold und Silber über die gewölbte Decke. In der Mitte des Raumes standen mehrere lange Tische. An jedem davon hätten mühelos dreißig Leute Platz gefunden. Schwarzweiße Perserteppiche bedeckten den Boden darunter.

Hier entdeckte ich endlich ein paar Leute, wenn auch bei Weitem nicht so viele, wie ich erwartet hatte. Ein paar Männer in Anzügen unterhielten sich lachend mit mehreren Wachen, die praktische schwarze Stiefel, Hosen, Hemden und Umhänge trugen. Sie hatten ihre Schwerter neben sich auf Stühle gelehnt und ihre Musketier-Hüte über die Waffen gestülpt. Andere Leute saßen in kleinen Gruppen herum und sahen sich nervös um, als sähen sie das alles zum ersten Mal. Mehrere Pixies schossen durch die Luft. Ihre durchsichtigen Flügel schillerten in allen Farben des Regenbogens, während sie Tabletts voller Eier, Speck und Pfannkuchen auf die Buffettische an der rechten Wand stellten.

Alle wandten die Köpfe zu mir um – dem neuen Mädchen. Für einen Moment verklang das Klappern und Klirren des Porzellans, genau wie alle Gespräche. Fast fühlte ich mich in die Highschool zurückversetzt. Doch ich ignorierte die neugierigen Blicke und das Flüstern, schnappte mir einen Teller und lud mir so viel Frühstück auf, wie ich nur auf dem weißen Porzellanteller unterbringen konnte. Dann suchte ich mir einen Platz am Ende eines Tisches, so nah wie möglich am Buffet und so weit wie möglich von allen anderen entfernt, und haute so richtig rein.

Ein weiblicher Pixie schoss heran und stellte ein Glas Orangensaft neben meinen Teller. Ich murmelte einen Dank. Mein Mund war voll mit gebratenem Speck, der genauso salzig, knusprig und wunderbar schmeckte, wie er roch.

Das Essen war um einiges besser, als ich erwartet hatte. Das Rührei war locker und die Brombeerpfannkuchen gleichzeitig süß und säuerlich. Ich hatte schon immer gewusst, dass Pixies herausragende Köche waren, doch das hier hatte ich nicht erwartet. Allerdings lebte ich sonst auch von Müsliriegeln zum Frühstück, aß zu Mittag Lasagne in einer Schulkantine, und mein Abendessen bestand gewöhnlich aus fettigen Hamburgern. Alles Selbstgekochte war für mich etwas Besonderes. Schnell leerte ich meinen Teller und holte mir einen Nachschlag.

Ich hatte mich gerade wieder hingesetzt, als ein Schatten auf mich fiel. Ich sah auf und entdeckte Grant Sanders auf der anderen Seite des Tisches. Er trug schwarze Stiefel und eine schwarze Hose, darüber ein weißes Poloshirt, das seine muskulöse Brust betonte. Er wirkte nicht, als hätte er sich besondere

Mühe mit seinem Styling gegeben, trotzdem sah er wie immer gut aus. Wahrscheinlich gehörte er zu diesen Kerlen, die einfach aus dem Bett rollen konnten und trotzdem toll aussahen.

»Oh«, meinte er. »Du bist bereits hier.«

Ich zuckte nur mit den Achseln, bevor ich weiteraß.

Grant füllte sich ebenfalls einen Teller und setzte sich auf den Stuhl mir gegenüber. Er griff nach seiner Gabel, doch dann klopfte er damit nur an den Rand des Tellers, anstatt das Essen aufzuspießen. Dabei war es ein Verbrechen, diesen Speck kalt werden zu lassen.

»Ich bin mir sicher, du hast ein paar Fragen in Bezug darauf, wie alles hier läuft«, meinte er schließlich.

Wieder zuckte ich mit den Achseln, dann konzentrierte ich mich auf meine Pfannkuchen.

»Nun, ich bin der Makler der Familie«, erklärte Grant. »Das bedeutet, dass ich dafür verantwortlich bin, alle Geschäfte abzuwickeln und mich um alle Probleme zu kümmern. Kundenbeschwerden, Verbrechen gegen Touristen, Streit zwischen Familienmitgliedern.«

In jeder Familie gab es drei besonders mächtige Positionen – Makler, Wächter und Butler. Wenn Grant der Makler war, bedeutete das, dass er zu den wichtigsten Leuten in der Sinclair-Gang gehörte, gleichgestellt mit Devon als Wächter und Reginald als Butler. Nur Claudia als Oberhaupt der gesamten Familie besaß noch mehr Macht.

Grant zögerte, als rechnete er mit einem beeindruckten Kommentar von mir, also beschloss ich, ihm ein wenig Honig um den Bart zu schmieren.

»Du bist sehr jung für einen so wichtigen Posten.«

Er warf sich stolz in die Brust. »Ich bin zwanzig. Der jüngste Sinclair-Makler aller Zeiten.«

Ich überlegte, ob ich darauf hinweisen sollte, dass Devon erst neunzehn war und eine ähnlich wichtige Position innehatte, hielt aber lieber den Mund. Zur Abwechslung mal.

Grant musterte die leeren Stühle um uns herum. »Auch wenn von der Familie nicht viel übrig ist.«

Ich aß mein letztes Stück Pfannkuchen und schob den Teller zurück. Nachher würde ich mir noch mal etwas holen. Aber wenn Grant gerade in Redelaune war, warum sollte ich ihn davon abhalten, Geheimnisse auszuplaudern?

»Ich kann die Anzugträger und die Wachen einordnen«, meinte ich und deutete auf die betreffenden Tische. »Sie arbeiten offensichtlich für die Familie. Aber wer sind die anderen?«

Ich deutete auf die Zweiergrüppchen und Einzelpersonen, die sich am Rand hielten.

»Oh, das sind Leute, die gekommen sind, um mit Claudia zu sprechen«, antwortete Grant. »Sie haben irgendwelche Probleme, möchten um Gefallen bitten oder den Antrag stellen, in die Familie aufgenommen zu werden. So Zeug eben. Sie warten hier, bis sie sie in der Bibliothek empfängt.«

Also ließ sich die Eiskönigin tatsächlich dazu herab, ihren Untertanen Audienzen zu gewähren. Ich fragte mich, ob man sich wohl vor ihr verneigen musste. Wahrscheinlich schon.

»Okay«, sagte ich. »Aber warum ist der Rest des Herrenhauses so ... leer?«

Grant warf einen Blick zum Buffet, aber alle Pixies waren gerade in die Küche verschwunden, um Nachschub zu holen, und an unserem Ende des Tisches saß sonst niemand. Also lehnte er sich vor.

»Du weißt, dass Lawrence, Devons Dad, vor sechs Monaten ermordet wurde, richtig?«, fragte er leise. »Es war überall in den Nachrichten.«

Üble Untertreibung. Lawrence Sinclair war nach einer Neujahrsparty, die von der Ito-Familie ausgerichtet worden war, überfallen und erstochen worden. Das hatte die ohnehin schon angespannten Beziehungen zwischen den Familien zusätzlich belastet.

»Ja, davon habe ich gehört. Und? Oberhaupt einer Familie war noch nie ein besonders sicherer Job.«

»Seitdem verlassen immer mehr Leute die Familie«, erklärte Grant. »Alle wissen, dass Victor Draconi den Mordanschlag auf Lawrence in Auftrag gegeben hat. Er hat die Ito-Famile in der Tasche, und wahrscheinlich ist es ihm nicht schwergefallen, sie dazu zu bringen, die Drecksarbeit für ihn zu erledigen. Gerüchten zufolge hat Victor ein Auge auf die Sinclair-Familie geworfen und hat vor, einen Schlag gegen Claudia auszuführen. Er will ihre Geschäfte auf dem Midway übernehmen, sie aus Verträgen drängen, so was eben. Und das, noch *bevor* er zum tödlichen Schlag ausholt.«

Grant lehnte sich noch ein wenig weiter vor und sprach noch leiser. »Die Leute sagen, er hätte vor, Claudia dazu zu zwingen, auf den Namen Sinclair zu verzichten, die gesamte Familie aufzulösen und alles, was sie besitzt, an ihn zu übergeben, inklusive des Herrenhauses. Entweder das, oder ...«

»Er bringt sie um«, beendete ich seinen Satz ausdruckslos.

»Und jeden anderen aus der Familie, der sich ihm nicht anschließt.«

Grant runzelte die Stirn, als hätte mein Wissen ihn überrascht. »Genau. Daher sind die Leute gegangen. Niemand will mit einer Familie in Verbindung gebracht werden, die in solchen Schwierigkeiten steckt wie die Sinclairs.«

»Wieso bleibst du dann?«

Ich versuchte meine Seelensicht einzusetzen, aber Grants Blick schoss zu schnell von einer Seite zur anderen. Aber aus irgendeinem seltsamen Grund schienen seine Augen immer dunkler zu werden, je länger ich ihn anstarrte, als färbten seine Pupillen langsam das Blau seiner Iris schwarz.

Grant leckte sich über die Lippen. »Ich bleibe, weil ...«

»Ich gehe heute aus, und das ist endgültig.« Devons Stimme erklang im Flur vor dem Speisesaal.

»Du wurdest angegriffen, Devon.« Claudias viel ruhigere

Stimme drang in den Raum. »Und zumindest einer der Angreifer ist noch dort draußen.«

Schritte klapperten über den Marmor, dann erschienen Mutter und Sohn in der offenen Tür. Claudia trug wieder einen eleganten Hosenanzug, diesmal in kühlem Weiß, während Devon in Stiefel, Khakihose und ein grünes Polohemd gekleidet war.

»Das weiß ich«, sagte Devon harsch. »Glaub mir. Ich war dort. Genauso wie Ashley.«

Ich musste mein Sichttalent nicht einsetzen, um zu erkennen, dass er die Hände zu Fäusten geballt hatte, die Muskeln an seinen Oberarmen sich wölbten und er die Zähne fest zusammengebissen hatte.

»Ich werde mich nicht im Herrenhaus verstecken«, erklärte Devon. »Das habe ich nach Dads Tod lang genug getan. Ich bin es leid, nur herumzusitzen. Ich habe keine Angst vor den Draconis oder den Itos oder den anderen Familien, und ich habe vor, ihnen das auch zu zeigen. Ich muss allen beweisen, dass ich kein Feigling bin.«

Claudias strenge Miene wurde etwas weicher. »Du bist kein Feigling. Aber du hast dieses Jahr eine Menge mitgemacht. Das haben wir alle.« Sie zögerte. »Ich will nicht, dass du verletzt wirst.«

»Das ist ein Risiko, das ich eingehen muss. Das wir alle eingehen, indem wir Sinclairs sind«, antwortete Devon.

Claudia hob die Hand und drückte seine Schulter.

»Außerdem weißt du genau, warum ich gehen muss«, sagte Devon schlecht gelaunt und entzog sich ihrem Griff. »Du bist schließlich diejenige, die es eingefädelt hat.«

Claudia schürzte die Lippen, während Devon sich umdrehte und in den Speisesaal schaute.

Er biss die Zähne noch ein wenig fester zusammen, als ihm klar wurde, dass alle im Raum in seine Richtung sahen und das gesamte Gespräch mitbekommen hatten. Doch dann nahm er die Schultern zurück und betrat den Saal trotzdem. Ich konnte nicht anders, als ihn dafür zu bewundern.

Wieder knurrte mein Magen, also entschied ich, die unangenehme Stille zu nutzen, die sich über den Speisesaal gesenkt hatte.

»Also«, sagte ich fröhlich, stand auf und ging Richtung Buffet. »Wenn ich heute Leibwächterdienst schieben muss, dann brauche ich noch mehr zu essen.«

Auch Claudia füllte sich einen Teller mit Essen, dann hielt sie neben dem Tisch an, an dem Grant und ich saßen.

»Grant, würdest du bitte sicherstellen, dass Devon zu seiner Verabredung kommt?«, meinte sie. »Und Lila ebenfalls?«

Sie mochte mich ja dafür bezahlen, ihren Sohn zu bewachen, aber sie vertraute mir nicht. Nicht, wenn sie Grant mitschickte, um auf mich aufzupassen. Claudia war wirklich eine clevere Frau. Sie warf mir noch einen kühlen Blick zu, bevor sie den Speisesaal verließ. Ich musste gegen den Drang ankämpfen, ihr die Zunge herauszustrecken.

Devon füllte sich ebenfalls einen Teller und setzte sich neben Grant. Er konzentrierte sich auf sein Essen und wich unseren Blicken aus. Eine Minute später kam Felix in den Raum, nahm sich den gesamten verbliebenen Speck vom Buffet und ließ sich auf den Stuhl neben mir fallen. Eine Weile aßen wir schweigend.

»Weißt du, als wir gestern Lila abholen gefahren sind, hatte ich fast vergessen, wie süß deine neue Leibwächterin sein wird, Devon«, sagte Felix irgendwann wie immer im Flirtmodus. »Bitte sag mir, dass du sie nicht für dich behalten willst.«

Devon packte seine Gabel fester, doch er reagierte nicht auf die Hänselei seines Freundes. Stattdessen presste er die Lippen zusammen, und sein Gesicht wirkte plötzlich noch grimmiger. Er suchte meinen Blick, und die Schuldgefühle in seinen Augen trafen mich wie ein Schlag in die Brust. Ich fragte mich, ob sie wohl damit zu tun hatten, dass Ashley tot war – oder ob es darum ging, dass ich genauso enden würde.

»Vielleicht muss ich sie einfach stehlen.« Felix zwinkerte mir zu.

Grinsend lehnte ich mich zu ihm und schob eine Hand hinter seinen Rücken. »Erinnerst du dich noch, wie mühelos ich dich gestern fertiggemacht habe, Milchgesicht?«, flötete ich. »Ich könnte dich wie eine Pizza in Stücke schneiden, bevor du auch nur kapierst, wie dir geschieht.«

Ich richtete mich wieder auf und warf seinen Geldbeutel auf den Tisch. »Außerdem gehe ich nicht mit Kerlen aus, die nicht auf ihre Sachen aufpassen können.«

Felix fiel die Kinnlade nach unten, und seine Hand schoss zu seiner hinteren Hosentasche. »Wie hast du das angestellt? Ich habe überhaupt nichts gespürt!«

»Nein, hast du nicht«, erklärte ich selbstgefällig. »Und selbst wenn, hättest du nur gedacht, ich würde deinen Hintern befummeln.«

Zu meiner Überraschung lachte Devon leise, und seine grünen Augen funkelten vor Erheiterung. Glücklicher hatte ich ihn noch nie gesehen. Trotz meiner widersprüchlichen Gefühle ertappte ich mich dabei, wie ich sein Lächeln erwiderte. Wir sahen einander an, und langsam verblasste sein Lächeln. Genauso wie meines. Dann konzentrierten wir uns beide wieder auf unser Essen.

Felix plapperte das gesamte Frühstück über, deutete auf Leute und Pixies an den anderen Tischen und erzählte mir über jeden irgendwelchen Klatsch. Ich tat so, als wäre ich vollkommen auf mein Essen konzentriert, nahm aber alles auf, was er sagte. Ich hatte bereits einen Großteil des Herrenhauses ausgekundschaftet, und jetzt war es Zeit, mehr über die Leute darin zu erfahren. Irgendwann allerdings verstummte Felix, und wir vier beendeten unser Frühstück.

»Also«, murmelte Devon dann. »Ich nehme an, wir sollten

losziehen und es hinter uns bringen.« Er sah Felix an. »Du musst auch mitkommen. Besonders da sie dort sein wird.«

Ich fragte mich, wer diese geheimnisvolle *Sie* war, aber ich war gerade mit den Resten meiner Kartoffelpuffer beschäftigt, also hatte ich Besseres zu tun, als sinnlose Fragen zu stellen.

Felix verdrehte die Augen. Was auch immer Devon plante, er wollte keinen Anteil daran haben.

»Bitte«, sagte Devon mit einem fast verzweifelten Unterton in der Stimme. »Du weißt, wie unbehaglich es wird, wenn du nicht dabei bist. Außerdem mag sie dich. *Jeder* mag dich.«

»Wie wahr, wie wahr.« Felix grinste über seine eigene Beliebtheit. »Schön. Ich komme mit. Aber du schuldest mir was.«

»Abgemacht.«

Devon klang so sehr wie Mo, dass es mir das Herz zusammenzog. Aber er war nicht Mo. Devon war der Grund dafür, dass meine Mom tot war, und daran musste ich immer denken, statt darüber nachzugrübeln, wie sehr sein Schmerz und sein Kummer meinem ähnelten.

Grant zog los, um einen der Jeeps aus der Garage zu holen und vors Herrenhaus zu fahren. Felix behauptete, er brauche noch etwas aus dem Grünlabor, was und wo auch immer das sein sollte. Beide verschwanden eilig in verschiedene Richtungen, sodass ich allein mit Devon zurückblieb. Na ja, wir beide und die Pixies, die unsere Teller einsammelten und davontrugen.

»Hier sind wir also«, meinte Devon.

»Ja, hier sind wir.«

Er sah mich an, als erwarte er, dass ich noch etwas anderes sagte, doch das tat ich nicht.

»Also«, fuhr Devon fort. »Wie war die andere Schule so? Du bist bis jetzt auf eine normale Menschenschule gegangen, richtig?«

»Es war okay. Einfach Schule. Du weißt schon. Auf jeden Fall ist das ja jetzt vorbei.«

Weil ich hier bin. Weil deine Mutter mich dazu gezwungen hat. Weil ich für dich sterben werde, genau wie Ashley und meine Mom es getan haben.

Ich sprach die Worte nicht aus, doch Devon verzog bei meinem ausdruckslosen Tonfall trotzdem das Gesicht. Aber er war mindestens so stur wie ich, denn offensichtlich war er noch nicht bereit, seinen Versuch, Small Talk zu betreiben, aufzugeben.

»Das ist ein hübscher Ring«, meinte er. »Wo hast du ihn her?«

Ich schob die linke Hand über meine rechte und schloss die Finger über dem Ring. Die spitzen Kanten des sternförmigen Saphirs ließen mich an meine Mom denken. Ich fragte mich, wie oft sie sich wohl in derselben Situation befunden hatte: Small Talk mit einem neuen Kunden, als würde nicht von ihr erwartet, ihr Leben für diese andere Person zu riskieren.

Besonders für diese spezielle Person.

Wut kochte in mir hoch. Ich drehte den Ring an meinem Finger, bis der Stern Richtung Handfläche zeigte und nicht mehr zu sehen war.

»Hör mal zu«, sagte ich harsch. »Wir wissen beide, wie die Abmachung lautet. Du bist der Prinz dieser speziellen Mafia-Gang, und ich bin das Mädchen, das die letzten vier Jahre auf der Straße gelebt hat. Wir haben nicht gerade viel gemeinsam. Also lass uns auch nicht so tun, als wäre es anders. Tatsächlich müssen wir gar nicht vorgeben, wir wären Freunde. Ich denke, an dieser Front bist du mit Felix und Grant gut aufgestellt.«

Devon blinzelte, als hätte ihn mein schlecht gelaunter Tonfall überrascht. Wahrscheinlich stimmte das sogar. Ich bezweifelte, dass gewöhnlich jemand so mit ihm sprach. Niemand würde es wagen, da er ja schließlich Claudias Sohn war.

»Ich weiß, dass du eigentlich nicht hier sein willst«, antwortete er. »Und ich nehme dir das nicht übel. Ich brauche keine Leibwächterin, egal was meine Mom denkt. Und ich weiß auch, dass sie dich quasi erpresst hat, den Job zu übernehmen. Aber ich wäre trotzdem gerne mit dir befreundet, wenn es geht.«

Ich schnaubte. »Du bist der Sohn des Oberhauptes einer der mächtigsten Familien der Stadt. Du hast keine Freunde, kleiner Prinz. Nicht tatsächlich. Du hast Verbündete, Feinde und Leute, die dich tot sehen wollen. Nicht mehr und nicht weniger. Und für mich gilt das besonders.«

Der Blick von Devons grünen Augen bohrte sich in meine. Meine Seelensicht traf mich wie ein Schlag in den Magen – weil ich den Schmerz sah, den meine Worte ihm bereitet hatten.

»Wir sollten gehen.« Er sprang auf die Beine. »Wir wollen ja nicht zu spät kommen.«

Damit drehte er sich um und ging Richtung Tür. Über dem Buffet schwebte eine Reihe Pixies in der Luft und starrte mich böse an, die Arme vor den winzigen Körpern verschränkt. Sie hatten bemerkt, dass ich Devon aufgeregt hatte, und es gefiel ihnen nicht.

»Was starrt ihr so?«, blaffte ich.

Die Pixies schnaubten abfällig, bevor sie sich wieder an die Arbeit machten. Seufzend drehte ich den Ring an meinem Finger, damit der Stein wieder nach oben zeigte.

Devon hatte recht. Ich wollte nicht hier sein, aber ich hing hier trotzdem fest – zumindest für das nächste Jahr. Also konnte ich genauso gut tun, wofür Claudia mich angeheuert hatte.

Ich seufzte noch einmal, dann stand ich auf und folgte ihm.

11

Devon wartete vor dem Speisesaal auf mich, anstatt mich meinen eigenen Weg suchen zu lassen. Aber vielleicht glaubte er ja auch, ohne seine Führung würde ich einfach irgendwohin verschwinden.

Und damit lag er gar nicht so falsch.

Auf jeden Fall sprach er nicht mit mir, als wir nach draußen gingen.

Die Sonne brannte bereits auf den Berg, und die schwüle Maihitze schien heute besonders schlimm werden zu wollen. Doch die Rasenflächen um das Herrenhaus waren bis zum Rand der Wälder so grün, wie sie nur sein konnten. Wieder bemerkte ich die Wachen, die zwischen den Bäumen patrouillierten. Viele von ihnen waren dieselben Leute, die ich vor Kurzem noch im Speisesaal gesehen hatte. Ab und zu trat einer in einen Sonnenfleck zwischen den Bäumen, sodass die silberne Manschette an seinem Handgelenk aufleuchtete. Mich erinnerten diese Armbänder irgendwie an Handschellen.

Ich rieb mein eigenes Handgelenk und vergrub die Nägel in der nackten Haut dort. Niemand hatte erwähnt, dass auch ich eine Familien-Manschette bekommen sollte, und ich würde sicherlich nicht danach fragen. Das hätte meine Knechtschaft nur greifbarer gemacht. Vielleicht wartete Claudia ab, um zu sehen, ob ich einen Fluchtversuch startete – oder wie lange ich überlebte.

Doch die Wachen waren nicht das Einzige, was sich in den Wäldern bewegte.

Ich sah hellgrüne, geschlitzte Augen leuchten, und die Äste bewegten sich, als Baumtrolle von einem Ast zum anderen kletterten, noch geschickter als die Eichhörnchen, die sie erschreckten. Tiefer im Wald, dort, wo das Grün schon fast in Schwarz überging, sah ich andere Farben aufblitzen – Rot und Blau und Gelb –, als die anderen Monster erwachten und sich aufmachten, sich ein Frühstück zu suchen.

Ich löste den Blick vom Wald und konzentrierte mich auf Grant, der an einem schwarzen Jeep mit dem Sinclair-Familienwappen auf den Vordertüren lehnte. Sein blondes Haar glänzte in der Sonne wie gesponnenes Gold, und er hatte die Arme so über der Brust verschränkt, dass seine Muskeln gut zur Geltung kamen. Zusätzlich trug er eine Flieger-Sonnenbrille, mit der er gleich noch mal cooler aussah.

»Wo ist Felix?«, fragte Grant, als er sich aufrichtete.

»Hier«, rief Felix, der hinter uns aus dem Herrenhaus trat. In der Hand hielt er eine rote Geschenktüte, wie man sie jemandem zum Geburtstag mitbringt.

»Was ist in der Tüte?«, fragte ich.

»Etwas, um Devon zu helfen«, erklärte Felix. »Du wirst schon sehen.«

Er grinste, und Devon verdrehte die Augen.

Felix setzte sich auf den Beifahrersitz, während Grant auf der Fahrerseite einstieg. Devon trat vor und öffnete mir die Hintertür. Wahrscheinlich hätte ich das für ihn tun müssen, da ich doch seine Leibwächterin war.

»Ladies first«, murmelte er.

Ich war definitiv keine Lady, trotzdem wurde ich gegen meinen Willen rot. Ich glitt ins Auto, dann stieg Devon hinter mir ein und zog die Tür zu. Er drehte sich, um den Gurt anzulegen, und sein Geruch stieg mir in die Nase – dieser scharfe, frische Duft nach Kiefernnadeln. Ich erlaubte mir einen tiefen Atemzug, bevor ich ans andere Ende der Rückbank rutschte und mich ebenfalls anschnallte.

Ich schwieg, als wir den Berg nach unten fuhren. Es war ja auch nicht so, als hätte ich viel zum Gespräch beitragen können. Felix redete ständig, und das schnell wie ein Maschinengewehr. Er verlieh dem Wort *Quasselstrippe* eine ganz neue Bedeutung. Ich warf einen Blick zu Devon, weil ich wissen wollte, was er von dem ständigen Gelaber seines besten Freundes hielt. Er zuckte nur mit den Schultern, doch gleichzeitig umspielte ein leises Lächeln seine Lippen. Schnell schaute ich aus dem Fenster, bevor ich in Versuchung geriet, sein Lächeln zu erwidern.

Eine halbe Stunde später parkte Grant den Jeep auf einem speziellen Parkplatz neben dem Midway, der für die Familien reserviert war und auf dem bereits ein weiteres Dutzend schwarzer Jeeps stand. Ich musterte all die Wappen auf den Autos und entdeckte sowohl den fauchenden, goldenen Draconi-Drachen als auch die zarte Blütentraube eines Blauregens, die das Wappen der Itos darstellte.

Wir stiegen aus dem Auto und Grant sah Devon an. »Wo sollst du sie treffen?«

Devon zog eine Grimasse. »Am Eingang zur Spielhalle.«

Wieder fragte ich mich, wer *sie* war, aber das würde ich schon noch früh genug herausfinden. Außerdem war es nicht mein Job, Fragen zu stellen, sondern auf Devon aufzupassen. Ich wollte gar keine Fragen stellen. Ich wollte mich nicht mehr als nötig auf diese Welt einlassen, auf die Welt der Familien. Das hier war einfach nur ein weiterer Job, den Mo mir vermittelt hatte, und ich machte ihn nur wegen des Geldes und allem, was ich in der Zwischenzeit vielleicht stehlen konnte. Mehr nicht.

Das sagte ich mir immer wieder, obwohl ich genau wusste, dass es nicht stimmte.

Grant, Devon, Felix und ich gingen auf die Mitte des Midway

zu. Felix unterhielt sich mit Grant und achtete nicht im Geringsten auf seine Umgebung. Doch Devon musterte die Straßen und Gebäude um uns herum, als wäre er der Leibwächter, nicht ich. Er trug kein Schwert, aber nach dem, was ich gestern in der Trainingshalle gesehen hatte, konnte er genauso gut kämpfen wie ich. Wäre ich nicht Zeugin des Mordanschlages gewesen, hätte ich nie gedacht, dass Devon Schutz brauchte. Sein Mund war nur eine dünne Linie, und seine Hände öffneten und schlossen sich ununterbrochen, als hoffte er fast, dass jemand uns ansprang, damit er seine Wut und Frustration darauf verwenden konnte, einen Feind zu Brei zu schlagen.

Oh, ich kannte dieses Gefühl.

Doch niemand näherte sich uns, und niemand bedrohte uns, als wir den Parkplatz hinter uns ließen und auf den Midway traten.

Der Midway war das Kronjuwel von Cloudburst Falls. Der Ort, dem alle Touristen entgegenstrebten, und der Ort, an dem sie den größten Teil ihres Geldes ließen. Das kreisförmige Areal umfasste mehr als vierzehn Hektar. Der äußere Ring wurde von Läden, Restaurants und Kasinos gebildet. In der Mitte des Kreises lag ein riesiger Park, dessen Wege die verschiedenen Seiten des Midway miteinander verbanden. Hier reihte sich ein Verkaufsstand an den nächsten, während Dutzende Springbrunnen in den verschiedensten Formen und Größen wie Geysire Wasser ausstießen und Kinder lachend und kreischend durch die Fontänen liefen. Obwohl es noch nicht einmal Mittag war, tummelten sich hier bereits unzählige Leute in kurzen Hosen, Sandalen und billigen T-Shirts. Sie trugen Kameras um den Hals und Handys, die von Handgelenken baumelten. Der fettige Geruch von Popcorn, Fettgebackenem und Zuckerwatte erfüllte die Luft, während leuchtende Neonschilder an einigen der größeren, burgförmigen Verkaufsstände die Leute unter anderem dazu einluden, Pralinen und Karamellbonbons zu probieren.

Doch der Midway selbst war nicht der einzige Ort, den die Touristen besuchten. Gepflasterte Wege führten auf allen Seiten von dem riesigen Kreis nach außen. Sie führten zu kleineren Plätzen, die von Hotels, Läden, Restaurants, Spielbuden, Gokart-Bahnen, Kinos, Seilrutschen und mehr gesäumt wurden. Doch egal, ob sie auf dem Midway lagen oder an den weiter entfernten Plätzen, fast alle Geschäfte fügten sich in das mittelalterliche Gesamtthema der Stadt ein. Sie trugen Namen wie *Schmuckschatulle* oder *Minigolf Ihrer Majestät*, und natürlich passten auch alle Dekorationen und Kostüme. Es war, als wäre man in den kitschigsten, übertriebensten Mittelaltermarkt der Welt geraten.

Aber es gab auch ein paar echte, magische Attraktionen auf dem Midway wie das Monströse Museum, das ausgestopfte Monster ausstellte und über den natürlichen Lebensraum der Kreaturen aufklärte. Oder Zoos, wo Kinder junge Baumtrolle und Ähnliches streicheln konnten. Andere Museen präsentierten alles von der Geschichte von Cloudburst Falls über interessante Fakten zu den Wasserfällen bis zum Abbau von Bluteisen im Berg.

Einige der Plätze waren auch in Landschaftsschutzgebiete umgewandelt worden. Dort konnten die Leute durch kleine Waldstücke wandern und Steinhörnchen dabei beobachten, wie sie mit ihren rasiermesserscharfen Klauen Höhlen in Felsbrocken gruben, während ihre kleineren Verwandten, die Erdhörnchen, ihnen dabei zusahen. Insgesamt waren die Schutzgebiete ein wenig wie Schmetterlingshäuser ohne Dach. Nur mit Zähnen und Klauen statt mit hübschen Flügeln.

Die Touristen waren allerdings nicht die Einzigen, die sich über den Midway bewegten. Passend zur allgemeinen Mittelalter-Atmosphäre standen in gleichmäßigen Abständen Männer und Frauen in kniehohen schwarzen Stiefeln, schwarzen Hosen und farbenfrohen Hemden und Umhängen herum. Auf ihren Köpfen thronten Musketier-Hüte komplett mit Federn. Die Wachen beobachteten alles, die Hände auf den Heften ihrer Schwerter. Ich fand ja immer, dass sie aussahen wie Statisten aus einem alten Mantel-und-Degen-Film, aber mehr als nur ein Tourist hielt an, um Fotos von den kostümierten Wachen zu schießen. Gold, Silber und Bronze glänzten an den Handgelenken der Wachen und verkündeten, zu welcher Familie sie jeweils gehörten. Doch noch leichter erkannte man ihre Zugehörigkeit an den Mänteln, die in den Farben ihrer Familie gehalten waren. Schwarz für die Sinclairs, Rot für die Draconis, Purpur für die Itos und so weiter und so fort.

Jeder Familie gehörte ein anderer Teil des Midway. Die Draconi-Familie führte die Kasinos, den Itos gehörten die Hotels, der Salazar-Familie die Banken und noch einiges mehr wie die Schutzgebiete und die Bluteisen-Minen in den Bergen. Und jede einzelne Familie verdiente zudem eine Menge Schutzgeld damit, sich um die unberechenbaren Monster zu kümmern, die sich auf der Suche nach leckeren Touristen in der Stadt herumtrieben.

Die Familien hatten den Midway unter sich aufgeteilt wie einen Kuchen, und jede Familie hatte in ihrem Bereich Wachen postiert, die sich um aufkommende Probleme kümmern sollten. Um Kunden, die sich über zu hohe Preise und schlechten Service beschwerten. Angestellte, die Geld aus den Kassen mitgehen ließen. Monster, die sich der Menge zu sehr näherten. Und um Diebe wie mich.

Ich fragte mich, wie die Sinclairs mit den anderen mithielten, nachdem Grant erzählt hatte, wie viele Leute die Familie verlassen hatten. Aber ich sah mehrere Wachen mit den silbernen Hand-mit-Schwert-Manschetten, die wie üblich das Territorium der Sinclairs patrouillierten. Vielleicht war die Lage gar nicht so ernst, wie Grant sie dargestellt hatte.

»Kommt schon«, sagte Devon. »Lasst uns zur Spielhalle gehen. Ich will es hinter mich bringen.«

Er ging in Richtung des nördlichen Bereichs des Midway. Felix folgte ihm, während Grant und ich die beiden flankierten. Die Wachen beäugten mich misstrauisch, als ich an ihnen vorbeikam. Ihre Blicke schossen zu dem Schwertgurt an meiner Hüfte, da auf dem Midway eigentlich, abgesehen von den Familien-Wachen, niemand bewaffnet sein sollte. Bitte. Als könnte ich ihnen nicht die Manschetten vom Handgelenk stehlen, wenn ich gewollt hätte. Doch sie entspannten sich sofort, als sie feststellten, dass Grant mich begleitete. Er lächelte, winkte und rief den Wachleuten Grußworte zu. Er schien fast alle von ihnen zu kennen, auch diejenigen Wachen, die für die Draconis arbeiteten.

Wir erreichten den Eingang zur Spielhalle, und Devon sah sich um.

»Ich kann sie nirgendwo entdecken. Siehst du sie, Felix?«

Felix schüttelte den Kopf, dann gingen sie gemeinsam zum Kassenschalter, um den Verkäufer nach derjenigen zu fragen, die Devon hier treffen sollte. Grant zog los, um sich mit ein paar Wachen der Volkov-Familie zu unterhalten, die am Eingang der Spielhalle standen. Das hier war ihr Revier. Doch er stellte sicher, Devon dabei nicht aus den Augen zu verlieren. Ich lehnte mich gegen ein Pappschild, das einen Troll beim Pfannkuchenessen zeigte. Vielleicht war das leichter verdientes Geld, als ich gedacht hatte ...

Ein Mädchen in meinem Alter trat neben mich. Ihr Blick huschte über die Menge. Sie war unglaublich hübsch, mit schulterlangem, schwarzem Haar, dunkelbraunen Augen und einer Haut, die eine leichte Bräunung aufwies wie der Kern einer Mandel. Trotz ihrer hochhackigen Sandalen war sie in ihrem purpurnen Sommerkleid mit den weißen Punkten ein gutes Stück kleiner als ich. An ihrem Handgelenk glänzte eine dünne, silberne Manschette, auf der eine Blauregen-Blüte eingraviert war. Also war sie eine Ito.

Sie warf mir einen Blick zu, und wir lächelten uns kurz zu,

wie man es bei Fremden tut. Dann wollte sie an mir vorbeigehen, nur um plötzlich anzuhalten und einen anerkennenden Pfiff auszustoßen.

»Hübsches Schwert«, meinte sie und lehnte sich vor, um sich die Waffe genauer anzusehen. »Ist das eine Schwarze Klinge? Die Sternenverzierung gefällt mir.«

Ich schlang die Finger um das Heft, um die Sterne zu verdecken. »Nö. Nur eine billige Imitation.«

Sie richtete sich auf und musterte mich von oben bis unten, als vergleiche sie mich mit meinem Schwert. Anscheinend bestand ich die Prüfung, denn sie lächelte mich wieder an.

»Na ja, vielleicht kannst du mir helfen. Ich suche nach jemandem ...«

»Poppy! Da bist du ja!«, erklang Felix' Stimme.

Sie zog eine Grimasse. »Oh, sieht aus, als hätte ich ihn schon gefunden. Einen von ihnen zumindest.«

Felix eilte zu uns, schlang die Arme um Poppys Hüfte, hob sie hoch und entlockte ihr damit ein Lachen.

Dann stellte er sie wieder ab und musterte sie kritisch. »Schau dich nur an, so herausgeputzt. Gefällt mir.«

Sie verdrehte die Augen. »Gewöhn dich nur nicht dran, denn ich habe es nicht für dich getan, du Verlierer. Wo ist Devon?«

»Bin schon da.«

Devon schloss sich uns an. Aus irgendeinem Grund umklammerte er inzwischen eine weiße Rose.

»Hi, Poppy«, sagte er irgendwie widerwillig. »Bist du bereit für unsere Verabredung?«

Ich starrte die Rose an, die klein, zerbrechlich und hübsch war, genau wie Poppy.

»Verabredung?«, fragte ich, während mein Magen sich verkrampfte.

»Ja«, erklärte Poppy, als sie Devon die Rose abnahm und

zwischen den Fingern drehte. »Unsere Eltern dachten, es wäre eine gute Idee, wenn wir … mal miteinander ausgehen. Vor dem großen Abendessen nächste Woche, an dem alle Familien teilnehmen.«

»Wegen allem, was in letzter Zeit so passiert ist«, fügte Devon hinzu, noch leiser als sie.

Ich kniff die Augen zusammen. Er sprach über den Mord an seinem Vater und der angeblichen Beteiligung der Ito-Familie an diesem Anschlag. Plötzlich verstand ich, wer das Mädchen war – Poppy Ito, Tochter von Hiroshi Ito, dem Oberhaupt der Ito-Familie. Also war das hier eine Art Friedensmanöver; ein Weg, wie die Sinclairs und die Itos den anderen Familien zeigen konnten, dass sie sich nicht befehdeten.

»Was für eine Verabredung«, murmelte ich.

Beide verzogen das Gesicht.

»Also«, meinte Devon und reichte Poppy seinen Arm. »Wir können genauso gut hineingehen.«

»Ja«, stimmte Poppy zu, als sie die Hand auf seinen Arm legte. »Bringen wir es hinter uns.«

Die beiden traten an den Schalter und kauften Tickets für sich selbst sowie für mich, Felix und Grant, der endlich sein Gespräch mit den Volkov-Wachen beendet hatte. Zu fünft betraten wir die Spielhalle.

Wie alles auf dem Midway war auch die Spielhalle laut, hell und farbenfroh, mit wehenden Fahnen, wippenden Ballons und blitzenden Lichtern, wo auch immer man hinschaute. Spiele, Fahrgeschäfte, Gewinnbuden, Essen. Hier gab es das alles und noch mehr, auch wenn eigentlich keiner von uns heute an dem Angebot interessiert war. Unsere kleine Gruppe blieb zusammen und wanderte ziellos herum.

Wir waren nicht die einzigen Jugendlichen hier. Mehrmals passierten wir andere Gruppen, die zu anderen Familien gehörten. Sie waren damit beschäftigt, sich zu amüsieren, jetzt da die Sommerferien begonnen hatten. Und alle interessierten sich sehr für Devon und Poppy. Diverse Jugendliche flüsterten miteinander oder zogen ihre Handys heraus, um Fotos zu schießen, bevor sie den spannenden Tratsch, dass Devon und Poppy zusammen gesehen worden waren, an ihre Freunde und alle aus den Familien weitergaben.

Ich schnaubte. Manchmal hatte ich das Gefühl, dass die Familien miteinander mehr Spielchen spielten, als auf dem gesamten Midway angeboten wurden.

Poppy unterhielt sich mit Felix, der mal wieder unentwegt plapperte. Grant schob die Hände in die Hosentaschen und schlenderte neben ihnen her.

Damit landete ich neben Devon. Jedes Mal, wenn er sich bewegte, stieg mir sein Geruch in die Nase, dieser scharfe, frische Duft von Kiefernnadeln. Fast gegen meinen Willen atmete ich ihn tief ein, obwohl ich wusste, wie dämlich das war.

»Es tut mir leid«, sagte er. »Ich nehme an, du hast etwas anderes erwartet.«

»Als dich dabei zu beobachten, wie du eine Scheinverabredung mit einem Mädchen aus einer anderen Familie hast?« Ich zuckte mit den Achseln. »Ist schon okay.«

Devon verstummte und wir wanderten weitere zehn Minuten durch die Spielhalle, bevor Felix darauf bestand, Poppy ein Eis zu kaufen. Sie kicherte, als er sich vor ihr verbeugte, um ihr dann ein hohes Vanille-Softeis mit bunten Streuseln darauf zu überreichen. Sie leckte einmal daran, drehte sich um und rannte aus Versehen direkt in den Kerl hinter ihr, wobei sie Eis überall auf seinem roten Hemd verteilte – einem Hemd, auf dem das goldene Drachenwappen der Draconis prangte.

Der Kerl war gebaut wie eine Wand – groß und breit, mit einem Körper, der offensichtlich nur aus Muskeln bestand. Er sah auf das Eis und die Streusel herunter, die von seinem Hemd tropften, dann hob er langsam den Kopf. Die Sonne brachte seine blonden Haare zum Strahlen, doch seine braunen Augen waren kalt wie Eis.

Ich schnappte nach Luft, weil ich den Kerl genauso erkannte, wie es bei seiner Schwester der Fall gewesen war.

Blake Draconi, Deahs älterer Bruder, der Wächter und das stellvertretende Oberhaupt der Draconi-Familie.

Poppy öffnete und schloss nur stumm den Mund, als ihr klar wurde, was passiert war – und mit wem.

»O nein«, flüsterte sie.

Doch eines musste ich ihr lassen. Sie riss sich schnell zusammen und streckte entschuldigend die Hand aus.

»Blake! Es tut mir so leid! Ich habe dich nicht gesehen.«

Mit einem Meter achtzig ragte Blake hoch über der zierlichen, schlanken Poppy auf, und sein verzogener Mund verriet allen, wie wütend er war. Er war außerdem nicht allein hier. Fünf Kerle, alle mit roten Draconi-Shirts und goldenen Manschetten, formten einen Halbkreis hinter ihm, und alle von ihnen trugen Schwerter am Gürtel. Auch Deah war da. Sie stand rechts neben Blake. Ihr Blick huschte zwischen Poppy und ihrem Bruder hin und her.

Blake sah höhnisch auf Poppy herab. »Ich wusste gar nicht, dass Itos blind sind. Ich dachte, sie wären nur taub und stumm.«

Poppy keuchte bei der Beleidigung auf, trotzdem versuchte sie ihn anzulächeln. Allerdings verblasste das Lächeln schnell.

»Lass sie in Ruhe, Blake.« Devon trat neben Poppy. »Es war ein Unfall.«

Blake bedachte auch ihn mit einem höhnischen Blick. »Oh, schau nur. Ein Botenjunge der Sinclairs. Wieso läufst du nicht nach Hause und heulst wie der Rest deiner jämmerlichen Loser-Familie?«

Devon ballte die Hände zu Fäusten, aber Poppy schob sich schnell zwischen die zwei Jungs.

»Es tut mir leid, Blake«, wiederholte sie. »Ich werde dir ein neues Hemd kaufen.«

Er lächelte, doch der Ausdruck war so raubtierhaft wie das Zähnefletschen eines Monsters. »Hey, Süße, warum gibst du mir nicht einfach dein Hemd? Ups, ich meine natürlich dein gesamtes Kleid, da du kein Hemd trägst. Das wäre mal was, das ich wirklich gerne sehen würde. Wie findet ihr das, Jungs?«

Er kicherte gehässig, und seine Freunde lachten mit ihm. Die Einzige, die sich dem grausamen Spaß nicht anschloss, war Deah. Sie beobachtete ihren Bruder stattdessen wachsam.

Poppy vergrub die Finger im Stoff ihres Kleides, doch dann schob sie das Kinn vor. »Vergiss es«, gab sie angewidert zurück.

Sie wollte sich abwenden, doch Blake packte ihren Arm und riss sie an sich. Devon, Felix und Grant sprangen alle nach vorne, doch Blakes Freunde traten sofort vor und zogen ihre Schwerter. Devon schaffte es, ihnen auszuweichen, doch die Draconis trieben Felix und Grant an den Eisstand zurück, sodass Devon gezwungen war, sich zurückzuhalten.

»Was glaubst du, was ihr drei Loser ausrichten könnt?«, höhnte Blake. »Also? Was willst du tun, Morales? Mich zu Tode heilen?«

Blake und seine Freunde lachten, Deah verzog das Gesicht. Also war Felix' Talent die Heilung. Das musste einem nicht peinlich sein, trotzdem presste Felix wütend die Lippen aufeinander.

»Lass ihn in Frieden, Blake«, knurrte Devon, die Hände immer noch zu Fäusten geballt.

»Zumindest hat Morales ein Talent«, spottete Blake abfällig. »Anders als du, du nutzlose Missgeburt.«

Devon besaß kein Talent? Überhaupt keine Magie? Vielleicht dachte Claudia deswegen, er bräuchte einen Leibwächter.

Blake richtete seinen bösartigen Blick auf Grant. »Und du? Ich weiß nicht mal, wer du sein sollst.«

Grant verzog angewidert die Lippen, wie Blake es gerade noch getan hatte.

»Blake«, sagte Deah warnend. »Das reicht.«

Jetzt bekam Blakes Schwester sein höhnisches Grinsen ab. »Es reicht erst, wenn *ich* es sage.«

Blake packte Poppys Arm fester und zog sie noch näher an sich, bis sie quasi an ihn gedrückt stand. »Komm schon, Süße«, sagte er gedehnt. »Warum zeigst du mir nicht, was du unter diesem hübschen kleinen Kleidchen trägst?«

Ich warf einen Blick zu Grant, da Claudia ihm heute Morgen sozusagen die Befehlsgewalt über mich erteilt hatte, doch er zuckte nur mit den Achseln. Anscheinend dachte er, man könnte gegen fünf Kerle mit Schwertern nichts ausrichten, besonders wenn eines dieser Schwerter auf seine Kehle gerichtet war. Wut kochte in mir hoch. Nun, wenn er nicht vorhatte, das hier zu stoppen, dann würde ich es tun.

»Lass sie los«, blaffte ich und trat vor, sodass ich direkt vor Blake stand, sogar noch dichter als Devon.

Blakes kalter Blick huschte über meinen Körper. »Keine Sorge. Dich schaue ich mir auch noch an.«

Er wollte sich wieder Poppy zuwenden, aber ich trat noch näher an ihn heran, so nah, dass ich das würzige Rasierwasser riechen konnte, mit dem er sich scheinbar übergossen hatte.

»Du willst auf einem Mädchen herumhacken?«, höhnte ich. »Nun, dann hack doch auf mir herum. Komm schon. Wovor fürchtest du dich, harter Kerl?«

Ich trat zurück und öffnete die Arme. Blake kniff die Augen zusammen, dann fiel sein Blick auf mein Schwert. Doch sobald er verstand, dass ich nicht vorhatte, die Klinge zu ziehen, schenkte er mir dasselbe grausame Lächeln wie Poppy.

Blake schubste das Mädchen von sich und griff stattdessen nach mir. Aber ich war schneller. Ich packte seine Hand und bog sie so weit nach hinten wie nur möglich. Es war ein einfacher Haltegriff, den meine Mom mir schon vor Jahren beigebracht hatte, aber gleichzeitig unglaublich effektiv. In dieser Position konnte ich Blake mühelos das Handgelenk brechen. Ein Teil von mir wünschte sich das sogar. Einfach, weil er so ein Arschloch war.

»Wie fühlt sich das an, Süßer?«, fragte ich langsam.

Blake wimmerte durch die zusammengebissenen Zähne. Er versuchte seine Hand aus meinem Griff zu befreien, doch ich grub die Fingernägel in seine Haut und hielt fest. Wieder bewegte er seinen Arm, und das eisige Feuer von Magie schoss durch meinen Körper. Also besaß Blake ein Talent für Stärke, und er versuchte sich damit zu befreien. Ich ließ ihn zappeln, denn je mehr er sich bewegte, desto stärker wurde auch ich, und umso fester packte ich sein Handgelenk, bis ihm Tränen aus den Augen rannen und er auf ein Knie sinken musste, um den Druck abzumildern.

Alle um mich herum schnappten nach Luft. Anscheinend war es schockierend, dass jemand Blake Draconi zum Weinen gebracht hatte.

Wenn er nur wüsste, was ich ihm am liebsten angetan hätte – und seinem Dad.

Mein Blick huschte von einem Draconi-Kerl zum nächsten. Ich forderte sie quasi dazu heraus, einzuschreiten. Schließlich sah ich Deah an, die mich mit einer Art Faszination des Grauens beobachtete – und ich entdeckte in ihren Augen auch eine Art widerwilligen Respekt.

»Lila«, blaffte Grant. »Das reicht. Lass ihn los.«

Ich starrte auf Blake hinunter und bog sein Handgelenk noch ein winziges Stück nach hinten, nur um ihn wissen zu lassen, wie sehr ich ihm wehtun könnte, wenn ich nur wollte. Dann gab ich ihn frei und trat zurück.

Blake schlang die Finger der anderen Hand um sein schmerzendes Handgelenk. Dann kämpfte er sich mit einem Knurren auf die Beine und setzte sich in meine Richtung in Bewegung, doch Deah trat mit weit geöffneten Armen vor ihn.

»Komm schon, Blake. Sie sind es nicht wert.«

Er versuchte sich an ihr vorbeizudrängeln.

»Komm schon«, wiederholte sie lauter und kälter. »Dad wird sauer, wenn es im Moment einen weiteren ... Vorfall gibt. Sei klug. Schau dich um. Das ist weder die richtige Zeit noch der richtige Ort.«

Unser Zusammenstoß hatte quasi die Aufmerksamkeit der gesamten Spielhalle erregt. Die meisten Arbeiter standen bewegungslos da und gafften uns an, während mehr als nur ein paar der Touristen-Tölpel ihre Handys und Kameras gezückt hatten. Dasselbe galt für die Kinder aus den anderen Familien. Selbst Blake wurde in diesem Moment klar, dass er vor so vielen Zeugen nicht mit einem Angriff auf mich durchkommen konnte. Doch das hielt ihn nicht davon ab, mir zu drohen.

»Das ist noch nicht vorbei«, zischte er.

»Darauf kannst du wetten«, fauchte ich zurück.

Er warf mir noch einen hasserfüllten Blick zu, bevor er sich umdrehte, sich zwischen seinen Freunden hindurchschob und davonstampfte. Die anderen fünf Kerle folgten ihm eilig, doch Deah blieb zurück.

»Du hast einen Riesenfehler begangen«, sagte sie. »Du hast ja keine Ahnung, wozu Blake fähig ist.«

Ich wusste wahrscheinlich um einiges mehr über die Grausamkeit ihres Bruders als sie, trotzdem zuckte ich mit den Schultern. »Das wäre nicht das erste Mal.«

Deah warf mir einen fast mitleidigen Blick zu, bevor sie mit einem Kopfschütteln ihrem Bruder und seinen Freunden folgte.

Blake, Deah und die restlichen Draconis bogen um eine Ecke und verschwanden aus dem Blickfeld. Sobald sie fort waren, wirbelte Grant herum und riss die Hände in die Luft.

»Was war das?!«, wollte er von mir wissen.

Wieder zuckte ich mit den Schultern. »Ich habe einfach meinen Job gemacht.«

Grant schüttelte den Kopf. »Du hast ja keine Ahnung, wie viele Probleme du gerade verursacht hast.«

Oh, das wusste ich. Es interessierte mich nur nicht. Nicht wenn es um Blake Draconi ging.

Devon ging zu Poppy. »Geht es dir gut?«

Sie starrte auf den Boden und rieb sich den Arm. An der Stelle, wo Blake sie festgehalten hatte, bildete sich bereits ein Bluterguss. »Ja, schon okay. Aber ich denke, ich sollte jetzt gehen.«

»Okay«, meinte Devon sanft. »Ich bringe dich noch zu einem der Ito-Hotels, in Ordnung?«

Sie nickte.

»Ich werde euch begleiten«, bot Grant an.

»Was ist mit Felix?«, fragte Poppy.

Wir alle sahen uns um, doch Felix war nirgendwo zu entdecken.

»Ich bin mir sicher, es geht ihm gut.« Devon wandte sich an mich. »Kannst du Felix suchen, während ich Poppy auf die andere Seite des Midway bringe? Wir treffen uns dann am Jeep.«

Ich sah zu Grant, der zustimmend nickte.

»Sicher«, meinte ich. »Ich werde ihn schon finden.«

Devon streckte die Hand aus, und Poppy trat vor, um sie zu ergreifen. Dann sah sie mich an.

»Danke«, sagte sie sanft.

Ich nickte. »Jederzeit wieder.«

Damit verschwanden die drei in Richtung Ausgang. Devon warf noch einen Blick über die Schulter zurück. Zuerst wirkte er absolut ernst, doch dann verzog ein breites, glückliches Lächeln sein Gesicht. Er hatte es genauso genossen wie ich, dass Blake mal in die Schranken gewiesen wurde.

Ich erwiderte das Grinsen, dann zog ich los, um Felix zu suchen.

Ich wanderte von einem Teil der Spielhalle zum nächsten, eine Hand auf meinem Schwert, während ich alles und jeden um mich herum genau musterte. Dass Blake, Deah und ihre Freunde verschwunden waren, bedeutete noch lange nicht, dass sie nicht zurückkommen und versuchen könnten, sich an mich anzuschleichen. Wenn sie das taten und mich überraschten, würde Blake mich töten.

So wie er schon früher getötet hatte.

Die Erinnerungen stiegen auf. Ein heißer Sommertag. Eine kleine Wohnung. Und Blut – so viel Blut.

Auf dem Boden, an den Wänden, selbst einzelne Tropfen an der Decke. Ein paar weiße Sterne blitzten warnend vor meinen Augen, doch ich schaffte es, sie wegzublinzeln, auch wenn ich die heiseren Schreie nicht ganz verdrängen konnte, die in meinen Ohren widerhallten – meine Schreie.

Ich wanderte weiter durch die Spielhalle, und schließlich entdeckte ich Felix hinter einem Zuckerwattestand – mit Deah.

Sie hatte die Arme vor der Brust verschränkt, und von ihrem Handgelenk baumelte eine kleine, rote Tüte. Immer wieder schüttelte sie den Kopf, während Felix mit den Händen wedelte, als diskutiere er mit ihr.

Ich packte das Heft meines Schwertes fester, mein Blick huschte von rechts nach links, doch ich konnte keine anderen Draconis entdecken. Nur Deah mit Felix.

Deah entdeckte mich und schloss den Mund. Sie bedachte Felix mit einem vernichtenden Blick, wirbelte herum und stürmte davon. Felix riss den Kopf herum, aber er entspannte sich, sobald er mich entdeckte. Ich ging zu ihm, wobei ich nach wie vor Ausschau nach Blake und den anderen Draconis hielt.

»Was tust du hier?«, blaffte er. »Bist du mir gefolgt?«

»Ja«, antwortete ich. »Devon und Grant bringen Poppy zu einem der Ito-Hotels. Wir wollen uns am Auto treffen, und sie haben mich losgeschickt, um dich zu suchen.«

Felix sackte noch ein wenig mehr in sich zusammen. »Oh. Tut mir leid.«

»Was war das denn? Das mit Deah?«

Er fuhr sich mit einer Hand durch die schwarzen Haare. »Ich habe mich bei ihr entschuldigt. Habe versucht, die Wogen zu glätten.«

Seine Erklärung ergab Sinn, doch irgendetwas störte mich nach wie vor.

»Das hättest du nicht tun sollen. Blake hat sich benommen wie ein absoluter Trottel. Wenn überhaupt jemand sich entschuldigen sollte, dann er. Auch wenn es einfach keine Entschuldigung für die Art gibt, wie er Poppy behandelt hat.«

»Du weißt wirklich nichts darüber, wie Familienpolitik funktioniert, oder?«, meinte Felix. »Ganz oben steht die Draconi-Familie, und alle anderen stehen unter ihr.«

»Ich weiß, dass es so läuft. Glaub mir. Deswegen ist es noch lange nicht richtig.«

Felix zuckte mit den Achseln. »Auf jeden Fall hat Grant recht. Wir sollten verschwinden, bevor die Sache noch schlimmer wird. Komm.«

Er schob die Hände in die Hosentaschen und ging an mir vorbei. In diesem Moment wurde mir klar, was ich bis jetzt übersehen hatte.

Felix hatte seine rote Geschenktüte nicht länger dabei. Die hatte Deah getragen, als sie gegangen war – während in ihrem blonden Haar eine rote Rose steckte.

13

Ich sprach mit Felix nicht über meine Vermutungen in Bezug auf ihn und Deah, während wir zurück zum Auto gingen.

Grant und Devon saßen wartend im Jeep, dessen Motor bereits lief. Grant warf mir einen wütenden Blick zu, als ich auf den Rücksitz kletterte. Offensichtlich war er immer noch sauer wegen all der Probleme, die ich verursacht hatte. Doch das war mir egal.

Den Schmerz in Blakes Augen zu sehen, war es wert gewesen.

Zum ersten Mal hielt sogar Felix den Mund, und schweigend fuhren wir zurück zum Herrenhaus. Dort murmelte Felix irgendetwas darüber, dass er etwas im Grünlabor kontrollieren musste, und eilte davon. Devon verschwand ebenfalls, und Grant erklärte, er müsse mit Claudia über das sprechen, was geschehen war.

Also ging ich auf mein Zimmer und ließ mich aufs Bett fallen. Ich zog mein Handy heraus, schrieb Mo eine SMS und bat ihn, mich anzurufen, damit ich ihm von dem Streit mit Blake erzählen konnte. Doch er antwortete nicht. Wahrscheinlich war er im Laden beschäftigt und versuchte Touristen kitschige Gartenskulpturen zu verkaufen, die sie nicht brauchten und sich eigentlich auch nicht leisten konnten. Ein sehnsüchtiger Stich durchfuhr mich. Noch vor einer Woche wäre ich jetzt bei Mo im Razzle Dazzle gewesen, um den neuesten Job zu diskutieren. Aber wie auch immer es ausgehen sollte, nun war alles ganz anders.

Es überraschte mich, dass der Gedanke mich so traurig machte.

Da ich nichts Besseres zu tun hatte, nahm ich eine lange, heiße Dusche, wobei ich noch mehr von den schicken Seifen und Cremes im Bad verwendete. In frischer Cargohose und T-Shirt ging ich zurück ins Schlafzimmer. Ich ging zum Schminktisch, um mir die Haare zu einem Pferdeschwanz zurückzubinden ...

»Du bist also das neue Mädchen«, rief eine leise, näselnde Stimme. »Wow.«

Überrascht griff ich nach meinem Schwert, das ich an den Schminktisch gelehnt hatte, und wirbelte herum, wobei ich mich fragte, wer in meinem Zimmer war und was er wollte.

Doch ich konnte niemanden entdecken.

Mein Blick huschte durch den gesamten Raum, von vorne bis hinten und von einer Wand zur anderen, doch er war leer. Genauso wie der Balkon.

»Hier drüben, Sahneschnitte«, erklang die näselnde Stimme erneut.

Eine Bewegung links von mir erregte meine Aufmerksamkeit, und erst in diesem Moment erinnerte ich mich wieder an den Pixie. Anscheinend hatte er endlich beschlossen, sein Haus zu verlassen und Kontakt aufzunehmen.

Ich legte das Schwert aufs Bett, ging zu dem Tisch, auf dem sein Haus stand, und beugte mich vor, bis unsere Augen auf einer Höhe schwebten. Tiny, die Schildkröte, döste in einem Sonnenfleck, also konzentrierte ich mich auf den Pixie.

Er trug schwarze, spitz zulaufende Cowboystiefel mit silbernen Kappen, ein abgetragenes weißes Unterhemd und blaugestreifte Boxershorts. Beide Kleidungsstücke waren mit Senf-, Ketchup- und anderen Flecken übersät. Für einen Kerl von nur fünfzehn Zentimeter Größe sah er mit seinem sandfarbenen

Haar und den leuchtend blauen Augen recht gut aus. Seine Wangen glänzten im Licht, als hätte er sich ein paar Tage lang nicht rasiert.

Er lungerte auf der vorderen Veranda seines Wohnanhängers in einem winzigen, klapprigen Gartenstuhl, die Beine lang ausgestreckt und eine Dose Honigbier in der Hand. Zumindest hielt ich es für Honigbier, da die Dose genauso aussah wie die, die bereits auf seinem Rasen herumlagen. Ich rümpfte die Nase über den sauren Geruch, der von ihm aufstieg. Es roch jedenfalls nach Honigbier, und es sah aus, als wäre er schon wieder ins nächste Besäufnis eingestiegen.

»Du musst Oscar sein.«

Der Pixie leerte sein Bier, zerdrückte die Dose in der Hand und warf sie zur Seite. Sie knallte gegen die anderen Alureste im Garten, schleuderte sie zur Seite wie Bowlingspins und ließ sie klappernd über das Gras rollen. »Jepp. Ich Glücklicher.«

»Ich heiße Lila …«

Er hob eine Hand, um mir das Wort abzuschneiden. »Lass mich dich gleich stoppen, Sahneschnitte. Wir müssen ein paar Dinge klären.«

»Wie zum Beispiel?«

Er starrte mich böse an, und die blauen Augen glühten förmlich in seinem Gesicht. »Zuerst einmal wirst du dir dieses nachsichtige Grinsen aus dem Gesicht wischen. Ich bin nicht dein Haustier, und ich bin auch kein Spielzeug, mit dem man leichtfertig umgehen kann.«

»Das habe ich auch nie …«

»Ich war noch nicht fertig«, blaffte er. »Ich bin ein Pixie und stolz darauf. Zufällig wurde ich angewiesen, dein Pixie zu sein, aber das heißt noch lange nicht, dass es mir gefallen muss.«

»Okay …«

Sein Blick wurde noch intensiver. »Ashley Vargas war meine Freundin. Ein nettes, freundliches, höfliches Mädchen, das es nicht verdient hatte, in irgendeiner schäbigen Pfandleihe zu sterben.«

»Nein, das hatte sie nicht verdient«, antwortete ich leise.

Er musterte mich scharf, als sei er sich nicht sicher, ob ich ihn verspottete oder nicht. Aber das tat ich nicht. Das hätte ich nie getan. Nicht bei diesem Thema. Selbst ich kannte Grenzen.

»Ich habe letzten Abend gehört, wie du und dein Kumpel Mo euch unterhalten habt«, erklärte Oscar. »Darüber, was für eine Chance das für dich ist. Du glaubst diesen Blödsinn doch nicht wirklich, oder?«

Ich antwortete nicht. Ein Teil von mir hatte Mo geglaubt – oder hatte es zumindest gewollt –, als er erklärt hatte, das sei meine Chance, endlich etwas aus mir zu machen. Endlich das zu tun, was meine Mom sich für mich gewünscht hätte.

Oscar deutete mein Schweigen als Zustimmung. »Oh, du hast es geglaubt. Wirklich. Na, wenn das nicht der Renner ist.«

Der Pixie schlug sich mit der Hand aufs Knie und lachte, wenn auch etwas lallend. Ich beäugte die Bierdosen und fragte mich, wie viele davon er wohl heute schon geleert hatte. Aufgrund ihrer geringen Körpergröße waren Pixies nicht gerade für ihre Trinkfestigkeit bekannt. Deswegen tranken sie auch Honigbier, das überwiegend aus Zucker bestand. Ich fragte mich, wie lang und wie oft Oscar wohl seine Sorgen ertränkte – und warum er seine Wut an mir ausließ. Bis vor zwei Minuten hatte ich ihn noch nie gesehen, doch er hasste mich bereits.

Endlich verklang sein humorloses Kichern.

»Mach dir keine Sorgen. Ich werde meine *Pflicht tun*.« Die letzten beiden Worte zwang er förmlich über seine Lippen. »Ich werde waschen und sauber machen und sicherstellen, dass du alles hast, was du brauchst. Aber mehr auch nicht.«

»Was sollte da sonst noch sein?«

Ihm fiel vor Überraschung die Kinnlade nach unten, dann musterte er mich misstrauisch, bevor erneut Wut in seinem Blick aufflackerte.

»Lass uns etwas absolut klarstellen, Sahneschnitte«, blaffte er. »Wir sind keine Freunde. Wir werden *niemals* Freunde, also vergessen wir dieses ganze *Wir-lernen-uns-kennen*-Theater, in Ordnung? Das erspart uns beiden eine Menge Ärger.«
»Wirklich? Wieso das?«
Der Blick, den er mir jetzt zuwarf, war gequälter, als ich erwartet hatte. »Weil du schon bald tot sein wirst, und dann wird jemand Neues kommen, um deinen Platz einzunehmen. Und wenn es so weit ist, werde ich deine Sachen einpacken, genau wie ich es mit Ashleys gemacht habe.«
Unsere Blicke saugten sich aneinander fest. In seinen blutunterlaufenen Augen standen Trauer und Schmerz, und beide Empfindungen bohrten sich wie rotglühende Nadeln in mein Herz.
»Das mit Ashley tut mir leid. Du hast recht. Sie hatte es nicht verdient, so zu sterben. Ich wünschte, ich hätte auch sie retten können.«
Oscar schnaubte nur. »Ja, aber das hast du nicht getan, oder? Stattdessen hast du Devon gerettet. Wie pragmatisch von dir, ein so wichtiges Familienmitglied zu retten statt nur die Leibwächterin.«
»So war es nicht«, widersprach ich. »Devon war näher an mir dran als Ashley ...«
»Mach diesen heruntergekommenen Koffer auf und stell ihn aufs Bett, dann räume ich deine Sachen aus«, unterbrach er mich wieder. »Nachdem ich noch ein Honigbier getrunken habe. Oder zwei. Oder sechs. Oder so viele, wie eben noch im Kühlschrank sind.«
Oscar stand auf, öffnete die Fliegengittertür zu seinem Wohnanhänger und stapfte hinein. Die Tür schlug hinter ihm zu, dicht gefolgt von der innen liegenden Holztür. Kurze Zeit später dröhnte Countrymusik durchs Zimmer. Schon wieder. Wie toll.
Die Musik weckte Tiny aus seinem Schläfchen. Die Schild-

kröte öffnete ein schwarzes Auge und musterte mich ungefähr eine halbe Sekunde, bevor sie wieder einschlief. Schien, als wäre sie an Oscars Wutausbrüche gewöhnt – und hätte beschlossen, sie zu ignorieren. Ich fragte mich, wie viele Jahre es wohl gedauert hatte, diese Fähigkeit zu entwickeln. Denn das da war ein wirklich wütender Pixie.

Ich wollte mich vorbeugen, um durch eines der Fenster im Wohnanhänger zu starren. Doch dann erinnerte ich mich daran, was Reginald erklärt hatte – dass Oscar es nicht mochte, wenn Leute ihn bespitzelten, und dass er ihnen gerne mal mit dem Schwert das Auge ausstach.

Also richtete ich mich wieder auf, schnappte mir meinen Koffer und legte ihn aufs Bett, wie er mich angewiesen hatte. Ich ließ die Sachen darin unberührt, bis auf das Foto meiner Mom. Das schob ich zwischen die Falten ihres blauen Mantels in einer der Schubladen des Schminktisches, damit der Pixie es nicht sah. Ich warf noch einen Blick zum Wohnanhänger, und plötzlich fiel mir auf, dass Oscar mir mehr oder weniger dieselbe Rede gehalten hatte, wie ich sie Devon beim Frühstück serviert hatte.

Doch wirklich überraschte mich, dass Oscars Worte mich genauso verletzt hatten wie Devon meine.

Oscar blieb in seinem Wohnanhänger, wahrscheinlich um zu grübeln und zu trinken. Ich verließ das Zimmer, hauptsächlich um der lauten Musik zu entkommen. Ich fragte eine Pixie, die an mir vorbeischoss, wo ich Felix finden könne, und sie erklärte mir, ich solle es im Grünlabor im dritten Stock versuchen. Ich folgte ihrer Wegbeschreibung in den Westflügel des Herrenhauses, wo ich eine gläserne Schwingtür aufschob.

Der Bereich vor mir wirkte wie ein Gewächshaus gepaart mit einem Chemielabor. Rechts von mir standen in ordentlichen Reihen Rosen, Orchideen, Lilien, Hortensien und andere, exotischere Blumen. In braunen Tontöpfen wuchsen Kräuter wie Dill, Salbei, Rosmarin und Thymian. Der würzige Geruch der Kräuter verband sich mit dem sanften Duft der Blumen zu einem berauschenden Parfüm.

Direkt vor mir standen mehrere Reihen dichter Hecken, von denen jede einzelne Pflanze scharfe, dunkelgrüne Stacheln aufwies, die länger waren als mein Finger. Stechstachelbüsche.

Zu meiner Linken entdeckte ich Bunsenbrenner, Bechergläser und andere wissenschaftliche Gerätschaften auf langen Metalltischen. In den Regalen, die hinter den Tischen in die Wand eingelassen waren, standen unzählige Reihen von Flaschen voll mit dunkelgrünem Stechstachelsaft. Ein schweres Metallgitter erstreckte sich vor den Regalen, um die Flaschen genauso zu sichern wie die Schwarzen Klingen in der Trainingshalle.

Der Umgang mit Monstern war hart, dreckig und gefährlich. Sicher, die meisten Monster blieben, wo sie hingehörten, entweder in den Schutzgebieten oder in den Schatten. Doch manchmal wanderten sie auch über die Plätze oder sogar den Midway und brachten Touristen zum Kreischen, bevor die Familien-Wachen es schafften, die Kreaturen einzufangen und in ihr ursprüngliches Habitat zurückzubringen. Und auch wenn einige der Monster, wie das Lochness, einen ihr Revier durchqueren ließen, sofern man ihnen Tribut zahlte, gab es andere, die einfach aus Spaß angriffen, ob sie nun hungrig waren oder nicht.

In Anbetracht dieser Tatsache hatte jede Familie immer einen guten Vorrat Stechstachelsaft zur Hand, um die Verletzungen zu heilen, die bei Auseinandersetzungen mit Monstern eben so entstanden. Außerdem verdienten die Familien gutes Geld damit, Stechstachel-Cremes, Salben und anderes an Apotheken und andere Läden wie das Razzle Dazzle zu verkaufen. Jede Wunde heilte, wenn man nur genügend Stechstachelsaft darüber und hinein goss – allerdings nicht ohne dass die Flüssigkeit einem schreckliche Schmerzen zufügte. Es war, als würden unzählige Nadeln die Haut, Muskeln und Knochen zusammennähen. Daher auch der Name.

Ein großer, dünner Mann trat hinter den Stechstachelbüschen hervor. Er trug einen weißen Imkeranzug, und seine Arme waren voller frischer Zweige. Die Büsche galten streng genommen nicht als Monster, trotzdem forderten sie einen Tribut, bevor sie jemandem erlaubten, ihre Zweige zu ernten. Man musste die Erde um ihre Wurzeln mit Honig beträufeln, bevor sie einen nahe genug heranließen, um sie zurückzustutzen. Und selbst dann würden die Büsche einen wahrscheinlich ein paarmal stechen, einfach weil es ihnen Spaß machte. Deswegen trug der Mann einen Schutzanzug.

Er legte die geernteten Äste auf einem der Tische ab, bevor er den Imkerhut vom Kopf zog und so den Blick auf lockiges schwarzes Haar und braune Augen freigab. Er hielt inne, als er mich bei der Tür bemerkte.

»Oh«, sagte er mit einem Lächeln. »Hallo. Du musst Lila sein. Ich bin Angelo Morales, Felix' Vater. Er hat mir alles über dich erzählt.«

Ich dachte an Felix' ständiges Geplapper. »Darauf wette ich.«

»Ich würde dir ja die Hand geben, aber ...« Angelo hob einen schweren Handschuh.

»Ist schon okay.«

Er deutete mit dem Kinn tiefer in den Raum. »Felix ist hinten, falls du ihn suchst.«

Ich nickte und trat auf einen der schwarz gepflasterten Wege, die in weiten Kurven tiefer ins Grünlabor führten. Über den gesamten Raum erstreckte sich eine Glasdecke, und das Sonnenlicht erwärmte die sowieso schon schwüle Luft noch zusätzlich. Ich wanderte zwischen den Reihen der Blumen, Kräuter und Büsche hindurch und genoss die Stille.

Als ich fast das Ende des Grünlabors erreicht hatte, hörte ich ein Kratzen, das die Stille durchbrach. Ich folgte dem Geräusch. Hinter einer weiteren Reihe Stechstachelbüsche entdeckte ich Felix auf einem hohen Stuhl. Vor ihm auf dem Tisch standen mehrere Tontöpfe, und daneben lagen Kräuter auf feuchten Papiertüchern, als hätte er sie gerade geerntet. Doch seine Aufmerksamkeit war so auf die blutrote Rose in seinen Händen konzentriert, dass er nicht hörte, wie ich hinter ihn trat.

»Noch eine Rose für Deah Draconi?«, fragte ich bissig.

Felix schrie überrascht, zerquetschte die Rose in seiner Hand und jaulte auf, als ihre Dornen seine Haut durchdrangen. Er verzog das Gesicht und ließ die gebrochene Blume auf den Tisch fallen.

»Himmel! Du hättest mir fast einen Herzinfarkt beschert!«, murmelte er. »Und ich habe keine Ahnung, wovon du sprichst.«

»Aber natürlich hast du das. Denn in der Spielhalle hast du Deah genau so eine Rose gegeben.«

»Nein, habe ich nicht.«

»Hast du wohl«, hielt ich dagegen. »Du hast diese weiße Rose mitgebracht, damit Devon sie Poppy schenken kann als Teil ihrer Pseudoverabredung. Aber die rote Rose war von Anfang an für Deah gedacht, oder nicht? Deswegen hast du die Geschenktüte mit dir herumgetragen. Weil du zwei Blumen dabeihattest und nicht wolltest, dass irgendwer die zweite Rose sieht oder erfährt, für wen sie gedacht ist.«

Felix öffnete den Mund, doch ausnahmsweise schienen ihm die Worte zu fehlen. Er biss sich auf die Lippe und wurde rot.

»Du darfst es niemandem erzählen, okay? Bitte?«, fragte er mit einem Anflug von Verzweiflung in der Stimme. »Die Sinclairs und die Draconis kommen nicht gerade gut miteinander klar.«

»Keine Sorge, ich kann prima den Mund halten ...«

Er entspannte sich ein wenig.

»Für den richtigen Preis.«

Er seufzte. »Was willst du?«

»Ich weiß es nicht ... noch nicht. Aber sobald mir etwas einfällt, wirst du es erfahren.«

Ich grinste über seine schlecht gelaunte, bockige Miene und lehnte mich gegen den Tisch. »Aber ich muss einfach fragen. Deah Draconi? Wirklich?«

Felix richtete sich gerade auf. »Deah ist nicht so übel.«

»Nicht so übel? Sie stand einfach daneben und hat zugelassen, dass ihr Bruder Poppy angegriffen hat!«

Er schüttelte den Kopf. »Niemand kann Blake aufhalten, nicht einmal Deah. Er steht in der Befehlskette direkt unter seinem Vater, und der hört auf Blake.«

Dagegen konnte ich schwer etwas sagen. Jeder wusste von Blake und Victor Draconi und ihrer Grausamkeit. Aber ich konnte mir einfach die Plaudertasche Felix nicht mit der hochnäsigen Deah vorstellen.

»Flirtest du deswegen mit jedem Mädchen in deiner Nähe? Weil du nicht willst, dass jemand erfährt, dass du total auf Deah stehst?«

»Was geht dich das an?«, murmelte er. »Du bist wie alle anderen. Du hasst sie einfach deswegen, weil sie eine Draconi ist. Dabei kennst du sie gar nicht.«

Ich zuckte mit den Achseln. »Dann sorg dafür, dass ich sie nicht hasse. Erzähl mir von ihr. Wie seid ihr zwei überhaupt zusammengekommen?«

Zum ersten Mal, seit ich ihn mit meinem Auftauchen erschreckt hatte, huschte ein Lächeln über Felix' Gesicht.

»Eigentlich war es ziemlich dämlich. Alle Kinder der Familien besuchen dieselbe Schule. Das soll die Beziehungen zwischen uns stärken oder etwas in der Art. Auf jeden Fall waren Deah und ich dieses Jahr im selben Chemiekurs, und wir sollten so ein Experiment durchziehen. Natürlich habe ich mich währenddessen mit meinem Partner unterhalten.«

»Du hast geredet? Wirklich?«

»Ja, wirklich.« Er lachte. »Jedenfalls hat Deah am nächsten Tisch gearbeitet, und offensichtlich hat mein Gerede sie genervt, denn irgendwann hat sie mir gesagt, ich solle die Klappe halten. Dann habe ich ihr erklärt, sie könne selbst die Klappe halten, und bevor wir wussten, wie uns geschieht, hat der Lehrer uns beiden befohlen, den Mund zu halten, und uns zwei Wochen Nachsitzen nach der Schule verpasst.«

Felix holte einmal tief Luft und redete sofort weiter. »Also mussten wir zusammen in der Schulbibliothek nachsitzen, und da gibt es wirklich überhaupt *nichts* zu tun. Sie nehmen einem sogar die Handys ab. Und da sonst niemand da war, mit dem ich mich unterhalten konnte, habe ich angefangen, mit Deah zu reden.«

»Und sie hat dir nicht die Zähne ausgeschlagen?«

»Oh, zuerst war sie ziemlich schlecht drauf, aber ihr war genauso langweilig wie mir. Also hat sie sich auch mit mir unterhalten. Dann führte eines zum anderen ...« Er verstummte und zog vielsagend die Augenbrauen hoch.

»Und jetzt trefft ihr euch heimlich hinter dem Rücken beider Familien«, beendete ich seine Erklärung. »Wie Romeo und Julia. Du weißt, wie diese Geschichte ausgegangen ist, oder? Denn so was endet nie gut.«

Bei meinen Eltern war es jedenfalls schiefgegangen.

Er verzog das Gesicht. »Du darfst niemandem davon erzählen. Ehrlich. Mein Dad und Claudia würden ausrasten, und die Draconis ... na ja, ich habe keine Ahnung, was sie tun würden. Und ich will es auch gar nicht herausfinden. Genauso wenig wie Deah. Also sag nichts. Okay, Lila? Bitte?«

»Keine Sorge. Wer bin ich schon, wahrer Liebe im Weg stehen zu wollen?«

Ich legte eine Hand übers Herz und seufzte theatralisch. Felix lachte und bewarf mich mit den Resten der Rose. Ich wich aus und ertappte mich dabei, wie ich mit ihm lachte. Es war ein ... seltsames Gefühl. Mo war die einzige Person, mit der ich seit dem Tod meiner Mom gelacht hatte. Tatsächlich war Mo die einzige Person, mit der ich mich seitdem überhaupt richtig unterhalten hatte.

Dieser Gedanke sorgte dafür, dass mir das Lachen im Halse stecken blieb, doch Felix schien es nicht zu bemerken. Stattdessen sah er auf seine Hand, die immer noch dort blutete, wo die Dornen seine Haut durchbohrt hatten. »Wahrscheinlich sollte ich mich besser darum kümmern.«

»Stimmt es? Was Blake gesagt hat? Du hast ein Talent für Heilung?«

Felix zwinkerte mir zu. »Pass auf und finde es heraus.«

Er hielt die Hand hoch und zeigte mir die drei tiefen Risse in seiner Haut. Dann starrte er die Wunden an. Sofort bewegte sich die Haut langsam und kroch über die Wunde wie eine Tür, die sich schließt. Obwohl Felix seine Magie auf sich selbst anwandte, spürte ich sie doch in der Luft um ihn herum wie eine eisige Wolke. Felix wischte sich das Blut von der Hand und zeigte mir erneut seine jetzt vollkommen unversehrte Handfläche. »Siehst du? Alles wieder gut.«

»Ziemlich cool.«

Er zuckte mit den Achseln. »Cool wäre es, wenn ich mehr damit anfangen könnte. Doch kleine Schnitte und Prellungen sind so ziemlich alles, was ich heilen kann. Dasselbe gilt für meinen Dad. Für alles andere brauchen wir Stechstachelsaft. Funktioniert prima, ist aber unglaublich schmerzhaft. Einer der Wachmänner kam neulich mit einem gebrochenen Arm. Wir mussten fast eine ganze Flasche Stechstachelsaft einsetzen, und als wir fertig waren, schrie er immer noch.«

Ich runzelte die Stirn, weil mir der Angriff auf die Pfandleihe einfiel. Ich hatte gedacht, der geheimnisvolle Fremde hätte Felix als Ersten angegriffen, weil er am nächsten zur Tür stand. Doch was, wenn es dafür noch einen anderen Grund gegeben hatte? Was, wenn der geheimnisvolle Fremde Felix ausgeschaltet hatte, damit er nicht versuchen konnte, Devon und Ashley zu heilen?

Das hätte bedeutet, dass der geheimnisvolle Fremde Felix kannte – oder zumindest von seinem Talent wusste.

Meistens war es keine große Sache, das Talent einer anderen Person zu kennen. Die meisten Magier bemühten sich nicht, ihre Begabung geheim zu halten. Trotzdem, irgendetwas an der gesamten Situation erschien mir seltsam. Bevor ich aber genauer darüber nachdenken konnte, schoss eine Pixie-Frau um die Büsche auf uns zu.

»Hey, Felix«, rief sie. »Reginald braucht diese Kräuter fürs Abendessen. Er hat mich losgeschickt, um dich zu suchen.«

»Sag ihm, ich bin in ein paar Minuten da.«

Felix glitt von seinem Hocker und sammelte die Papiertücher voller Kräuter ein. »Die Pflicht ruft.«

Ich nickte, dann gingen wir zusammen zum Ausgang des Grünlabors. Angelo stand vor den Stechstachelbüschen, den Imkerhut wieder auf dem Kopf, und bearbeitete die Äste mit einer Gartenschere. Felix und ich winkten ihm zu. Angelo erwiderte die Geste, bevor er weiterarbeitete.

Kurz bevor wir die Tür erreichten, stoppte Felix und sah mich an. »Weißt du, das, was du da mit Blake gemacht hast, war wirklich toll. Glaubst du, du könntest mir diesen fiesen Griff beibringen?«

»Sicher, aber lernt ihr solche Sache nicht von den Wachen?«

Er zuckte mit den Achseln. »Die Wachen ... na ja, bewachen ständig irgendwas. Grant ist zu sehr mit den Handelsbeziehungen der Familie beschäftigt, um Trainingskämpfe mit mir auszufechten, und Devon schlägt lieber auf Dinge ein. Er hält nicht viel von subtilem Vorgehen. Aber ich würde es wirklich gerne lernen.«

Ich fragte nicht nach, warum. Offensichtlich hatte es etwas mit Deah zu tun.

»Vielleicht können wir morgen mal üben?«

Er zwinkerte mir zu. »Damit haben wir eine Verabredung.«

Ich stöhnte nur.

Felix und ich wanderten Richtung Speisesaal. Er übergab seine Kräuter an einen Pixie, dann setzten wir uns an einen Tisch und unterhielten uns weiter. Ich mochte ihn. Er war wirklich ein Plappermaul und nur zufrieden, wenn er mindestens hundert Worte die Minute abschoss. Er hielt bloß kurzzeitig die Klappe, wenn er gerade aß. Und selbst dann versuchte er, mit vollem Mund zu reden.

Apropos Essen: Die Gerichte heute Abend waren genauso lecker wie beim Frühstück. Herzhafte Roastbeef-Sandwiches mit einer dicken Schicht geschmolzenem Käse, frischen Tomaten, knackigem Salat und würzigen Zwiebelringen. Eine Meerrettichsauce verlieh ihnen den letzten Kick. Ergänzt wurde das Ganze durch selbstgemachte, salzige Pommes. Die Pixies hatten den frischen Dill aus dem Grünlabor auf die Pommes gestreut, sodass sie noch leckerer wurden. Als Dessert gab es Tabletts voller frischer Früchte und frisch gebackene Brownies mit einem flüssigen Schokoladenkern. Ich legte ein paar Erdbeeren auf einer Serviette zur Seite, um sie später für Tiny mit auf mein Zimmer zu nehmen. Oscar mochte mich ja nicht mögen, aber das war noch lange kein Grund, die Schildkröte leiden zu lassen.

Nach dem Abendessen fragte Felix, ob ich Lust hätte, im Hobbyraum eine Runde Billard mit ihm zu spielen, doch ich lehnte ab. Es war ein langer Tag gewesen, und ich brauchte ein wenig Zeit für mich. Nachdem ich so lange auf mich allein gestellt gewesen war, erschöpfte es mich, ständig von Leuten umgeben zu sein.

Ich ging zurück zu meinem Zimmer und öffnete die Tür. Oscar musste in meiner Abwesenheit hart gearbeitet haben, denn mein Koffer stand nicht länger auf dem Bett. Ich öffnete die Schranktür. Und tatsächlich entdeckte ich das alte Gepäckstück ganz hinten. Ashleys Sachen waren verschwunden, ersetzt durch meine Kleider. Allerdings füllten die wenigen Jeans, Shorts, Cargohosen und T-Shirts nur einen geringen Teil des Raumes. Mit einem deprimierten Seufzen schloss ich die Tür wieder.

Aber das war nicht das Einzige, was Oscar getan hatte. Er hatte auch das Bett gemacht und die Decke aufgeschlagen. Auf dem Tisch vor dem Fernseher stand ein Korb mit Äpfeln und Orangen, und im Bad fand ich eine frische Reihe Seifen und Cremes. Ich grinste. Daran könnte ich mich absolut gewöhnen.

Ich ging zum Pixie-Haus, um Oscar zu danken, doch alle Vorhänge waren zugezogen. Ich konnte keinen Hinweis auf ihn entdecken, allerdings lagen jetzt noch mehr Honigbier-Dosen im Garten. Ich rümpfte die Nase über den säuerlichen Geruch.

Oscar mochte ja nicht da sein, aber Tiny wanderte langsam von einem Ende seines Geheges zum anderen. Das war das erste Mal, dass ich die Schildkröte in Bewegung sah.

»Hier, Kleiner.«

Ich ließ die Erdbeeren, die ich für ihn mitgebracht hatte, auf das Gras fallen. Tiny watschelte heran und schnüffelte daran, bevor er den Schnabel in einer der Beeren vergrub. Ich streichelte mit einem Finger über seinen weichen, samtigen Kopf. Tiny blinzelte mir aus schwarzen Augen zu, was ich als Dank deutete. Dann ließ ich ihn mit seinen Leckereien zurück und ging ins Bad, um mich bettfertig zu machen.

Zwanzig Minuten später trat ich aus dem Bad und schaltete das Licht aus. Ich drehte mich in Richtung Bett ...
Etwas schoss vor meinem Gesicht vorbei.

Ich wedelte mit der Hand, weil ich dachte, es sei vielleicht eine Biene, doch dann verstand ich, dass Oscar vor mir schwebte – und er war nicht glücklich.

Der Pixie verschränkte die Arme vor der Brust und bedachte mich mit einem wütenden Blick, dann sauste er zu seinem Haus und landete auf einem der Zaunpfosten von Tinys Gehege. Oscar trug Jeans mit Löchern an den Knien und dazu ein ehemals schwarzes, jetzt verblasstes T-Shirt. Seine Füße steckten wieder in schwarzen Cowboystiefeln mit silbernen Spitzen.

Oscar deutete mit dem Finger auf die Schildkröte, die gerade damit beschäftigt war, die letzte Erdbeere zu verschlingen. »Was. Ist. Das?«, verlangte er zu wissen.

Ich folgte ihm und kraulte Tiny noch einmal den Kopf. »Das sind ein paar Erdbeeren, die ich vom Abendessen übrig hatte. Ich dachte, Tiny würde sie vielleicht mögen.«

Die Schildkröte öffnete ihr Maul und stieß ein leises, zufriedenes Geräusch aus. Okay, dieser Rülpser war definitiv ein Dankeschön.

»Ich hätte dir auch welche mitgebracht, aber ich wollte nicht, dass du mich damit bewirfst.«

Oscar schnaubte. »Ich hätte dich nicht damit beworfen. Ich hätte sie dir im Gesicht zermatscht.«

Ich musste seinen Kampfgeist bewundern, denn ich war ungefähr zehnmal größer als er.

»Du wirst Tiny nichts mitbringen«, blaffte Oscar. »Keine Beeren, keine Früchte, keine Leckereien irgendeiner Art. Er ist *mein* Haustier, nicht deines, und daran solltest du besser immer denken.«

Ich beugte mich vor, bis ich dem Pixie direkt in die Augen sehen konnte. »Hör mal, Kumpel. Du magst mich nicht, und das ist in Ordnung. Ich bin auch nicht gerade glücklich damit, mich mit dem weltkleinsten, Honigbier saufenden, hinterwäldlerischen Cowboy herumschlagen zu müssen. Aber Tiny und ich habe keine Probleme miteinander, und wenn ich ihm jeden Tag der Woche und sonntags gleich zweimal etwas mitbringen will, dann werde ich das tun. Kapiert?«

Oscar stemmte die Hände in die Hüften. »Du solltest mir gegenüber besser auf deinen Tonfall achten, Sahneschnitte. Ich kann dir das Leben zur Hölle machen.«

»Wirklich? Wie denn?«

Er verengte die Augen zu Schlitzen, bis ich das Blau seiner Iris kaum noch erkennen konnte. »Juckpulver in deinem Bett. Flöhe in deiner Kleidung. Müll in deinen abgetretenen Sneakers. All die üblichen Pixie-Tricks.«

»Nur zu, Kumpel. Nur zu.«

»Oh«, knurrte er. »Warte nur ab.«

»Leere Versprechen«, höhnte ich.

»Also, du ... du ... du!«

Mehr brachte Oscar nicht heraus, bevor er zu seiner Veranda flog, die Tür aufriss, nach innen stampfte und sie so fest hinter sich ins Schloss warf, dass der gesamte Wohnanhänger zitterte.

In seinem Gehege mampfte Tiny einfach weiter seine letzte Erdbeere, so ruhig wie immer. Ich hatte so das Gefühl, dass auch ich mich bald an Oscars Wutanfälle gewöhnen würde.

Ich war zu aufgeregt, um ins Bett zu gehen, also öffnete ich eine Balkontür und ging nach draußen.

Die Sonne war während meines Streitgesprächs mit Oscar hinter den Horizont gesunken, und der Tag ging langsam in die Nacht über. Unten im Tal leuchteten bereits die Lichter des Midway. Sie pulsierten wie ein neonfarbenes Herz ...

Poff
Poff. Poff.

Poff.
Das Geräusch erklang wieder und wieder, drang irgendwo aus den oberen Bereichen des Herrenhauses zu mir herunter. Ich legte den Kopf schief und lauschte.
Poff.
Poff. Poff.
Poff.
Wenn ich mich nicht sehr irrte, schlug da jemand auf etwas ein – und zwar sehr ausdauernd. Hey, warum sollte derjenige allein Spaß haben?

Ich sah mich auf dem Balkon um und entdeckte eine Treppe, die sich an dieser Seite des Herrenhauses von einem Stockwerk zum nächsten zog. Es wäre leicht gewesen, die Stufen nach oben zu steigen, aber stattdessen ging ich zum Abflussrohr und streckte die Hände aus.

Das Rohr bestand aus ausgehöhlten Steinelementen und erstreckte sich vom Dach des Herrenhauses bis hier herunter, bevor es am Balkon entlanglief und dann weiter nach unten strebte. Ich rüttelte an dem steinernen Ablauf, doch er bewegte sich kein Stück. Diese Regenrinne würde sich nur vom Haus lösen, wenn man sie mit einem Vorschlaghammer bearbeitete.

Ich schlang die Hände um den Stein, der immer noch die Hitze des Tages abstrahlte. Dann atmete ich tief durch und fing an zu klettern.

Das Abflussrohr war schmal und durch Wind, Wetter und Alter glatt geschliffen, doch ich grub die Finger und Zehen in den Stein und huschte daran nach oben wie ein Streifenhörnchen an einen Baum. Ich tat das ja nicht zum ersten Mal. Tatsächlich war dieses Rohr um einiges stabiler als viele, die ich während meiner Aufträge für Mo erklommen hatte. Außerdem wollte ich herausfinden, wie schnell ich daran nach oben klettern konnte, wenn niemand mich jagte. Man musste immer vorausschauend denken.

Ich brauchte nicht lange, um das Dach von diesem Teil des Herrenhauses zu erreichen. Ich warf erst ein Bein über den Eisenzaun, der das Dach von dem tiefen Abgrund dahinter trennte, zog das andere nach und ließ erst dann das Abflussrohr los. Grinsend schaukelte ich einen Moment am Gitter, bevor ich mich nach oben zog und mich auf den Zaun setzte.

Dieser Teil des Daches bildete eine Terrasse, die an drei Seiten offen war und das gesamte Tal überblickte. Vor mir, in der Nähe des Zauns, standen zwei Gartenstühle neben einer offenen Kühlbox, in der Wasser und Säfte in Eis ruhten. Altmodische Straßenlaternen erhoben sich an jeder Ecke, und zwischen einer von ihnen und der Wand hatte jemand eine Hängematte aufgehängt.

Doch am interessantesten fand ich die Reihe von Metallrohren, die aus einer Wand ragte und mich an ein Baugerüst erinnerte. Die Rohre zogen sich mal hierhin, mal dorthin, wie in einem komplizierten Klettergerüst, nur dass hier Boxsäcke in verschiedenen Formen und Größen von einigen der Pfosten hingen.

Poff.
Poff. Poff.
Poff.

Jemand schlug auf den schweren Boxsack in der Mitte des Gerüstes ein, was die Geräusche erklärte. Der Sack schwang in meine Richtung, dann rammte eine Faust seitlich dagegen, sodass der Sandsack wieder in die andere Richtung getrieben wurde.

Und da sah ich ihn.
Devon.

15

Devon trug eine schwarze Sporthose und ein T-Shirt, das über seiner muskulösen Brust spannte. Seine grünen Augen brannten, und sein Mund bildete eine unnachgiebige Linie. Er musste schon eine Weile auf den Sandsack einschlagen, denn ich sah Schweißtropfen an seinen Schläfen glitzern, und die Feuchtigkeit ließ seine Haare dort eher schwarz als braun wirken. Aber es sah gut aus. Langsam hatte ich das Gefühl, dass an Devon Sinclair eine Menge gut aussah.

Der Boxsack schwang wieder auf Devon zu, und er verpasste ihm zwei brutale Seitwärtshaken, dann die nächsten ... dann die nächsten ...

Wieder und wieder prügelte Devon auf den Sandsack ein. Er musste vollkommen erschöpft sein. Trotzdem holte er wieder und wieder aus, auch wenn seine Schläge langsam ein wenig an Kraft verloren. In diesem Moment erkannte ich, was ich bis jetzt hinter seiner ruhigen Fassade nicht bemerkt hatte.

Er war wild.

Und das mochte ich.

Ich mochte *ihn*.

Viel mehr, als gut für mich war.

Ich hätte wieder an dem Rohr nach unten klettern sollen, doch stattdessen blieb ich, wo ich war. Ich beobachtete Devon, bewunderte die Bewegungen seiner Muskeln, seine präzise Beinarbeit und die Art, wie er sich vollkommen auf den Sandsack konzentrierte, als wäre er ein echter Feind. Dieser Junge konnte sich in einem Kampf definitiv behaupten.

Er machte keinerlei Anstalten, mit den Angriffen auf den Sandsack aufzuhören, also beschloss ich, ihm die Entscheidung abzunehmen.

»Ich glaube, er ist längst tot«, rief ich.

Überrascht ließ Devon den Sandsack auf sich zuschwingen, statt wieder darauf einzuschlagen. Er fing ihn ein und spähte daran vorbei. Bei meinem Anblick sanken seine Mundwinkel nach unten.

»Oh. Lila.«

Ich zog eine Augenbraue hoch. »Du musst nicht so verdrießlich klingen.«

Er zuckte mit den Achseln, ging zur Kühltasche und schnappte sich eine Flasche Wasser, was erneut dafür sorgte, dass seine Armmuskeln sich bewegten. Ja, ich begaffte absolut schon wieder diesen Teil seiner Anatomie – zusammen mit seiner Brust, seinen Schultern und den Beinen. Eigentlich seinen ganzen Körper. Devon war eine ziemliche Augenweide, und ich hatte kein Problem damit, mir den Anblick zu gönnen.

Er richtete sich wieder auf. »Willst du was?«

»Wenn es etwas gibt, das du über mich wissen musst, dann, dass ich niemals kostenloses Essen oder Trinken ausschlage. Ein Wasser wäre toll.«

Er warf mir eine Wasserflasche zu, dann ließ er sich in einen der Stühle fallen. Er starrte eine Weile in die Dunkelheit, bevor er den zweiten Stuhl mit dem Fuß in meine Richtung schubste.

»Setz dich doch.« Er zögerte. »Wenn du willst.«

Diesmal war ich diejenige, die zögerte, aber ich hatte gerade nichts Besseres zu tun. Zumindest redete ich mir das ein, als ich zu ihm ging. Es hatte nichts damit zu tun, dass ein verdrehter Teil von mir mehr über ihn erfahren wollte. Auf keinen Fall.

Der Stuhl quietschte, als ich mich setzte, doch er hielt meinem Gewicht stand. Devon stemmte einen Fuß gegen das Geländer. Ich tat dasselbe, dann saßen wir schweigend nebeneinander, tranken unser Wasser und starrten auf die blinkenden Lichter des Midway hinab.

»Also«, meinte ich schließlich. »Das ist dein Geheimversteck? Dein supergeheimes Clubhaus?«

»Etwas in der Art.«

»Gefällt mir.«

Er grunzte nur.

Wir tranken wieder einen Schluck. Die Aussicht vom Dach war sogar noch eindrucksvoller als von meinem Balkon, besonders da Glühwürmchen durch die Nacht schwebten und mit ihrem gelben Leuchten den strahlenden Regenbogen des Midway ergänzten.

Ich war zufrieden damit, hier zu sitzen und die Aussicht zu bewundern, doch Devon schaute immer wieder in meine Richtung.

»Was?«, fragte ich. »Habe ich einen Fleck auf der Nase?«

»Nein. Es ist nur so, dass gewöhnlich Felix die einzige Person ist, die außer mir hier hochkommt. Und du bist viel stiller als er.«

»Du meinst, mein Mund bewegt sich nicht mit der Geschwindigkeit eines Rennwagens? Dieser Junge hält echt nie die Klappe.« Ich verdrehte die Augen. »Ich wette, er redet sogar im Schlaf.«

Devons Lippen verzogen sich zu einem Lächeln, und aus seinem Mund drang ein leises Lachen – das erste echte Lachen, das ich von ihm hörte. Ein so einfaches Geräusch, doch es veränderte ihn vollkommen. In einem Augenblick starrte er noch böse die Sterne an, und im nächsten glühte dieser heiße Funke in seinen Augen. Dieser Funke, den ich viel zu interessant fand, als gut für mich war. Und in diesem Moment wurde mir klar, dass es mir gefiel, Devon zum Lachen zu bringen. Ich mochte es, diesen Funken zu sehen. Er nahm das Leben viel zu ernst.

Er musste lockerer werden. Nicht zuletzt, weil dann das Jahr, das ich hier festhing, um einiges angenehmer werden würde. Doch sein Lachen verklang, und wieder beäugte er mich.

»Warum bist du hier?«

»Ich stand auf meinem Balkon und habe gehört, wie du den Sandsack ermordet hast. Da wollte ich mal nachsehen.«

Er warf einen Blick Richtung Mauer. »Aber wie bist du hier hochgekommen? Ich habe die Tür hinter mir abgeschlossen.«

»Abflussrohr.«

Seine Augenbrauen berührten sich quasi in der Mitte seiner Stirn. »Abflussrohr? Du bist am Abflussrohr nach oben geklettert? Von deinem Balkon aus? Aber das sind, was? Vier Stockwerke?«

Ich zuckte nicht allzu bescheiden mit den Achseln. »So was mache ich eben.«

»Und warum bleibst du?« Seine Stimme war nur noch ein Flüstern.

»Wegen der Ruhe.«

Er runzelte die Stirn. »Der Ruhe?«

»Ich bin es nicht ... gewohnt, von vielen Leuten umgeben zu sein. Das Herrenhaus, die ganzen Leute, der Lärm im Speisesaal ... daran muss ich mich erst gewöhnen.«

Die leichte Platzangst, die ich hier manchmal empfand, konnte ich gerade noch eingestehen. Trotzdem gefiel es mir nicht, ihm diesen Teil von mir zu offenbaren. Ich hatte hier einen Job zu erledigen, sonst nichts. Doch aus irgendeinem Grund fiel es mir schwer, mich daran zu erinnern.

»Grant sagt, er kann keinerlei Hinweis darauf finden, wo du bis jetzt gewohnt hast«, meinte Devon. »Keine Wohnung, kein Hotel. Gar nichts.«

Also hatte Claudia Mo nicht einfach so geglaubt; sie hatte Grant beauftragt, Nachforschungen über mich anzustellen. Klug von ihr. Ich fragte mich, was Grant wohl ausgegraben hatte und was er und Claudia davon hielten. Doch das würde ich wohl nie erfahren. Offensichtlich war nichts von dem, was er gefunden hatte, schlimm genug gewesen, um mich nicht mehr in den Job als Devons Leibwächterin zu zwingen.

»Grant sagt, du warst auch nicht bei Pflegeeltern. Was ist mit deinen Eltern passiert?«, fragte Devon. Er wirkte ehrlich neugierig.

Wieder zuckte ich mit den Schultern. »Mein Dad hat nie eine Rolle gespielt. Er ist schon vor meiner Geburt gestorben.« Was einer der Gründe dafür gewesen war, dass meine Mom die Stadt verlassen hatte – nicht, dass ich vorgehabt hätte, Devon mehr über mich zu erzählen, als unbedingt nötig war.

»Und deine Mom?«

»Sie ist auch gestorben.«

Er musste die Warnung in meiner Stimme gehört haben, denn er wechselte das Thema. »Du solltest verschwinden. Hier abhauen. Solange du noch kannst.«

»Was meinst du damit?«

Er seufzte. »Du solltest abhauen, Lila. Vergiss die Idee, hierzubleiben. Vergiss die Familie. Vergiss mich.«

Und da wurde mir klar, was er wirklich sagen wollte. »Es gefällt dir nicht, dass ich deine Leibwächterin bin.«

»Ich brauche keinen Leibwächter. Ich kann auf mich selbst aufpassen«, erklärte er steif.

»Aber du hast kein Talent.« Ich wollte nicht grausam sein, sondern stellte nur das Offensichtliche fest. »Du besitzt keine Magie. Und fast jeder in allen anderen Familien besitzt Magie. Du verstehst doch sicher, warum deine Mom will, dass du beschützt wirst.«

»Ich kann auf mich selbst aufpassen«, blaffte er. »Ich brauche keine Magie, um Blake Draconi das fiese Lächeln aus dem Gesicht zu wischen.«

Nein, brauchte er nicht, wenn ich bedachte, wie er auf den Sandsack eingedroschen hatte.

Ich kniff die Augen zusammen. »Hat es etwas damit zu tun,

dass ich ein Mädchen bin? Fühlst du dich in deiner kostbaren Männlichkeit bedroht, wenn eine Frau dich beschützt? Denn falls es so ist, solltest du dringend drüber hinwegkommen.«

»Es hat nichts damit zu tun, dass du ein Mädchen bist«, blaffte er wieder. »Ich bin kein sexistisches Schwein. Nicht wie Blake.«

Ich hätte Blake eher ein Monster als ein Schwein genannt, aber ich verstand, was er sagen wollte.

»Was ist es dann? Bist du sauer, weil ich Blake zum Rückzug bewegen konnte und du nicht? Denn es gab nichts, was du hättest tun können. Hättest du es versucht, hätte einer der Draconi-Lakaien Felix mit dem Schwert durchbohrt. Und auch Grant. Sie haben mich nur deswegen nicht beachtet, weil sie mich nicht kannten. Weil Blake ein sexistisches Schwein ist und einfach nicht kapiert hat, dass ich eine Bedrohung darstellen könnte.«

»Du bist hier nicht die Bedrohung.« Er seufzte tief. »Sondern ich.«

»Was meinst du damit?«

Statt mir zu antworten, sprang Devon auf die Beine, dann zerquetschte er die Wasserflasche in seiner Hand, wirbelte herum und schmiss sie gegen sein Trainingsgerüst. Die Flasche knallte gegen den schweren Sandsack und prallte ab. Devon bedachte das zerknüllte Plastik mit einem bösen Blick.

Ich stand auf. »Weswegen regst du dich so auf?«

Er schnaubte. »Du gibst nie auf, oder? Du bist genauso schlimm wie Felix. Der versucht auch immer, mich dazu zu bringen, über alles zu reden.«

»In diesem Fall nehme ich das mal als Kompliment.«

Devon wirbelte zu mir herum. In seinen Augen brannte Wut. »Glaubst du, ich will, dass du hier bist?«, knurrte er. »Glaubst du, ich will, dass du wie Ashley für mich stirbst? Und all die anderen vor ihr?«

Ich hätte nicht überraschter sein können, wenn er mir ins Gesicht geschlagen hätte. Die Worte hingen in der Luft wie die

Glühwürmchen um uns herum, schienen förmlich zu pulsieren, und mit jedem Aufleuchten brachten sie eine neue Welle Schmerz. Devon lachte bitter, und ich dachte an all die Schuldgefühle, die Trauer und das Bedauern, die ich in seinem Herzen gesehen hatte. Erst jetzt verstand ich, dass diese Gefühle für sie waren – für Ashley und seine anderen Leibwächter; für alle Leute, die in all den Jahren gestorben waren, um ihn zu beschützen.

Darunter auch meine Mom.

»Und weißt du, was wirklich traurig ist?«, knurrte er wieder.

»Ich kann es. Ich kann wirklich auf mich selbst aufpassen. Ich bin im Faustkampf und mit dem Schwert so gut wie jede Wache. Deswegen hat mein Vater mich zum Wächter der Familie ernannt und mir die Verantwortung für die Familienwachen übertragen, bevor er gestorben ist. Ich kann in einem Kampf jeden aus der Familie besiegen. Na ja, abgesehen von dir vielleicht.«

Ich wollte schon einen bissigen Kommentar zu diesem verdrehten Kompliment abgeben, doch dann hielt ich mich zurück. Dieses eine Mal.

»Und wo liegt dann das Problem?«

»Meine Mom. Wenn sie mich nur …« Er presste die Lippen aufeinander, als hätte er kurz davor gestanden, mir etwas zu verraten, das ich nicht wissen sollte.

»Wenn sie dich nur was?«

»Nichts«, murmelte er. »Vergiss es.«

Devon tigerte auf der Dachterrasse auf und ab, bevor er sich mir wieder zuwandte. Er seufzte, und die gesamte Wut entwich aus seinem Körper wie Luft aus einem Ballon.

»Mir ist egal, was meine Mom dir erzählt oder versprochen hat oder womit sie dir gedroht hat«, sagte er. »Ich werde mich darum kümmern. Das schwöre ich. Aber du musst jetzt verschwinden, bevor es zu spät ist. Bitte, Lila? Bitte, verschwinde einfach. Bevor du umgebracht wirst.«

Devon schenkte mir einen letzten gequälten Blick, bevor er die Tür zum Haus aufschloss, hindurchtrat und in der Dunkelheit des Herrenhauses verschwand.

Ich blieb auf dem Dach sitzen, um über Devons Worte und all die Gefühle in seinem Blick nachzudenken. Wut. Schuld. Trauer. Bedauern.

Doch wieder einmal machte er sich keine Sorgen um sich selbst – sondern um mich. Er hatte wirklich gemeint, was er gesagt hatte. Er wollte, dass ich verschwand, weil er wirklich glaubte, dass ich als seine Leibwächterin getötet werden würde.

Und damit hatte er wahrscheinlich recht.

Aber zum ersten Mal wollte ich tatsächlich bleiben. Und zwar nicht, weil Claudia mich bezahlte oder mich bedrohte oder Mo als Druckmittel einsetzte. Ich wollte bleiben, um Devon zu beweisen, dass er falschlag. Ich wollte ihm zeigen, dass es nicht seine Schuld war, dass er ein Angriffsziel war. Dass es an dem Leben lag, in das er hineingeboren worden war, und es nichts gab, was er tun konnte, um dem zu entkommen.

Genau wie ich dem Ganzen jetzt nicht mehr entkommen konnte.

Ich wollte Devons Sicherheit garantieren. Ich wollte ihm zeigen, dass ich jeden Angriff überleben konnte, den die Draconis oder irgendeine andere Familie starteten.

Und das war noch nicht alles. Ich musste es tun. So wie es bei meiner Mom gewesen war. Mo hatte recht. Ich war ihr unglaublich ähnlich – eine Kämpferin, eine Soldatin, eine Beschützerin. Zum ersten Mal verstand ich, warum meine Mom von dieser Parkbank aufgesprungen war, als Devon und Claudia angegriffen worden waren. Weil sie einen unschuldigen Jungen hatte retten wollen. Und jetzt wollte ich das auch.

Verdammt.

Doch der erste Schritt, um Devon – und mich selbst – zu retten, musste darin bestehen, herauszufinden, wer ihn tot sehen wollte. Ich dachte zurück an den Angriff im Razzle Dazzle. Zweifellos hatte Grant schon Nachforschungen angestellt. Ich würde ihn fragen müssen, ob er irgendetwas herausgefunden hatte. Und ich würde auch Mo fragen. Vielleicht hatte er ein paar Hinweise, die Grant entgangen waren.

Es war dasselbe wie beim Ausspähen eines Hauses oder dem Abschätzen eines Touristen, dem ich die Tasche ausräumen wollte. Man wog die Gefahr gegen den Gewinn ab, suchte nach Schwachstellen und fand heraus, wie man die Sache durchziehen konnte, ohne dass jemand etwas merkte. Pillepalle. Ich hatte keinen meiner Jobs für Mo versaut, und ich würde jetzt nicht mit dem Versagen anfangen.

Zufrieden mit meinem Angriffsplan verließ ich das Dach. Ich kletterte an dem Abflussrohr nach unten und kehrte für die Nacht in mein Zimmer zurück.

16

Die nächsten paar Tage verliefen ruhig, und ich entwickelte schnell einen Tagesablauf.

Um neun runter in den Speisesaal, um so viel Frühstück wie nur möglich in mich hineinzustopfen. Dann begleitete ich Devon, wann immer er das Herrenhaus verließ, gewöhnlich mit Grant und Felix im Gepäck. Sobald Devon seine täglichen Runden erledigt hatte, kehrte ich ins Herrenhaus zurück, um entweder in der Trainingshalle eine Weile mit Felix zu trainieren oder das Anwesen zu erkunden. Der Tag endete mit einem Abendessen im Speisesaal mit Felix, bevor ich Oscar damit nervte, dass ich Tiny ein paar Beeren, ein Salatblatt oder andere Leckereien zuschob, sobald ich zurück in meinem Zimmer war.

Devon redete nicht viel mit mir, aber jeden Morgen, wenn ich zum Frühstück auftauchte, schien er enttäuscht – als hätte er sich gewünscht, ich würde mitten in der Nacht davonschleichen. Doch ich würde nirgendwohin gehen. Nicht, bis ich davon überzeugt war, dass keine Gefahr mehr für ihn bestand. Das hätte meine Mom sich so gewünscht, und ich wollte verdammt sein, wenn ich zuließ, dass er jetzt starb, nachdem sie ihn vor all diesen Jahren gerettet hatte.

Also schnüffelte ich im Herrenhaus der Sinclairs herum und unterhielt mich beiläufig mit den Wachen, Pixies und Gästen, um herauszufinden, ob jemand einen Groll gegen Devon hegte. Der geheimnisvolle Fremde musste eine Möglichkeit haben, Devons Bewegungen nachzuverfolgen, sonst hätte es den Angriff im Razzle Dazzle nie gegeben. Und wie sollte er besser an diese Informationen kommen als mit einem Spitzel im Haushalt?

Doch alle, mit denen ich mich unterhielt, bewunderten und respektierten Devon, und niemand schien etwas Schlechtes über ihn sagen zu wollen. Ich setzte sogar meine Seelensicht ein, um sicherzustellen, dass die Leute mir die Wahrheit erzählten, aber sie meinten alles Gute ernst, das sie über Devon zu berichten hatten. Wenn der geheimnisvolle Fremde wirklich einen Spion innerhalb der Sinclair-Familie besaß, konnte ich ihn zumindest nicht finden.

Meine eigentlichen Leibwächterpflichten hielten sich in Grenzen. Überwiegend stand ich irgendwo in einer Ecke, die Hand auf dem Heft meines Schwertes, während Devon sich mit anderen Wachen, Geschäftsbesitzern auf dem Midway oder sonstigen Leuten traf, mit denen er etwas zu regeln hatte. Zudem hatte er noch ein paar Pseudodates mit Poppy, in dem Versuch, die Dinge zwischen den Sinclairs und den Itos wieder in Ordnung zu bringen, bevor alle Familien sich zu dem großen Abendessen trafen. Felix und ich gingen auch auf diese Verabredungen mit. Es machte mir nichts aus. Ich mochte Poppy. Sie war klug, witzig und liebte Actionfilme, genau wie ich.

Außerdem nutzte ich diese Gelegenheiten, um Leute außerhalb der Sinclair-Familie über Devon zu befragen. Doch auch da erhielt ich dieselben Antworten und stieß auf dieselbe Bewunderung. Bis jetzt hatte der geheimnisvolle Fremde seine Spuren gut verwischt, und ich war seiner Identität keinen Schritt näher als am Anfang meiner Suche.

Eines Nachmittags wollten Devon und Felix einen Monster-Film-Marathon im Herrenhaus veranstalten, was bedeutete, dass ich frei hatte. Also beschloss ich, Mo zu besuchen.

Er hatte mir ab und zu SMS geschrieben, und wir hatten ein paarmal telefoniert, doch das war einfach nicht dasselbe, wie ihn persönlich zu sehen. Außerdem wollte ich wissen, ob er irgendetwas über den Angriff auf Devon herausgefunden hatte, nachdem ich bis jetzt von einer Sackgasse in die nächste stolperte.

Grant hatte etwas in einer der Sinclair-Banken zu erledigen und bot an, mich zum Razzle Dazzle zu fahren. Die Sonne und die Hitze waren heute nicht allzu schlimm, also öffnete Grant die Fenster. Ich ließ den Kopf gegen die Lehne sinken und genoss die gleichmäßige Brise. Der Fahrtwind riss an meinem Pferdeschwanz, doch das störte mich nicht. Zumindest nicht, bis ich feststellte, dass Grant nach wie vor tipptopp frisiert war. Seine goldene Mähne wirkte so glatt und schick wie beim Einsteigen ins Auto. Ich fragte mich, wie er das schaffte. Vielleicht war das ja sein Talent – immer perfekt auszusehen. Ha. Ich spürte die Kühle von Magie um ihn herum, was darauf hinwies, dass er auf irgendeine unterschwellige Art seine Magie einsetzte, doch die Menge reichte nicht aus, um meine Übertragungsmagie zu aktivieren.

Grant fuhr über die Lochness-Brücke, ohne irgendwelche Anstalten zu machen, langsamer zu werden und den Zoll zu zahlen. Doch ich war bereit. Ich holte ein paar Münzen aus meiner Hosentasche, dann ließ ich die Hand aus dem Fenster baumeln und öffnete die Finger.

Klimper. Klimper. Klimper.

Die drei Vierteldollarmünzen rutschten über die Brücke, bevor sie in den Fluss darunter fielen. Das sollte das Lochness zufriedenstellen.

»Was tust du da?«, fragte Grant.

Ich zog die Hand zurück. »Nichts.«

Ich war nicht besonders scharf darauf, mich wieder verspotten zu lassen, nur weil er nicht an Dinge wie den Lochness-Zoll glaubte.

»Also«, meinte er dann. »Wie findest du die Familie bis jetzt?«
»Ist okay.«
»Die Wachen sind jedenfalls recht beeindruckt von dir. Ich habe gehört, dass du jeden von ihnen im Zweikampf geschlagen hast. Was ist dein Geheimnis?«
»Gebratener Speck«, witzelte ich. »Und zwar jede Menge davon.«
Grant lachte, doch es klang ein wenig gezwungen. Er öffnete den Mund, um mir die nächste Frage zu stellen, aber ich kam ihm zuvor. Ich hatte absolut keine Lust, über mich selbst zu reden. Außerdem war dies meine erste Chance, Grant über den Angriff in der Pfandleihe auszuhorchen.
»Hast du noch irgendetwas über den Angriff im Razzle Dazzle erfahren? Wer der geheimnisvolle Fremde war und warum er Devon umbringen wollte?«
Grant zuckte mit den Achseln. »Ich forsche noch nach, aber bis jetzt habe ich nichts Konkretes gefunden. Falls die Itos oder eine andere Familie hinter dem Angriff stecken, haben sie das bis jetzt geheim gehalten.«
»Was ist mit den toten Kerlen? Wer waren sie?«
Wieder ein Achselzucken. »Einfach irgendwelche Kerle, die sich als Söldner verdingt haben. Einfache Schläger. Niemand Wichtiges.«
Ich runzelte die Stirn. Die Typen waren wichtig genug gewesen, um den Buchhalter zu beschützen, den ich bestohlen hatte – den Buchhalter mit Verbindungen zu einer Familie. Ich würde Mo fragen müssen, für welche Familie der Buchhalter arbeitete. Das konnte mir vielleicht einen Hinweis liefern, welche Familie hinter dem Angriff steckte.
»Warum interessierst du dich plötzlich so für den Mordanschlag auf Devon?«, fragte Grant.
»Ich will nur wissen, womit ich es zu tun bekommen werde.«
»Bist du sicher, dass es nichts mit Devon zu tun hat?«

Ich versteifte mich leicht.»Wieso sagst du das?«

»Versteh mich nicht falsch, Lila«, antwortete Grant.»Aber ich habe das schon öfter gesehen. Dasselbe ist mit Ashley passiert und mit einem Mädchen, das Devon vor ihr beschützt hat. Er hat sie wie Freunde behandelt, wie er es mit jedem tut, aber beide sind ihm ein wenig zu … nahe gekommen.«

Was er sagen wollte, war klar. Die Mädchen hatten sich in Devon verliebt, und ihre Ergebenheit hatte sie das Leben gekostet.

»Devon hat einfach irgendwas an sich«, meinte Grant.»Alle lieben ihn … aus irgendeinem Grund.«

Er starrte durch die Windschutzscheibe nach vorne und sah mich nicht an, doch je länger ich ihn beobachtete, desto dunkler schienen seine blauen Augen zu werden – genau wie neulich beim Frühstück. Er schüttelte den Kopf, und der Eindruck verpuffte.

»Sei einfach vorsichtig, okay?«, bat Grant.»Ich will nicht, dass ein nettes Mädchen wie du verletzt wird.«

Nettes Mädchen? Das war ich nun wirklich nicht.

Aber vielleicht wollte ich auch einfach nicht zugeben, dass er recht hatte. Dass ich mich mehr als nur beiläufig für Devon Sinclair interessierte.

Und dass mich genau das wahrscheinlich umbringen würde.

Grant setzte mich an dem Platz vor dem Razzle Dazzle ab. Er bot an, mich nach seinem Ausflug zur Bank wieder abzuholen, aber ich erklärte, dass ich eine der Touristenbahnen auf den Berg nehmen würde. Also fuhr er davon.

Ich betrat den Laden, sodass die Lochness-Knochen klapperten. Die Pfandleihe war leer bis auf Mo, der am hinteren Tresen saß. Er hatte den weißen Strohhut nach hinten geschoben und ein weiteres Einrichtungsmagazin in der Hand. Sein übliches Hawaiihemd wies diesmal ein Muster aus grünen Blättern und pinken Flamingos auf. Mein Herz zog sich zusammen, und erst in diesem Moment wurde mir klar, wie sehr ich ihn vermisst hatte.

Mo hob den Kopf, dann erschien ein breites Lächeln auf seinem Gesicht. Ich dachte kurz darüber nach, hinter den Tresen zu laufen und ihn zu umarmen, doch dann unterdrückte ich den Impuls. Mo stand genauso wenig auf Umarmungen wie ich.

»Mensch. Hallo, Fremde«, brummte er. »Willkommen in meiner bescheidenen kleinen Ecke der Welt.«

»Nette Bude«, sagte ich, um mitzuspielen. »Da lässt man dich mal für ein paar Tage allein, und schon ziehst du los und streichst den gesamten Laden neu.«

Die Wände waren nicht länger blau, sondern hellgrün.

Mo wedelte mit seinem Magazin. »Man nennt die Farbe ›Gischt‹. Ich habe einen Artikel darüber gelesen. Angeblich macht sie gute Laune. Und gut gelaunte Leute …«

»Geben mehr Geld aus«, beendete ich lachend die Redewendung, die er so gerne verwendete.

Er zuckte mit den Schultern und grinste mich an. »Etwas in der Art. Wie geht es dir, Mädchen? Wie ist das Leben mit den Sinclairs so?«

Ich stützte die Ellbogen auf den Tresen und erzählte Mo alles, was passiert war. Er hörte mir nickend zu, doch gleichzeitig beobachtete er jeden, der an den Schaufenstern vorbeiging und in den Laden spähte. Wann immer er Blickkontakt zu jemandem aufnahm, grinste er ein bisschen breiter, um den Kunden in den Laden zu locken. Doch Mos Charmeattacke blieb erfolglos.

Schließlich gab er auf und konzentrierte sich wieder auf mich. »Weißt du was, Mädchen? Langsam glaube ich, du bist schlecht fürs Geschäft.«

»Nä. Du musst dich einfach nur mehr anstrengen, um mit den großen Jungs auf dem Midway mithalten zu können.«

Mo grummelte. »Wo wir gerade von großen Jungs reden, wie kommst du mit den Leuten in der Familie klar?«

»Prima. Da ist dieser eine Kerl, Felix Morales, mit dem ich öfter abhänge. Er ist okay für jemanden, der den Mund nicht halten kann.«
»Und was ist mit Devon?«, fragte Mo verschlagen.
Ich versteifte mich, wie ich es schon bei Grant im Auto getan hatte. »Was soll mit Devon sein?«
»Du hast mir oft von ihm gesimst.«
»Nicht mehr als über jeden anderen auch.«
»Stimmt. Aber du sagst eigentlich nie etwas über ihn«, hielt Mo dagegen. »Nur dass er da ist.«
»Was soll ich denn sagen? Ich renne dem Kerl den lieben langen Tag hinterher. Glaub mir. So interessant ist er nicht.«
Klar, das war eine Riesenlüge. Aber ich wusste einfach nicht genau, wie ich in Bezug auf Devon empfand. Ich hasste ihn nicht länger auf kindische Art oder machte ihn für den Mord an meiner Mom verantwortlich. Nicht mehr. Nicht seit dieser Nacht auf der Dachterrasse, als ich gesehen hatte, wie sehr ihr Tod und der Tod von Ashley und der seiner anderen Leibwächter ihn belastete.
»Hast du noch etwas über den Angriff hier gehört?«, fragte ich und wechselte damit das Thema. »Wer dahintersteckt und warum?«
Mo schüttelte den Kopf. »Nö. Kein Sterbenswörtchen von niemandem. Und man sollte meinen, dass inzwischen *irgendwer irgendwas* ausgeplaudert hätte. In dieser Stadt ist es schwer, ein Geheimnis zu wahren, besonders wenn es um die Familien geht.«
»Aber was ist mit den toten Kerlen? Ich habe sie erkannt. Sie haben für den Buchhalter gearbeitet, von dem ich die Rubinkette gestohlen habe. Und du hast gesagt, er hätte etwas mit dem Mob zu tun.«
»Auch über sie gibt es nichts«, antwortete Mo. »Außerdem sind sie tot, also was spielt es für eine Rolle?«
Ich erläuterte ihm meine Theorie, dass die toten Kerle viel-

leicht für dieselbe Familie gearbeitet hatten wie der Buchhalter. Mo wusste nicht, für wen der Buchhalter tätig war, aber er versprach, es für mich herauszufinden.

Ich wollte ihm noch mehr Fragen stellen, doch Mo lenkte mich ab, indem er über einige der Dinge sprach, die die Leute in den letzten Tagen in die Pfandleihe gebracht hatten – von einer riesigen Quietscheente über einen Füller, der mit unsichtbarer Tinte schrieb, bis hin zu einer Superhelden-Actionfigur in perfektem Zustand.

Sein aufgeregtes Geplapper hüllte mich ein, und ich fühlte, wie ich mich entspannte. Mo war wie Felix – sobald er mal in Fahrt war, fiel es schwer, selbst noch zu Wort zu kommen. Ich musste lächeln, weil das ein typischer Tag im Razzle Dazzle war. Aber gleichzeitig fühlte ich auch eine gewisse Melancholie. Denn es war kein typischer Tag, weil ich mich heute Abend wieder im Herrenhaus der Sinclairs melden musste, wenn ich nicht riskieren wollte, dass Claudia ihre Wachen aussandte, um mich aufzuspüren. Nein, es war nicht mehr alles wie immer, und es würde auch nie wieder so werden.

Die Trauer, die mich bei diesem Gedanken erfüllte, überraschte mich.

Mo beendete seine Aufzählung der neuen Dinge im Laden, dann schenkte er mir einen nachdenklichen Blick. »Was willst du eigentlich jetzt, da du im Herrenhaus wohnst, mit dem Rest deiner Sachen anstellen?«

»Du meinst das Zeug, das noch in der Bibliothek liegt?«

Er nickte.

Ich zuckte mit den Schultern. »Ich weiß nicht. Wahrscheinlich muss ich es irgendwann holen.«

»Nun, das solltest du besser bald tun. Kommt nicht demnächst der Sommerausverkauf?«

Ich stöhnte. Bei allem, was sonst so los gewesen war, hatte ich die große Verkaufsveranstaltung vollkommen vergessen, die die Bibliothek jeden Frühsommer abhielt, um alte, gebrauchte Bücher loszuwerden und ein wenig Geld einzunehmen, damit sie schicke neue Titel kaufen konnte. In dem billigen Kalender neben meinem Pritschenbett war der Tag rot eingekringelt, weil das eine der wenigen Wochen im Jahr war, wo ich bei Mo unterkriechen musste. Während des Sommerverkaufs kamen die Bibliothekare tatsächlich in den Keller, um alles zu sortieren und sauber zu machen. Ich musste mein Zeug im hintersten Winkel des Kellers verstecken, Kisten davor aufstapeln und hoffen, dass niemand meine Sachen entdeckte, bis alles vorbei war. Dann konnte ich alles wieder einrichten wie vorher. Zumindest bis zum nächsten Verkauf.

Mo hatte meine wichtigsten Besitztümer bereits ins Herrenhaus gebracht, trotzdem lagen noch ein paar Sachen in der Bibliothek, die ich wiederhaben wollte. Zusätzliche Kleidung, zusätzliche Waffen, anderer Schnickschnack.

»An welchem Tag beginnt der Verkauf?«

Mo zog sein Handy heraus und ging auf die Website der Bibliothek. »Lass mal schauen. Laut ihrem Kalender fangen sie morgen an, die Sachen zu ordnen. Der eigentliche Verkauf startet drei Tage danach.«

Wieder stöhnte ich. Das bedeutete, dass ich meine Sachen entweder heute holen oder sie aufgeben musste. Die Bibliothekare würden sich zweifellos fragen, wieso sie die Pritsche, den kleinen Kühlschrank und den Rest meiner Sachen bis jetzt nie bemerkt hatten. Ich hatte noch Glück, wenn sie das Zeug einfach nur verkauften, anstatt die Polizei zu rufen und sich darüber zu beschweren, dass jemand in der Bibliothek untergekrochen war. Ich ging zwar nicht davon aus, dass sich irgendwelche Sachen zu mir zurückverfolgen ließen, doch es war besser, kein Risiko einzugehen.

»Dann muss ich jetzt weg«, meinte ich. »Und retten, was noch zu retten ist.«

»Soll ich mitkommen, Mädchen? Dir helfen?«

Die Lochness-Knochen über der Tür klapperten, bevor ich

antworten konnte. Drei Frauen in Shorts, pinkfarbenen Baseballkappen und dazu passenden T-Shirts betraten den Laden. Mo wurde munter. Nur die Tölpel, die Gruppenreisen gebucht hatten, trugen alle dieselben T-Shirts.

Mos Blick huschte zwischen den Kundinnen und mir hin und her. Offensichtlich war er hin- und hergerissen zwischen dem Bedürfnis, mir zu helfen, und dem Drang, Geld zu verdienen. Ich nahm ihm das nicht übel. Er hatte mir beigebracht, genauso zu denken, und wäre ich an seiner Stelle gewesen, hätte ich die Kundinnen längst freundlich begrüßt.

»Ich kann den Laden früher schließen und dir helfen.« Der Blick seiner schwarzen Augen ruhte unverwandt auf den drei Frauen, die sich im Laden umsahen. »Du musst nur was sagen.«

»Nö. Du musst Umsatz machen. Ich komme schon klar.«

»Wenn du dir sicher bist«, murmelte er und schaffte es endlich, mal wieder mich anzusehen.

»Ich bin mir sicher.«

»Aber sei vorsichtig, Mädchen, okay? Die Familien sind nicht die Einzigen auf der Straße, von denen Gefahr ausgeht.«

Seine Sorge rührte mich genug, dass ich mich jetzt doch über den Tresen lehnte und ihn kurz umarmte. Er schlang die Arme um mich, wobei mir sein Duft in die Nase stieg, ein leichter, zitrusartiger Geruch wie von einem Reinigungsmittel. In mir stiegen die Erinnerungen an all die Zeit auf, die ich im Laden verbracht hatte. All die Sommermorgen, an denen ich ihn dabei beobachtet hatte, wie er die Glasvitrinen putzte, jede Schliere und jedes Staubkörnchen entfernte, damit die Kunden die Waren gut sehen konnten. All die Nachmittage, die ich mit ihm darum gefeilscht hatte, wie viel er mir für eine Uhr zahlen wollte, die ich geklaut hatte. All die Abende, an denen wir Fast-Food gegessen und meinen nächsten Job geplant hatten. Mein Herz verkrampfte sich, und ich musste mich räuspern, bevor ich sprechen konnte.

»Bis später, Mo.«

»Bis später, Mädchen.«

Ich löste mich von ihm, drehte mich um und eilte aus dem Laden, damit er die Tränen nicht sah, die in meinen Augen glitzerten.

17

Ich schlenderte an dem Springbrunnen in der Mitte des Platzes vorbei über die Straße. Eine der Straßenbahnen startete gerade ihre Runde durch die Stadt, also sprang ich hinein.

Ich ergatterte einen Gangplatz neben einer Frau, die Nase und Kamera gegen das Fenster presste und einen Verkaufsstand an der Ecke anstarrte, als hätte sie noch nie einen Eisverkäufer gesehen, der das Eis mit den Händen erzeugte. Sie sah genauso aus wie die Frau, neben der ich am Tag des Angriffes auf Devon gesessen hatte. Aber ich war mir nicht sicher. Nach einer Weile schienen alle Touristen-Tölpel gleich auszusehen.

Die Bahn rumpelte langsam durch die Stadt, wobei sie an verschiedenen Plätzen und dem Haupteingang zum Midway hielt. Eine halbe Stunde später stieg ich an der Haltestelle aus, die der Bibliothek am nächsten war, und ging den Rest des Weges durch das heruntergekommene Viertel.

Es war noch nicht einmal sechs Uhr, und ich rechnete fast damit, mich in einer Toilette verstecken zu müssen, bis die Bibliothek schloss. Doch das Gebäude war bereits dunkel, und ein Schild an der Tür verkündete, dass die Bibliothek auch morgen geschlossen bleiben würde, damit die Angestellten Inventur machen konnten. Anscheinend hatte ich Glück.

Ich hatte meine Dietriche in den Pferdeschwanz gesteckt, also knackte ich das Schloss an der Seitentür und glitt ins Gebäude. Ich wanderte zwischen den Regalreihen entlang, durch das Lager und nach unten in den Keller, wo ich mit einer Berührung meine Lampe anschaltete. Vielleicht war es ja nur Einbildung, aber der Keller wirkte irgendwie anders, obwohl er genauso aussah wie bei meinem letzten Besuch. Die Pritsche mit ihren zerknüllten Laken, das leise Brummen des Kühlschrankes, das Metallregal voll mit allem, was mir etwas bedeutete.

Doch je länger ich mich im Kellerraum umsah, desto bewusster wurde mir, wie klein er war – winzig und schäbig und einfach *traurig*. Aber vielleicht erschien es mir ja nur jetzt so. Neben dem schicken Glamour des Sinclair-Herrenhauses wirkten meine Sachen so billig wie die Souvenirs in den Touristenläden.

Trotzdem waren es *meine* Sachen, die ich mir von dem Geld gekauft hatte, das ich mit all den seltsamen, illegalen, gefährlichen Jobs für Mo verdient hatte. Ich hatte Geld dafür ausgegeben, und ich würde sie mitnehmen.

Mo hatte meine besten Koffer mit ins Herrenhaus genommen, doch ich besaß noch zwei andere. Wahrscheinlich würde der Großteil meiner Sachen darin Platz finden. Der Gedanke, etwas zurücklassen zu müssen, gefiel mir nicht, aber ich konnte ja kaum mit einer Pritsche und einem Mini-Kühlschrank unterm Arm durch die Stadt wandern. Na ja, konnte ich schon, aber das wäre einfach nicht praktisch gewesen – oder angenehm. Ich spürte keinerlei Bedürfnis, die Pritsche und den Kühlschrank bis zur Haltestelle zu zerren. Und wenn ich gleichzeitig noch zwei volle Koffer mit mir herumschleppte, würde der Fahrer mir den dreifachen Fahrpreis abnehmen, bevor er mich einsteigen ließ.

Ich begann damit, den Schnickschnack aus dem Regal einzupacken. All die Märchen- und Monsterbücher, die ich gesammelt hatte. Einige Fotos von mir als Kind, auf denen ich in die Kamera grinste und versuchte, das Schwert meiner Mom zu heben. Ein schöner Stein, den ich gefunden hatte, als Mom und ich wegen einer ihrer Aufträge eine Weile in Ashland gelebt hatten. Eine hübsche Kristallkette, die sie mir in einem Laden in Cypress Mountain gekauft hatte.

Ich war so sehr auf die Schule, meine Aufträge für Mo und das tägliche Leben konzentriert gewesen, dass ich viele der Dinge schon seit langer Zeit nicht mehr angeschaut hatte. Mit jedem davon war eine schöne Erinnerung verbunden, und ich lächelte, als ich sie einpackte. Obwohl ich nie daran geglaubt hätte, hatte der Schmerz über den Tod meiner Mom langsam nachgelassen, sodass ich jetzt mit weniger Trauer zurückschauen konnte.

Aber die Wut war geblieben – besonders auf die Leute, die sie umgebracht hatten.

Sobald ich die Erinnerungsstücke verpackt hatte, wandte ich mich meiner Kleidung zu. Es war nicht viel. Ich verstaute die restlichen Jeans und wollte nach meinem Winterpullover greifen …

… als über mir etwas klapperte.

Ich sprang nach vorne und berührte den Fuß der Lampe, sodass der Keller in Dunkelheit versank. Dann senkte ich die Hand auf das Heft meines Schwertes, das ich mir umgebunden hatte, bevor ich das Herrenhaus mit Grant verlassen hatte. Und die ganze Zeit über lauschte ich, um herauszufinden, wer – oder was – sich in der Bibliothek herumtrieb. Lauschte auf das Geräusch eines Schwertes, das aus der Scheide gezogen wurde, das Kratzen von Krallen auf dem Boden, das Schnappen von Zähnen.

Aber ich hörte nichts davon.

Dann erklang wieder das Klappern, und endlich verstand ich, was das Geräusch bedeutete – jemand war gegen das Regal mit den Reinigungsmitteln im Lagerraum über mir gelaufen. Ein gemurmelter Fluch bestätigte meinen Verdacht.

Jemand war in der Bibliothek.

Wenn das einer der Bibliothekare war, der zurückgekommen war, um mit der Inventur anzufangen, war ich im Arsch. Aber wenn es jemand anderes war, nun … dann war ich immer noch im Arsch. Weil es keinen Grund gab, warum außer mir jemand hier sein sollte.

Außer die Person war hinter mir her.

Mit klopfendem Herzen durchquerte ich den Keller und duckte mich in die Nische unter der Treppe. So leise wie möglich zog ich mein Schwert.

»Hier«, murmelte eine leise Stimme. »Da ist noch eine Tür. Lass uns schauen, wo die hinführt.«

Die Tür über der Treppe öffnete sich mit einem Quietschen, und Licht fiel auf den Kellerboden. Jemand trat in den Lichtstrahl. Ich konnte nicht sagen, wer es war, doch dem langen Schatten an seiner Hüfte nach zu urteilen, trug er ein Schwert.

Ich hörte Schritte auf der Treppe, als die Gestalt nach unten stieg. Ich packte meine Waffe fester und wartete.

Dank meines Sichttalents brauchte ich kein Licht, doch der Schatten grummelte, bevor er ein Handy hervorzog und als improvisierte Taschenlampe benutzte. Er hielt das Handy vor sich und ließ das Licht durch den Keller gleiten. Endlich entdeckte er meine Lampe und ging in diese Richtung. Ich verließ mein Versteck unter der Treppe und schlich mich von hinten an ihn heran.

Der Schatten griff nach der Lampe und suchte nach einem Schalter, doch eine Berührung reichte, um das Licht anzuschalten. Ich hob meine Klinge, bereit, ihn niederzustrecken.

»Endlich«, murmelte er wieder. »Ich dachte schon, wir wären in einer Art Verlies …«

Ein schrecklicher Verdacht stieg in mir auf und brachte mich dazu, meinen Angriff im letzten Moment abzubrechen. Statt ihm das Schwert in den Rücken zu bohren, rammte ich dem Kerl das Heft in die Schulter, sodass er nach vorne stolperte. Seine Knie knallten gegen den Rand meiner Pritsche, und er fiel kopfüber in die Laken. Er drehte sich gerade rechtzeitig um, dass ich ihm das Schwert gegen die Kehle drücken konnte.

Felix blinzelte zu mir auf.

Ich atmete tief durch, zog das Schwert von seiner Kehle und trat zurück.

»Felix!«, zischte ich. »Was tust du hier?«

Er musterte mich schuldbewusst. »Ähm, na ja, weißt du, eigentlich ist das eine witzige Geschichte …«

»Es war meine Idee«, erklärte eine zweite Stimme.

Ich wirbelte herum. Devon stand oben am Treppenabsatz, ein Schwert an der Hüfte. Langsam kam er in den Keller, wobei seine Augen alles aufnahmen – von Felix, der auf der Pritsche lag, über die Stapel abgetragener Kleidung bis hin zu den kleinen, jämmerlichen Erinnerungsstücken, die ich in die Koffer gepackt hatte. Sein Gesicht war ausdruckslos, also konnte ich nicht erahnen, was er dachte, trotzdem stieg Wut in mir auf. Er hatte kein Recht, das zu sehen. Er hatte kein Recht, diesen Teil von mir kennenzulernen – mein *wahres* Ich.

Aber ich konnte ja schlecht den Kerl angreifen, den ich beschützen sollte, also schob ich das Schwert zurück in die Scheide und lehnte mich gegen die Wand, als würde es mich nicht im Geringsten interessieren, was Devon von mir und meinen Sachen hielt.

Trotzdem fragte ich mich, warum sie hier waren. »Was ist aus eurem Monsterfilm-Marathon geworden?«

Felix verzog das Gesicht. »Na ja, Marathon war vielleicht eine klitzekleine Übertreibung. Es ging eher um zehn Minuten Schleimaction, bevor wir einen der Jeeps genommen haben und dir zur Pfandleihe gefolgt sind. Und dann hierher.«

Ich kniff die Augen zusammen. »Ihr seid mir gefolgt? Warum?«

Felix sah zu Devon, und mir wurde klar, dass er der Rädelsführer dieser kleinen Unternehmung war.

Für einen Moment wirkte Devon so schuldbewusst wie Felix, bevor sich ein Ausdruck dickköpfiger Entschlossenheit auf seinem Gesicht ausbreitete. »Weil ich es wollte. Du weißt alles, was es über mich und Felix zu wissen gibt. Na ja, da wollten wir mehr über dich erfahren. *Ich* wollte mehr über dich erfahren.«

»Warum?«, blaffte ich. »Haben Grants Berichte nicht ausgereicht?«

Er presste die Lippen aufeinander.

Wut stieg in mir auf. *Ich* war diejenige, die bei anderen Leuten einbrach. *Ich* war diejenige, die ihre kostbarsten Besitztümer durchwühlte. *Ich* war diejenige, die die dreckigen kleinen Geheimnisse aufdeckte, die sie so gerne verstecken wollten. Mir gefiel überhaupt nicht, dass dasselbe jetzt mir passierte.

Ich öffnete die Arme weit. »Nun, dann schau dich genau um«, moserte ich. »Denn das ist das Leben der Lila Merriweather. Und ist es nicht *eindrucksvoll*?«

Keiner von beiden sagte etwas, und wir alle hatten die Verbitterung in meiner Stimme gehört.

Doch Felix konnte, da er nun mal Felix war, einfach nicht lange den Mund halten. »Was hast du denn hier unten getrieben?«

»Den Rest meiner Sachen eingepackt«, erklärte ich kurz angebunden.

»Wie lange hast du hier unten gelebt?«, fragte Devon. »Seit dem Tod deiner Mom?«

Ich antwortete ihm nicht. Ich sah ihn nicht einmal an.

Er seufzte. »Ich wollte dich nicht verärgern, Lila. Ich wollte einfach nur sehen, wo du gelebt hast. Wie es so war. Wie *du* wirklich bist.«

Wieder huschte sein Blick über die schmale Pritsche, das leere Metallregal, die abgewetzten Koffer, in die ich immer noch den Rest meiner Sachen packen musste. Er sah *alles* – er sah verdammt noch mal einfach *zu viel*.

»Es ist ... kleiner, als ich erwartet habe«, meinte er freundlich.
»Nun, ich finde es, ähm ... heimelig«, schaltete Felix sich ein.
»Genau! Heimelig ist absolut das richtige Wort dafür.«

Er schenkte mir ein Lächeln, doch ich starrte Devon an, über dessen Gesicht die verschiedensten Gefühle huschten.

»Heimelig? Du meinst kacke. Wir können schließlich nicht alle in Herrenhäusern leben«, blaffte ich.

»Das weiß ich«, blaffte Devon zurück, weil ihm klar war, dass ich eigentlich mit ihm sprach. »Es ist nur ...«

»Es ist nur *was*?«

»Es tut mir leid«, sagte er. »Dass du so leben musstest. Dass du niemanden hattest, der auf dich aufgepasst hat. Dass du niemanden hattest, der sich um dich gekümmert hat.«

Weißglühende Wut stieg in mir auf. Wenn es eines gab, was ich auf keinen Fall wollte, dann war das sein Mitleid. Manchmal hatte ich den Eindruck, dass Mitleid das herzloseste Gefühl der Welt war. Es sorgte nur dafür, dass die Leute sich überlegen fühlten; glücklich, sicher und selbstgefällig in dem Wissen, dass es da draußen jemanden gab, dem es schlechter ging als ihnen.

Sicher, mein Leben war nicht gerade toll gewesen, seit meine Mom gestorben war. Okay, okay, es hatte total gestunken, aber ich war damit klargekommen. Ich hatte überlebt, auf meine Weise und zu meinen Bedingungen. Ich war definitiv besser damit klargekommen, als es Devon, Felix oder irgendwer sonst aus der dämlichen Sinclair-Familie getan hätte.

Trotzdem stand Devon jetzt mit mitleidigem Blick vor mir, als wäre ich ein ungewollter Hundewelpe, den jemand mit einem Tritt in den Rinnstein befördert hatte. Als wäre ich das Traurigste, was er *je* gesehen hatte.

»Wag es nicht, Mitleid mit mir zu haben«, knurrte ich. »Es mag ja nicht viel sein, aber zumindest habe ich es mir verdient. Was hast du schon je getan, außer dein perfektes kleines Leben leben?«

»Es tut mir leid«, wiederholte Devon. »Ich wollte dich nicht verärgern ...«

»Natürlich nicht«, fiel ich ihm ins Wort. »Weil du ein guter Kerl bist, ein guter Soldat und ein guter Sohn. Eigentlich willst du niemals jemanden verärgern, oder? Grant hat recht. Alle lieben dich, und für dich ist alles so verdammt einfach, nicht wahr? Wofür musstest du in deinem Leben schon mal richtig arbeiten? Ich wette, die Antwort lautet *für nichts*.«

Inzwischen war seine Miene so hart wie die Wände um uns herum. »Oh, schon kapiert«, sagte Devon mit einer Stimme, die noch kälter war als meine. »Ich bin einfach nur ein verwöhntes Familien-Blag, also kann ich auf keinen Fall echte Probleme haben, nicht wahr? Nun, auch mein Leben ist nicht einfach. Besonders nicht im Moment.«

»Du meinst, weil jemand versucht dich umzubringen?«

Devon holte Luft, als wollte er noch etwas sagen, doch dann klappte er den Mund wieder zu und bedachte mich mit einem bösen Blick, den ich sofort zurückgab.

Felix trat zwischen uns, die Arme weit geöffnet. »Ding, ding, ding. Geht in eure Ecken, die Runde ist zu Ende. Warum fangen wir nicht noch mal von vorne an? Devon und mir tut es leid, dass wir dir gefolgt sind, Lila. Das hätten wir nicht tun dürfen.«

»Wieso höre ich das *Aber* schon kommen?«

Felix grinste. »*Aber* jetzt da wir hier sind, können wir dir genauso gut beim Packen helfen. Das ist das Mindeste, was wir tun können. Nicht wahr, Devon?«

Er antwortete nicht, also verdrehte Felix die Augen und rammte ihm den Ellbogen in die Seite.

»Nicht wahr?«

»Klar. Sicher«, murmelte Devon schließlich.

»Lila?«, fragte Felix.

»Schön. Was auch immer.«

Er grinste breiter. »Siehst du? Nett sein ist doch gar nicht so schwer, oder? Also, wo sollen wir anfangen?«

Eigentlich wollte ich ihre Hilfe nicht, aber ich hatte immer noch Zeug zu packen, und nachdem sie sowieso da waren, konnten sie sich tatsächlich genauso gut nützlich machen. Also erklärte ich ihnen, was ich mitnehmen und was ich verstecken wollte, und dann machten wir uns zu dritt an die Arbeit.

Felix sammelte die Kleidung auf, die er auf den Boden geworfen hatte, als er aufs Bett gefallen war, und legte sie zusammen, während Devon meinen kleinen Kühlschrank, die Lampe und das Regal in die hinterste Ecke des Kellerraumes schaffte. Außerdem faltete er das Pritschenbett zusammen und baute einen hohen Kistenstapel vor allem auf, während ich mich bemühte, den Rest meiner Besitztümer irgendwie in den zwei Koffern unterzubringen.

Mehrere Minuten lang arbeiteten wir schweigend, aber Felix warf mir ständig Seitenblicke zu, als wollte er mir unbedingt noch ein paar Fragen stellen.

»Wie war es so, in Pflegefamilien untergebracht zu sein?«, fragte er schließlich, als er dem Drang zum Reden einfach nicht mehr widerstehen konnte. »Da warst du doch eine Weile, oder?«

Ich zuckte mit den Achseln. »Manche waren gut, manche schlecht, aber die meisten waren ziemlich desinteressiert.«

»Inwiefern desinteressiert?«, fragte Devon. Das war das erste Mal, dass er seit unserem Streit etwas sagte.

Wieder zuckte ich mit den Schultern. »Zu viele Kinder, während der Tag einfach nicht genügend Stunden hatte, als dass die Erwachsenen sich um alle hätten kümmern können. Die meisten haben sich auf die jüngeren Kinder konzentriert, die sie dringender brauchten. Nach einer Weile habe ich es aufgegeben, um Aufmerksamkeit zu buhlen. Es war leichter, den Kopf unten zu halten und einfach mitzuschwimmen.«

»Das klingt nicht allzu schlimm«, meinte Felix vorsichtig.

»Es war auch nicht allzu schlimm.«

»Warum bist du dann nicht geblieben?«, fragte er mit einer

Geste, die den gesamten Keller einschloss. »Es wäre doch sicher einfacher gewesen als … all das.«

»Ich habe mich mit einem der älteren Jungen geprügelt. Er hatte einigen der jüngeren Kinder das Essen weggenommen, und ich habe ihm gesagt, er soll damit aufhören. Er dachte, ich wäre ein einfaches Opfer, da er größer und stärker war als ich. Ich habe ihm gezeigt, wie falsch er damit lag.«

»Was hast du getan?«, fragte Devon.

»Ich habe ihm die Nase gebrochen und ihm mitgeteilt, dass er sechs Monate lang durch einen Strohhalm trinken muss, wenn er noch mal jemandem das Essen wegnimmt. Er hat die Botschaft verstanden.«

Devon grinste. »Das hätte ich gern gesehen.«

Trotz unseres Streites erwiderte ich das Grinsen. »Seine Nase ist auf die Größe einer Grapefruit angeschwollen. Es war toll.«

»Ich höre da ein *Aber* heraus«, meinte Felix.

»Aber das Ehepaar, bei dem wir wohnten, hielt nichts von Prügeleien, also wurde ich in die nächste Pflegefamilie abgeschoben«, erklärte ich. »Die war tatsächlich um einiges besser. Die Hendersons hatten selbst eine vierjährige Tochter, und sie war unglaublich süß.«

Die Henderson-Familie. Manchmal dachte ich immer noch an sie. Ich hatte zwei Monate bei ihnen gelebt, und das waren gute zwei Monate gewesen – bis zum Ende.

»Was ist passiert?«, fragte Devon sanft, als hätte er meine plötzliche Trauer gespürt.

»Sie waren ein nettes Paar, aber sie hatten nicht viel Geld. Und sie wohnten in einem üblen Teil der Stadt in der Nähe der Lochness-Brücke. Wisst ihr, wo das ist?«

Devon und Felix nickten.

»Auf jeden Fall hatte ihr Haus diesen winzigen Garten. Eines Tages spielte ihre Tochter im Garten. Sie lachte und rannte hin und her. Und dann tat sie das plötzlich nicht mehr. Ich konnte sie nicht mehr hören, also bin ich rausgegangen, um nach ihr zu sehen. Sie lag auf dem Rücken auf dem Boden, eine Kupferquetsche um die Brust gewunden.«

Devon und Felix zogen eine Grimasse. Sie wussten, dass Kupferquetschen unangenehme Kreaturen waren. Sie ähnelten riesigen Boas und besaßen glänzende, kupferfarbene Schuppen. Ihr Körper war stark genug, um Steine zu zerquetschen – und menschliche Brustkörbe. Und wenn sie einen nicht erwürgten, dann töteten sie mit ihrem Biss, der hochgiftig war.

»Also habe ich mir diesen Baseballschläger aus Plastik geschnappt, mit dem die Kleine gespielt hatte, und habe angefangen, auf die Schlange einzuprügeln. Die Mutter kam gerade rechtzeitig in den Garten, um zu sehen, wie ich die Kupferquetsche ein letztes Mal geschlagen habe, bevor sie das Mädchen freigab und davonglitt. Sie dachte, es wäre einfach eine große Gartenschlange gewesen. Natürlich hat das kleine Mädchen seiner Mutter erzählt, dass es ein Monster war, aber die Mom hat es nicht geglaubt. Am nächsten Morgen wurde ich in eine andere Familie gebracht.«

»Das tut mir leid«, sagte Felix.

Wieder hob ich die Schultern. Die Angst in den Augen der Hendersons war das Schlimmste gewesen, was meine Seelensicht mir je gezeigt hatte – weil sie Angst vor *mir* gehabt hatten. Aber ich konnte es ihnen nicht übel nehmen. Niemand wollte ein gewalttätiges Kind im Haus, das nur eine Tür entfernt von der eigenen Tochter schlief.

»Warum hast du den Eltern nicht erzählt, was wirklich passiert ist?«, fragte Devon.

»Ich habe es versucht, aber sie waren Menschen. Sie wussten zwar von den Monstern, aber sie wollten einfach nicht glauben, dass es in ihrem eigenen Garten welche gab. Sie dachten, sie täten das Richtige, als sie mich weggeschickt haben. Die Hendersons haben nur auf ihr Kind aufgepasst. Ihr echtes Kind.«

Devon und Felix wechselten einen schuldbewussten Blick. Sie stellten keine Fragen mehr, doch ich beschloss, trotzdem den Rest der Geschichte zu erzählen. Jetzt konnten sie genauso gut alles erfahren. Dann würde ich nach heute Abend hoffentlich nie wieder darüber reden müssen.

»Danach kam die letzte Pflegefamilie – und das war eine schlechte.«

»Was ist passiert?«, fragte Felix.

»Eines Nachts hat der Ehemann versucht, in den Raum zu schleichen, den ich mir mit zwei anderen Mädchen geteilt habe«, erklärte ich. »Ich habe auch ihm die Nase gebrochen. Er hat die Polizei gerufen, aber ich habe ihnen erzählt, was er mir und den anderen Mädchen antun wollte. Also haben sie ihn in den Knast gesteckt, nicht mich. Danach habe ich beschlossen, dass es reicht. Ich habe meine Sachen gepackt und bin noch in derselben Nacht verschwunden. Und seitdem lebe ich allein.«

»Aber was ist mit Mo?«, fragte Devon. »Warum bist du nicht bei ihm eingezogen?«

Ich zog eine Grimasse. »Mo hat es angeboten – hat es immer wieder angeboten –, aber damals wollte ich einfach niemanden in meiner Nähe haben. Nicht einmal ihn. Außerdem ist er total unordentlich.«

Ich riss diesen schlechten Witz, damit sie verstanden, wie schwer es mir fiel, über all das zu reden. Ich hatte bei Mo einziehen wollen. Aber gleichzeitig hatte ich nicht zur Belastung werden wollen, bis auch er mich irgendwann zurückwies, wie die Hendersons es getan hatten. Klar, ich wusste, dass er das nie getan hätte, trotzdem hatte diese Sorge mich umgetrieben. Denn hätte Mo sich von mir abgewandt, hätte ich absolut niemanden mehr gehabt, der mir half. Also hatte ich beschlossen, seine Hilfe so wenig wie möglich in Anspruch zu nehmen.

Mir wurde bewusst, dass die zwei Jungs mich anstarrten, also erzählte ich eilig meine Geschichte zu Ende. »Danach habe ich diesen Raum in der Bibliothek entdeckt und beschlossen, dass ich hier wohnen würde, wo niemand mich belästigen kann. Und es hat funktioniert.«

»Bis ich aufgetaucht bin«, meinte Devon.

»Ja. Bis du aufgetaucht bist.«

Ich achtete darauf, ihn nicht anzusehen. Ich wollte nicht wissen, was er im Moment dachte oder fühlte. Denn ich wusste ja nicht mal genau, was ich selbst empfand.

»Nun«, meinte Felix fröhlich. »Ich zumindest bin sehr froh, dass Lila aufgetaucht ist. Auch wenn ich darauf wetten würde, dass Reginald und die Pixies das anders sehen, wenn man bedenkt, dass sie jetzt viel mehr Essen zubereiten müssen.«

»Es dauert wahrscheinlich mehrere Stunden, nur genug Speck für sie zu braten«, schaltete Devon sich in neckendem Tonfall ein.

»Hey!« Ich warf ein Kissen nach Felix. »So viel Speck esse ich nun auch wieder nicht.«

»O nein«, sagte er, als er sich unter dem Wurfgeschoss hinwegduckte. »Nur ungefähr die Entsprechung deines eigenen Körpergewichts. Und das jeden Morgen.«

Mit einem Grummeln warf ich das nächste Kissen nach ihm, aber Felix schlug es nur lachend zur Seite. Und plötzlich ertappte ich mich dabei, wie ich mit ihm und Devon lachte.

Wir machten uns alle wieder an die Arbeit, dann geschah etwas Seltsames. Ich erkannte, dass ich froh war, dass die beiden aufgetaucht waren.

Es dauerte nicht lange, den Rest meiner Sachen zu packen. Ich schaffte es, alles abgesehen von den Möbeln in die zwei Koffer zu stopfen. Devon hatte ein Fort aus drei Kistenreihen um die Pritsche, den kleinen Kühlschrank, den alten Waschzuber und die anderen Sachen errichtet. Ich konnte mir nicht sicher sein, dass das Zeug nach dem großen Verkauf noch hier sein würde, doch ich hatte so ein Gefühl, dass ich es nicht mehr brauchte.

Tatsächlich war ein Teil von mir nicht einmal sicher, ob ich jemals wieder hierherkommen würde.

Ich sah mich im Kellerraum um, ließ den Blick von den Wasserflecken an der Decke über die Risse in den Wänden zu den welligen Linoleumkacheln auf dem Boden gleiten, um mir alles einzuprägen – nur für den Fall, dass ich es zum letzten Mal sah. Seit dem Tod meiner Mom war das hier in meinem Leben einem Zuhause am nächsten gekommen.

»Lila?«, fragte Felix. »Bist du bereit?«

»Ja.«

Felix schnappte sich einen Koffer, Devon griff nach dem anderen. Zusammen stapften wir die Treppe hinauf, durch den Lagerraum und in die Bibliothek. Wieder hielt ich an, um mir alles anzusehen, von den Regalbrettern voller abgegriffener Taschenbücher über die angeschlagenen Spielzeuge auf dem Tisch in der Kinderecke bis zu den alten Computern auf dem Ausleihtresen. In meiner Kehle bildete sich ein Kloß. Wie viel Nachmittage hatte ich hier mit Mom beim Lesen von Geschichten und auf der Suche nach Büchern verbracht? Wahrscheinlich hatte ich deswegen entschieden, hier einzuziehen – damit ich mich an diese guten Zeiten erinnern konnte.

»Komm schon«, sagte Devon. »Wir haben am Ende der Straße geparkt.«

Ich schloss einen Moment die Augen, um die Tränen zurückzudrängen, dann ging ich mit einem Nicken an ihm vorbei zum Eingang der Bibliothek. Das war nicht die Tür, die ich gewöhnlich benutzte, aber sie lag der Straße am nächsten, und ich wollte nicht, dass Devon und Felix meine Koffer weiter schleppen mussten als unbedingt notwendig.

Die Glastüren erschienen in meinem Blickfeld. Wir waren vielleicht noch fünfzehn Meter von ihnen entfernt. Zwölf … zehn … fünf …

Etwas bewegte sich in den Schatten vor den Türen, schoss von einer Seite des Eingangs zur anderen.

Ich erstarrte. »Stopp.«

Felix wäre fast von hinten gegen mich gerannt. »Was? Was ist los?«

Ich spähte durch das Glas und senkte die Hand auf mein Schwert. Dann setzte ich mein Sichttalent ein, doch ich erkannte nur Schatten auf der anderen Seite. Aber vor einem Augenblick war etwas oder jemand dort draußen gewesen. Unbehagen stieg in mir auf, und mir wurde bewusst, wie isoliert Devon, Felix und ich hier in der Bibliothek waren. Es wäre der perfekte Ort für einen Hinterhalt – oder einen weiteren Mordanschlag.

»Schnapp dir dein Handy. Ruf Claudia an. Sag ihr, sie soll mit ein paar Wachen herkommen. Sofort.«

»Warum?«, fragte Felix. »Das Auto steht direkt vor der Tür.«

Wieder huschte ein Schatten vor den Türen vorbei. Dann noch einer. Dann noch einer. Und alle kamen in unsere Richtung.

Ich öffnete den Mund, um eine Warnung zu rufen, doch es war schon zu spät.

Männer mit Schwertern durchbrachen die Bibliothekstür.

18

Nacheinander stürmten sieben Kerle in die Bibliothek, Schwerter in der Hand und bereit zum Angriff.

Bereit zum Töten.

»Zurück!«, schrie ich.

Ich riss mein Schwert aus der Scheide und trat vor, um mich den Angreifern zu stellen, obwohl mir ihre schiere Anzahl das Herz in die Hose rutschen ließ. Wer auch immer Devon tot sehen wollte, er wollte auf Nummer sicher gehen.

Hinter mir ließen Devon und Felix die Koffer fallen und zogen ebenfalls ihre Schwerter, aber ich wusste, dass sie noch ein paar kostbare Sekunden brauchten, um wirklich bereit zu sein.

Also stürmte ich auf die Männer zu, wirbelte hierhin und dorthin, hackte auf jede Person ein, die ich irgendwie erreichen konnte. Hauptsächlich zielte ich auf Hände und Arme, um dafür zu sorgen, dass unsere Gegner ihre Waffen fallen ließen. Wenn einer von ihnen ein Stärketalent besaß, konnte er mich immer noch mit bloßen Händen erwürgen, aber mit den Schwertern mussten sie mir nicht mal besonders nahe kommen, um mich umzubringen. Auf keinen Fall würde ich mich einfach ergeben. Es würde sie harte Arbeit kosten, mich zu erledigen – und dasselbe galt für Devon und Felix.

Ein Mann heulte schmerzerfüllt, als meine Klinge sein Handgelenk traf. Sein Schwert entglitt den gefühllosen Fingern, und ich nutzte meinen Vorteil sofort. Ich ließ meine Waffe in der

Hand herumwirbeln, dann packte ich das Heft der Schwarzen Klinge mit beiden Händen, riss sie hoch und zog sie ihm kraftvoll quer über die Brust. Der unangenehme Geruch von Blut erfüllte die Luft, und scharlachrote Tropfen flogen vom Ende meines Schwertes auf die Bücher. Der Mann schrie wieder und presste die Hände auf die Brust, während immer mehr Blut aus der tiefen Wunde drang. Ich wirbelte herum und zog das Schwert noch einmal in der anderen Richtung über seinen Körper, um ihm eine zweite, tiefe Verletzung zuzufügen. Er fiel zuckend zu Boden und stand nicht wieder auf.

Einer erledigt, unzählige mehr noch vor mir.

Die meisten Männer eilten an mir vorbei auf Devon und Felix zu, die sich Rücken an Rücken aufgestellt hatten. Die beiden verteidigten sich mit ihren Schwertern und hielten die Angreifer zurück – für den Moment.

Ich wollte ihnen zu Hilfe eilen, doch in diesem Moment sah ich, wie eine weitere Person die Bibliothek betrat – der geheimnisvolle Fremde aus dem Razzle Dazzle.

Braunes Haar, braune Augen, weder groß noch klein, weder dick noch dünn. Er war genauso durchschnittlich und leicht zu vergessen wie beim letzten Mal, bis hin zu Hemd und Hose, die beide beige waren. Er blieb hinter den Männern stehen, die Hände in den Hosentaschen, als wäre er nur Zuschauer bei einem Boxkampf und würde nicht Zeuge, wie Felix und Devon um ihr Leben kämpften.

Ich packte mein Schwert fester und wollte mich auf ihn stürzen, weil ich davon ausging, dass der Rest unserer Angreifer den Antrieb verlieren würde, wenn ich ihn erledigte. Doch der geheimnisvolle Fremde sah mich kommen und runzelte die Stirn. Unsere Blicke trafen sich, und meine Seelensicht schaltete sich ein. Ich spürte scharfe Verärgerung, zusammen mit etwas, das sich anfühlte wie … Wiedererkennen. Ich runzelte die Stirn. Kannte ich den geheimnisvollen Fremden? Ich konnte mich nicht daran erinnern, ihn schon einmal getroffen zu haben, doch er wirkte vertraut – oder zumindest war ich ihm vertraut.

Der geheimnisvolle Fremde sah mich kommen und stieß einen Pfiff aus. Zwei der Männer lösten sich aus der Gruppe um Devon und Felix und eilten in meine Richtung, um mir den Weg abzuschneiden, bevor ich mein eigentliches Ziel erreichen konnte. Der Mistkerl schenkte mir ein kaltes, dünnes Lächeln, dann richtete er seine Aufmerksamkeit wieder auf die anderen.

Die beiden Männer kamen immer näher. Ich wollte nicht, dass sie mich in die Zange nahmen, also drehte ich mich um und rannte in die Kinderabteilung der Bibliothek.

Ich hörte die dumpfen Schritte der Männer hinter mir auf dem Teppich und sah gerade lang genug zurück, um den Abstand zwischen mir und dem ersten meiner Verfolger abzuschätzen. Dann rannte ich weiter, den Blick auf einen Holzstuhl gerichtet, der in der Nähe des Spielbereichs stand. Ich sprang auf den Stuhl, wirbelte sofort herum und ließ das Schwert durch die Luft sausen, um mich auf den ersten Verfolger zu stürzen. Mein Schwert traf seinen Hals. Um genauer zu sein: seine Kehle. Er fiel geräuschlos in sich zusammen, also riss ich das Schwert in die andere Richtung und stellte mich dem nächsten Mann.

Zwei erledigt, immer noch unzählige weitere vor mir.

Ich schaffte es, das Schwert zu heben, bevor der nächste Angreifer mich erreichte. Seine Klinge sauste durch die Luft. Viel zu spät erkannte ich, dass er ein Talent für Geschwindigkeit besaß.

Nach einem schnellen Schlagabtausch, bei dem es mir rein instinktiv gelang, Schläge abzuwehren, die ich kaum kommen sah, lösten wir uns voneinander. Schweiß rann über mein Gesicht, und meine Hände lagen heiß und feucht um das Heft des Schwertes. Hätte mein Gegner mich richtig getroffen, wäre mir die Klinge aus der Hand geflogen und ich wäre erledigt gewesen.

Mein Blick huschte von rechts nach links, auf der Suche nach etwas, das ich zu meinem Vorteil verwenden konnte. Er saugte sich schließlich an einem weiteren Stuhl und dem hölzernen Tisch dahinter fest. Ich schwang die Klinge in einem weiten Bogen, und wie erhofft sprang mein Angreifer zurück, um dem Schlag auszuweichen. Dann drehte ich mich um und rannte, allerdings nicht weit. Ich wollte auf den Stuhl springen, doch mein Gegner setzte sein Talent ein und sprang stattdessen auf die Sitzfläche, sodass ich abrupt stoppen musste.

»Oh, tut mir schrecklich leid, Mäuschen«, höhnte der Mann, während er mit seinem Schwert wedelte. »Habe ich dir den Platz weggenommen? Was willst du jetzt tun?«

Ich grinste. »Das.«

Ich trat den Stuhl unter seinen Füßen weg.

Der Mann stieß einen überraschten Schrei aus, als seine Füße den Halt verloren und er rückwärts auf den Tisch knallte, wie ich es geplant hatte. Seine Geschwindigkeit, seine Magie, verschaffte ihm nur einen Vorteil, solange er auf den Beinen stand – und das tat er nicht mehr.

Ich sprang nach vorne und zog die Klinge über seine Brust, sodass er vor Schmerz aufschrie. Trotzdem schaffte er es, mit dem Schwert nach mir zu schlagen.

Diesmal war ich diejenige, die schrie.

»Lila!« Ich bildete mir ein, über das Klirren der Schwerter und das Knurren der Kämpfenden Devons Stimme zu hören, die meinen Namen rief. Doch ich konnte mir nicht sicher sein.

Zu meinem Glück hatte mein Gegner tief geschlagen, und die Schneide seines Schwertes erwischte mich nur quer über dem linken Oberschenkel, nicht über dem Bauch. Trotzdem brannte die Wunde, als hätte jemand ein Feuer in meinem Oberschenkel entzündet, und ich spürte, wie Blut über meine Haut rann. Da der Schlag nicht von Magie getrieben worden war, schaltete sich auch mein eigenes Talent nicht ein, und die Wunde machte mich nicht stärker.

Mein Gegner rollte sich vom Tisch, fand sein Gleichgewicht wieder und stürzte sich erneut auf mich. Aufgrund meiner Verletzung schaffte er es, mir die Füße unter dem Körper wegzutreten. Ich fiel neben einem Regal auf ein Knie und schnappte nach Luft. Der Mann ragte grinsend über mir auf. Er hob seine Klinge, bereit, sie mir in den Kopf zu rammen.

Ich hielt die Luft an und schaffte es, mich nach rechts zu rollen. Das Schwert des Mannes durchstieß die Luft genau an der Stelle, wo sich eine Sekunde zuvor noch mein Kopf befunden hatte, und durchbohrte ein Buch im Regal. Mein Gegner brüllte wütend und schüttelte sein Schwert, um das Buch von seiner Waffe zu schleudern.

Ich landete auf meinem verletzten Bein. Weiterer Schmerz durchfuhr meinen Körper und entlockte mir ein Zischen. Doch ich schaffte es, mich wieder auf die Beine zu kämpfen. Der Mann schleuderte das Buch zur Seite und stürzte sich wieder auf mich, seine Bewegungen noch schneller als bisher. Auf keinen Fall konnte ich ihn noch umbringen.

Nicht, ohne mein Übertragungstalent einzusetzen, um die Kraft zu finden, den Kampf fortzusetzen.

Diesmal hob der Mann nicht sein Schwert, sondern ballte die Hand zur Faust. Ich schloss die Augen, blieb stehen und ließ mir ins Gesicht schlagen. Eins, zwei, drei. So viele Schläge führte er mit seinem Talent für Geschwindigkeit aus, bevor ich es schaffte, aus seiner Reichweite zu taumeln.

Doch das war es wert gewesen. Die stechenden Schmerzen verwandelten sich in diese eisige Kälte, die meinen Körper erfüllte und mir die Kraft gab, mich wieder nach vorne zu werfen.

Der Mann schlug mit der Faust nach mir, doch ich hatte den Angriff vorausgesehen und fing seine Hand in meiner. So standen wir schwankend da. Seine Miene wirkte verwirrt, als er sich fragte, warum ich plötzlich so viel stärker war als er. Aber ich hatte nicht die Absicht, ihm genug Zeit zu geben, um dieses Rätsel zu lösen. Ich hob mein Schwert zwischen uns, aber er war immer noch schneller als ich, und jetzt tat er, was ich die ganze Zeit schon gefürchtet hatte – er schlug mir die Waffe aus den verschwitzten Händen.

Ich wollte mich auf meine Waffe am Boden werfen, doch der Mann rammte mir eine Hand gegen die Brust, sodass ich gegen ein Bücherregal geschleudert wurde. Mein Kopf knallte gegen den Metallrahmen, und dieses Mal reichte nicht einmal das eisige Feuer der Magie in meinen Adern aus, um die Sterne zu vertreiben, die vor meinen Augen tanzten. Meine Beine gaben nach, und mein Hintern knallte auf den Boden. Der Mann trat vor mich und hob sein Schwert, bereit, es mir in die Brust zu stoßen. Und ich konnte einfach nur wie betäubt dasitzen und meinem eigenen Tod entgegensehen ...

»Stopp!«, erklang eine scharfe Stimme.

Bei dem Befehl schien sich eine eisige Kälte in der gesamten Bibliothek auszubreiten, die mir irgendwie vertraut erschien. War das ... Magie?

Mein Gegner erstarrte sofort, das Schwert über dem Kopf, die Muskeln an Armen und Hals angespannt, als kämpfe er gegen diese seltsame, unsichtbare Macht, die ihn festhielt.

Plötzlich kniete Devon neben mir. Er schlang seine Hand um meine und schützte mich mit seinem Körper, ohne den Blick ein einziges Mal von meinem Angreifer abzuwenden.

»Dreh dich um«, sagte Devon im selben, scharfen Tonfall.

Weitere Magie wogte in kalten Wellen durch die Bibliothek, und Devons Hand lag eiskalt in meiner. Der Mann tat, wie Devon ihm befohlen hatte, auch wenn er immer noch gegen die seltsame Macht ankämpfte, die ihn gefangen hielt.

Nein, keine seltsame Macht.

Devon – Devon war dafür verantwortlich.

Irgendwie zwang er meinen Angreifer allein durch den Klang seiner Stimme, ihm zu gehorchen. Der Mann, der darauf aus gewesen war, mich zu töten, tat nun alles, was Devon ihm befahl – tanzte wie eine Marionette vollkommen nach seiner Pfeife.

Mit weit aufgerissenen Augen sah ich Devon an. Sein Mund verzog sich zu einem grimmigen Lächeln, doch er hielt den Blick seiner grünen Augen unverwandt auf unseren Gegner gerichtet.

»Beschütz uns«, befahl er mit dem seltsamen, schrecklichen Zwang von Magie in seiner Stimme.

Devons Hand wurde noch kälter. Es war, als hielte ich einen Eiswürfel in den Fingern statt einen Körperteil aus Fleisch und Blut.

Der Mann stieß einen wütenden Schrei aus, doch er tat, was Devon ihm befohlen hatte. Er wirbelte herum, hob das Schwert über den Kopf und stürzte sich auf die zwei Angreifer, die noch übrig waren – auf seine eigenen Leute.

Der erste Kerl parierte den Schlag des Marionettenmannes und starrte seinen Freund schockiert an, als wäre er plötzlich wahnsinnig geworden. Vielleicht war es ja so, denn der Marionettenmann griff immer weiter an, schlug wieder und wieder zu.

Und dann geschah das Undenkbare. Der Marionettenmann – derjenige, den Devon kontrollierte – bohrte seinem Freund das Schwert ins Herz und tötete ihn. Dann drehte er sich um und tat dasselbe mit dem zweiten Angreifer.

Doch so schockierend das alles sein mochte, ich ließ den Blick durch die Bibliothek gleiten auf der Suche nach unserem letzten Gegner, dem geheimnisvollen Fremden, der unsere Angreifer angeführt hatte. Wo war er ...

Devon stieß ein überraschtes Zischen aus. In einem Moment kauerte er neben mir und hielt meine Hand in seinen von Magie gefrorenen Fingern. Im nächsten wurde er von dem geheimnisvollen Fremden auf die Füße gerissen. Der Fremde drückte Devon eine Hand auf den Mund und hielt ihm einen Dolch an die Kehle. Devon fing an, sich zu wehren, doch der geheimnisvolle Fremde bohrte die Spitze des Dolches in seinen Hals, bis es blutete.

»Beweg dich, sag etwas, und du bist tot!«, knurrte der geheimnisvolle Fremde.

Devon suchte meinen Blick, und die Angst in seinen Augen traf mich wie ein Schlag. Doch wieder einmal empfand er nicht Furcht um sich selbst, sondern um mich und Felix. Irgendwoher wusste ich plötzlich, dass Devon sein Talent, seine Magie, nicht einsetzen konnte, solange er unfähig war zu sprechen.

Der geheimnisvolle Fremde schien das ebenfalls zu wissen, denn er drückte Devon unverwandt die Hand auf den Mund, während er ihn nach hinten in Richtung des Bibliotheksausgangs zog.

»Bring sie um, du Idiot!«, zischte der Fremde dem Marionettenmann zu.

Mein Angreifer blinzelte und blinzelte, dann schüttelte er den Kopf, als wollte er die letzten Reste von Devons Magie loswerden, bevor er sich wieder zu mir umdrehte.

Ich biss die Zähne zusammen, packte mein Schwert und kämpfte mich eilig auf die Beine. Ich hob meine Klinge, bereit, mein Bestes zu geben, in der Hoffnung, meinen Angreifer töten zu können, um dann Devon und dem geheimnisvollen Fremden zu folgen.

Doch plötzlich war Felix da, rammte meinem Gegner sein Schwert in die Seite und riss es wieder zurück. Der Mann fiel zu Boden – tot.

Felix und ich drehten uns beide zu dem geheimnisvollen Fremden um, der immer noch den Dolch an Devons Kehle drückte.

Er stieß ein angewidertes Knurren aus, doch gleichzeitig packte er Devon fester und wich weiter Richtung Tür zurück. Felix und ich folgten ihnen, unsere Schwerter erhoben und bereit.

»Lass ihn los«, sagte Felix. »Und wir lassen dich am Leben.«

Der geheimnisvolle Fremde stieß ein höhnisches Lachen aus, doch das war auch seine einzige Reaktion ...

Devon rammte dem Mann den linken Ellbogen in den Magen, sodass dieser schmerzerfüllt aufkeuchte. Gleichzeitig schob er den rechten Arm zwischen seinen Hals und den Dolch, sodass die Klinge nur sein Handgelenk aufschlitzte, nicht seine Kehle. Devon stieß ein schmerzerfülltes Zischen aus, als sich Blut über seinen Arm ergoss, doch er konnte sich aus dem Griff seines Gegners befreien, wirbelte herum, öffnete den Mund ...

In diesem Moment trat der geheimnisvolle Fremde vor und schubste Devon, so fest er nur konnte, sodass dieser nach hinten gegen ein Bücherregal taumelte. Dann wirbelte unser mysteriöser Angreifer mit einem wütenden Knurren herum und rannte Richtung Ausgang.

Felix eilte zu Devon, und ich folgte ihm humpelnd. Felix half Devon auf die Beine, dann sahen beide Jungs mich an.

»Geht es dir gut?«, fragte Devon.

»Alles wunderbar.«

Sein Blick fiel auf mein linkes Bein und das Blut, das meine Cargohose durchtränkte. Dann wanderte er weiter zu meinem Schwert, das ich momentan wie eine Krücke einsetzte. »Bist du dir sicher?«

Ich wedelte wegwerfend mit der Hand. »Das ist nur ein Kratzer. Mir geht es ...«

Die letzten Reste der Magie, die noch in meinen Adern gebrannt hatten, verpufften wie Kohlensäure aus einer offenen Dose. Ich sackte in mich zusammen und wäre nach vorne umgefallen, wenn Devon nicht vorgetreten wäre, um mich aufzufangen. Er war stärker, als ich gedacht hatte, denn es gelang ihm mühelos, mich wieder auf die Beine zu stellen und aufrecht zu halten.

»Vielleicht solltest du dich setzen«, meinte er, ein amüsiertes Funkeln in den grünen Augen.

»Vielleicht. Für einen Moment.«

Er half mir dabei, mich auf einen Stuhl im Kinderbereich zu setzen. Seine Hand brannte an meinem Arm, heiß statt kalt, trotzdem erfüllt von dem Gefühl von Magie. Eine andere Art von Magie – und ich hatte keine Ahnung, was ich davon halten sollte.

»Danke«, sagte ich leise.

»Gern geschehen«, antwortete Devon ebenso leise.

Seine warme Hand blieb noch einen Moment auf meinem Arm liegen, bevor er sich aufrichtete und zurücktrat.

Felix sah einen Moment zwischen uns hin und her, bevor er den Blick durch den Rest der Bibliothek gleiten ließ und die ganzen Leichen, umgefallenen Regale, Bücherlawinen und zerstörten Tische und Stühle in sich aufnahm. Schließlich sah er wieder Devon an.

»Weißt du, ich glaube, Lila hat recht«, meinte Felix. »Du solltest jetzt deine Mom anrufen.«

Devon stöhnte.

19

Claudia tauchte ungefähr zwanzig Minuten später auf, zusammen mit Grant, Reginald, Angelo und einem Dutzend Sinclair-Wachen, die alle schwarze Mäntel und Schwerter trugen. Kaum hatten sie die Bibliothek betreten, schwärmten sie aus und durchsuchten das Gebäude.

»Gesichert!«
»Gesichert!«
»Gesichert!«

Die Rufe der Wachen hallten von einem Ende der Bibliothek zum anderen.

Devon, Felix und ich suchten Zuflucht in der Kinderabteilung, wo wir auf kleinen Kinderstühlen an dem dazu passenden Tisch saßen. Sobald die Wachen die Bibliothek freigegeben hatten, stiefelte Claudia zu uns, Reginald und Grant im Schlepptau.

»Devon?«, fragte sie, den Blick auf die Wunde an seinem Handgelenk gerichtet.

»Es geht mir gut, Mom«, erklärte er. »Es ist nur ein sauberer Schnitt.«

Sie musterte Felix, der den Kampf mit ein paar Schrammen und einem Veilchen überstanden hatte, das langsam immer dunkler wurde, bevor sie sich schließlich auf mich konzentrierte. Sie starrte das Blut an, das trotz der Papiertücher, die ich gegen die Wunde drückte, über mein Bein rann.

»Was ist passiert?«, fragte Claudia. »Was wolltet ihr hier?«
Ich öffnete schon den Mund, um ihr zu sagen, dass es mein Fehler gewesen war, doch Devon kam mir zuvor.
»Felix und ich haben Lila dabei geholfen, den Rest ihrer Sachen zu holen«, erklärte er.
»Ach ja?«, murmelte Claudia, während sie uns nacheinander ansah.
Devon sah ihr direkt in die Augen. Felix grinste, doch es wirkte nervös. Ich zuckte nur mit den Achseln.
Schließlich wandte sie sich wieder an Devon. »Warum solltest du das tun? Ohne Wachen mitzunehmen?«
Devon stand auf. »Weil ich keine Wachen brauche. Ich kann auf mich selbst aufpassen.«
Claudia öffnete den Mund, doch sie besann sich eines Besseren, als ihr auffiel, dass wir sie alle anstarrten. Stattdessen machte sie eine auffordernde Bewegung mit dem Kopf. Devon seufzte und folgte seiner Mutter zum Ausleihtresen, wo wir sie nicht mehr hören konnten. Doch ich konnte mir Claudias Gardinenpredigt nur zu gut vorstellen.
Reginald und Grant gingen davon, um nach den Wachen zu sehen, und auch ich stand auf.
»Was tust du da?«, fragte Felix. »Du solltest es langsam angehen lassen, bis wir wieder im Herrenhaus sind und dich heilen können.«
»Ich will etwas kontrollieren. Willst du mir helfen oder nicht?«
»Schon gut, schon gut.« Felix legte stützend einen Arm um meine Taille.
Er half mir zu meinem letzten Gegner, dem mit dem Talent für Geschwindigkeit, den Devon befehligt hatte. Ich setzte mich neben dem Toten auf den Boden. Felix rollte ihn auf den Bauch, und ich zog den Geldbeutel des Mannes aus seiner hinteren Hosentasche. Doch er hatte keinen Ausweis dabei, keinen Führerschein und auch keine Kreditkarten, also warf

ich das Portemonnaie angewidert zur Seite und tastete seine restlichen Taschen ab. Neben ein paar zerknitterten Geldscheinen, die ich sofort einsteckte, fand ich ein Päckchen Kaugummi, einen kleinen Kamm und etwas sehr Interessantes – eine silberne Manschette mit einem eingeprägten Wolfskopf. Das Wappen der Volkov-Familie.
Ich zeigte Felix die Manschette. Er ging zu den anderen Leichen. Und tatsächlich, sie alle trugen eine ähnliche Armmanschette in der Tasche.
Felix schüttelte den Kopf. »Ich kann einfach nicht glauben, dass das alles Volkov-Wachen sind.«
»Warum nicht?«
»Weil es einfach keinen Sinn ergibt. Wir haben keine größeren Probleme mit den Volkovs. Außerdem waren es wahrscheinlich die Itos, die Lawrence angegriffen und getötet haben. Warum also sollten uns heute Abend Volkov-Wachen überfallen? Warum nicht Leute aus der Ito-Familie?«
Ich drehte die Volkov-Manschette wieder und wieder in den Händen und beobachtete, wie das Silber im Licht glänzte. Felix hatte recht. Es ergab keinen Sinn, dass eine Familie für den ersten Angriff auf Devon und Lawrence verantwortlich sein sollte, während eine andere den Angriff hier in der Bibliothek befohlen hatte. Irgendetwas mussten diese Anschläge gemeinsam haben – oder jemanden.
Vielleicht ging es hier gar nicht so sehr um die Familien, sondern vielmehr um den geheimnisvollen Fremden. Aber er musste für irgendjemanden arbeiten, wenn er es schaffte, so viele Leute anzuheuern. Entweder das, oder er war wohlhabend. Doch selbst dann müsste jemand irgendetwas über ihn wissen.
»Lass uns annehmen, die Volkovs würden hinter dem Angriff von heute Abend stecken«, meinte Felix. »Woher wussten sie, dass Devon hier ist? Niemand hat gesehen, wie wir das Herrenhaus verlassen haben. Und selbst wenn man uns be-

obachtet hätte: niemand konnte wissen, dass wir hier enden würden.«

»Jemand wusste es«, beharrte ich. »Denn der geheimnisvolle Fremde war sowohl hier als auch vor Kurzem auch in der Pfandleihe. Er war derjenige, der Devon angegriffen hat.«

»Aber wie?«

Ich zuckte mit den Achseln. Ich kannte die Antwort nicht. Sobald ich diese Frage beantworten konnte, würde ich wahrscheinlich auch wissen, wer der geheimnisvolle Fremde war und was er von Devon wollte. Na ja, Letzteres konnte ich mir denken.

Weitere Wachen traten in die Bibliothek. Reginald und Grant drehten sich zu ihnen um, und auch Claudia unterbrach ihr Gespräch mit Devon, um zu hören, was sie zu sagen hatten.

»Irgendetwas?«, fragte Grant.

Einer der Männer schüttelte den Kopf. »Es gab in der Nähe des Gebäudes keine Spur von irgendjemanden. Tut mir leid.«

Claudia presste die Lippen zusammen, dann schoss ihr Blick zu mir. Ihre Sorge zog mir das Herz zusammen.

»Wir werden uns im Herrenhaus weiter unterhalten«, blaffte sie. »Wir verschwinden hier. Jetzt sofort.«

Felix wollte mir auf die Beine helfen, doch Devon eilte zu uns und trat ihm in den Weg.

»Ich kümmere mich um Lila.«

In Devons Stimme knisterte keine Magie, nicht wie vorhin, trotzdem war es ein Befehl. Felix nickte und zog los, um sich meine Koffer zu schnappen, die den Kampf erstaunlicherweise unbeschadet überstanden hatten.

Devon half mir auf die Beine und schlang einen Arm um meine Hüfte. Trotz des Blutes, das an uns beiden klebte, roch er immer noch frisch und sauber. Ich sog seinen Duft in meine Lunge und ließ den scharfen Duft nach Kiefer den kupferartigen Geruch des Blutes vertreiben – meines Blutes.

Das tat ich wieder und wieder, wobei ich mich gleichzeitig bemühte, nicht groß darauf zu achten, wie freundlich und sanft Devon mit mir umging oder wie warm und hart sich seine Muskeln an meiner Seite anfühlten.

Devon führte mich zu einem der schwarzen Jeeps, die am Randstein vor der Bibliothek standen. Claudia folgte uns. Sie sagte nichts, doch ich spürte ihren eisigen Blick in meinem Nacken, und das scharfe Klappern ihrer hohen Absätze auf dem Asphalt schien deutlich ihr Missfallen auszudrücken. Es gefiel ihr nicht, dass ihr Sohn mir half, und mir gefiel es besser, als es das hätte tun dürfen. Keiner von uns war allzu glücklich.

Devon glitt neben mir auf die Rückbank, während Felix mein Gepäck im Kofferraum verstaute, um dann auf meiner anderen Seite einzusteigen. Reginald fuhr, und Claudia saß auf dem Beifahrersitz. Grant saß in einem anderen Auto, dem Wagen, in dem er mich zum Razzle Dazzle gefahren hatte, während die Wachen in zwei weiteren Autos folgten.

Auf dem Rückweg zum Herrenhaus sagte niemand etwas, doch Claudia sah immer wieder stirnrunzelnd über die Schulter zurück. Offensichtlich war sie sauer auf mich. Sie dachte, ich hätte ihren Sohn in Gefahr gebracht.

Und damit hatte sie recht.

Denn je länger ich darüber nachdachte, desto fester war ich davon überzeugt, dass Devon und Felix nicht die Einzigen gewesen waren, die mich verfolgt hatten. Jemand hatte gesehen, wie ich das Razzle Dazzle verlassen hatte, um die Straßenbahn zur Bibliothek zu nehmen. Das war die einzige Möglichkeit, wie derjenige auch hätte mitkriegen können, wie Devon und Felix die Bibliothek betraten. Doch wer hätte mir folgen sollen? Und warum sollte er oder sie denken, dass ich ihn zu Devon führen würde?

Ich ließ den Kopf gegen die Sitzlehne sinken und schloss die Augen, um darüber nachzudenken. Versuchte, alle Puzzlesteinchen an den richtigen Platz zu bringen, um das gesamte

Bild zu sehen. Wenn ich das schaffte, würde ich auch verstehen, wie der Angriff im Razzle Dazzle mit dem zusammenpasste, was heute Abend geschehen war. Meine Gedanken schossen zurück zu dem geheimnisvollen Fremden. Er stand im Zentrum dieser ganzen Geschichte. Er war das rote Licht an dem Alarm, den ich entschärfen musste, bevor er mich verriet – oder mich umbrachte.

Wenn ich den geheimnisvollen Fremden fand, würde ich auch die Antworten auf alle anderen Fragen erfahren.

Eine halbe Stunde später lenkte Reginald den Jeep auf das Anwesen der Familie. Zehn Minuten danach lag ich schon auf einem Krankenbett in einem Zimmer nahe beim Grünlabor. Das Bein meiner Cargohose war aufgeschnitten, und ich bemühte mich, nicht zu zucken, während Felix und Angelo an meiner Wunde herumfummelten.

»Also, ich erkenne keinen Hinweis auf Gift, das ist gut«, murmelte Felix. »Einfach ein glatter Schnitt. Was denkst du, Dad?«

»Ich stimme dir zu.« Angelo beugte sich vor, sodass ich sein Gesicht sehen konnte. »Du hattest Glück, Lila. Zehn Zentimeter weiter rechts, und er hätte dir die Oberschenkelarterie durchtrennt.«

»Ich Glückspilz.«

Angelo holte eine Flasche Stechstachelsaft und goss die dunkelgrüne Flüssigkeit langsam über die gesamte Wunde, wobei mir ein schwacher, hölzerner Geruch in die Nase stieg.

Das war aber auch schon das einzige Angenehme daran.

Ich sog zischend die Luft durch die zusammengebissenen Zähne, als der Stechstachelsaft in den Schnitt in meinem Bein eindrang. Dann musste ich mir die Fingernägel in die Handflächen bohren, um nicht zu knurren. Die Flüssigkeit brannte auf meiner Haut, und es war schlimmer, als hätte ich eine gesamte Flasche Jod über meinem Bein ausgekippt.

Während die Arznei ihre Arbeit tat, spürte ich das vertraute, kühle Feuer der Magie in meinen Adern. Ich blieb still liegen, trotz der Macht, die sich in meinem Körper ausbreitete und darauf drängte, benutzt zu werden ... auf irgendeine Art freigelassen zu werden.

Angelo und Felix unterhielten sich leise, während sie sich im Raum bewegten, sich die Hände wuschen und alles aufräumten, was sie verwendet hatten, um meine Wunde zu säubern. Doch nach einer Weile brach ihr Gespräch ab, und beide kamen zurück, um sich neben meinem Bett aufzubauen.

»Was?«, fragte ich durch die zusammengebissenen Zähne, den Blick unverwandt an die Decke gerichtet. »Stimmt was nicht?«

»Nein, nein«, antwortete Angelo. »Es ist nur ... deine Wunde ist vollkommen verheilt. Jetzt schon. Normalerweise ist für eine Verletzung wie diese viel mehr Stechstachel nötig, als wir bis jetzt eingesetzt haben.«

»Vielleicht hatte ich ja noch mehr Glück, als Sie vorhin vermutet haben«, murmelte ich. »Denn glauben Sie mir, es tut immer noch weh.«

Noch bevor die letzten Worte meinen Mund verlassen hatten, verschwanden die letzten Reste der Magie aus meinem Körper, und auch das Brennen des Stechstachelsaftes verklang. Ich stemmte mich auf die Ellbogen hoch und sah, dass die Haut an meinem Oberschenkel glatt und unversehrt war. Und ich konnte mich ohne Schmerzen bewegen.

»Vielleicht«, murmelte Angelo, als er die Stelle untersuchte, an der sich die Wunde befunden hatte. Dann warf er einen Blick auf die leere Flasche auf dem Nachttisch neben dem Bett. »Oder vielleicht ist diese Charge Stechstachelsaft ein wenig stärker als gewöhnlich. Ich erinnere mich daran, dass ich noch einen Schwung zusätzliche Blätter hineingeworfen haben, als ich den Saft gekocht habe ...«

Felix und sein Dad fingen an, sich über die Vorteile von Stechstachel im Vergleich zu anderen magischen Pflanzen zu unterhalten, während sie meine restlichen, kleinen Wunden verarzteten. Oscar musste ihnen Kleidung für mich gebracht haben, denn Felix gab mir ein vertrautes blaues T-Shirt und eine kurze schwarze Hose, die ich anziehen konnte. Die Kleidung, die ich bisher getragen hatte, war durch das ganze Blut ruiniert.

Ich hatte mich gerade fertig angezogen, als es an der Tür klopfte. »Ja?«

Die Tür öffnete sich, und Felix streckte den Kopf in den Raum, seine Miene ernst. »Claudia würde dich gerne sprechen.«

Darauf hätte ich wetten können.

Ich folgte Felix zur Bibliothek. Reginald stand vor der Tür. Er bedeutete mir, den Raum zu betreten, doch als Felix mir folgen wollte, stoppte er ihn mit erhobener Hand.

»Tut mir leid«, sagte Reginald. »Miss Claudia möchte allein mit ihr sprechen.«

Felix verdrehte die Augen, doch es war klar, dass er nicht an Reginald vorbeikam.

»Wir sehen uns später«, meinte Felix.

»Sicher.«

Wenn ich später überhaupt noch hier war. Nach allem, was ich wusste, konnte Claudia bereits eine der Wachen angewiesen haben, die Zementmischmaschine anzuwerfen, um ein besonderes Paar Schuhe für mich anzufertigen. Doch ich war zu ihr zitiert worden, also trat ich in die Bibliothek.

Claudia saß in ihrem Sessel vor dem Kamin, so majestätisch wie eine Königin. Devon hatte auf einem Stuhl neben ihr Platz genommen, während Grant ihnen gegenüber auf dem weißen Samtsofa hockte. Grant saß vornübergebeugt, sprach mit leiser Stimme und gestikulierte, als versuche er, Claudia von irgendetwas zu überzeugen. Sie schien ihn nicht groß zu beachten. Ihr Blick fiel auf mich, bereits erfüllt von kalter Wut. Einfach toll.

»Da bist du ja«, sagte Claudia. »Endlich.«
»Ich hatte eine Wunde in meinem Bein, nur für den Fall, dass Sie das nicht mitbekommen haben.«
Sie presste die Lippen aufeinander. »Grant, bitte lass uns allein. Ich würde gerne unter sechs Augen mit meinem Sohn und Lila sprechen.«
Grant leckte sich über die Lippen, und sein Blick wanderte von mir zu Claudia und wieder zurück. »Bist du dir sicher, dass das ... weise ist?«
»Es ist schon in Ordnung«, sagte sie mit harter Stimme, die keinerlei Raum für Widerspruch ließ.
Grant stand auf. »Viel Glück«, murmelte er, als er an mir vorbeiging.
Wir wussten beide, dass ich das brauchen würde.
Claudia forderte mich mit einer Handbewegung auf, mich auf den Platz zu setzen, den Grant gerade frei gemacht hatte.
Ich ließ mich auf das glatte Samtsofa fallen und bohrte sofort die nackten Zehen in den Teppich, um nicht herunterzurutschen.
Stille breitete sich aus, und nur das Ticken der Uhr auf dem Kaminsims füllte das Schweigen.
»Mein Sohn hat mir erzählt, dass du ihm das Leben gerettet hast – erneut«, sagte Claudia schließlich. »Dass er und Felix ahnungslos in den Hinterhalt gelaufen wären, hättest du nicht bemerkt, dass jemand vor der Tür lauert.«
Ich zuckte mit den Achseln. »Ich habe nur meinen Job als guter, kleiner Soldat der Familie gemacht.«
Die Wut in ihren Augen brannte heißer. »Ich habe dir die Chance gegeben, den Kopf einzuziehen und ein wenig Geld zu verdienen. Du solltest meinen Sohn nicht in Gefahr bringen. Wieder einmal wurde er in deiner Nähe fast ermordet.«
Devon seufzte. »Lila kann nichts dafür. Sie wusste nicht einmal, dass Felix und ich ihr gefolgt sind, bis sie uns in der Bibliothek entdeckt hat.«

Claudia richtete ihren kalten Blick auf Devon.»Nun, das hätte sie aber merken müssen, wenn sie als Diebin nur halb so gut ist, wie sie so arrogant behauptet.« Traurigerweise konnte ich ihr da nicht widersprechen.

»Und ich kann einfach nicht glauben, dass du so unvorsichtig warst, wegen eines Mädchens durch ganz Cloudburst Falls zu spazieren«, fuhr Claudia fort, den Blick immer noch unverwandt auf ihren Sohn gerichtet.»Du weißt, welche Gefahren dort draußen lauern. Du weißt, dass wir Probleme mit den anderen Familien haben. Du hattest Glück, dass diese Männer dich nicht getötet haben.«

Devon versteifte sich, dann richtete er sich hoch auf.»Ich bin dein Stellvertreter, der Wächter der Familie. Ich kann mich nicht jeden Tag von morgens bis abends hier im Herrenhaus verstecken. Damit wirken wir selbst in den Augen unserer eigenen Leute schwach. Und es sorgt dafür, dass die Sinclairs allen anderen Familien als schwach erscheinen. Das ist gefährlicher als alles andere, selbst ...«

Er brach ab, aber ich wusste, was er hatte sagen wollen, und auch, warum Claudia sich solche Sorgen um seine Sicherheit machte.

»Ich denke, die Männer hätten mich und Felix umgebracht, aber Devon hätten sie am Leben gelassen«, meinte ich.»Zumindest für eine Weile.«

Claudia runzelte die Stirn.»Wie kommst du darauf?«

»Weil der geheimnisvolle Fremde nicht versucht hat, Devon zu töten«, erklärte ich.»Er hat versucht, ihn zu entführen.«

20

Claudias Miene blieb ausdruckslos, doch ihr Blick huschte für einen Moment zu ihrem Sohn. Das reichte aus, um meinen Verdacht zu bestätigen, dass es hier um mehr ging als nur darum, dass jemand versuchte Devon umzubringen.

»Was meinst du damit?«

»Die Kerle, die uns angegriffen haben, waren alle mit Schwertern bewaffnet. Und sie waren unglaublich scharf drauf, sie gegen mich einzusetzen. Und auch gegen Felix. Aber als der geheimnisvolle Fremde Devon endlich nah genug gekommen war, um ihn zu töten, hat er Devon nicht etwa das Schwert in den Körper gerammt. Stattdessen hat er Devon den Mund zugehalten, ihm einen Dolch an die Kehle gedrückt und versucht, ihn aus der Bibliothek zu schleppen. Hätte er Ihren Sohn tot sehen wollen, hätte der geheimnisvolle Fremde ihm mühelos den Dolch in den Rücken rammen können. Doch das hat er nicht getan. Er wollte Devon lebend.«

Claudia und Devon antworteten nicht, also beschloss ich, einfach weiterzusprechen. Ich glaubte inzwischen die Antworten auf meine Fragen zu kennen. Ich brauchte nur noch Bestätigung.

»Vergessen Sie den geheimnisvollen Fremden«, meinte ich. »Das wirklich Interessante ist während des Angriffs passiert.«

Devon verspannte sich, bevor er die Bewegung kontrollieren konnte, doch Claudia blieb ruhig.

»Ach?« Sie zog eine Augenbraue nach oben. »Und was soll das gewesen sein?«

»Ich habe zwei der Männer getötet, aber ich wurde verletzt, und der Kampf lief nicht gerade gut für mich. Tatsächlich stand einer der Kerle kurz davor, mir den Kopf abzuschlagen – bis Devon den Mund geöffnet und ihm befohlen hat, aufzuhören«, erklärte ich. »Und – Überraschung! – der Kerl hat aufgehört. Einfach so.«

Ich schnippte mit den Fingern, und beide zuckten bei dem Geräusch zusammen.

»Der Kerl ist quasi erstarrt, obwohl ich genau sehen konnte, wie dringend er mich töten wollte.«

Ich hielt inne, doch keiner sagte etwas, also sprach ich weiter.

»Und nicht nur hat der Kerl mich nicht getötet, sondern Devon hat noch ein paar weitere Befehle gebellt, und der Kerl hat sich tatsächlich zu seinen Freunden umgedreht und hat stattdessen sie getötet. Auf Devons Befehl hin. Devon hat genau sechs Worte mit dem anderen Mann gesprochen – *Stopp, dreh dich um, beschütz uns* –, und genau das hat der Kerl getan, obwohl ich sehen konnte, wie sehr es ihm widerstrebte.«

Immer noch sagten die beiden nichts.

»Auf der Rückfahrt zum Herrenhaus habe ich ein wenig über den ersten Kampf im Razzle Dazzle nachgedacht. Und mir wurde bewusst, dass der Kerl, der Devon angegriffen hat, nicht mit dem Schwert nach ihm geschlagen hat. Stattdessen hat er Devons Hals gepackt. Damals dachte ich, er wollte Devon erwürgen. Doch eigentlich hat er nur Druck auf Devons Kehle ausgeübt, damit er nicht sprechen konnte. Um ihn davon abzuhalten, Befehle zu geben.«

Schweigen. Vollkommene Stille.

Eine Minute verging, dann zwei, dann drei.

Schließlich richtete Claudia sich höher in ihrem Stuhl auf, schob das Kinn vor und fixierte mich kalt.

»Du wirst *niemals* jemandem erzählen, was Devon in der

Bibliothek getan hat«, blaffte sie. »Oder ich werde dich persönlich umbringen.«
Mir fiel die Kinnlade nach unten. Es war schon schlimm genug, dass Claudia mich dazu zwang, für ihre Familie zu arbeiten. Aber ich hatte Devon inzwischen zum zweiten Mal davor bewahrt, entführt zu werden, und jetzt *bedrohte* sie mich? Mit dem Tod?
Wut kochte in mir hoch, so heiß und bitter wie Säure. Meine Hände ballten sich zu Fäusten, und ich öffnete gerade den Mund, um Claudia Sinclair genau wissen zu lassen, was ich von ihr hielt …
»Es reicht, Mom«, sagte Devon. »Schluss jetzt. Lila hat gesehen, was ich getan habe. Ich kann es nicht vor ihr verstecken. Jetzt nicht mehr.«
Claudia schnappte nach Luft. »Devon, denk darüber nach. Du weißt nicht, was du da sagst. Je mehr Leute davon wissen, desto größer …«
»… ist die Gefahr, in der ich schwebe«, beendete Devon den Satz. »Klar. Das habe ich schon vor langer Zeit kapiert.«
Er starrte in den Kamin, obwohl darin kein Feuer brannte. Ich fragte mich, ob er wohl an diesen Tag auf dem Midway zurückdachte, als meine Mom ihn und Claudia gerettet hatte. Ich hatte mich immer gefragt, warum er von so vielen Männern angegriffen worden war. Ich hatte angenommen, es hätte etwas mit einer Familienfehde zu tun gehabt, doch langsam vermutete ich, dass seine spezielle Gabe der wahre Grund dafür war.
Devon schüttelte die Erinnerungen ab und wandte sich an mich. Trotz seiner tapferen Worte zogen mir die Sorgen in seinen grünen Augen das Herz zusammen.
»Es ist mein Talent«, erklärte er. »Was ich mit dem Kerl in der Bibliothek gemacht habe … man nennt es Kompulsion oder Zwangstalent. Ich befehle jemandem, was er tun soll, und derjenige tut es einfach … ob er es nun will oder nicht.«

Kompulsion war ein seltenes Talent. Ich hatte schon davon gehört, aber noch nie jemanden getroffen, der fähig war, Leute dazu zu bringen, gegen ihren Willen zu handeln. Kein Wunder, dass der geheimnisvolle Fremde Devon entführen wollte. Solange er Devon gefangen hielt, musste Devon – und jeder, den Devon für ihn beherrschen sollte – genau das tun, was er wollte.

Oder noch schlimmer, der geheimnisvolle Fremde könnte sich Devons Talent aneignen, die Magie einfach aus Devons Körper reißen und ihn dabei töten. Meine Mom hatte immer gefürchtet, dass genau das auch mir passieren würde, sollte jemand von meiner Übertragungsmagie erfahren.

»Tolles Talent, hm?« Devon lachte bitter. »Und jetzt erzähl ihr den Rest.«

Claudia schüttelte den Kopf. »Da gibt es sonst nichts zu erzählen.«

Ein Muskel an Devons Kinn fing an zu zucken. »Du weißt genau, dass das nicht stimmt.« Er holte tief Luft und sah mich wieder an. »Das ist der Grund dafür, dass mein Dad gestorben ist. Er wurde wegen meines verdammten *Talents* ermordet.«

Er sprach das Wort aus wie einen Fluch. Vielleicht war es das für ihn sogar.

Claudia seufzte. »Devon, das weißt du doch gar nicht …«

»Doch«, sagte er leise, und Schuldgefühle brannten in seinen grünen Augen. »Das weiß ich.«

Damit sprang Devon auf die Füße, stiefelte zur Tür und riss sie auf. Er verließ die Bibliothek und knallte die Tür hinter sich zu. Claudia und ich saßen eine Weile schweigend da.

»Wer weiß es noch?«, fragte ich, als die letzten Echos des Knalls verhallt waren.

Claudia starrte auf die geschlossene Tür. »Nur ein paar Familienmitglieder. Angelo, Felix und Reginald. Ein paar der Pixies, auch Oscar. Leute, die die Familie und Devon niemals verraten würden. Leute, denen ich vertraue.«

Was bedeutete, dass sie mir nicht vertraute. Aber das war keine große Neuigkeit.

»Ich hoffe, du wirst dieses Wissen für dich behalten«, sagte Claudia steif. »Wenn schon nicht Devon zuliebe, dann dir selbst zuliebe. Je mehr Leute davon wissen, desto größer ist die Gefahr, in der mein Sohn schwebt. Und infolgedessen auch die Gefahr für jeden anderen in der Familie. Besonders für dich, da er dich scheinbar ... ins Herz geschlossen hat.«

»Oh«, höhnte ich. »Danke auch für Ihre unglaubliche Sorge um mein Wohlbefinden.«

Claudia kniff die Augen zusammen. »Du hast eine ziemlich große Klappe.«

»In dem Punkt komme ich ganz nach meiner Mom.«

Ein Gefühl blitzte in Claudias Augen auf. Es wirkte fast wie ... schmerzerfülltes Bedauern. Doch kaum hatte ich es gesehen, war es auch schon wieder verschwunden. Ich sah sie an und fragte mich, ob ich vielleicht nicht die Einzige war, die Geheimnisse bewahrte, doch ihre Miene war wieder so kühl wie immer.

»Trotzdem solltest du mehr Respekt zeigen, besonders dem Oberhaupt deiner Familie gegenüber.«

Wieder ballte ich die Hände zu Fäusten. »Das hier ist *nicht* meine Familie, Gang oder was auch immer.«

Claudia richtete sich noch höher auf. »Ich bin das Oberhaupt der Sinclair-Familie, und du wirst mich auch so behandeln.«

»Genau. Weil Sie ja jedem in Ihrer Familie mit Großzügigkeit und Freundlichkeit gegenübertreten. Wie zum Beispiel mir, dem Mädchen, dem Sie gerade zum zweiten Mal in einer Woche mit dem Tod gedroht haben. Das ist wirklich der beste Weg, meine Loyalität zu gewinnen«, höhnte ich.

Ich hätte es nicht für möglich gehalten, doch ihre Miene wurde noch kälter, als wären ihre schönen Gesichtszüge aus Stein gemeißelt. Marmor, den man in einem Schneesturm vergessen hätte, wäre wahrscheinlich wärmer gewesen als der

Ausdruck auf ihrem Gesicht. Claudia öffnete den Mund, wahrscheinlich, um mir ein weiteres Mal zu drohen, doch ich hob abwehrend die Hand.

»Ja, ja. Ich weiß. Wenn ich irgendwem gegenüber auch nur ein Wort über Devon verliere, werden Sie mich umbringen. Und wir sollten zur Sicherheit auch noch Mo in die Drohung aufnehmen, da das so Ihre Art zu sein scheint. Nun, machen Sie sich keine Sorgen. Ich werde niemandem von Devons Talent erzählen, aber nicht wegen Ihrer Drohungen. Ihr Sohn … er ist ein wirklich guter Kerl. Er hat es nicht verdient, dass jemand ihn entführt oder tötet oder ihm das Talent aus dem Körper reißt.«

»Bittest du mich, dir zu vertrauen?«, fragte Claudia. »Einer bekennenden Lügnerin und Diebin?«

Ich zuckte mit den Achseln. »Scheint nicht so, als hätten Sie groß eine Wahl. Stinkt irgendwie, oder? Wenn jemand einen so in der Hand hat? Wenn jemand einem etwas, das man liebt, nehmen kann, indem dieser Jemand einfach ein paar Worte zur falschen Person sagt?«

Claudia blinzelte, als hätte sie das noch nie auf diese Art gesehen.

Ich wartete ihre Antwort nicht ab, sondern stand einfach auf und stürmte aus der Bibliothek.

Ich hätte auf mein Zimmer gehen sollen, um zu duschen und mir das restliche Blut vom Körper zu waschen. Stattdessen glitt ich auf einen der Balkone, schnappte mir das nächstgelegene Abflussrohr und fing an zu klettern.

Poff.
Poff. Poff.
Poff.

Ich hatte erst die Hälfte der Strecke zurückgelegt, als ich bereits hörte, wie etwas ordentlich verdroschen wurde. Devon war dort oben, genau wie ich vermutet hatte.

Ich kletterte weiter und schwang mich schließlich vom Abflussrohr auf das Dach. Devon stand mitten in seinem Trainingsgerüst und schlug auf den schwersten Sandsack ein. Déjà-vu. Er ignorierte mich demonstrativ. O bitte. Als würde das dafür sorgen, dass ich wieder verschwand.

Dieses Mal wartete ich nicht, bis er mich aufforderte, mich zu setzen. Ich wanderte ans andere Ende der Terrasse, ließ mich auf einen der Stühle fallen und nahm mir einen Apfelsaft aus der Kühltasche. Ich öffnete die Flasche und trank meinen Saft, während ich die Füße auf das Eisengeländer legte, das die Terrasse umschloss.

Und dann wartete ich einfach.

Devon musste noch zehn weitere Minuten mit all seiner Kraft auf den Sandsack einschlagen, bevor er schließlich genug von seiner Wut, seinen Schuldgefühlen und seiner Trauer abreagiert hatte, um aufzuhören. Er ließ sich auf den Stuhl neben mir fallen und schnappte sich eine Flasche Wasser.

Ein paar Minuten saßen wir einfach nur da, während seine schweren, keuchenden Atemzüge die Stille füllten.

»Das mit deinem Dad tut mir leid«, sagte ich schließlich. »Ich weiß, wie es ist, einen geliebten Menschen zu verlieren.«

Devon nickte zum Zeichen, dass er mein Mitgefühl akzeptierte, doch seine Miene wirkte jetzt noch trauriger als vorher. Er deutete auf den schweren Sandsack, der immer noch leicht pendelte.

»Mein Dad hat das gebaut«, sagte er. »Das Trainingsgerüst. Die Lichter. Er hat die Sandsäcke, die Hängematte und alles aufgehängt. Er hat für sein Leben gerne geboxt, und hier oben hat er sich vor der gesamten Familie versteckt, sogar vor meiner Mom. Ich habe als Kind Stunden hier oben damit verbracht, ihm dabei zuzusehen, wie er an den Säcken trainiert hat. Ich habe ihm dabei zugehört, wie er über den perfekten Schlag geredet hat.«

»Trägst du deswegen fast nie ein Schwert?«

Devon nickte, und ein kurzes Lächeln huschte über sein Gesicht. »Mein Dad hat Probleme gerne mit den Fäusten geregelt. Wahrscheinlich gilt das auch für mich. Manchmal fühlt es sich einfach gut an, auf etwas einzuschlagen, verstehst du?«
»Ja.«
Er schnaubte angespannt. »Wenn nur mein Dad gestorben wäre, wäre das eine Sache. Aber so ist es nicht.«
»Was meinst du damit?«
Er drückte sich die Wasserflasche gegen die Stirn, als könnte das Kondenswasser auf dem Plastik seine brodelnden Gedanken kühlen.
»Ich meine, dass es um jeden in der Familie geht. Meine Mom, Felix, Angelo, Grant, Reginald, die Wachen, die Pixies. Alle um mich herum sind in Gefahr, wann immer ich auf den Midway gehe oder irgendwie das Herrenhaus verlasse. Alle, die mir nahestehen. Alle, die … mir etwas bedeuten.«
Er sah mich beim letzten Satz nicht an, trotzdem machte mein Herz einen Sprung.
»Sie alle sind meinetwegen in Gefahr«, fuhr er fort. »Weil ich das Talent zum Zwang habe und manche Leute dort draußen jeden in ihrem Weg töten würden, nur um diese Magie für sich zu gewinnen.«
»Und das ist deinem Dad passiert?«
Er nickte, dann zupfte er an dem Etikett seiner Flasche herum. »Es war genauso wie bei den Angriffen in der Pfandleihe und der Bibliothek. Wir beide waren auf einer Party, die die Itos für die anderen Familien gegeben haben. Als sie vorbei war, beschlossen wir, noch über den Midway zu wandern. Doch als wir schließlich das Auto auf dem Familienparkplatz erreichten, umzingelten uns diese Kerle.«
»War es der geheimnisvolle Fremde? Hast du ihn gesehen?«
Devon schüttelte den Kopf. »Nein. Es ging alles so schnell, und es war zu dunkel, als dass ich Gesichter hätte erkennen können. Mein Dad und ich haben uns so gut wie möglich ge-

wehrt, aber dann ist mein Dad vor mich getreten, um mich zu schützen.« Er schwieg einen Augenblick. »Ein Kerl hat ihn direkt vor mir mit dem Schwert aufgespießt.«

Ich zögerte, dann streckte ich den Arm aus und drückte seine Hand. Seine Finger fühlten sich warm an, geschwollen, ramponiert. Und sie waren verschwitzt, weil er so lange auf den Sandsack eingeschlagen hatte. Doch Devon erwiderte den Druck und schloss seine Finger um meine, als hielte er etwas Kostbares, das man mit Sorgfalt behandeln musste. Sein Daumen strich über meine Haut, so sanft wie ein Regentropfen. Mein Magen verkrampfte sich, und Hitze stieg in mir auf.

»Manchmal wünschte ich, ich könnte meine dämliche Magie loswerden«, murmelte Devon. »Ich will sie nicht. Ich habe sie *nie* gewollt.«

»Oh, ich weiß nicht«, meinte ich, während ich mich bemühte, mich auf seine Worte zu konzentrieren statt auf das Gefühl seiner Haut auf meiner. »Ich denke, das ist ein ziemlich cooles Talent. Leute mit nur ein paar Worten dazu bringen zu können, zu tun, was man will. Ich würde es nur zu gern auf Oscar anwenden, und sei es nur, damit er mich wenigstens ein bisschen mag.«

»Das denkt man. Bis einem klar wird, dass es nicht real ist«, antwortete Devon. »Wozu ich die Leute bringen kann … ist nicht das, was sie tun wollen. Das mag abgedroschen klingen, aber ich will, dass die Leute mich *meinetwegen* mögen – nicht weil ich sie dazu zwingen kann oder weil ich der Sohn meiner Mom bin oder wegen meiner Stellung in der Familie. Verstehst du?«

Er suchte meinen Blick. »Das ist eine der Sachen, die ich so an dir mag, Lila. Dass dir das alles egal ist.«

»Nur eine der Sachen?«, neckte ich ihn, um wenigstens für einen Moment ein Lächeln auf sein Gesicht zu zaubern und ihn für einen Augenblick seine Trauer und die Schuldgefühle vergessen zu lassen.

»Nur eines.« Seine Stimme wurde tiefer, rauchiger. »Wenn du willst, zähle ich alle anderen auch noch auf.«

Unsere Blicke trafen sich, und meine Seelensicht schaltete sich ein, um mir all seine Gefühle zu zeigen. Und ich fühlte sie auch – intensiver als je zuvor. Immer noch belasteten ihn schreckliche Schuldgefühle, und so würde es auch immer sein. Doch der heiße Funke, den ich an diesem ersten Tag im Razzle Dazzle in ihm erkannt hatte, war endlich zu einem glühenden Feuer herangewachsen, das im Moment genauso hell und heiß brannte wie meine eigenen Gefühle.

Devon zögerte, dann lehnte er sich ein winziges Stück vor. Mein Atem stockte.

Wieder schob er sich ein kleines Stück nach vorne. Ich leckte mir über die Lippen.

Er kam noch näher – so nah, dass ich seinen Atem auf meiner Wange spürte und sein Duft meine Nase erfüllte – dieser frische Geruch nach Kiefernnadeln. Sauber und rein, genau wie er es war, innerlich und äußerlich. Ich seufzte. Plötzlich sehnte ich mich danach, ihn zu berühren, meine Finger über die scharfen Konturen seines Gesichtes gleiten zu lassen, um sie dann tiefer zu schieben, über all seine warmen, wunderbaren Muskeln …

»Lila«, flüsterte er.

Ein Schauder überlief mich, weil es mir so gut gefiel, meinen Namen von seinen Lippen zu hören – Lippen, die meinen so herzzerreißend nahe waren …

»Da seid ihr ja!«, rief eine Stimme.

Ich riss den Kopf zurück. Der Zauber war gebrochen und die Realität traf mich wie ein Schlag. Ich hätte fast Devon Sinclair geküsst. Den Kerl, den ich so viele Jahre für den Mord an meiner Mutter verantwortlich gemacht hatte. Den Kerl, der durch sein Auftauchen im Razzle Dazzle mein Leben auf den Kopf gestellt hatte. Den Kerl, dessentwegen ich heute Abend fast umgebracht worden wäre.

Aber Devon hatte mich aus diesen waldgrünen Augen angesehen, und ich hatte an nichts anderes mehr denken können, als meine Arme um seinen Hals zu schlingen, meine Lippen auf seine zu pressen und meinen Körper an seinen zu drängen, bis wir vor Hitze, Dunkelheit und gefährlichen Gefühlen in Flammen aufgingen. Ein Teil von mir wünschte sich das immer noch – sehnte sich so sehr danach, dass es fast wehtat.

Schritte erklangen, und Felix erschien.

»Du weißt, dass du auf meinem Stuhl sitzt, oder, Lila?«, fragte er neckend.

»Ich war mir nicht bewusst, dass dein Name draufsteht«, hielt ich dagegen, um cool zu wirken und so zu tun, als würde mein Herz nicht aus unzähligen Gründen wie wild klopfen und gleichzeitig brechen.

»Ich bin mir sicher, einer der Pixies wird das gerne für mich erledigen.«

Ich stand auf. »Ich will ihnen auf keinen Fall mehr Arbeit machen. Nachdem sie im Moment wahrscheinlich schon mit dem Speck fürs Frühstück beschäftigt sind.«

Felix winkte ab. »Setz dich wieder. War nur Spaß. Ich kann irgendwann einen dritten Stuhl hochbringen ...«

»Ist schon okay. Ich wollte sowieso gerade gehen.«

Ich sah Devon nicht an, doch ich spürte seinen brennenden Blick.

»Bist du Mr. Finstere Gedanken bereits leid?«

»Ja.« Ich entrang mir ein Lachen. »Genau das.«

Felix sah mit einem Stirnrunzeln zwischen Devon und mir hin und her. »Falls ich etwas unterbrochen haben sollte ...«

»Nö«, fiel ich ihm ins Wort. »Ich gehe jetzt. Ich brauche sowieso was zu essen. Um mein Leben kämpfen sorgt immer dafür, dass ich Hunger bekomme. Wir sehen uns beim Frühstück, Jungs.«

»Na, okay«, meinte Felix. »Wenn du dir sicher bist.«

Ich ging über das Dach davon. »Ich bin mir sicher. Bis später.«

Damit wandte ich mich ab, eilte durch die offene Tür und rannte die Treppe des Herrenhauses hinunter, bevor Felix – oder noch schlimmer, Devon – mich bitten konnte, noch zu bleiben.

21

Felix und Devon folgten mir nicht, und ich erreichte mein Zimmer, ohne jemand anderem zu begegnen. Was auch gut war, da ich demnächst vor Erschöpfung zusammengebrochen wäre. Ich hatte Mo besucht und meine Sachen eingepackt, dann war da der Angriff gewesen, ich hatte mich mit Devon unterhalten und dann hatte ich fast … getan, was auch immer wir fast getan hätten.

Ich hütete mein Herz mehr als alles andere, verbarg meine Gefühle hinter der Diebesfassade und harten Sprüchen. Doch heute Abend konnte mir jeder meine Gefühle ansehen, denn sie leuchteten so hell wie einer der verpfändeten Diamanten in den Vitrinen des Razzle Dazzle.

Ich wappnete mich, bevor ich die Tür zu meinem Zimmer öffnete, weil ich damit rechnete, einen schlecht gelaunten Oscar auf seiner Veranda vorzufinden, der das zigste Honigbier des Tages trank und bereit war, mir wieder eine Abreibung dafür zu verpassen, dass ich nett zu ihm und Tiny war.

Oscar hielt sich tatsächlich außerhalb seines Wohnanhängers auf, doch er tigerte auf dem Rasen auf und ab. So gerade, wie er dabei lief, musste er nüchtern sein. Und er murmelte leise vor sich hin.

»Idiot«, grummelte er. »Das bist du, Oscar. Ein absoluter und vollkommener Idiot. Sie hat dich einen hinterwäldlerischen Cowboy genannt, als wäre irgendetwas daran falsch. Ich *bin* ein hinterwäldlerischer Cowboy, und ich bin *stolz* darauf. Trotzdem bin ich jetzt hier und mache mir Sorgen um sie wie ein mitfühlender, dämlicher, sentimentaler Narr ...«

Der Pixie brach ab, als er hörte, wie ich die Tür schloss. Seine Flügel zuckten einmal, dann hob er ab und schoss zu mir. Er schwebte vor mir in der Luft, während seine veilchenblauen Augen mich von Kopf bis Fuß musterten.

»Was?«, fragte ich. »Klebt mir noch Blut im Gesicht oder irgendwas?«

Ich hatte es als Witz gemeint, doch ihm traten fast die Augen aus den Höhlen. Dann flog er zurück zu seinem Wohnanhänger, verschwand darin und knallte die Tür hinter sich zu.

Ich starrte das Pixie-Haus an, doch die Vorhänge waren vorgezogen, und ich hörte keinerlei Geräusch. Nicht mal laute Musik.

»Was war das denn?«, fragte ich Tiny.

Die Schildkröte kaute einfach weiter auf ihrem Salatblatt. Von ihr würde ich keine Antwort bekommen. Nicht, dass ich eine erwartet hätte.

»Nun, ich wünsche dir auch eine gute Nacht, Oscar«, murmelte ich.

Ich schüttelte noch einmal den Kopf über das seltsame Verhalten des Pixies, dann verschwand ich im Bad.

Als ich endlich fertig geduscht und mir einen Pyjama angezogen hatte, wollte ich einfach nur noch ins Bett kriechen und eine Woche lang schlafen. Ich hatte fast eine halbe Stunde unter dem warmen Wasserstrahl verbracht, doch ich wusste, dass ich am nächsten Morgen trotzdem mit steifen, schmerzenden Muskeln aufwachen würde. Angelo und Felix hatten den Stechstachelsaft nur eingesetzt, um mein Bein zu heilen. Die sonstigen Kratzer und Prellungen würde ich spüren. Aber Devon, Felix und ich hatten den Kampf alle überlebt, und das reichte mir.

Ich stolperte ins Schlafzimmer und wollte gerade mit dem Gesicht voran auf die Matratze fallen, als mir ein unverwechselbarer Duft in die Nase stieg. Ich hielt inne und schnupperte. War das ... gebratener Speck?

Mein Magen knurrte. Definitiv gebratener Speck.

Ich sah mich um. Als ich feststellte, dass ein großes Tablett auf dem Tisch vor dem Fernseher stand, ging ich hinüber. Auf einem Teller lagen zwei große, appetitliche Sandwiches mit Speck, Salat und Tomate, zusammen mit kleinen Häufchen Nudel- und Kartoffelsalat. Auf einem weiteren Teller häuften sich frische Früchte, verschiedene Käsesorten, Brot und kalter Braten. Und auf einem weiteren Teller erwartete mich eine Auswahl an Keksen, Brownies und Trüffel-Pralinen, zusammen mit mundgerechten Stücken Karamell. Neben dem Essen entdeckte ich ein Glas mit Eiswürfeln, zusammen mit einem Stapel Servietten, Besteck und mehreren Kaltgetränken.

»Ich dachte, du willst vielleicht noch etwas essen«, rief eine gedämpfte Stimme.

Ich drehte mich um und entdeckte Oscar auf seiner Veranda, der zur Abwechslung mal ein Gingerale trank.

»Nachdem du beim Abendessen ja nicht hier warst«, fügte er hinzu.

Wieder knurrte mein Magen. Und ich gehörte definitiv nicht zu den Leuten, die Essen ablehnten. »Hey. Danke.«

Er zuckte nur mit den Achseln und konzentrierte sich wieder auf sein Gingerale.

Der Anblick all dieses Essens erfüllte mich mit Energie. Ich setzte mich aufs Sofa, schnappte mir eine Serviette und Besteck und haute so richtig rein. Oscar war nett genug gewesen, das Essen herzubringen, also sollte ich auch so freundlich sein, es zu essen. Okay, okay, eigentlich stellte das für mich kein großes Opfer dar. Aber ich war wirklich nicht scharf darauf, Juckpulver in meinem Bett oder Müll in meinen Sneakers zu finden, wie er gedroht hatte. Pixies mochten ja nicht gerade die

Stärksten oder Größten sein, aber sie waren ziemlich hinterhältig. Auf ihre Weise konnten diese kleinen Monster genauso gefährlich sein wie die großen. Wie er gesagt hatte: Wenn er wollte, konnte Oscar mir das Leben zur Hölle machen.

Ich grub die Zähne in eines der Sandwiches und seufzte, weil es so lecker war. Die perfekte Kombination aus rauchigem Speck, knackigem Salat, reifen Tomaten und cremiger Mayonnaise, und das alles auf einem warmen, getoasteten Sauerteigbrot. Das erste Sandwich verschwand in Windeseile, dann wandte ich mich dem zweiten zu.

Oscar beobachtete mich eine ganze Weile beim Essen, bevor er das Schweigen brach. »Also ist es wahr? Du hast Devon und Felix vor einem Hinterhalt gerettet? Und ein paar Volkov-Wachen erledigt?«

Ich hörte gerade lang genug auf zu kauen, um ihm zu antworten. »Jepp.«

Er wirkte fast beeindruckt, bevor er wieder seine übliche, mürrische Miene zog. »Nun, ich würde keine Gewohnheit daraus machen, dich mit Wachen anderer Familien anzulegen«, blaffte er. »Das nächste Mal hast du vielleicht nicht so viel Glück.«

»Nein«, stimmte ich zu. »Das nächste Mal habe ich vielleicht weniger Glück. Vielleicht ist das nächste Mal niemand da, der mir helfen kann. Vielleicht gerate ich beim nächsten Mal in einen Kampf, den ich nicht gewinnen kann.«

Er verengte die Augen zu Schlitzen. »Machst du dich über mich lustig?«

»Nein«, gab ich zurück. »Genau das ist meiner Mom passiert. Irgendwie. Sie hat sich in etwas eingemischt, das sie eigentlich nichts anging, und wurde deswegen umgebracht.«

»Oh. Das tut mir leid.«

»Ja. Mir auch.«

Plötzlich hatte ich keinen Hunger mehr, also legte ich den Rest des Sandwiches ab und schob den Teller nach hinten. Oscar leerte sein Gingerale. Dann flog er quer durch den Raum und landete neben den Tellern auf dem Tisch.

»Warum hast du zugestimmt, zu bleiben und für die Sinclairs zu arbeiten?«, fragte er. »Wenn du eine so gute Diebin bist, wie du behauptest, hättest du jederzeit verschwinden können. Claudia hätte dich nicht verfolgt, egal was sie behauptet hat. Nicht, nachdem du Devon in der Pfandleihe das Leben gerettet hast.«

Ich zuckte mit den Achseln. »Es erschien mir besser, als weiterhin von Tag zu Tag und von Job zu Job zu leben, wie ich es vorher getan habe. Cloudburst Falls ist ein gefährliches Pflaster. Ich kann mich genauso gut dafür bezahlen lassen, mich jeden Tag diesen Gefahren zu stellen.«

Oscar zog eine Augenbraue hoch. »Zum Beispiel mit dem Besteck, das du aus dem Erdgeschoss geklaut hast? Ich habe es im Schminktisch gefunden, als ich deine Kleidung weggeräumt habe.«

Ich hob die Gabel vom Tisch auf. »Dachte ich mir doch, dass mir die irgendwie vertraut vorkam.«

Der Pixie legte den Kopf schief und musterte mich genau. Sein prüfender Blick war mir so unangenehm, dass ich nach einer Erdbeere griff, aufstand und sie in Tinys Gehege fallen ließ. Die Schildkröte öffnete ein Auge. Sobald sie die Erdbeere entdeckte, kämpfte sich Tiny auf die Beine und schlurfte langsam in diese Richtung.

Oscar flog zu mir und landete auf einem der Zaunpfosten des Geheges. Zusammen beobachteten wir, wie Tiny sich seine Beere schmecken ließ.

»Warum bleibst du?«, fragte ich. »Es ist gefährlich, Teil einer Familie zu sein, selbst für einen Pixie. Warum suchst du dir also nicht einen anderen Job in der Stadt, bei einem menschlichen Geschäftsmann, seiner Frau und seinen Kindern? Bei Leuten, die ziemlich sicher sein können, dass sie ein reifes Alter erreichen werden? Denn die Leute hier sind immer noch in Gefahr.

Zumindest, bis jemand herausfindet, wer hinter diesen Angriffen steckt.«

Ich verlor kein Wort über Devon und dass er und seine Kompulsionsmagie das Ziel dieser Angriffe waren, obwohl Oscar von dem Talent wusste. Ich hätte darauf gewettet, dass auch die meisten anderen Pixies Bescheid wussten. Sie hatten Devon aufwachsen sehen. Ein paar von ihnen hatten sicherlich irgendwann beobachtet, wie er sein Talent einsetzte, besonders zu der Zeit, als er noch hatte herausfinden müssen, wie seine Magie eigentlich funktionierte. Und es mussten auch noch andere Leute aus der Familie informiert sein, über die wenigen hinaus, die Claudia mir genannt hatte. Ich hatte kaum ein Wort mit den Kindern an der Tölpel-Highschool gewechselt, trotzdem hatten alle gewusst, dass es klüger war, sich nicht mit mir anzulegen. Ein Talent – etwas, das so sehr Teil des eigenen Selbst war – war noch schwerer zu verstecken. Besonders vor Leuten, mit denen man unter einem Dach wohnte.

»Ich habe darüber nachgedacht«, sagte Oscar als Antwort auf meine Frage. »Ich arbeite seit über hundert Jahren für die Sinclair-Familie. Du würdest nicht glauben, wie viele Leute ich in dieser Zeit kommen und gehen gesehen habe.«

Eigentlich meinte er *sterben gesehen*, aber ich unterbrach ihn nicht. Es war einfach nicht der richtige Zeitpunkt für einen bissigen Kommentar.

»Es ist immer schwer, wenn ein Familienmitglied stirbt«, fuhr er fort. »Selbst wenn der Grund einfach das Alter ist. Aber seit Lawrence in der Silvesternacht ermordet wurde, ist die Lage angespannt. Alle glauben, die Itos hätten hinter dem Angriff gesteckt, doch ich würde mein Geld auf die Draconis setzen. Mit ihnen hatten wir schon immer mehr Probleme als mit jeder anderen Familie.«

Er spuckte den Namen aus, als schmecke er widerlich. Ich dachte daran, ihm mitzuteilen, dass ich in Bezug auf die Draconi-Familie exakt genauso empfand, doch ich hielt den Mund.

Wenn ich Oscar jetzt unterbrach, stürmte er vielleicht nur zurück in den Wohnanhänger. Ich hatte schon genug Probleme. Ich wollte zumindest eines davon lösen. Oder zumindest Frieden mit dem Pixie schließen.

»Also, warum bleibe ich?« Oscar seufzte. »Ich weiß es eigentlich nicht. Wahrscheinlich bin ich einfach ein verdammter Narr.«

Er verlagerte sein Gewicht auf dem Zaunpfosten, dann starrte er ins Leere. Tiny fraß weiter seine Erdbeere.

»Das muss hart sein. Leute kennenzulernen und sie dann sterben zu sehen, einen nach dem anderen.«

Er stieß ein heiseres, bitteres Lachen aus. »Du hast ja keine Ahnung. Es wäre schon schlimm genug, das ein- oder zweimal durchzumachen, aber wieder und wieder, ein Jahrzehnt nach dem anderen? Das ist die reine Folter. Und jedes Mal – jedes einzelne Mal – ermahne ich mich selbst, mich auf niemanden einzulassen. Erkläre mir selbst, dass mir die nächste Person, die durch diese Tür tritt, vollkommen egal sein wird. Aber letztendlich schließe ich sie doch ins Herz, und sie werden immer getötet.«

Seine Miene war grimmig, doch in seinen veilchenblauen Augen glänzten Tränen. Die Zeit nach dem Mord an meiner Mom war schon schlimm gewesen, aber Oscar hatte Dutzende Freunde verloren, wenn nicht sogar mehr.

»Nun, um mich musst du dir keine Sorgen machen. Nicht mal ansatzweise. Und du musst dir auch keine Sorgen darum machen, dass ich getötet werden könnte. Wenn es eines gibt, worin ich wirklich gut bin, dann ist das Überleben.«

Oscar schnaubte, als würde er mir nicht glauben, doch für einen Moment huschte ein Lächeln über sein winziges Gesicht. Plötzlich wollte ich ihn zum Lächeln bringen, ein echtes Lächeln auf sein Gesicht zaubern, wie ich es bei Devon getan hatte.

»Tu mir nur einen Gefallen.«

Er beäugte mich misstrauisch. »Was?«

»Streu kein Juckpulver in mein Bett. Zumindest nicht heute Nacht. Ich bin einfach zu müde, um auf der Couch zu schlafen.«

Bevor er etwas dagegen tun konnte, entkam ihm ein Lachen. Sofort presste er die Lippen aufeinander und warf mir einen misstrauischen Blick zu. Ich zwinkerte ihm zu, kraulte Tiny den Kopf und ging zum Bett.

Meine Muskeln wurden infolge des Kampfes bereits steif, und ich stöhnte leise, als ich nach der Decke griff, um sie zu heben.

»Lass mich«, sagte Oscar und griff nach der Decke.

Er hob sie an und zog sie über meinen Körper, bevor er sie unter meinem Kinn feststeckte, wie ich es mochte. Dann stand er vor mir auf dem Bett und trat von einem Fuß auf den anderen, ohne mich wirklich anzusehen.

»Gute Nacht«, sagte er schließlich.

»Gute Nacht.«

Die Flügel des Pixies zuckten ein letztes Mal, dann flog er zu seinem Haus auf dem Tisch und zog sich für die Nacht zurück. Doch zum ersten Mal knallte er nicht die Tür hinter sich zu, sondern schloss sie vorsichtig.

Mit einem Lächeln rutschte ich ein wenig tiefer unter meine Bettdecke.

22

Die nächsten Tage waren ruhig, wenn auch angespannt.

Ich blieb bei der Routine, morgens aufzustehen, mich mit Frühstück vollzustopfen und dann hinzugehen, wo auch immer der Tag mich hinführte. Überwiegend verbrachte ich meine Zeit mit Felix im Grünlabor, wo ich ihm und Angelo dabei half, die Stechstachelbüsche zu beschneiden, damit Vater und Sohn noch mehr Arznei brauen konnten. Außerdem besuchte ich das Razzle Dazzle, wann immer sich die Gelegenheit bot, doch Mo hatte bis jetzt über keinen der Angriffe etwas herausgefunden, auch wenn er mir versicherte, dass eine seiner Quellen vielleicht bald etwas für uns haben würde.

Zuletzt tat ich alles Erdenkliche, um den geheimnisvollen Fremden aufzuspüren. Ich unterhielt mich weiter mit den verschiedensten Leuten über Devon, um herauszufinden, wer von seinem Talent für Zwang wusste und es vielleicht für sich selbst haben wollte. Außerdem wanderte ich über den Midway und belauschte die Wachen der anderen Familien, um so viel Klatsch mitzubekommen wie nur möglich.

Ich brach sogar noch mal in das Stadthaus des Buchhalters ein, von dem ich die Rubinkette gestohlen hatte. Immerhin waren es seine Wachen gewesen, die Devon in der Pfandleihe angegriffen hatten. Doch ich entdeckte keine belastenden Dokumente oder andere Hinweise im Büro des Buchhalters. Nichts, das mir etwas verriet, was ich nicht bereits wusste.

All diese Mühe, und ich fand absolut nichts Neues heraus. Der geheimnisvolle Fremde blieb weiterhin, na ja … geheimnisvoll.

Die eine Person, die ich nicht allzu oft sah, war Devon. Im Herrenhaus musste ich ihn nicht bewachen, und er blieb brav auf dem Anwesen. Angeblich war er mit familiären Verpflichtungen beschäftigt und organisierte ein neues Trainingsprogramm für die Wachen. Aber er wich mir aus, und ich tat dasselbe. Jedes Mal, wenn ich ihn irgendwo im Herrenhaus entdeckte, bog ich sofort in die entgegengesetzte Richtung ab, und ich sah ihm absolut nicht in die Augen. Ich wollte nicht, dass meine Seelensicht mir verriet, wie sehr er es bereute, mich fast geküsst zu haben. Besonders, nachdem ein Teil von mir genau da weitermachen wollte, wo wir aufgehört hatten.

Doch dann kam der Tag, an dem sich alle Familien zum Abendessen trafen, und Devon kam beim Frühstück im Speisesaal gerade lang genug zu mir, um mir mitzuteilen, dass Claudia wollte, dass ich ihn begleitete.

»Warum?«, fragte ich. »Es werden massenweise Wachen dort sein. Da braucht sie mich doch nicht auch noch. Außerdem hat deine Mom ziemlich deutlich klargestellt, dass sie mich hasst.«

»Sie hasst dich nicht«, erklärte er. »Das tut niemand hier.«

»Nun, zumindest vertraut sie mir nicht.«

Devon zuckte mit den Achseln. »Nun, sie will trotzdem, dass du mitkommst. Über das Warum hat sie mir nichts verraten.«

Damit war er verschwunden, bevor ich ihm noch eine weitere Frage stellen konnte. Vielleicht war es besser so.

Vor einer Stunde war Oscar mit einem Kleidersack in meinem Zimmer erschienen. Als ich ihn geöffnet hatte, hatte ich darin einen schwarzen Hosenanzug mit dem dazu passenden Hemd entdeckt. Er ähnelte den Anzügen, die Claudia immer trug. Dazu gehörten schwarze Pumps mit niedrigem Absatz und eine kleine schwarze Handtasche. Ich hatte die Kleidung schlecht gelaunt betrachtet, doch wahrscheinlich konnte ich kaum in T-Shirt, Cargohose und Sneakers zu einem Abendessen der Familien erscheinen.

Also war ich unter die Dusche gestiegen, hatte meine Haare zu einem hohen Pferdeschwanz zurückgebunden und mir die Mühe gemacht, ein wenig Make-up aufzulegen. Doch ich stellte auch sicher, dass ich meine übliche Ausstattung am Körper trug. Den Gürtel mit seinen Geheimtaschen und den drei Wurfsternen, meine Stäbchen mit den Dietrichen, mein Handy und mehrere Vierteldollarmünzen, die ich unten in die Tasche fallen ließ. Als Letztes schob ich mir den sternförmigen Saphirring meiner Mom auf den Finger.

Das Einzige, was fehlte, war die Schwarze Klinge an meiner Hüfte, doch bei einem Abendessen der Familien war es niemandem erlaubt, Waffen zu tragen. Zumindest keine offensichtlichen.

Jetzt stand ich vor dem Schminktisch und musterte mein Spiegelbild. Und mir fiel etwas auf. Schwarzer Anzug, schwarzes Hemd, schwarze Pumps. Ich sah aus wie ein Mitglied der Mafia – und ich war mir nicht sicher, wie ich mich damit fühlte.

»Hübsch«, rief Oscar von der Veranda seines Wohnanhängers. »Rausgeputzt siehst du ziemlich gut aus, Lila.«

»Danke«, murmelte ich und zupfte an dem Jackett herum.

Er räusperte sich. »Sei … sei heute Nacht vorsichtig, okay? Diese verdammten Abendessen können ziemlich hart sein, besonders für das Nervenkostüm.«

Ich zwinkerte ihm zu. »Das bin ich immer.«

Oscar nickte, doch sein Lächeln wirkte eher traurig als glücklich, als er aufstand und in seinen Wohnanhänger ging, als wüsste er bereits, dass ich nach dem Abendessen nicht zurückkommen würde.

Und aus irgendeinem Grund hielt auch ich das für sehr wahrscheinlich.

Ich schloss mich den anderen Familienmitgliedern an, die sich bereits in der Bibliothek versammelt hatten. Claudia, Devon, Felix, Grant, Reginald, Angelo. Alle trugen schwarze Anzüge und Hemden, zusammen mit ernsten Mienen, die zu ihrer dunklen Kleidung passten.

»Jetzt, da wir endlich alle versammelt sind«, sagte Claudia mit einem bösen Blick zu mir, »sollten wir aufbrechen. Schließlich wollen wir nicht zu spät kommen.«

Damit rauschte sie aus der Bibliothek, Reginald und Angelo hinter ihr. Grant nickte mir zu, als er an mir vorbeiging, und ich erwiderte die Geste. Ich blieb mit Felix und Devon zurück, der mich immer noch nicht anschaute. Nicht, dass ich es großartig bemerkt hätte, da ich vollauf damit beschäftigt war, ihn ebenfalls nicht anzusehen.

»Nicht schlecht, Merriweather.« Felix stieß einen leisen Pfiff aus. »Wirklich nicht schlecht. Findest du nicht auch, Devon?«

Er räusperte sich. »Ja, Lila sieht hübsch aus.«

Felix verdrehte die Augen. »Mr. Untertreibung, wie er leibt und lebt.«

»Auf jeden Fall sollten wir jetzt aufbrechen«, fuhr Devon fort. »Wir wollen die anderen doch nicht warten lassen.«

Wir gingen nach draußen. Claudia, Reginald und Angelo saßen bereits im ersten Wagen. Felix erklärte, dass er mit seinem Dad fahren würde, und verschwand. Damit blieb es mir, Devon und Grant überlassen, den anderen im zweiten Jeep zu folgen. Schweigend fuhren wir den Berg nach unten Richtung Midway. Grant parkte auf dem Parkplatz, der für die Familien reserviert war, dann stiegen wir aus und gingen zu dem Restaurant, in dem das Abendessen stattfand. Auf dem Gehweg davor hielt ich an und starrte das Neonschild über der Tür an, das blutrot leuchtete. Dann fing ich an zu lachen.

»Was ist so witzig?«, fragte Grant.

Ich deutete auf das Schild. »Rote Cannoli? Wirklich?«

»Was ist damit?«

Devon und Grant zuckten beide mit den Achseln. Anscheinend war ich die Einzige, die Mafiafilme schaute, in denen immer üble Dinge in italienischen Restaurants passierten. Mit diesem ach so passenden Namen schien das Restaurant direkt einem Gangsterfilm entsprungen zu sein. Auch innen sah es genau so aus, wie ich es erwartet hatte. Die Wände waren mit dunklem Holz vertäfelt, und davor standen rote Sitzbänke aus Leder. Auf den Tischen lagen strahlend weiße Tischdecken. An der hinteren Wand zog sich eine Bar entlang, auf der die Flaschen im gedämpften, weißen Licht leuchteten wie Juwelen. Ein riesiges Gemälde einer spanischen Hazienda in Rot-, Orange-, Gelb- und Grüntönen füllte die Wand hinter der Bar. Dieselbe Hazienda war in die bronzefarbenen Manschetten eingestanzt, die der Barkeeper und die Angestellten trugen. Das Symbol stellte das Wappen der Salazar-Familie dar.

»Der Laden gehört den Salazars, richtig?«, fragte ich.

»Ja«, antwortete Devon. »Die Familien wechseln sich mit dem Ausrichten des Essens ab, und es findet immer an einem anderen Ort statt. Diesmal waren die Salazars dran. Und hier sind wir nun.«

Wir gingen tiefer in das Restaurant. Devon, Grant und ich schlossen uns Claudia, Angelo, Felix und Reginald an, die vor den Sitznischen auf der rechten Seite des Restaurants standen. Mir stieg der Duft von Knoblauch, Zwiebeln und Pfeffer in die Nase, und sofort knurrte mein Magen.

Felix beäugte mich. »Du kannst auf keinen Fall schon wieder hungrig sein. Wir haben vor, was? Höchstens zwei Stunden zu Abend gegessen. Und du hast doppelt so viel in dich reingestopft wie ich.«

Ich grinste. »Essen kann ich immer. Außerdem riecht es einfach toll.«

Alle Familien blieben für sich, und alle standen in engen

Gruppen herum wie wir auch. Alle trugen schwarze Anzüge, und der einzige Unterschied bestand in der Farbe der Hemden und der Manschetten an ihren Handgelenken. Ich entdeckte Poppy neben ihrem Vater. Sie winkte mir zu, und ich winkte zurück.

In der Mitte des Raumes stand ein großer, runder Tisch, um den sich kleinere runde Tische gruppierten. Der mittlere Tisch war für die Oberhäupter der Familien gedacht, und einige hatten ihre Plätze bereits eingenommen. Hiroshi Ito, Roberto Salazar, Nikolai Volkov und ein paar andere aus den weniger mächtigen Familien waren bereits da. Nur zwei Plätze waren noch leer. Einer dieser Stühle musste für Claudia sein, die inzwischen durch das Restaurant schlenderte und den Mitgliedern der anderen Familien die Hände schüttelte. Der zweite musste für Victor Draconi bestimmt sein, doch der war noch nicht hier …

Die Türen zum Restaurant flogen auf, und mehrere Leute rauschten in den Raum. Es wurde still, und alle drehten sich zu den Neuankömmlingen um.

Die Draconi-Familie.

Sie trugen schwarze Anzüge mit roten Hemden und goldenen Manschetten, auf denen jeweils der fauchende Drache eingraviert war. Jeder Einzelne von ihnen war entweder groß, wütend und wirkte irgendwie bedrohlich oder klein, bösartig und offen feindselig. Zuerst kamen die Wachen, dann folgte Blake, der in den Raum schlenderte, als würde ihm der Laden gehören. Deah, die kühl, schön und nur geringfügig weniger bedrohlich wirkte als der Rest ihrer Familie, folgte ihrem Bruder.

Neben mir schnappte Felix nach Luft. Deah ließ den Blick durch den Raum gleiten und sah ihn für einen Moment direkt an, bevor sie sich weiter umschaute.

Blake und Deah gingen noch ein paar Schritte tiefer in den Raum, dann hielten sie an und drehten sich so, dass sie einander ansahen. Der Rest der Wachen formte zwei Reihen, eine neben Blake und die andere neben Deah.

Dann nahmen Blake, Deah und die Wachen Haltung an und traten drei Schritte zurück, bevor durch das Spalier, das sie für ihn gebildet hatten, ein Mann ins Restaurant schritt.

Er sah gut aus, mit einem schlanken, durchtrainierten Körper, dichtem, blondgelocktem Haar und Augen, die eher golden als braun wirkten. Er war nicht so groß und breit wie die anderen Männer, doch man konnte mühelos erkennen, dass er am meisten Macht besaß. Seine Ausstrahlung allein sorgte dafür, dass jeder im Raum kurz den Kopf neigte. Selbst am anderen Ende des Restaurants fühlte ich die Magie, die von ihm ausstrahlte, und fragte mich, was wohl sein Talent war – und ob er mehr als ein Talent besaß, wenn man bedachte, dass er diese kalte Magie trug wie eine Krone.

Victor Draconi, der oberste Mafia-Fürst.

Der Mann, der meine Mom ermordet hatte.

23

In den Jahren seit dem Tod meiner Mom hatte ich Victor Draconi mehrere Male gesehen – in der Menge auf dem Midway, in einem teuren, dunklen Auto irgendwo in der Stadt, einmal sogar durch das Fenster eines schicken Steakhauses, in dem er gerade zum Essen saß. Und ich hatte gewusst, dass er heute Abend hier sein würde.

Doch das zu wissen und ihn wirklich zu sehen waren zwei ganz unterschiedliche Paar Stiefel. Er hielt zwischen Blake und Deah an, und plötzlich hob sich diese weiße Wand vor meinen Augen und blendete alles um mich herum aus bis auf die schrecklichen Erinnerungen an diesen Tag ...

»Was tust du da?«, fragte ich meine Mom, während ich sie dabei beobachtete, wie sie mit gehetzten Bewegungen meine Kleidung in einen Koffer warf.

»Ich packe. Wir verlassen die Stadt. Heute.« Ihre Stimme klang abgehackt, als könnte sie schneller packen, wenn sie dabei so wenig wie möglich sprach.

Seit der Rettungsaktion im Park waren zwei Stunden vergangen. Nach dem Kampf hatte meine Mom mich eilig vom Midway geschoben und war zu unserem Apartment in der Nähe der Lochness-Brücke zurückgeeilt. Sie hatte mich angewiesen, in meinem Zimmer zu bleiben, während sie sich unter der Dusche das Blut vom Körper gewaschen hatte.

Danach hatte sie Mo angerufen und fast eine Stunde lang leise mit ihm telefoniert. Dabei war sie ständig von einem Raum unseres winzigen Apartments in den nächsten getigert. Vor zehn Minuten hatte sie schließlich aufgelegt, war in mein Zimmer gestürmt und hatte die Schranktür geöffnet. Seitdem stopfte sie Sachen in Koffer.

»Aber warum müssen wir weg?«, fragte ich. »Du hast doch nichts falsch gemacht. Du hast nur diesen Jungen gerettet. Es weiß ja nicht mal jemand, dass du es warst.«

Sie schüttelte den Kopf. »Jemand wird es herausbekommen. Jemand wird es sich zusammenreimen. Vertrau mir, Lila. Wir müssen verschwinden.«

»Aber der Sommer ist noch nicht mal halb vorbei«, jammerte ich.

Ich wollte Cloudburst Falls nicht verlassen. Nicht jetzt. Wir waren bisher nicht am See gewesen, nicht an den Wasserfällen und auch nicht in den Bluteisen-Minen. Das waren meine liebsten Sehenswürdigkeiten. Wir konnten nicht aufbrechen, ohne sie besucht zu haben. Das ging einfach nicht.

Mom hörte meinen bockigen Ton und hielt lang genug mit dem Packen inne, um mich anzusehen. Sie atmete einmal tief durch, setzte sich neben mich aufs Bett und ergriff meine Hand.

»Ich weiß, dass es hart ist, aber wir müssen noch heute aufbrechen. Vielleicht können wir nächstes Jahr wiederkommen und dann ein wenig länger bleiben, okay? Als Entschädigung.«

Ich seufzte, dann nickte ich. »Okay.«

»Das ist mein Mädchen.«

Sie lächelte, küsste mich auf den Scheitel und verschwand in ihrem Zimmer. Etwas später kam sie mit ihrem blauen Spinnenseiden-Mantel, den Kettenhandschuhen und ihrer Schwarzen Klinge in der Scheide zurück. Sie zögerte und rieb mit den Fingern über den Stern im Heft des Schwertes, der zu ihrem Saphirring passte. Dann legte sie die Klinge und alles andere in den Koffer mit meiner Kleidung, schloss das Gepäckstück und stellte es auf den Boden.

»Hier«, sagte sie. »Sei ein gutes Mädchen und bring das schon einmal zum Auto, während ich den nächsten Koffer packe.«

»Muss ich wirklich?«

»Ja.« Sie zog den Ring von ihrem Finger und gab ihn mir, bevor sie die Hand in die Hosentasche schob und einen Zehn-Dollar-Schein und ein paar Vierteldollarmünzen herauszog. »Aber du kannst derweil den hier tragen, und du kannst uns von dem Stand neben dem Fluss ein Eis holen, da wir das letzte nicht gegessen haben. Okay? Und vergiss nicht, den Lochness-Zoll zu zahlen.«

Mit einem Grinsen schnappte ich mir den Ring und das Geld, dann nahm ich den Koffer und rollte ihn Richtung Tür. Moms Lachen folgte mir aus der Wohnung, aber es klang eher traurig als glücklich.

Das Gebäude hatte keinen Lift, und da unser Apartment im fünften Stock lag, kostete es mich eine Ewigkeit, den schweren Koffer über die Treppe nach unten und zum Auto zu tragen. Aber ich schaffte es. Dann kaufte ich ein Erdbeereis für mich und ein großes Schokoladeneis für Mom und hielt in der Mitte der Lochness-Brücke an. Ich klatschte die drei Vierteldollarmünzen auf den Stein, wie sie es mir gesagt hatte, dann blieb ich noch auf der Brücke stehen, um die Aussicht zu bewundern.

Ich hatte vielleicht zweimal an meinem Eis geleckt, als ich den Schrei hörte.

Zuerst dachte ich, ich hätte mir das Geräusch nur eingebildet oder das Lochness hätte sich vielleicht einen Vogel geschnappt, der am Fluss trinken wollte. Also leckte ich ein drittes Mal an meinem Eis …

Ein weiterer Schrei durchschnitt die Luft. Dann der nächste

und der nächste. Sie erklangen immer öfter, und jeder Schrei war höher, schärfer und lauter als der letzte. Und ich wusste einfach, dass es meine Mom war, die da schrie, und dass sie in Schwierigkeiten steckte.

Ich ließ das Eis mitten auf der Brücke fallen und rannte die drei Häuserblocks zu unserem Apartment. Das Blut rauschte in meinen Ohren, mein Atem kam stoßweise, und mein Magen war ein einziger harter Knoten, während ich so schnell lief, wie ich nur konnte.

Besonders weil ich meine Mom nicht mehr schreien hörte.

Ich bog um die Ecke und erstarrte. Ein schwarzer Geländewagen stand am Randstein vor dem Gebäude, ungefähr fünfzehn Meter entfernt. Das schicke Auto gehörte definitiv nicht in diese heruntergekommene Gegend, und dasselbe galt für den Schlägertypen mit Schwert und rotem Mantel, der sich daneben aufgebaut hatte.

Ich biss mir auf die Lippe und fragte mich gerade, wie ich an der Wache vorbeikommen sollte, als sich die Eingangstür des Hauses öffnete und zwei Leute auf die Straße traten. Einer war ein Junge, der nur ein paar Jahre älter sein konnte als ich. Das andere war ein gut aussehender Mann mit lockigem, blondem Haar und goldenen Augen. Er trug einen schwarzen Mantel und säuberte sich gerade mit einem seidenen Taschentuch die Finger.

Mom hatte mir diesen Mann schon einmal auf dem Midway gezeigt – Victor Draconi.

Und der Junge war sein Sohn Blake.

Sie hielten auf dem Gehweg an, während der Kerl mit dem Schwert sich beeilte, die hintere Tür des Geländewagens für sie zu öffnen.

»Wer war sie?«, fragte Blake.

War? Mein Magen verkrampfte sich noch mehr.

Victor beendete die Säuberung seiner Hände und knüllte das Taschentuch zusammen.

Ich musste mein Sichttalent nicht einsetzen, um das Blut auf dem Stoff zu erkennen.

Victor zuckte mit den Achseln. »Jemand, der mir einmal zu oft in die Quere gekommen ist. Jetzt niemand mehr.«

Er ließ das dreckige Taschentuch in den Rinnstein fallen, bevor er sich auf den Rücksitz schob. Blake folgte ihm. Ein paar Sekunden später fuhr der Geländewagen los.

Sofort setzte ich mich in Bewegung. Ich packte das klapprige Abflussrohr, das am Gebäude nach unten lief, und kletterte so schnell nach oben, wie ich nur konnte. Das hatte ich den gesamten Sommer über geübt, da es schneller ging, als sich durchs Treppenhaus zu quälen.

Ich erreichte den fünften Stock und schob mich durchs offene Fenster in mein Zimmer. Schwer atmend blieb ich neben dem Fenster stehen und versuchte über das Rasen meines Herzens etwas zu hören. Doch es war still in der Wohnung – zu still.

»Mom?«, flüsterte ich.

Keine Antwort.

Die Tür zum Zimmer meiner Mom war geschlossen. Ich atmete tief durch, schlich hinüber und drückte die Klinke herunter. Ich öffnete die Tür einen Spalt, entdeckte allerdings nichts Außergewöhnliches. Aber ich konnte auch meine Mom nicht sehen, also öffnete ich die Tür ein wenig weiter ... und weiter ... und noch ein Stück weiter ...

Sobald ich die erste Pfütze Blut auf dem Boden entdeckte, stieß ich die Tür ganz auf. »Mom!«

Da war Blut, so viel Blut – überall. Auf dem Boden, an den Wänden, selbst an der Decke.

Und meine Mom lag in der Mitte des Chaos, Arme und Beine in seltsamen Winkeln verdreht, als wären sie gebrochen worden. Jemand hatte sie mehrmals mit einer Klinge durchbohrt, und Wunden zogen sich über ihren Körper, eine tiefer und scheußlicher als die nächste. Doch das Schlimmste war ihr Gesicht – ihre leeren blauen Augen an die Decke gerichtet, der Mund zu einem stummen Schrei verzogen ...

»Lila?«, flüsterte mir Devon ins Ohr. »Ist alles okay?«
Ich blinzelte, und das Blut und die Erinnerungen verschwanden. Ich war zurück im Restaurant *Rote Cannoli*, wo ich Victor dabei beobachtete, wie er Blake auf die Schulter schlug, als wäre alles in Ordnung. Als wäre er nicht für meinen schlimmsten Albtraum verantwortlich. Als wäre er kein größeres Monster als alles, was in den Gassen von Cloudburst Falls lebte.
»Lila?«, flüsterte Devon.
»Ja«, sagte ich durch zusammengebissene Zähne. »Alles prima.«

Victor Draconi ließ sich nicht dazu herab, irgendwen anzusehen, als er auf den Tisch in der Mitte zuhielt. Alle an der Tafel erhoben sich, als er sich näherte. Victor lächelte, was sein Gesicht eher grausam als attraktiv erscheinen ließ, dann ging er um den Tisch und schüttelte den Oberhäuptern der anderen Familien die Hand. Mit vielen von ihnen lachte und scherzte er, doch seine Begegnung mit Claudia konnte man nur als kühl bezeichnen. Sie schafften es nur mit Mühe, ihre gegenseitige Abneigung lang genug zu unterdrücken, um sich die Hände zu schütteln.
»Victor.«
»Claudia.«
Mehr Höflichkeiten wurden nicht ausgetauscht.
Jetzt, nachdem die Draconis erschienen waren, begann endlich das Abendprogramm. Roberto Salazar schnippte mit den Fingern, und der Barkeeper verschwand in den hinteren Räumen des Restaurants. Kurze Zeit später erschien eine Armee von Kellnern mit Tabletts, auf denen Rot- und Weißweinflaschen standen, zusammen mit Karaffen voller Wasser.

»Und jetzt mischen wir uns unters Volk«, murmelte Devon. Die Kellner bewegten sich durch den Raum und boten allen etwas zu trinken an. Nach und nach lösten sich die ersten Gäste aus den Familiengruppen und unterhielten sich mit Leuten aus anderen Familien. Grant war der Erste, der die Sinclairs hinter sich ließ, um sich von einer Gruppe zur nächsten zu bewegen und sich lächelnd mit den verschiedensten Leuten zu unterhalten. Ich schüttelte nur den Kopf. Anscheinend kannte er wirklich jeden in den Familien.

Devon verließ mich ebenfalls und folgte Claudia, die sich auch von Gruppe zu Gruppe bewegte. Felix wanderte davon, um sich mit Poppy zu unterhalten, doch ich blieb einfach, wo ich war. Ich befürchtete, dass ich sonst etwas Dummes tun würde, wie mir einen meiner Wurfsterne zu schnappen und Victor Draconi zu töten.

Ich hatte in all den Jahren Hunderte Male darüber nachgedacht, den Mord an meiner Mom zu rächen – hatte davon geträumt, mich danach gesehnt, mich danach verzehrt. Aber letztendlich hatte ich diesen Wunschtraum begraben. Victor Draconi besaß einfach zu viel Geld, zu viel Magie und zu viele Wachen, als dass jemand wie ich je an ihn herankommen konnte. Ich bezweifelte, dass ich mich ihm auch nur weit genug nähern konnte, um eines seiner Autos kurzzuschließen, und noch weniger würde ich es schaffen, ihm mein Schwert in den Körper zu rammen. Außerdem liebte ich mein Leben ein wenig zu sehr, um es bei einer Selbstmord-Rache-Aktion wegzuwerfen. Trotzdem: Jedes Mal, wenn ich seinen Namen hörte, jedes Mal, wenn ich ihn sah, jedes Mal, wenn ich auch nur an ihn dachte, fragte ich mich, wie ich ihn für den Mord an meiner Mom zahlen lassen konnte.

Und jetzt befand ich mich im selben Raum mit ihm, näher, als ich ihm jemals gekommen war, und ich konnte ihm *immer noch* nichts anhaben. Denn sobald ich es auch nur versuchte, würden die Wachen sich auf mich stürzen. Sie würden mich in eine Gasse hinter dem Restaurant schleppen, mich hinrichten und meine Leiche den Monstern überlassen. Und wahrscheinlich würden sie dann dasselbe auch noch mit Devon, Felix, Claudia und dem Rest der Sinclairs machen.

Also stand ich einfach da, mit kochender Wut im Herzen, und beobachtete, wie der Mann Hof hielt, den ich mehr als alles andere hasste.

Victor war der Einzige, der sich nicht die Mühe machte, durch den Raum zu schlendern. Er blieb auf seinem Stuhl sitzen und ließ stattdessen die anderen zu sich kommen. Das war eine offensichtliche Präsentation seiner Macht, aber es kamen durchaus Leute zu ihm. Es hätte mich nicht gewundert, wenn einige der kriecherischen Familienmitglieder sich vorgebeugt hätten, um die goldene Manschette an seinem Handgelenk zu küssen.

Ich schnappte mir eine Flasche Wasser von einem der Kellner, einfach, damit es aussah, als wäre ich beschäftigt. Dann bemerkte ich, wie Deah in meine Richtung kam. Na wunderbar.

Der Blick ihrer blauen Augen huschte über die Menge, als suche sie nach jemandem. Wahrscheinlich Felix. Dann sah sie in meine Richtung und wirkte überrascht. Statt weiterzugehen, kam sie tatsächlich zu mir.

»Du schon wieder«, meinte sie.

»Ja. Ich schon wieder.«

Statt einen bissigen Kommentar abzugeben und zu verschwinden, sah Deah sich um, als mache sie sich Sorgen, dass jemand uns belauschen könnte. »Hör mal, was mit Poppy in der Spielhalle passiert ist, tut mir leid. Blakes Verhalten war vollkommen daneben.«

»Nein, wirklich?«

Ihre Lippen wurden schmal.

»Ich bin nicht diejenige, bei der du dich entschuldigen solltest. Sondern Poppy.«

Deah starrte zur anderen Seite des Raums, wo Poppy mit Hiroshi, Felix, Devon und Claudia stand.

»Ich habe es versucht«, gab sie zu. »Ich versuche es seit diesem Tag. Aber sie spricht nicht mit mir und reagiert auch nicht auf meine SMS.«

Ich blinzelte, überrascht, dass sie sich die Mühe gemacht hatte, es zu versuchen. Niemand sonst in ihrer jämmerlichen Familie würde ...

»Also, also, wenn das mal nicht das kleine Mädchen aus der Spielhalle ist«, schaltete sich eine höhnische Stimme ein.

Blake ragte vor mir auf. In dem schwarzen Anzug mit dem roten Hemd wirkte er besonders unheilvoll. Sein blondes Haar glänzte im dämmrigen Licht wie schmutziges Gold und ließ sein Gesicht noch finsterer wirken. Blake musterte mich so anzüglich von oben bis unten, wie er auch Poppy in der Spielhalle begutachtet hatte.

»Du hast Glück, dass heute Abend alle Familien hier sind«, spottete er. »Oder ich würde dich nach hinten zerren und mir zeigen lassen, was du unter diesem hübschen kleinen Anzug trägst.«

Ich lächelte ihn breit an. »Und ich würde dir mein Knie in die Eier rammen. Denn genau das erwartet dich, falls du mich, Poppy oder irgendein anderes Mädchen noch mal anfasst.«

Seine Hände ballten sich zu Fäusten, und der Blick seiner braunen Augen bohrte sich in meine. Dank meiner Seelensicht traf mich seine Wut, als hätte mir jemand ein glühendes Messer in den Bauch gerammt. Blake wollte mich nicht nur strippen lassen – er hätte gerne noch viel Schlimmeres mit mir angestellt. Ich kniff die Augen zusammen. Sollte er es doch versuchen. Ich würde es genießen, ihm zu zeigen, dass er nicht der Einzige hier war, der grausam und skrupellos vorgehen konnte.

Blake grinste, wirkte dabei jedoch so kalt wie ein Monster, das sich gleich auf seine Beute stürzen wollte. »Willst du nach hinten gehen und herausfinden, wie das ausgehen würde? Ich muss mich hier drin an die Regeln halten, aber da draußen? Meine Familie *beherrscht* diese Stadt. Und es wird nicht mehr lange dauern, bis uns Cloudburst Falls und jeder und alles darin gehört.«

Ich hätte seine Worte als Mafioso-Prahlerei abgetan, doch die absolute Überzeugung in seinen Augen sorgte dafür, dass sich mein Magen hob. Planten die Draconis, gegen die anderen Familien vorzugehen? Und wenn ja, wie? Und wann? Oder vielleicht ... vielleicht hatten sie den ersten Schritt schon getan, indem sie Lawrence Sinclair getötet hatten. Vielleicht steckten sie auch hinter den Angriffen auf Devon. Vielleicht arbeitete der geheimnisvolle Fremde ja für sie.

»Deah! Da bist du ja! Ich habe überall nach dir gesucht ...«

Felix eilte zu uns, doch er hielt abrupt an, und seine Worte blieben ihm im Hals stecken, als er Blake entdeckte, der mich immer noch böse anstarrte.

Blake drehte sich zu ihm um, die Hände immer noch zu Fäusten geballt. »Und warum genau solltest du Trottel nach meiner Schwester suchen? Hm?«

Ausnahmsweise fehlten Felix die Worte. »Ähm ... ich ... äh ...«

Sein Gestammel sorgte nur dafür, dass Blakes Augen noch schmaler wurden. Er bewegte die Finger, als bereite er sich auf einen Kampf vor.

»Felix ist wahrscheinlich nur hier aufgetaucht, um mich davor zu retten, die Prahlerei deiner Schwester weiter ertragen zu müssen. Sie labert nur davon, wie reich und mächtig euer Daddy ist.« Ich verdrehte die Augen. »Man könnte fast meinen, er wäre ein König oder irgendwas, so wie sie über ihn redet.«

Deah riss überrascht die Augen auf, doch sie erholte sich schnell. »Ich wollte sie in die Schranken weisen. Wegen dem, was sie in der Spielhalle mit dir gemacht hat.«

Blake nickte beifällig. »Dann komm jetzt. Du hattest recht. Diese Loser sind unsere Zeit nicht wert. Lass uns schauen, was Dad so vorhat.«

Er machte eine auffordernde Bewegung mit dem Kopf, und Deah folgte ihm. Felix streckte die Hand nach ihr aus, als sie an ihm vorbeiging, doch sie ignorierte ihn. Kurze Zeit später standen sie und Blake neben ihrem Vater und lachten über irgendeinen seiner dummen Witze.

Felix starrte Deah sehnsüchtig an. »Danke für die Rettung.«

»Kein Problem.«

Er stieß ein harsches Lachen aus. »Aber es ist ein Problem. Es war dumm von mir, so zu ihr zu gehen. Manchmal ... wünsche ich mir, ich könnte sie einfach vergessen. So tun, als hätte ich sie nie getroffen. So tun, als würde ich nicht das *Geringste* für sie empfinden.«

Mein Blick schoss durch den Raum zu Devon. »Jepp. Ich verstehe genau, was du meinst.«

24

Eine Glocke bimmelte, um zu signalisieren, dass die Cocktailstunde vorbei war und das Abendessen gleich anfangen würde. Die Oberhäupter der Familien nahmen ihre Plätze am mittleren Tisch ein. Alle anderen saßen mehr oder minder hinter dem Anführer ihrer Familie. Ich saß zwischen Felix und Reginald.

Pixies flogen in den Raum, Tabletts mit dampfendem Essen in den Händen. Berge von Pasta mit würziger Marinara-Soße und Fleischbällchen so groß wie meine Faust, knuspriges Knoblauchbrot und leckerer Salat, auf dem geriebener Parmesan lag wie eine dünne Schneedecke.

Alles duftete fantastisch und sah auch so aus, doch ich bekam keinen Bissen herunter. Nicht heute Abend. Nicht, während ich mich im selben Raum aufhielt wie Victor und Blake.

Also schob ich die Fleischbällchen von einer Seite des Tellers zur anderen und blendete die meisten Gespräche um mich herum aus, die sich überwiegend mit langweiligem Zeug beschäftigten. Handelsabkommen, eine Baumtrollplage auf einem der Plätze und Tratsch – jede Menge Tratsch. Es wurde alles durchgehechelt: wer heiratete, wer sich scheiden ließ und welchen Einfluss diese Beziehungen und Trennungen auf das Gleichgewicht von Magie, Geld und Macht zwischen den Mafia-Familien haben würden. Für Familienmitglieder waren solche Infos wichtig. Für mich nicht. Wichtig waren nur ein Dach über dem Kopf, ein warmer, trockener Ort zum Schlafen und genug

Essen, um täglich einen vollen Bauch zu haben. Eigentlich war das Leben recht einfach. Alles andere war nur ein Hintergrundrauschen.

»… Rubinkette, die er seiner Geliebten schenken wollte …« Bei diesem Gesprächsfetzen spitzte ich die Ohren, auch wenn ich weiter mein Essen über den Teller schob.

»Ja, ich habe gehört, dass er die Kette für seine Geliebte gekauft hat. Als seine Ehefrau es rausgefunden hat, hat sie natürlich dafür gesorgt, dass die Kette geklaut wird.«

»Natürlich«, erklärte Reginald trocken, als fände er das Gespräch unpassend.

Ich grinste.

Sobald das Essen vorbei war, brachten Kellner das Dessert. Cannoli natürlich – zerbrechliche, knusprige Teighüllen gefüllt mit lockerer Sahne, winzigen Schokoladenstreuseln, aufgeschnittenen Erdbeeren und einer Kugel Erdbeereis.

Auch vor mir stellte der Kellner einen Teller ab. Das Eis hatte bereits angefangen zu schmelzen, und die rosafarbenen Rinnsale erinnerten mich an Blut.

Eis war das Letzte, was ich heute essen konnte – und wollte. Seit dem Tod meiner Mom hatte ich keine einzige Kugel Eis mehr angerührt. Manchmal wurde mir schon allein vom Anblick schlecht.

Und heute war definitiv einer dieser Momente.

Ich schob meinen Teller zu Felix hinüber. »Willst du es haben?«

»Sicher«, sagte er und ergriff den Teller. »Aber willst du es nicht selbst essen?«

»Ich bin satt.«

Er keuchte und legte sich eine Hand an die Brust. »Es geschehen noch Zeichen und Wunder!«

Ich verzog das Gesicht zu etwas, das hoffentlich als Lächeln durchging.

»… die letzte Vereinbarung mit den Tölpeln ist viel nachsichtiger, als meiner Meinung nach gut ist.« Victor Draconis tiefe, rumpelnde Stimme erregte meine Aufmerksamkeit. Ich lehnte mich ein wenig zur Seite, um besser sehen zu können.

Victor musterte alle um sich herum mit einem Stirnrunzeln. »Eigentlich ist es beschämend, wie sie die Stadt als riesengroßen Märchenpark vermarkten. Als Touristenfalle. Und dann besitzen die Laden- und Restaurantbesitzer auch noch die Frechheit, immer mehr von dem Geld, das sie einnehmen, selbst behalten und den Anteil, den sie den Familien abgeben, senken zu wollen. *Wir* sind diejenigen, die die Magie besitzen. *Wir* sind diejenigen mit Macht. Ohne uns würden sie sehr schnell herausfinden, wie monsterverseucht gewisse Teile dieser Stadt wirklich sind. Es ist beschämend, dass sie uns und unseren Schutz offensichtlich für selbstverständlich halten.«

Dieser Standpunkt war nicht selten. Viele Magier waren davon überzeugt, dass sie etwas Besseres waren als die Menschen. Daher auch der Begriff Tölpel. Um die Wahrheit zu sagen, dachte sogar ich so. Oh, ich hielt mich nicht grundsätzlich für wichtig oder außergewöhnlich, aber ich war davon überzeugt, dass ich die Gefahren der Welt, die sie vermarkteten, um einiges besser kannte als die Normalsterblichen.

Mehrere der anderen Familienoberhäupter nickten zustimmend. Allerdings hätten einige sich so oder so auf seine Seite geschlagen. Victor richtete seinen goldenen Blick auf Claudia, die seine offensichtlich recht lange Schimpftirade schweigend angehört hatte.

»Hast du noch einmal über meinen Vorschlag nachgedacht, den Tölpeln eine neue Steuer dafür aufzuerlegen, dass sie von unserem Schutz profitieren?«, fragte er.

Claudia säuberte sich den Mund mit einer Serviette. Ihre Finger vergruben sich kurz in dem Stoff, bevor sie ihn zur Seite legte. »Meine Antwort ist immer noch dieselbe. *Nein*. Die Menschen geben ihr Bestes, das Geschäft anzuregen und mehr Touristen anzuziehen, und davon profitieren wir alle. Ich bin der Meinung, wir lassen sie ihre Arbeit machen, und wir machen unsere.«

»Du begehst einen Fehler«, sagte Victor unheilverkündend. »Jemand muss die Tölpel daran erinnern, wo ihr Platz ist. Tatsächlich bin ich davon überzeugt, dass man das schon vor langer Zeit hätte tun müssen.«

Claudia nahm sich einen Cantuccino aus dem Korb in der Mitte des Tisches. »Und ich bin davon überzeugt, dass die Menschen bereits genug Schutzgeld zahlen. Wenn wir sie auffordern, noch mehr zu zahlen ...«

Sie brach den Keks in zwei Hälften. »Stellen sie ihre Zahlungen vielleicht ganz ein. Und das kann keiner von uns wollen.«

Dieses Mal kommentierten alle ihre Worte mit einem zustimmenden Nicken – außer Victor.

Claudia wusste genau, dass sie diese Runde gewonnen hatte, und sie schenkte Victor ein Lächeln, das ungefähr so strahlend und spitz war wie ein frisch geschliffener Dolch. In diesem Moment mochte ich sie mehr als jemals zuvor.

Victor kniff die Augen zusammen, doch er nickte kurz und erwiderte ihr Lächeln. Danach wandte sich Claudia Hiroshi Ito zu, während Victor noch einen Löffel von seinem Erdbeereis nahm. Obwohl die beiden einander demonstrativ ignorierten, konnte man die Spannung, die zwischen ihnen hing, förmlich mit den Händen greifen.

Alle wussten, dass nur die Sinclairs den Draconis in ihrer Macht fast ebenbürtig waren. Wieder einmal fragte ich mich, ob wohl Victor hinter den versuchten Entführungen von Devon steckte. Denn wenn ihr Sohn verschwand, würde Claudia alles tun, um ihn zurückzubekommen – *alles*.

Victor musste meinen Blick gespürt haben, denn er sah in meine Richtung. Unsere Blicke trafen sich nur für einen Moment, doch das reichte aus, damit meine Seelensicht sich einschaltete. Seine Miene mochte ruhig wirken, doch sein Herz war kalt.

So absolut, vollkommen, eisig kalt.

Meistens empfand ich die Wut und den Ärger anderer als heiße Messer in meinem Herzen, oder es fühlte sich an, als würde in meinem Unterleib Hitze brodeln. Nicht so bei Victor Draconi. Stattdessen bestand seine Wut aus reinem Eis – hart, kalt, unzerbrechlich und absolut unnachgiebig.

In diesem Moment verstand ich, dass er den Rest der Familien hasste – besonders Claudia und die Sinclairs. Und dass er alles tun würde, um sie zu beseitigen – bis hin zum kleinsten Pixie.

Blake hatte erklärt, sein Vater plane etwas, und ich wusste genau, dass dieser Plan tödliche Konsequenzen für jeden im Raum haben würde. Vielleicht sogar für jeden in Cloudburst Falls.

Victor wandte den Blick ab und brach damit meine Verbindung zu ihm. Ich sackte zitternd auf meinem Stuhl zusammen.

»Lila?«, fragte Devon und beugte sich auf seinem Stuhl auf Felix' anderer Seite vor. »Geht es dir gut?«

Ich stieß den Atem aus und rechnete halb damit, dass er eine Wolke vor meinem Gesicht erzeugen würde, da ich immer noch diese eisige Wut in meinem Körper spürte. Doch nichts geschah. Ich zwang mich dazu, mich wieder gerade hinzusetzen, senkte die Hände und versteckte sie unter der Serviette auf meinem Schoß, damit niemand sah, wie übel sie zitterten.

»Sicher«, sagte ich und bemühte mich, meine Stimme normal klingen zu lassen. »Alles prima. Wahrscheinlich habe ich einfach zu viel gegessen.«

Felix schnaubte. »Glaubst du wirklich?«

Ich zwang mich dazu, ihn anzulächeln. Felix wandte sich wieder Devon zu, und die beiden führten ihr Gespräch weiter.

Die kalte Wut verschwand langsam aus meinem Körper, aber sie wurde schnell ersetzt durch eine beklemmende Mischung aus Sorge, Grauen und Angst vor dem, was Victor, Blake und der Rest der Draconis planten.

25

Bald darauf endete das Abendessen.

Devon ging zurück zu Claudia und blieb in stiller Unterstützung neben ihr stehen, während sie noch ein letztes Mal allen die Hand schüttelte, unter anderem Victor.

Ich hielt mich am Rand der Menge, ein Stück entfernt von allen anderen, und versuchte einfach nur, den Rest des Abends durchzustehen.

Die Draconis gingen als Erste. Victor schenkte mir nicht einmal einen Blick, als er aus dem Restaurant rauschte. Natürlich nicht. Ich war ein vollkommen unwichtiges Mitglied einer Familie. Ein Niemand, genau wie es meine Mom für ihn gewesen war.

Allerdings hielt Blake lange genug an, um mich mit einem höhnischen Blick zu bedenken. In seinem Gesicht stand deutlich das Versprechen geschrieben, dass unsere kleine Fehde noch nicht vorbei war. Ich schenkte ihm dasselbe kühle Lächeln, mit dem Claudia Victor bedacht hatte.

Deah folgte ihrem Dad und ihrem Bruder aus dem Restaurant, aber sie wich meinem Blick aus, bevor ich ihre Gefühle abschätzen konnte.

Sobald die Draconis verschwunden waren, sank die Anspannung im Raum, und alle anderen ließen sich mit dem Aufbruch Zeit, lachend und in Gespräche vertieft.

Felix fuhr mit Angelo, Reginald und Claudia zurück, während Grant, Devon und ich zu unserem Geländewagen gingen. Inzwischen war es kurz vor Mitternacht, auch wenn man es angesichts der Lichter und der Touristenmengen auf dem Midway kaum bemerkte.

»Ich bin froh, dass es vorbei ist«, murmelte Devon mit den Händen in den Hosentaschen, als wir über den Gehweg schlenderten. »Ich hasse diese Abendessen. Und Victor Draconi ist einfach ein Riesenarsch. Kannst du glauben, dass er den Menschen noch mehr Steuern auferlegen will? Manchmal denke ich, er ist verrückt.«

»Warum sagst du das?«, fragte ich.

Er schüttelte den Kopf. »Weil er meine Mom ständig wegen der Menschen bedrängt. Mach das mit ihnen, mach das mit ihnen ... als wären sie sein persönlicher Besitz oder irgendwas. Viele Familien mögen die Menschen nicht, aber Victor treibt diese Haltung in ganz neue Höhen, zu ganz neuen Extremen.«

»Er versucht nur, zu tun, was für die Familien am besten ist«, meinte Grant. »Und er hat recht. Wir halten die Monster für die Tölpel in Schach, wir erledigen die ganze gefährliche Drecksarbeit, und dafür zahlen sie uns bei Weitem nicht genug.«

Devon warf ihm einen scharfen Blick zu, doch Grant zuckte nur mit den Schultern.

»Ich bin nicht der Einzige in der Sinclair-Familie, der so denkt«, fuhr Grant fort. »Alle respektieren deine Mom. Aber sie sehen auch, was die anderen Familien bekommen, und sie wollen dasselbe.«

Devon schnaubte. »Du meinst, was die Draconis ihnen zugestehen.«

Wieder zuckte Grant mit den Achseln.

Wir wollten in eine Seitenstraße treten, um den Midway zu verlassen und Richtung Auto zu gehen, als ich aus dem Augenwinkel eine schnelle Bewegung sah. Deah stand neben einem Eisstand und winkte mir.

»Ich komme in ein paar Minuten nach, okay? Ich möchte noch ein Eis.«

Devon schenkte mir einen amüsierten Blick. »Bist du schon wieder hungrig? Felix hatte recht. Du bist wirklich ein Fass ohne Boden.«

Ich schaffte es, ihn anzugrinsen. Devon schüttelte den Kopf, doch dann gingen er und Grant weiter. Ich stellte mich an dem Eisstand an, als wollte ich mir wirklich etwas kaufen. Sobald ich mir sicher war, dass Devon und Grant in der Menge verschwunden waren, ging ich zu der Stelle, wo Deah in den Schatten stand.

»Was willst du?«

Sie sah sich um. Ich fragte mich, ob sie wohl nach Devon und Grant Ausschau hielt – oder nach Blake. Schließlich blickte sie mich an.

»Hör mal, sag Felix, dass es mir leidtut, okay?«

»Leid? Es tut dir also leid, dass du ihn wie Dreck behandelt hast? Das kannst du ihm schön selbst sagen.«

Ich wollte mich abwenden, doch sie hob die Hand.

»Wenn du mich berührst, lasse ich dich meine Faust fressen«, knurrte ich.

Sie kniff die Augen zusammen. »Du kannst es gerne versuchen.«

Wir starrten einander böse an, doch nach einem Moment seufzte Deah.

»Sag Felix bitte einfach, dass es mir leidtut«, bat sie mich wieder. »Er wird es verstehen. Er weiß, wie mein Bruder ist.«

»Dein Bruder ist ein Monster, und dasselbe gilt für deinen Dad. Dir mag nicht gefallen, was Blake mit anderen Leuten anstellt, aber du tust auch nichts dagegen. Ich verstehe einfach nicht, was Felix an dir findet.«

Sie keuchte auf und wurde bleich. »Du weißt davon? Von mir und Felix?«

»Wie auch nicht, nachdem er dir in der Spielhalle eine rote

Rose geschenkt hat? Ihr beide solltet wirklich ein wenig diskreter sein.«
Sie ballte die Hände zu Fäusten und trat einen drohenden Schritt vor. »Wenn du es jemandem erzählst, auch nur einer Person ...«
Ich verdrehte die Augen. »Ist klar. Dann entfernst du meine Eingeweide durch die Nase. Schon kapiert. Mach dir keine Sorgen. Dein kostbares kleines Geheimnis ist bei mir sicher.«
Dieses Mal war ich es, die einen drohenden Schritt vortrat. »Aber Felix ist ein netter Kerl, und wenn du und dein Bruder ihn irgendwie verletzen, auf welche Weise auch immer, dann werdet ihr diejenigen sein, denen es leidtut. *Capisce*?«
Deahs Kopf zuckte einmal, was ich als *Ja* deutete. Dann warf sie mir einen letzten bösen Blick zu, bevor sie davonstürmte, um in der Menge zu verschwinden.

Ich blieb, wo ich war, und konzentrierte mich auf die Geräusche und die Menge auf dem Midway, nur für den Fall, dass Blake beschlossen hatte, seiner Schwester zu folgen, und jetzt in den Schatten auf mich lauerte. Doch ich entdeckte nichts Verdächtiges, also ging ich Richtung Parkplatz. Grant und Devon wurden wahrscheinlich langsam ungeduldig ...
Mein Handy klingelte. Für einen Moment erwog ich, einfach nicht dranzugehen, doch es gab nur eine Person, die mich anrufen konnte. Er würde alle dreckigen Einzelheiten des heutigen Abends hören wollen. Also zog ich das Handy aus der Handtasche und hob ab.
»Hey, Mädchen«, erklang Mos Stimme. »Und, wie war dein erstes Familien-Abendessen?«
»Angespannt.«
Er lachte. »Ja, das kann ich mir vorstellen. Lass hören.«
Ich erzählte ihm ein paar Dinge, unter anderem, dass Victor Claudia und die anderen Familien unter Druck setzte, eine neue Schutzsteuer für die Menschen zu erheben.

»Du hast Victor gesehen?«, fragte Mo scharf. »Du hast dich mit ihm im selben Raum aufgehalten?«

»Ja.«

Mo schwieg, aber ich konnte hören, wie er mit den Fingern auf den Tresen trommelte, was er nur tat, wenn er sich Sorgen machte. Wir hatten nie darüber geredet, doch Mo wusste genau, was Victor und Blake meiner Mom angetan hatten.

»Du kannst mir später mehr davon erzählen«, sagte er schließlich. »Ich rufe noch aus einem anderen Grund an. Ich habe endlich herausgefunden, für wen dieser Buchhalter arbeitet, dessen Wachen Devon in der Pfandleihe angegriffen haben.«

Es folgte eine dramatische Pause. Ich verdrehte die Augen, auch wenn er das natürlich nicht sehen konnte.

»Und das wären ...«

»Die Sinclairs. Der Buchhalter arbeitet für die Sinclair-Familie.«

Ich runzelte die Stirn. »Die Sinclairs? Aber wieso sollten Wachen, die für einen Buchhalter der Sinclairs arbeiten, Devon angreifen? Das ergibt keinen Sinn ...«

Ein Schild an einem Eisladen leuchtete auf, und das dunkle Rot erinnerte mich an die Rubinkette, die ich gestohlen hatte – eine Kette, über die irgendwer heute beim Abendessen Scherze gerissen hatte.

Aber woher sollte einer der Sinclairs von der Kette gewusst haben? Es war ja nicht so, als hätte ich meinen Diebstahl irgendwem gegenüber erwähnt, und Mo hätte über so etwas nie geredet. Die drei Wachen waren tot, also konnte ... nur jemand davon wissen, wenn der Buchhalter darüber geredet hatte. Das bezweifelte ich, da der Buchhalter sicherlich sein Gesicht wahren und die Sache so geheim wie möglich halten wollte. Aber was, wenn die drei Wachen zwischen der Nacht des Diebstahls und dem Angriff im Razzle Dazzle etwas ausgeplaudert hatten? Was, wenn sie diese pikante Info demjenigen weitergetragen hatten, der sie für den Angriff auf Devon angeheuert hatte?

Meine Schritte stockten, während ich versuchte, Ordnung in meine Gedanken zu bringen. Doch sobald ich diesen ersten Schluss gezogen hatte, fand alles andere schnell seinen Platz. Wie Puzzlestücke, die an die richtige Stelle gelegt wurden. Die Identität des Kerls, der mit Reginald über den Buchhalter gescherzt hatte.

Klick.

Mein Blick huschte zum Eingang der Spielhalle. Und ich erinnerte mich daran, wie ich dieselbe Person vor ein paar Tagen in einem Gespräch mit Volkov-Wachen beobachtet hatte, direkt vor Devons erstem Pseudodate mit Poppy.

Klick.

Jemand, der alles über Devons Talent wusste, da er mit Devon unter demselben Dach wohnte.

Klick.

»Grant«, flüsterte ich.

»Was? Was hast du gesagt, Lila?«, fragte Mo.

»Es ist Grant«, wiederholte ich. »Er ist derjenige, der hinter den Angriffen auf Devon steckt. Er hat die Überfälle organisiert.«

»Bist du dir sicher? Wieso sollte er das tun? Er ist der Makler der Familie. Sehr viel höher kann man in der Hierarchie nicht aufsteigen.«

»Genau«, murmelte ich. »Daher kennt Grant auch den Buchhalter und seine Wachen. Gut genug, um die Männer für einen kleinen Nebenjob anzuheuern. Und da er der Makler ist, hat er Zugang zum Geld der Sinclairs. Damit konnte er die Volkov-Wachen für den zweiten Versuch anheuern.«

Je mehr ich darüber nachdachte, desto mehr Sinn ergab alles. Dann stieg ein beängstigender Gedanke in mir auf.

»O nein«, flüsterte ich, mehr zu mir selbst als zu Mo. »Grant ist jetzt gerade mit Devon zusammen.«

Allein. Auf einem dunklen Parkplatz. An demselben Ort, an dem Devon schon einmal überfallen wurde, an dem Abend nach der Silvesterparty, als sein Vater getötet wurde.

»Grant wird es wieder versuchen«, sagte ich und rannte los.
»Ruf Claudia an! Erzähl ihr, was los ist! Und ortet mein Handy!«
»Lila, warte ...«

Ich legte einfach auf, riss meine Jacke nach oben und schob das Handy in eine der geheimen Taschen meines Gürtels. Dann holte ich tief Luft und raste Richtung Parkplatz. Meine Absätze klapperten über das Kopfsteinpflaster. Sie machten zu viel Lärm, als dass ich mich an jemanden hätte heranschleichen können, also hielt ich gerade lang genug an, um sie mir von den Füßen zu reißen. Ich schmiss meine Tasche und meine Schuhe zur Seite und lief weiter. Die Pflastersteine hielten noch die Wärme des Tages, auch wenn sich kleine Steine und Glassplitter in meine Fußsohlen gruben. Ich biss die Zähne zusammen und rannte weiter.

Als ich den Rand des Parkplatzes erreichte, zwang ich mich, anzuhalten und mich in den Schatten zu verbergen. Es standen nur noch wenige Autos auf der Asphaltfläche, da die meisten Familienmitglieder bereits aufgebrochen waren. Aber ich schaffte es, von einem Schatten zum nächsten zu huschen und mich so dem Teil des Parkplatzes zu nähern, der für die Sinclairs reserviert war. Schließlich hielt ich an, ging in die Hocke und spähte um einen schwarzen Sportwagen herum, auf dessen Seitentür die Salazar-Hazienda prangte.

Zehn Meter entfernt lehnten Grant und Devon an unserem Geländewagen. Ich atmete auf. Vielleicht kam ich ja doch nicht zu spät. Trotzdem blieb ich, wo ich war, versteckt in den Schatten, und spähte in die Dunkelheit um mich herum. Denn wenn Grant vorhatte, Devon zu überfallen, dann würde er das nicht allein tun. Dafür war er zu feige.

»Wo bleibt Lila?«, fragte Devon. »Glaubst du, ihr ist etwas zugestoßen?«

»Nein«, antwortete Grant mit einem höhnischen Unterton in der Stimme. »Sie hat wahrscheinlich beschlossen, noch kurz ein paar Taschen auf dem Midway auszuräumen.«
»Lila ist mehr als nur eine Diebin.«
»Warum?«, fragte Grant. »Weil du ihr an die Wäsche willst? Sei nicht dämlich. Dieses Mädchen bedeutet nur Ärger. Sie ist wahrscheinlich nur deswegen noch im Herrenhaus, weil sie alles ausspioniert und darüber nachdenkt, was sie mitnehmen kann, wenn sie verschwindet.«
Devon schüttelte den Kopf. »So ist Lila nicht. Sicher, sie ist eine Diebin. Aber sie würde nie die Familie bestehlen. Nicht jetzt.«
»Was auch immer«, murmelte Grant. »Wenn sie nicht in fünf Minuten hier ist, fahren wir ohne sie.«
Ich entdeckte niemanden, der in den Schatten lauerte, also zog ich mein Handy heraus und schickte Felix eine schnelle SMS.

Grant steckt hinter den Angriffen. Bin bei Devon am Auto.
Ruf Mo an. Er weiß, was zu tun ist.

Dann stellte ich das Handy auf stumm, schob es wieder in die Tasche an meinem Gürtel und schlich mich langsam vorwärts. Natürlich hätte ich Devon auch rufen können, doch ich hätte darauf gewettet, dass Grant mindestens eine Waffe dabeihatte, wenn nicht mehr, und ich wollte nicht riskieren, dass er Devon verletzte ...
»Weißt du«, sagte Grant. »Ich warte schon seit sehr langer Zeit auf diesen Abend.«
»Ach ja? Wieso?«
Grant grinste. »Damit ich das hier endlich tun kann.«
Ich sprang nach vorne, auch wenn ich genau wusste, dass ich zu spät kommen würde.
Grant zog einen Dolch hinter seinem Rücken hervor, und

noch bevor ich eine Warnung schreien konnte, wirbelte er herum, hob den Arm und ließ die Waffe auf Devons Brust zusausen.

Doch Devon musste das Glitzern von Metall gesehen haben, denn er riss die Hände nach oben und parierte Grants Angriff.

»Grant? Was zur Hölle, Mann?«, fragte Devon schockiert.

Grant stieß nur ein wütendes Knurren aus, riss seine Faust nach oben und schlug Devon mitten ins Gesicht. Benommen taumelte Devon gegen den Geländewagen, und Grant hob erneut den Dolch.

Doch diesmal war ich da, um Devon zu helfen.

Ich beugte mich vor und rammte Grant die Schulter seitlich gegen den Körper, sodass er von Devon weggeschleudert wurde und auf den Hintern fiel. Der Dolch klapperte zu Boden. Ich machte einen schnellen Schritt und trat die Waffe zur Seite, bevor ich zu Devon ging.

»Geht es dir gut?«

Devon schüttelte seine Benommenheit ab und richtete sich wieder auf. »Sicher, alles okay. Was ist los?«

»Ich glaube, das sollten wir Grant erklären lassen.«

Wir beide sahen Grant an, der inzwischen wieder aufgestanden war. Bei meinem Anblick verfinsterte sich seine Miene.

»Du«, murmelte er. »Ich hätte wissen müssen, dass du auftauchst und alles ruinierst. Mal wieder. Du kannst es einfach nicht gut sein lassen, oder?«

Ich fletschte die Zähne. »Was soll ich sagen? Ist eine schlechte Angewohnheit von mir.«

»Grant, was tust du?«, fragte Devon.

Grant stieß ein bitteres Lachen aus.

Wieder ließ ich den Blick über den Parkplatz gleiten, auf der Suche nach den Wachen, die Grant vielleicht zu seiner Unterstützung angeheuert hatte. Ich konnte niemanden entdecken, aber gleichzeitig konnte ich das Gefühl nicht abschütteln, dass ich etwas übersah. Hoffentlich waren Felix, Claudia und Mo bereits auf dem Weg hierher.

Endlich verklang Grants Lachen. »Was ich tue? Ich hole mir endlich das, was mir schon längst hätte gehören sollen.«

»Und das wäre?«, fragte Devon.

Grant verengte die Augen zu Schlitzen. »Den Posten als stellvertretendes Oberhaupt der Sinclair-Familie.«

»Aber du bist der Makler«, sagte Devon, immer noch verwirrt. »Du besitzt mehr Geld und genauso viel Macht wie ich. Warum also solltest du meinen Job wollen?«

»Weil mich dann, nachdem ich deine Mom umgebracht habe, jeder bitten wird, die Leitung der Sinclair-Familie zu übernehmen.«

Devon schnappte nach Luft, weil Grant diesen üblen Plan wie eine Tatsache verkündete.

Grant schenkte ihm ein weiteres bösartiges Lächeln. »Und dein Talent zum Zwang wird mir das nur umso leichter machen.«

»Also steckst du hinter den Angriffen auf Devon?«, fragte ich, um ihn am Reden zu halten und den anderen mehr Zeit zu geben, zu unserer Rettung zu eilen.

Außerdem legte ich Devon die Hand auf die Schulter und schob mich langsam nach links, wobei ich ihn mit mir zog. Ich wollte so viel Abstand wie nur möglich zwischen uns und Grant bringen, nur für den Fall, dass er noch eine Waffe besaß.

»Natürlich war ich das«, höhnte Grant. »Niemand sonst in der Familie hat genug Hirn, um so etwas durchzuziehen.«

Wieder schnappte Devon nach Luft. »Du ... du warst derjenige, der den Angriff in der Pfandleihe organisiert hat? Du bist derjenige, der diesen Männern befohlen hat, Ashley zu töten?«

»Oh, ich habe nicht nur den Befehl gegeben. Ich habe sie selbst getötet.« Grants Gesicht zuckte. »Genauso wie ich deinen Vater umgebracht habe.«

Ich runzelte die Stirn und fragte mich, ob Grant wohl log. Denn der geheimnisvolle Fremde hatte Ashley getötet, nicht er. Außer ... er selbst war der geheimnisvolle Fremde. Aber wie war das möglich?

Devon sprang nach vorne, doch ich grub die Finger warnend in seine Schulter.

»Warum?« Er stieß das Wort hervor, die Hände zu Fäusten geballt. »Warum hast du meinen Dad ermordet? Was hat er dir je getan?«

»Er hat dich zum Wächter der Familie ernannt statt mich«, zischte Grant. »Ich war seine rechte Hand. Ich bin älter. Ich besitze mehr Erfahrung. Aber er hat mir erklärt, ich sei als Kämpfer nicht gut genug. Dass ich kein so guter Anführer sei wie sein kostbarer Sohn. Die Stellung als Makler war nur der Trostpreis. Nun, es hat nicht gereicht.«

»Und du denkst, das hier wird dir reichen?«, fragte ich.

Grant blinzelte, als hätte er gerade erst bemerkt, dass Devon und ich uns langsam von ihm entfernten. Doch statt uns zu folgen, feixte er, als spielte ich ihm damit in die Hände. Warum sollte er so reagieren? Wo waren seine Männer? Was hatte er vor?

»Jetzt da ich so darüber nachdenke, wird mir klar, dass ich mir genauso gut auch noch dein Talent aneignen kann, Lila«, meinte Grant. »Es ist nicht so mächtig wie Devons, aber auch ein Sichttalent kann hin und wieder sehr nützlich sein.«

»Du kriegst mein Talent nicht!«, stieß ich hervor. »Ich würde lieber sterben, als zuzulassen, dass du mir meine Magie aus dem Körper reißt.«

»Du wirst auf jeden Fall sterben«, erklärte er. »Da kannst du dich genauso gut nützlich machen.«

Grant stieß einen scharfen Pfiff aus. Für einen Moment geschah gar nichts. Dann öffneten sich nacheinander die Türen der Autos auf dem Parkplatz, und Männer mit Schwertern ergossen sich daraus. Ich verfluchte meine eigene Dummheit.

Ich hatte mich so darauf konzentriert, Leute in den Schatten zu suchen, dass ich nie auch nur darüber nachgedacht hatte, dass sie in den Autos mit den getönten Scheiben warten könnten. Und jetzt würden Devon und ich für meinen Fehler bezahlen.

Devon trat vor mich und hob die Fäuste, doch er konnte nicht gegen alle kämpfen, nicht einmal mit seiner Kompulsionsmagie. Es waren einfach zu viele.

Aus dem Augenwinkel bemerkte ich eine Bewegung und erkannte, dass einer der Männer auf mich zurannte. So schnell, wie er sich bewegte, musste er ein Talent für Geschwindigkeit besitzen. Ich wollte mich in diese Richtung drehen, obwohl ich genau wusste, dass ich den Angriff nicht stoppen konnte ...

Und eine Faust traf mein Gesicht. Ich stolperte rückwärts und spürte das eisige Feuer von Magie in meinen Adern – doch es reichte nicht aus.

Wieder traf mich die Faust, und das Letzte, was ich hörte, bevor die Welt um mich herum schwarz wurde, war Devons Schrei.

26

Schmerz in meinen Armen weckte mich.

Aus irgendeinem Grund schienen sie über meinem Kopf befestigt zu sein, als hielte ich sie in einer schwierigen Yoga-Stellung. Tatsächlich waren sie so heftig gestreckt, dass ich meine Finger nicht mehr fühlen konnte. Alles ... tat einfach nur weh.

Ich versuchte meine Arme zu bewegen, um den Druck zu verringern, doch etwas Schweres lag um meine Handgelenke und hielt sie über meinem Kopf fest. Ich kämpfte dagegen, fragte mich, was los war und wieso ich so seltsame Träume hatte ...

Dann fiel mir alles wieder ein. Das Abendessen der Familien. Mos Anruf. Die Erkenntnis, dass Grant hinter den Angriffen steckte. Grant, der gestand, Lawrence Sinclair getötet zu haben und damit drohte, Devons Talent zu stehlen ...

Beim Gedanken an Devon riss ich die Augen auf.

Zuerst sah ich nur Dunkelheit, doch dann blinzelte ich, und langsam nahm die Welt um mich herum Konturen an. Eine einzelne Glühbirne brannte unter der Decke und warf lange Schatten in alle Richtungen wie Monster, die auf einen Angriff lauerten. Ich spähte in die Schatten, doch ich sah einfach nur ein Lagerhaus mit dreckigem Boden und grauen Betonwänden. Die Luft war kühl genug, dass ich selbst in meinem Anzug zitterte. Aber vielleicht das Seltsamste waren die Ablaufrinnen, die sich in regelmäßigen Abständen über den Boden zogen. Eine verlief direkt unter meinen nackten, blutigen Füßen, die schlaff auf dem Boden ruhten.

Nachdem ich nicht sagen konnte, wo ich mich befand, konzentrierte ich mich lieber darauf, wie es mir ging. In meinem Kinn pulsierte Schmerz, doch davon abgesehen schien alles in Ordnung zu sein. Ich fühlte keine brennenden Wunden oder pochende Prellungen, auch wenn mein ganzer Körper von einem dumpfen Schmerz erfüllt war.

Ich sah zu der Quelle des schlimmsten Schmerzes auf – meinen Armen. Meine Hände waren mit einem dicken Seil gefesselt, das jemand über einen Haken an der Decke geworfen hatte. An diesem Haken hatte man mich baumeln lassen, bis ich endlich aufwachte. Ich entdeckte weitere Haken in der Decke, und jeder davon hing direkt über einer Ablaufrinne.

Die Haken, die kühle Luft, die Ablaufrinnen im Betonboden. Mir rutschte das Herz in die Hose. Das hier war kein Lagerhaus – sondern ein Schlachthof.

Ein Kühlraum, in dem man Rinder- und Schweinehälften aufhängte, bis das Fleisch an die Metzger geliefert wurde. Die perfekte Metapher für das, was Grant mit Devon plante ...

»Mm! Mm-mmm!«

Ein unterdrücktes Geräusch erregte meine Aufmerksamkeit. Ich drehte den Kopf nach rechts und entdeckte Devon, der an einen Stuhl gefesselt war. Ich musterte ihn, aber er schien so weit in Ordnung. Rote Striemen und Schwellungen verunstalteten sein Gesicht, wahrscheinlich von dem Kampf gegen Grant und seine Schläger. Das Seil, mit dem er an den Stuhl gefesselt war, wirkte genauso dick und fest wie das um meine Handgelenke, und über seinen Mund zog sich ein silbernes Klebeband, um ihn davon abzuhalten, zu sprechen und seine Kompulsionsmagie einzusetzen.

Unzählige Fragen schossen mir durch den Kopf, die sich hauptsächlich damit beschäftigten, ob Felix und die anderen wohl schon verstanden hatten, was passiert war; ob sie uns suchten; und ob sie schon nah dran waren, uns auch zu finden. Doch dann verdrängte ich diese Gedanken und konzentrierte mich auf Devon. Im Moment zählte nur, uns beide hier rauszubringen – und zwar lebend.

»Geht es dir gut?«, fragte ich.

Devon nickte, doch die Bewegung stoppte abrupt. Er sah an mir vorbei, kniff die Augen zusammen, und in seinem Blick brannten Wut und Hass.

»Es geht ihm prima«, erklärte eine höhnische Stimme. »Noch.«

Schritte erklangen, dann trat Grant vor mich. Und er war nicht allein. Zwei Männer traten hinter ihn, um ihn zu flankieren wie Soldaten. Ich sah mich um, doch sonst konnte ich niemanden entdecken. Grant musste die anderen Männer ausbezahlt und weggeschickt haben, sobald er Devon in seiner Gewalt hatte.

»Oh, schön«, spottete er. »Dornröschen ist endlich wieder aufgewacht.«

Es kostete mich einige Versuche, doch schließlich schaffte ich es, meine wunden Füße unter den Körper zu ziehen und aufzustehen. Das verringerte den Druck auf meine Arme, auch wenn sie sofort anfingen, zu kribbeln. Ich hatte viel zu lange in dieser unbequemen Position gehangen. Aber ich öffnete und schloss meine Finger, soweit das mit den Fesseln eben möglich war, um die Blutzirkulation in meinen Armen wieder anzuregen. Ich musste so fit wie möglich sein, wenn Devon und ich eine Chance zur Flucht bekommen sollten. Auch wenn ich im Moment noch nicht mal eine Ahnung hatte, wie ich meine Fesseln loswerden sollte, und noch viel weniger, was ich mit dem Seil anstellen sollte, das Devon an dem Stuhl festhielt.

Um mich von dem Kribbeln in meinen Armen abzulenken, ließ ich erneut den Blick durch das Schlachthaus gleiten, diesmal auf der Suche nach Ausgängen. In den Wänden gab es keine

Fenster, aber ich bemerkte eine Tür am Ende der Halle. Ich hatte keine Ahnung, wo sie hinführte, aber es konnte nur besser sein, als sich mit Grant in diesem Raum aufzuhalten.

»Es freut mich, dass du aufgewacht bist«, erklärte Grant. »Ich wollte, dass du die Erste bist, die mein neues Talent bewundert – nachdem ich es Devon weggenommen habe.«

Er hielt mir denselben Dolch vor die Augen, mit dem er Devon zuvor angegriffen hatte. Erst in diesem Moment fiel mir auf, dass es eine Schwarze Klinge war – Bluteisen –, in deren Heft eine Hand eingraviert war, die ein Schwert hielt. Das Wappen der Sinclair-Familie. Er musste den Dolch aus der Trainingshalle im Herrenhaus mitgenommen haben.

Grant ließ den Dolch wieder und wieder durch die Luft wirbeln wie ein Cowboy, der seinen Revolver um den Finger rotieren lässt. Devon starrte ihn weiterhin an, und die Wut in seinem Blick brannte immer heißer. Grant bedachte ihn mit einem bösartigen Grinsen und trat vor. Wenn ich nicht schnell einen Weg fand, ihn aufzuhalten, würde er Devon etwas antun.

»Wie hast du von Devons Talent erfahren?«, rief ich.

Sicher, das war ein billiger Trick, aber Grant besaß ein wirklich übersteigertes Selbstwertgefühl, und ich hoffte einfach nur, ein paar Minuten zu gewinnen, um … irgendetwas zu unternehmen.

Grant hielt an und sah über die Schulter zu mir zurück. »Du meinst seine Kompulsionsmagie?«

Ich nickte.

»Ich habe belauscht, wie Claudia und Reginald sich mit Oscar darüber unterhalten haben. Offensichtlich schwelgten sie gerade in Erinnerungen darüber, wie Devon einmal seine Macht eingesetzt hat, um ein Kätzchen dazu zu bringen, von einem Baum auf einem der Plätze des Midway zu klettern. Es ist kein großes Geheimnis, egal was Claudia sich gerne einredet.«

»Und dann hast du beschlossen, dass du Devons Magie für dich selbst haben willst.«

Grant zuckte mit den Achseln. »Du weißt nicht, wie es ist, ständig Befehlen von jemand anderem folgen zu müssen. Nur weil Claudia Sinclair und die Oberhäupter der anderen Familien ein wenig Magie und eine Menge Geld besitzen, halten sie sich für etwas Besseres als wir anderen. Obwohl wir diejenigen sind, die all die Drecksarbeit machen. Die die Monster in Schach halten. Die Tölpel auf Linie bringen. Wir sind diejenigen, die sie wieder und wieder vor den Verschwörungen und Mordversuchen der anderen Familien retten. Nun, ich bin es leid. Ich habe lange und hart dafür gearbeitet, in der Familie aufzusteigen, aber letztendlich hat Lawrence Devon mir vorgezogen. Als ich von Devons Talent gehört habe, wusste ich endlich, wie ich Rache üben kann. Ich habe einen Weg gefunden, wie ich *alles* haben kann, sogar meine eigene Familie. Leute, die *meinen* Befehlen folgen.«

Er stach mit dem Dolch in die Luft. Die zwei Bewaffneten hinter ihm verschränkten die Arme vor der Brust und nickten zustimmend. An ihren Handgelenken glänzten bronzene Manschetten mit einer Hazienda darauf. Also hatte Grant dieses Mal Salazar-Wachen angeheuert. Ich hatte immer wieder gedacht, dass er einfach jeden kannte, und jetzt wurde mir klar, warum das so war – damit ihm zum richtigen Zeitpunkt ausreichend Leute für seine Intrigen zur Verfügung standen.

»Du hättest ja nicht bleiben müssen. Du musstest keine Befehle entgegennehmen. Du hättest kündigen können. Die Familie verlassen. Irgendwo anders hingehen. Du hättest etwas anderes tun können.«

Grant stieß ein bitteres Lachen aus. »Was denn? Mein Vater war dämlich genug, meinen Treuhandfond zu verspielen. So ist es überhaupt erst dazu gekommen, dass ich für die Sinclairs arbeiten musste. Zumindest konnte ich so wieder in einem Herrenhaus leben, auch wenn es nicht mein eigenes ist. Außerdem habe ich als Teil einer Familie Einblick in eine Menge Geheimnisse bekommen.«

»Und Lawrence, Devons Vater?«, fragte ich. »Warum hast du ihn umgebracht?«

Wieder zuckte Grant mit den Schultern. »Weil er mich übergangen hat. Eigentlich habe ich an diesem Abend nur versucht, Devon zu entführen. Der Mord an Lawrence war ein zusätzlicher Bonus.«

Devon stieß hinter seinem Knebel ein knurrendes Geräusch aus, und Grant warf ihm einen kurzen Blick zu.

»Oh, keine Sorge, Devon. Dein Daddy hat nicht gelitten – zumindest nicht sehr. Nicht so wie du leiden wirst, wenn ich dich aufschlitze.«

Wieder stach er mit dem Dolch in die Luft. Devon knurrte erneut, aber Grant lachte nur über seine Wut.

»Weißt du, vielleicht spare ich mir sogar die Mühe, mich von deiner Mom zum Wächter der Familie ernennen zu lassen. Vielleicht übernehme ich die Familie einfach selbst. Sobald ich dein Zwangstalent besitze, kann ich jeden alles tun lassen, was mir nur einfällt, selbst Claudia Sinclair.« Er machte eine Pause. »Was denkst du, Devon? Würdest du zur Abwechslung gerne sehen, wie sich deine Mom vor jemandem verbeugt?«

Devon konnte nicht antworten, doch sein Blick war hasserfüllt. Oh, ich kannte das Gefühl.

»Aber wie hast du es angestellt?«, fragte ich, um ihn weiter am Reden zu halten.

Grant drehte sich wieder zu mir um. »Was angestellt?«

»Du hast gesagt, du wärst in der Pfandleihe und der Bibliothek gewesen. Du hast gesagt, du hättest Ashley getötet. Aber du siehst überhaupt nicht aus wie dieser Kerl ... der geheimnisvolle Fremde. Wie hast du das angestellt?«

Grant sah mich nur an. Ich dachte schon, er würde einfach nicht antworten, doch dann begann sein Gesicht sich ... zu verschieben.

Während ich ihn beobachtete, veränderten sich Grants Gesichtszüge langsam. Seine perfekte Nase, die hohen Wangenknochen, das ausdrucksstarke Kinn, die blauen Augen und das goldene Haar. In einem Augenblick wurde alles weicher und verschwand, um von braunem Haar, braunen Augen und den nichtssagenden Zügen des Mannes ersetzt zu werden, den ich bereits zweimal gesehen hatte. Des geheimnisvollen Fremden, der solche Freude daran gehabt hatte, Ashley zu töten und mich anzugreifen. Des Kerls, der zweimal versucht hatte, Devon zu entführen.

Doch so schnell die Veränderung gekommen war, so schnell verschwand sie auch wieder. Eine Sekunde später starrte ich wieder den perfekten, attraktiven Grant an, den ich kannte. Ich fühlte kühle Magie von seinem Körper aufsteigen, und endlich wusste ich, wofür er seine Macht einsetzte – wofür er sie die ganze Zeit über eingesetzt hatte.

»Du besitzt ein Talent für Illusionen – dafür, dein Aussehen zu verändern.«

Grant grinste höhnisch. »Das ist ja wohl offensichtlich.«

»Die braunen Augen und Haare ... das ist dein wahres Ich, oder? Das hübsche Gesicht, das du gerade zeigst, ist nur deine Verkleidung. Die Fassade, die du allen präsentierst.«

»Natürlich.« Seine Worte waren nur noch ein bösartiges Zischen. »Glaubst du, mit einem solchen Allerweltsgesicht würde irgendwer mich beachten? Glaubst du, irgendwer würde mich bemerken, auf mich hören, Befehle von mir entgegennehmen? Natürlich nicht. Besonders nicht, solange *er* in der Gegend ist.«

Er stiefelte zu Devon und beugte sich vor, bis ihre Gesichter sich auf derselben Höhe befanden. »Es hat ja nicht gereicht, dass du mit Kompulsionsmagie geboren wurdest, oder, Devon? O nein. Du musstest auch noch gut aussehen. Muskulös, ein guter Kämpfer, eine reiche Familie, ein Freundeskreis, der dich anbetet. Manchen Leuten wird das Glück einfach in die Wiege gelegt.« Grant verzog das Gesicht. »Aber ich brauche kein Glück.«

Er richtete sich auf und musterte Devon von oben herab. »Und ich glaube, dein Glück hat dich gerade verlassen – für immer.«

Er drehte den Dolch in der Hand, packte ihn so, dass er besser damit auf Devon einstechen konnte …

»Warte!«, schrie ich, verzweifelt darauf bedacht, Devon zu retten. »Warte!«

Grant sah über die Schulter zu mir zurück. »Und warum sollte ich das tun?«

»Was, wenn du es falsch machst?«

Er runzelte die Stirn. »Was meinst du damit?«

»Hast du schon mal jemandem das Talent gestohlen? Einer Person die Magie aus dem Körper gerissen?«

Sein Schweigen verriet mir, dass dem nicht so war. Hinter ihm wechselten die Wachmänner überraschte, besorgte Blicke. Anscheinend hatte Grant ihnen nicht erzählt, dass er das zum ersten Mal tat.

»Was, wenn du etwas falsch machst?«, fragte ich. »Was, wenn du es verbockst? Dann kriegst du Devons Magie nicht und stehst mit einer Leiche da.«

»Und was schlägst du vor?«

Ich öffnete den Mund, dann biss ich die Zähne zusammen, als wäre mir gerade aufgefallen, dass ich einen Riesenfehler begangen hatte.

Grant grinste fies. »Weißt du, du hast absolut recht. Es wäre viel besser, wenn ich zuerst an jemand anderem übe – nämlich an dir, Lila. Schließlich wird dein Sichttalent dafür sorgen, dass ich Devons Leiden viel klarer sehen kann. Und wird das nicht unglaublichen *Spaß* machen?«

Ich riss die Augen so weit auf, wie ich nur konnte, und fing an, mich gegen meine Fesseln zu wehren, als hätte ich panische

Angst. Fiel mir nicht allzu schwer. Ein gewisses Maß an Angst verspürte ich durchaus.

Ich wollte nicht, dass mir mein Talent aus dem Körper gerissen wurde, und zwar nicht nur deswegen, weil mich das umbringen würde. Die Seelensicht und die Übertragungsmagie gehörten zu mir wie mein Herz und mein Körper. Ich wollte diese Fähigkeiten nicht verlieren, weil ich ohne sie nicht einmal mehr wüsste, wer ich eigentlich war.

Doch es musste sein. Denn wenn ich irgendeine Chance haben wollte, mich selbst – ganz zu schweigen von Devon – zu retten, musste ich meine Fesseln loswerden, und es gab nur einen Weg, das zu erreichen.

»O ja«, flötete Grant. »Das ist viel besser. Und Devon kann sich genau ansehen, was ihn erwartet.«

»Mm!« Devon schrie hinter dem Klebeband. »Mm-mmmm!«

Er versuchte sich zu befreien, doch das schwere Seil hielt ihn fest auf seinem Stuhl. Er konnte sich nur winden, doch es half nichts. Unsere Blicke begegneten sich, und seine Verzweiflung traf mich bis in die Seele.

Ich zwang mich, den Blick von Devon abzuwenden und mich auf Grant zu konzentrieren, der lässig auf mich zukam. Er ließ den Dolch durch die Luft sausen, und ich konnte ein Zittern nicht unterdrücken. Okay, vielleicht hatte ich mehr als nur ein bisschen Angst. Aber ich hatte ihm die Idee in den Kopf gesetzt, und jetzt musste ich den Vorteil auch nutzen – oder bei dem Versuch sterben.

Grant trat vor mich. Ich fing an, mich zu winden, machte mir sogar die Mühe, nach ihm zu treten. Natürlich wich er meinem ungeschickten Angriff mühelos aus. Dann nickte er den beiden Männern zu, die immer noch hinter ihm standen.

»Haltet sie still«, sagte er. »Ich will auf keinen Fall etwas riskieren.«

Die Männer traten rechts und links neben mich. Sie packten meine Oberarme und setzten ihr Talent für Stärke ein, um mich festzuhalten. Ich wartete einen Augenblick, dann bewegte ich die Handgelenke. Nichts geschah. Die Männer setzten einfach nicht genug von ihrer Magie ein, um mein Übertragungstalent in Aktion treten zu lassen. Bei Weitem nicht genug.

Also wehrte ich mich wieder, wand mich, trat aus und kämpfte mit all meiner Kraft. Die Männer bändigten mich mühelos, doch ich kämpfte weiter. Und endlich – endlich – fühlte ich den ersten Anflug von Magie tief in meiner Magengrube.

Ich konnte nur hoffen, dass sie ausreichen würde, um mich zu retten.

Die Männer packten mich fester, so hart, dass ich ihre Finger förmlich an meinen Knochen spüren konnte. Ich konnte keinen Muskel mehr bewegen – keinen einzigen. Aber das Brennen in meinen Adern wurde kälter und kälter, verwandelte sich in etwas anderes, etwas Größeres. Ich musste das hier so sehr in die Länge ziehen, wie ich nur konnte.

Grant trat direkt vor mich, und mein Blick saugte sich an dem Dolch in seiner Hand fest. Er glänzte wie das Schwert meiner Mom in rauchigem Schwarz, auch wenn die Schneide im Licht der einsamen Glühbirne funkelte. Schwarze Klingen waren unglaublich scharf. Mit ihnen konnte man Menschen filetieren wie einen Fisch. Und man spürte die Wunde erst, wenn es schon zu spät war – und die Eingeweide aus dem Körper traten.

Grant grinste, als ihm klar wurde, dass ich den Dolch anstarrte. »Weißt du, warum man sie Schwarze Klingen nennt?«

Ich antwortete nicht, denn ich kannte die Antwort. Meine Mom hatte mir alles über Schwarze Klingen beigebracht und auch darüber, wie gefährlich sie sein konnten.

Sein Grinsen wurde breiter. »Weil sie mit jedem Tropfen Blut, mit dem sie in Berührung kommen, schwärzer werden. Ich wollte schon immer herausfinden, ob das wirklich stimmt. Jetzt erhalte ich endlich die Chance dazu. Und das verdanke ich dir, Lila.«

Wieder bockte ich und zwang die Männer, ihr Talent einzusetzen, um mich ruhig zu halten. Einer von ihnen schlug mir auf den Kopf, wobei er einen kleinen Teil seiner Magie in den Schlag legte. Es dauerte einen Moment, bis keine weißen Sterne mehr vor meinen Augen tanzten und ich Grant ansehen konnte.

Er hob den Dolch und setzte die Spitze über dem Herz auf meine Brust. »Weißt du, das tut mir sogar leid, Lila. Ich mochte dich wirklich.«

»Nur nicht genug, um nicht ständig zu versuchen, mich umzubringen, richtig?«

»Es ist nichts Persönliches.« Grant zuckte mit den Achseln. »*So sehr* mochte ich eigentlich noch niemanden.«

Ich dachte schon, er würde den Arm zurückziehen und mir den Dolch ins Herz rammen. Er zögerte, als denke er ernsthaft darüber nach. Doch letztendlich verzehrte er sich zu sehr nach meinem Talent, um mich einfach umzubringen. Er ließ den Dolch sinken und drehte ihn ein letztes Mal in der Hand.

Ich schaute an Grant vorbei zu Devon. Wieder einmal trafen sich unsere Blicke, und ich fühlte all seine Wut, Sorge, Verzweiflung … und seine Schuldgefühle, weil er mich mit in diese Sache hineingezogen hatte.

»Mach dir keine Sorgen«, rief ich ihm zu. »Alles wird gut. Du wirst schon sehen.«

»Mm! Mm-mmm!« Wieder schrie Devon hinter seinem Knebel. Wahrscheinlich brüllte er Grant an, aufzuhören.

Doch es war zu spät.

Grant schenkte mir ein bösartiges Lächeln, dann bohrte er mir den Dolch in die Seite.

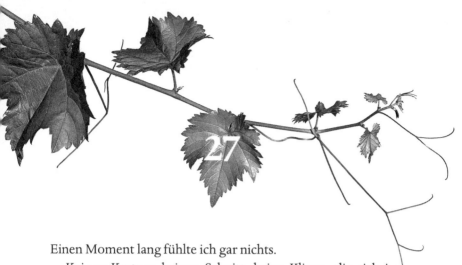

27

Einen Moment lang fühlte ich gar nichts. Keinen Kratzer, keinen Schnitt, keine Klinge, die sich in mich bohrte ... nichts.

Ich sah nach unten und starrte den Dolch an, der in meinem Körper steckte.

Dann schlug der Schmerz in einer glühenden Welle über mir zusammen.

Ich schrie, als Grant die Waffe tiefer stieß, und ich schrie wieder, als er sie zurückriss. Er hob den Dolch hoch, sodass jeder mein helles, widerlich rotes Blut auf der Klinge sehen konnte.

Doch mein Blut blieb nicht lange auf dem Dolch.

Fast sofort verschwanden die Flecken, Zentimeter für Zentimeter, Tropfen für Tropfen, weil das Bluteisen die Flüssigkeit aufsaugte, die es überzog. Ich hätte schwören können, dass ich tatsächlich hörte, wie das Metall mein Blut aufnahm. Es war ein Geräusch wie bei einem Kind, das Limo durch den Strohhalm trank.

Schlürf-schlürf-schlürf.

Und Grant behielt recht. Die Klinge wurde umso dunkler, je mehr von meinem Blut sie aufnahm, wechselte von einem düsteren Grau zu tiefem Mitternachtsschwarz, bis sie förmlich vor Schwärze glühte – falls das überhaupt möglich war.

Grants Augen leuchteten bei diesem makaberen Anblick

vor Entzücken auf. Devon schrie hinter dem Klebeband. Die zwei Wachen wirkten leicht gelangweilt. Zweifellos hätten sie mich längst umgebracht.

»Du hattest recht, Lila. An dir zu üben wird wirklich Spaß machen«, meinte Grant mit grausamer Befriedigung.

Ich schrie und schrie, während ich mich fragte, ob der Schmerz je verklingen würde. Hoffte, dass es so war. Betete, dass ich mich nicht verkalkuliert hatte; dass meine eigene Magie sich einschalten und mich retten würde, wie sie es schon so oft getan hatte.

Doch da war nur Schmerz ... und noch mehr Schmerz ... und noch mehr Schmerz ...

Schließlich fehlte mir selbst die Kraft zu schreien, und ich sackte nach vorne. Schweiß rann über mein Gesicht. Das Einzige, was mich noch auf den Beinen hielt, waren die Wachmänner, die meine Arme umklammerten, und das Seil, das mich mit dem Fleischerhaken an der Decke verband. Trotzdem schossen immer heftigere Schmerzen durch meine Seite, und die Pein ergriff Besitz von jedem Nerv in meinem Körper. Der Schmerz kämpfte gegen meine Magie und versuchte sie auszulöschen. Also konzentrierte ich mich auf das kühle Feuer meiner Macht; versuchte an nichts anderes zu denken, vor allem nicht an die glühenden Qualen, die von der Stichwunde in meiner Seite ausgingen.

»Mach dir keine Sorgen«, flötete Grant. »Ich habe keine wichtigen Organe getroffen. Noch nicht zumindest. Du musst erst mehr Blut verlieren, damit ich deine Macht übernehmen kann.«

In gewisser Weise ähnelte die Schwarze Klinge – also das Bluteisen – auf unheimliche Art meiner Übertragungsmagie. Ich nahm die Magie von Leuten in mich auf, und dasselbe galt für die Waffe. Je mehr man jemanden mit einer Schwarzen Klinge verletzte, desto hungriger wurde das Metall, bis es tatsächlich das Blut aus einem Körper zog, zusammen mit der Magie – um den Verletzten auszusaugen wie ein Blutegel.

Das konnte ein quälend langsamer Vorgang sein, bei dem man Dutzende Wunden empfing. Man konnte jemandem aber auch einfach die Klinge ins Herz rammen und alles Blut und jegliche Magie auf einmal nehmen. Auf jeden Fall konnte die Person, die die Waffe schwang, die Schwarze Klinge gegen sich selbst richten, wenn sie mit Blut und Magie gesättigt war – sich die Waffe wie eine mit Adrenalin gefüllte Spritze selbst ins Herz rammen, um all dieses gestohlene Blut und die gesamte Magie in den eigenen Körper zu übertragen und sich so zu eigen zu machen.

Anscheinend bevorzugte Grant die quälend langsame Methode, denn er stach wieder auf mich ein. Diesmal rammte er den Dolch in meinen linken Oberschenkel. Die nächste, blutende Wunde öffnete sich, und er lachte. Doch noch bevor ich mich gegen den Schmerz wappnen konnte, hob er die Waffe erneut.

Ich zischte und riss den Kopf zurück, aber es rann bereits ein blutiges Rinnsal über mein Gesicht, weil er mir einen Schnitt an der rechten Wange zugefügt hatte.

»Mach dir keine Sorgen, Lila«, sagte Grant. »Ich werde dein hübsches Gesicht nicht verunstalten. Zumindest nicht sehr.«

»Ich Glückliche.«

»Mal sehen, ob du immer noch so eine große Klappe hast, wenn ich fertig bin.«

Er sah über die Schulter zu Devon, der immer noch schreiend gegen seine Fesseln ankämpfte. Doch all seine Bemühungen waren nutzlos.

»Was meinst du, Devon?«, flötete er wieder. »Freust du dich schon auf die zweite Runde? Ich jedenfalls tue es.«

Grant wandte sich wieder mir zu und musterte mich kritisch, um zu entscheiden, wo er mich als Nächstes verletzen sollte. Und die ganze Zeit über strömte mein Blut aus den Wunden, die er mir bereits zugefügt hatte, verteilte sich auf dem Boden, floss zu der Abflussrinne im Beton unter meinen Füßen und verschwand in der Dunkelheit des Gullys.

Und immer noch wartete ich darauf, dass mein Übertragungstalent sich einschaltete; wartete darauf, dass der Schmerz sich in etwas verwandelte, das ich einsetzen konnte, um meine Fesseln zu zerreißen. Doch ich fühlte nur ein leises, kühles Kribbeln anstelle des allumfassenden Feuers meiner Macht, das ich so dringend brauchte, um auch nur den Hauch einer Chance zu haben. Nein, ich spürte nur, wie eine Welle von Schmerz nach der anderen meinen Körper durchfuhr.

»Okay«, meinte Grant. »Ich denke, das ist genug Blut. Findet ihr nicht auch, Jungs?«

Die Männer zuckten mit den Achseln. Sie bekamen mein Talent nicht, also war es ihnen egal.

»Doch«, beantwortete Grant seine eigene Frage. »Ich glaube, eine weitere Wunde wird sie erledigen. Haltet ihre Arme fest.«

Das war meine letzte Chance.

Also schnappte ich nach Luft und kämpfte, wie ich noch nie zuvor gekämpft hatte. Ich wand mich und trat nach den Männern, um sie zu zwingen, mehr und mehr ihrer Stärke einzusetzen, um mich festzuhalten. Ich versuchte sogar sie zu beißen, obwohl das in meiner unangenehmen Haltung quasi unmöglich war. Doch einer der Männer rammte mir die Faust ins Gesicht, sodass ich für einen Moment bewegungsunfähig war.

»Wofür bezahle ich euch Idioten eigentlich? Haltet sie still!«, blaffte Grant.

Endlich gelang es den Männern, mich wieder zu fixieren. Grant hob den Dolch hoch in die Luft, bereit, ihn mir ins Herz zu rammen und mir die letzte, tödliche Wunde zuzufügen, die es ihm ermöglichen würde, mir vor meinem Tod die Magie aus dem Körper zu reißen.

Und mir wurde bewusst, dass der glühende Schmerz meiner Wunden verklungen war und ich nur noch das eisige Feuer der Magie fühlte, das sich stärker als je zuvor durch meine Adern ausbreitete.

Grant hob den Dolch noch höher, dann ließ er ihn nach unten sausen. Die Klinge pfiff durch die Luft wie die Sense des Todes ...

Mit einem Ruck zerriss ich das schwere Seil, das meine Handgelenke fesselte, als wäre es nicht dicker als ein Bindfaden. Dann duckte ich mich. Grant verfehlte mich, und der Dolch traf stattdessen die Schulter eines Wachmannes. Der Mann schrie vor Schmerz auf und stolperte rückwärts, während Blut aus der tiefen Wunde spritzte.

Grant wirbelte zu mir herum. Ich warf das Seil von mir und machte mich bereit.

»Wie hast du das gemacht?«, zischte er.

»Das würdest du wohl gerne wissen«, höhnte ich.

Er stieß ein wütendes Brüllen aus und stürzte sich auf mich.

Ich trat ihm entgegen, glitt unter seiner Deckung genauso hindurch wie unter der Waffe, die auf meinen Kopf zusauste. Stattdessen rammte ich die Faust in Grants Gesicht und griff im selben Moment nach dem Dolch. Obwohl die Schneide in meine Handfläche schnitt, riss ich ihm die Waffe aus der Hand. In einer einzigen, geschmeidigen Bewegung warf ich den Dolch in die Luft, packte das Heft und rammte Grant die Waffe in die Schulter.

Grant schrie, doch ich achtete nicht darauf. Ich war zu sehr darauf konzentriert, die Klinge aus seiner Schulter zu ziehen und ihm gleichzeitig erneut die Faust ins Gesicht zu rammen. Er fiel zu Boden. Eigentlich wollte ich ihn sofort erledigen, doch der zweite Wachmann stürzte sich auf mich, die Hände zu Klauen gekrümmt, als wollte er mir die Gliedmaßen einzeln ausreißen.

Wieder schlug ich mit dem Dolch zu. Der Kerl mochte ja stark sein, aber er war nicht besonders schnell. Ich fügte ihm eine oberflächliche Wunde am Bauch zu, sodass er auf die Knie fiel. Die Wunde war nicht tief genug, um ihn zu töten, doch auf jeden Fall war er für den Moment ausgeschaltet. Der andere Mann stolperte immer noch mit einer Hand an der Schulter durch den Raum.

»Mm! Mm-mmm!«, schrie Devon hinter seinem Knebel.

Ich ging nicht davon aus, dass meine Magie ausreichen würde, um die Wachen zu erledigen. Außerdem war meine oberste Priorität Devons Rettung, also eilte ich zu ihm.

»Streck die Arme hinter dem Körper aus und zieh die Handgelenke so weit auseinander, wie du nur kannst.«

Er folgte meiner Aufforderung, und ich machte mich daran, das Seil mit dem Dolch zu durchtrennen. Dann half ich Devon dabei, die Fesseln abzustreifen und das Klebeband abzureißen, bevor ich ihn auf die Beine zog.

In diesem Moment verließ der Rest der Magie meinen Körper, und ich war wieder mein ganz normales Selbst. Ich machte einen Schritt nach vorne, und fast hätte mein Bein unter mir nachgegeben.

»Lauf«, befahl ich Devon. »Verschwinde hier, solange du es noch kannst.«

Er schüttelte den Kopf. »Nein«, krächzte er. »Nicht ohne dich.«

Trotz meiner Proteste legte Devon einen Arm um meine Hüfte und stützte mich, bis er fast mein gesamtes Gewicht trug. Zusammen entfernten wir uns so schnell wie möglich von dem verletzten Grant und den Wachen.

Devon half mir zu der Tür am Ende der Schlachthalle. Er drehte den Türknauf.

»Abgeschlossen«, krächzte er. »Die Tür ist abgeschlossen!«

»Lass mich mal.«

Er folgte meiner Bitte, und ich gab ihm den Dolch. Er deckte uns den Rücken, während ich die Hand hob. Die zwei in den

Stäben versteckten Dietriche, die ich mir am Abend in die Haare geschoben hatte, waren noch da, also zog ich sie aus dem Pferdeschwanz. Ich wischte mir eine Strähne aus den Augen und konzentrierte mich auf das Schloss, schob die Dietriche hinein und erforschte den Mechanismus.

»Komm schon, Baby«, flehte ich das Schloss an. »Du weißt doch, dass du dich für mich öffnen willst.«

In meinem Rücken hörte ich tiefes Stöhnen, doch ich verdrängte die Geräusche aus meinem Kopf, bis ich nichts anderes mehr wahrnahm als das Gefühl der Dietriche in meiner Hand, das Schloss und die kleinen Metallschübe darin, die den richtigen Platz finden mussten.

»Beeil dich, Lila«, presste Devon hervor. »Sie stehen wieder auf.«

Ich warf ihm einen schnellen Blick zu. »Kannst du deine Magie auf sie anwenden? Sie mit einem Zwang belegen?«

Er schüttelte den Kopf und legte den Kopf schief, sodass ich die hässlichen, purpurnen Schwellungen sah, die sich um seine Kehle zogen. »Sie haben mich … abwechselnd gewürgt. Ich kann es … versuchen …«

Doch er ging nicht davon aus, dass es funktionieren würde. Nicht, wenn seine Stimme so leise und krächzend war. Er konnte kaum mehr als flüstern, und selbst ich musste mich anstrengen, um ihn zu verstehen.

»Mach dir keine Sorgen. Wir finden einen anderen Weg.«

Ich verdoppelte meine Anstrengungen am Schloss, ignorierte den Schweiß und das Blut auf meinen Händen genauso wie das leise Zittern meiner Finger. Und endlich – endlich – hörte ich ein Klicken.

Ich drehte den Knauf und riss die Tür auf. Erneut legte Devon den Arm um meine Taille und stützte mich, dann stolperten wir gemeinsam nach draußen und weg vom Schlachthof.

Die Nacht war kühl, sogar für Ende Mai. Ich atmete tief durch, während ich mich fragte, ob das wohl die letzte frische Luft war, die ich je kosten würde.

»Komm zurück, du Miststück!« Grants Schrei folgte uns nach draußen.

Es würde nicht mehr lange dauern, bis er sich eine Waffe schnappte, seine Männer rief und sie uns jagten.

Zu dumm, dass wir nirgendwo hin konnten.

Der Schlachthof lag in einem der vielen heruntergekommenen Viertel von Cloudburst Falls, und die Tür hatte sich auf eine dunkle Gasse geöffnet. Devon half mir ans Ende der Gasse, dann an die nächste Straßenecke. Ich schaute auf das Straßenschild, und mir rutschte das Herz in die Hose. Ich wusste genau, wo wir uns befanden – und auch, dass nichts und niemand in der Umgebung uns helfen konnte. Sicher, es gab Häuser und Leute, aber niemand in dieser Gegend würde seine Tür für uns öffnen, selbst wenn wir nicht vorher von einem Monster angegriffen wurden. Trotzdem mussten wir es versuchen.

»Dort entlang.« Ich deutete nach rechts. »Beeil dich.«

Ich schob mir die Stäbe meiner Dietriche wieder in den Pferdeschwanz, dann humpelte ich mit Devons Hilfe die Straße entlang. Bei jeder Bewegung, bei jedem Schritt rann aus den Wunden, die Grant mir zugefügt hatte, Blut über mein Gesicht, meine Seite und mein Bein.

In jeder Gasse, an der wir vorbeikamen, öffneten sich Augen. Sie brannten wie die Edelsteine, die ich gestohlen hatte – Rubinrot, Smaragdgrün, Saphirblau, Zitringelb. Angezogen von dem Geruch meines Blutes lösten sich Schatten von den Wänden und krochen hinter Müllcontainern hervor. Leises Fauchen und Kratzen drang an mein Ohr, als Klauen, Krallen und Schwänze über die Wände und Pflastersteine um uns herum glitten.

»Lila«, krächzte Devon warnend, weil er dasselbe hörte wie ich.

»Wir müssen in Bewegung bleiben.«

Doch wir kannten beide die Wahrheit – wenn Grant und seine Schläger uns nicht erwischten, dann würden es die Monster tun.

Auf jeden Fall kamen wir nur langsam voran – viel zu langsam. Ich konnte im Moment nicht rennen. Nicht, während Schmerz in den Stichwunden in meinem Gesicht, meiner Seite und meinem Bein pulsierte. Devon half mir, so gut er konnte, doch man hatte ihn übel zusammengeschlagen, und er humpelte fast so stark wie ich. Wir wurden eigentlich nur von reiner Sturheit vorwärtsgetrieben, und ich wusste nicht, wie lange das noch funktionieren konnte.

Wir hatten uns bis jetzt kaum mehr als fünfhundert Meter vom Schlachthof entfernt. Jede Sekunde würden Grant und seine Männer auftauchen und uns umbringen – falls Grant nicht beschloss, uns zurück in die Halle zu schleifen und uns doch noch unsere Talente zu stehlen …

Talente. Magie. Monster.

Die Worte schossen wieder und wieder durch meinen Kopf. Ich warf einen Blick auf Devon. Er humpelte mit entschlossener Miene neben mir her und zog mich mit sich. Mein Blick fiel auf die Quetschungen an seinem Hals. Er konnte nicht laut genug schreien, um seine Kompulsionsmagie auf Grant und seine Männer anzuwenden, bevor sie uns töteten.

Aber vielleicht musste er das gar nicht. Vielleicht musste er sie nur auf mich anwenden.

Ich warf einen Blick auf das nächste Straßenschild, an dem wir vorbeikamen, um unsere genaue Position zu bestimmen. In der Ferne, vielleicht einen Kilometer, führte die Lochness-Brücke über den Fluss. Da stieg eine verrückte Idee in mir auf. Eine Möglichkeit, wie ich Devon und mich selbst retten konnte – und Grant und seine Männer töten.

»Wie stark bist du?«, fragte ich Devon, als wir weitereilten. »Deine Magie? Wie stark ist sie? Wie lange hält sie an?«

»Hängt davon ab.«

Er presste noch ein paar Worte hervor, doch ich verstand ihn nicht. Er bedachte mich mit einem frustrierten Blick, dann räusperte er sich und wedelte mit der Hand.

»Wir müssen rennen.«

Ich nickte. »Absolut richtig.«

Devon schenkte mir einen seltsamen Blick, aber ich deutete auf die Lochness-Brücke vor uns.

»Siehst du das? Glaubst du, du kannst bis dorthin rennen? Bis zur Brücke, darüber und ans andere Ende?«

Er nickte, doch in seinem Blick standen unzählige Fragen. Er verstand einfach nicht, wieso es helfen würde, das andere Ende der Brücke zu erreichen.

»Das ist unsere einzige Chance«, erklärte ich. »Hast du Kleingeld dabei? Vierteldollarmünzen? Irgendwelches Geld?«

Devon musterte mich überrascht. Zweifellos fragte er sich, warum ich ausgerechnet jetzt Kleingeld haben wollte. Dann schüttelte er den Kopf.

Ich fluchte. Ich hatte die Tasche mit meinem Kleingeld darin fallen lassen, als ich über den Parkplatz gerannt war, um Devon vor Grant zu retten. Sicher, ich hatte die Stäbe in meinen Haaren und die Wurfsterne und das Handy in meinem Gürtel, aber das einzig Wertvolle, das ich dabeihatte – das Einzige, was als Zoll funktionieren würde, war ... der Ring meiner Mom.

Ich hob die Hand. Der sternförmige Saphir glitzerte im Mondlicht, als brenne darin ein Feuer. Ich wollte ihn nicht aufgeben, aber meine Mom hätte verstanden, warum ich es tun musste. Weil es der einzige Weg war, wie Devon und ich diese Nacht überleben konnten.

»Halte eine Sekunde an.«

Devon folgte meiner Bitte. Ich warf noch einen langen Blick auf den Ring meiner Mom, dann zog ich ihn voller Bedauern vom Finger. Ich schloss die Faust um das Schmuckstück und

löste mich von Devon. Er griff nach mir, offensichtlich unsicher, was ich vorhatte, doch ich hob abwehrend eine Hand. »Befiel mir zu rennen«, sagte ich durch zusammengebissene Zähne. Er runzelte die Stirn, unsicher, was ich meinte, doch eine Sekunde später verstand er. Er schüttelte abwehrend den Kopf. »Wir müssen rennen«, erklärte ich. »Du hast es selbst gesagt. Ich weiß, dass wir beide verletzt sind und dass ich blute. Aber wir müssen nur das andere Ende der Brücke erreichen, und alles wird gut. Du wirst schon sehen ...«
»Da sind sie!«, schrie Grant hinter uns.
Devon und ich wirbelten herum. Grant und die Wachen waren noch vier Blocks entfernt und kamen schnell näher. Sie alle trugen Schwerter, auch Grant. Nach dem mörderischen Glitzern in seinen Augen zu urteilen hatte er vor, uns gleich umzubringen, statt erst unsere Talente aus unseren Körpern zu reißen. Auf jeden Fall waren wir tot, wenn er uns erwischte.
»Tu es«, sagte ich. »Befiel mir zu rennen. Jetzt. Bevor es zu spät ist.«
Devon seufzte, doch er räusperte sich und sah mir in die Augen. »Lauf!«, schrie er, so laut er es nur konnte.
Für einen Moment geschah gar nichts. Ich fragte mich schon, ob seine Stimme stark genug war, um die Magie zu übertragen, doch dann war es, als hätten Hände in meinen Körper gegriffen und sich um Arme und Beine geschlungen. Ich fühlte mich wie eine Marionette, deren Fäden hierhin und dorthin gezogen wurden. Trotz meiner Schmerzen verspürte ich den plötzlichen Drang, genau das zu tun, was Devon mir befohlen hatte. Zu rennen und zu rennen und zu rennen, bis ich entweder vor Erschöpfung oder vom Blutverlust tot umfiel. In meinem momentanen Zustand wäre es wohl der Blutverlust, der mich erledigen würde.
Also packte ich Devons Hand, und wir rannten los.

Er hielt mit mir Schritt, so gut er konnte, doch wegen seiner eigenen Verletzungen konnte er nicht besonders schnell laufen. Er stöhnte vor Schmerz, doch er bat mich nicht, langsamer zu laufen. Er wusste, dass ich das gar nicht konnte, da seine Magie mich dazu zwang, immer weiter zu rennen. Also packte ich seine Hand fester und zerrte ihn hinter mir her. Wir konnten nur rennen oder sterben.

Also liefen wir … und liefen … und liefen …

Und langsam, viel zu langsam wurde die Brücke vor uns größer und größer.

»Du bist tot, Lila! Hörst du mich? Ihr seid beide tot!«

Grant schrie hinter uns, doch ich wagte es nicht, mich umzudrehen und zu schauen, wie nah er uns schon gekommen war. Wir mussten es nur über die Brücke schaffen, dann waren wir gerettet. So lautete zumindest mein Plan – und er war die einzige Hoffnung, die Devon und mir noch blieb.

Dann passierte etwas Seltsames. Wir hatten gerade die ersten Schritte auf die Brücke getan, als mir bewusst wurde, dass ich nicht mehr den Drang verspürte, zu rennen. Dass Devons Talent mich nicht mehr beherrschte. Stattdessen hatte sich mein eigenes Übertragungstalent eingeschaltet, und das eisige Feuer der Magie in meinen Adern gab mir Kraft.

Devon und ich eilten die leichte Steigung der Brücke nach oben, doch dann packte ich seine Hand und bog zu dem Stein ab, der in der Mitte der Brücke ins Geländer eingelassen war.

»Was tust du?«, krächzte Devon. »Bist du verrückt? Sie sind direkt hinter uns!«

Ich riskierte einen schnellen Blick über die Schulter. Grant und die beiden Wachen waren nur noch einen Häuserblock entfernt. In wenigen Sekunden hätten sie die Brücke erreicht und würden uns einholen.

Darauf verließ ich mich sogar.

Ich öffnete die Finger und klatschte den Ring meiner Mom auf den Stein in der Mitte der Brücke, auf den Stein, der mit drei X markiert war. Irgendwie hatte ich den Eindruck, der Saphir würde leuchten trotz des Blutes, das ihn überzog.

Dann packte ich Devons Hand fester, zerrte ihn von der Mauer weg und eilte ans andere Ende der Brücke.

Ich konnte mir nicht sicher sein, doch ich meinte ein vertrautes Klicken zu hören, als wäre meine Gabe akzeptiert worden.

Die letzten Reste der Magie verließen meinen Körper just in dem Moment, als wir das andere Ende der Brücke erreichten. Ich tat noch einen Schritt nach vorne, dann fiel ich auf die Knie, bevor Devon mich auffangen konnte. Er riss mich wieder auf die Beine und legte erneut einen Arm um meine Hüfte, doch ich konnte einfach nicht mehr.

»Stopp«, flüsterte ich.

Devon versuchte mich weiterzuschleppen, doch meine zerkratzten, blutigen Füße bewegten sich kaum. »Wir müssen hier verschwinden!«

»Wir sind in Sicherheit«, flüsterte ich. »Das weiß ich. Also vertrau mir. Bitte?«

Zweifel flackerten in seinen Augen, doch er nickte und gab die Versuche auf, mich weiterzuziehen. Stattdessen drehte er sich um, damit wir unseren Feinden entgegenblicken konnten.

Inzwischen hatten Grant und seine Männer die Brücke erreicht.

Grant wurde klar, dass wir nicht weiter weglaufen würden, und er fing an zu lachen. »Ihr stellt euch dem letzten Gefecht, hm? Wisst ihr nicht, dass man das nur tut, wenn alle Hoffnung verloren ist?«

Ich zuckte mit den Achseln, als wäre mir vollkommen egal, wie nah er uns schon gekommen war, obwohl das definitiv nicht der Fall war. Grant hatte die Brücke vielleicht zu einem Drittel überquert, und seine zwei Wachmänner folgten ein paar Schritte hinter ihm. Keiner von ihnen warf auch nur einen Blick auf den Stein, auf den ich den Ring gelegt hatte. Gut.

»Du hättest dich im Schlachthof von mir töten lassen sollen, Lila«, verkündete Grant triumphierend. »Nicht mich dazu zwingen, dich bis hierher zu jagen. Denn jetzt ... jetzt werde ich dafür sorgen, dass es wirklich *wehtut*.«

Ich deutete auf das Blut, das aus meinen Wunden rann. »Glaubst du, das tut es nicht schon?«

Er grinste nur. »Vertrau mir. Wenn ich mit dir fertig bin, wird sich das da anfühlen wie Papierschnitte.«

Ich suchte seinen Blick. Sofort schaltete sich meine Seelensicht ein und ließ mich genau erkennen, wie ernst er diese schreckliche Drohung meinte – und wie unglaublich grausam er war. Ein kalter Schauder lief mir über den Rücken. Ich wäre lieber von einem Monster gefressen worden, als zuzulassen, dass Grant noch einmal Hand an mich legte. Der Tod durch ein Monster wäre der schnellere, freundlichere Tod. Außerdem mussten schließlich auch Monster essen. Wahrscheinlich würde ich nach Frühstücksspeck schmecken.

»Wenn das hier nicht funktioniert«, flüsterte ich, »musst du mich zurücklassen und weglaufen. Renn, so weit du nur kannst.«

Devon schüttelte entschlossen den Kopf. »Ich lasse dich nicht im Stich.«

Ich seufzte über seine Sturheit. »In Ordnung. Dann lass uns hoffen, dass es funktioniert.«

»Was?«

»Du wirst schon sehen.«

Grant kam weiter auf uns zu, die zwei Wachen hinter ihm. Alle drei waren vollkommen darauf konzentriert, uns in winzige Stücke zu schneiden. Devon legte den Arm fester um mich, dann schoben wir beide das Kinn vor und warteten.

Grant näherte sich der Mitte der Brücke. Genau wie die Wachen. Er musste nur noch ein paar Schritte nach vorne machen, dann würde hoffentlich passieren, womit ich rechnete ...

Grant hielt kurz vor der Mitte der Brücke an.

Sein Blick schoss nach rechts und links, um in die Schatten zu spähen. »Was hast du vor, Lila? Was geht hier vor?«

»Was meinst du?«

Er taxierte mich. »Ich habe dich beobachtet, seit du dich den Sinclairs angeschlossen hast. Du bist klug. Clever. Du hast immer noch ein Ass im Ärmel. Warum also habt ihr angehalten? Wieso gebt ihr auf?«

Ich zog eine Augenbraue hoch. »Ich würde nicht sagen, dass dich anzugreifen, Devon zu befreien und zu fliehen etwas mit Aufgeben zu tun hat. Eigentlich habe ich dich sogar total vorgeführt, wenn man bedenkt, dass du zwei Leute nicht mehr als ... was? ... eine Stunde gefangen halten konntest? Du bist doch kein so ein großes kriminelles Genie, hm?«

Einer der Wachmänner kicherte. Grant warf ihm einen bösen Blick zu, worauf der Mann versuchte, sein Lachen als Husten zu tarnen. Doch seine Reaktion reichte aus, um Grant über die Kante zu treiben.

»Weißt du was, Lila?«, knurrte er. »Ich werde dir die Zunge rausschneiden – bevor ich dich töte.«

Grant packte sein Schwert fester, dann tat er genau das, worauf ich die ganze Zeit gehofft hatte. Er trat über die Reihe von Pflastersteinen, die die Mitte der Brücke markierten.

Und die anderen beiden Männer taten dasselbe. Zusammen überquerten sie den höchsten Punkt der Brücke und gingen die Steigung hinunter auf uns zu.

Devon machte Anstalten, mich loszulassen und sich zwischen mich und unsere Feinde zu schieben, aber ich packte seine Hand fester.

»Stopp«, sagte ich. »Und steh absolut still.«

Devon runzelte die Stirn, doch er tat, worum ich ihn gebeten hatte.

Grant ließ sein Schwert durch die Luft sausen. Hinter ihm taten seine zwei Handlanger dasselbe, in dem Versuch, so bedrohlich wie möglich zu wirken. Ich verdrehte nur die Augen. Waren sie nicht süß?

Trotzdem. Obwohl sie kurz davor standen, uns umzubringen, konnte ich ein Lachen nicht unterdrücken. Trotz der Schmerzen, die meinen Körper erfüllten, trotz des Blutes, das aus meinen Wunden lief, trotz meiner Angst, trotz allem ... lachte ich.

»Was ist so witzig?«, knurrte Grant.

»Eigentlich gar nichts«, meinte ich. »Ich musste nur gerade daran denken, wie du mich an diesem ersten Tag von der Schule abgeholt und zum Herrenhaus der Sinclairs gefahren hast. Daran und an die anderen Male, als wir durch die Stadt gefahren sind. Jedes Mal, wenn du in dieser Gegend bist, fährst du über diese Brücke.«

»Was spielt das für eine Rolle?«, blaffte Grant. »Das ist der schnellste Weg durch die Stadt.«

Ich grinste ihn an. »Es spielt eine Rolle, weil du vergessen hast, dem Lochness seinen Zoll zu bezahlen – *mal wieder*.«

Er runzelte die Stirn. Offensichtlich hatte er keine Ahnung, wovon ich sprach. Doch die Wachen wussten es. Einer von ihnen fluchte und wirbelte herum, um den glatten Stein in der Mitte der Brücke anzustarren. Er rannte los und grub gleichzeitig in seinen Taschen nach ein paar Münzen oder Scheinen ... nach irgendetwas, das ihn retten konnte.

Doch es war zu spät.

Ein langer, schwarzer Tentakel durchbrach die dunkle Oberfläche des Flusses und verteilte Wasser überall auf der Brücke. Devon keuchte. Ja, okay, ich auch.

Der Fangarm schwebte in der Luft über der Brücke und bewegte sich hin und her wie eine Kobra kurz vor dem Zubeißen.

Und dann passierte es.

Der Tentakel schoss nach unten und schloss sich um den ersten Wachmann; denjenigen, der losgelaufen war, um den Zoll doch noch zu bezahlen. Der Mann war so überrascht, dass ihm das Schwert aus den Fingern glitt – das Einzige, was ihn vielleicht noch hätte retten können. Er schrie und schrie, während er mit den Fäusten auf den feuchten Fangarm einschlug, doch selbst mit seinem Talent für Stärke konnte er gegen das Lochness nichts ausrichten. Der Tentakel hob den Mann hoch in die Luft über der Brücke, bevor er ihn ins Wasser darunter zog.

Stille.

So schnell, wie der Tentakel unter der Wasseroberfläche verschwunden war, schoss auch schon der nächste nach oben. Der zweite Wachmann umklammerte sein Schwert. Ich glaubte schon, er würde versuchen, gegen das Lochness zu kämpfen, doch dann drehte er sich um und rannte über die Brücke auf uns zu.

Doch Grant ließ ihm keine Chance.

Er wartete, bis der Mann in Reichweite war, dann zog er seinem Handlanger die Klinge quer über die Brust. Der Wachmann fiel schreiend auf die Pflastersteine, und der Tentakel schoss nach vorne und schnappte ihn sich ebenfalls. Ein Kinderspiel. Auch dieser Mann verschwand im Fluss.

Grant wirbelte herum und rannte los, um dem Lochness zu entkommen. Neben mir packte Devon den Dolch fester, den ich ihm im Schlachthof gegeben hatte, obwohl ich bezweifelte, dass er noch genug Kraft hatte, um eine Waffe zu schwingen.

»Wenn er es schafft, musst du versuchen, deine Magie gegen ihn einzusetzen. Und falls das nicht funktioniert, lauf los. Bitte – bitte tu mir den Gefallen.«

Devon schob stur das Kinn vor und schüttelte den Kopf. »Nicht ohne dich.«

Grant rannte weiter auf uns zu, so schnell er nur konnte. Seine Lederschuhe erzeugten klatschende Geräusche auf dem Pflaster.

»Du Miststück!«, schrie er wieder. »Dafür wirst du zahlen!«
Ich antwortete nicht, weil ich mich fragte, ob es ihm wohl tatsächlich gelingen konnte, dem Zorn des Lochness zu entkommen. Ich hielt nach dem Wesen Ausschau – oder zumindest nach seinen Tentakeln –, doch ich konnte nichts entdecken. Keinen Fangarm, keine Wasserfontänen, nichts, das darauf hingewiesen hätte, dass das Lochness nach wie vor unter der Wasseroberfläche lauerte.

Grant wagte es, einen Blick über die Schulter zu werfen, doch die Brücke war leer. Er drehte sich wieder um und bedachte mich mit einem selbstgefälligen Blick. »Sieht so aus, als hätten meine Männer den Tribut für mich bezahlt. Was willst du jetzt tun, Lila?«

Mir rutschte das Herz in die Hose, weil ich darauf keine Antwort hatte. Das hier … das war mein Plan gewesen. Die alten Traditionen. Die Gebräuche, die meine Mom mir eingebläut hatte und die ich immer respektiert und mit Freude befolgt hatte. Im Moment allerdings sah es nicht so aus, als würden sie uns retten.

Devon spannte sich an und wartete darauf, dass Grant nah genug kam. Egal was geschah, Devon würde mir zur Seite stehen und mich bis zum letzten Atemzug verteidigen. Das bedeutete mir unglaublich viel.

Aber das musste er gar nicht.

Grant trat von der Brücke und setzte den ersten Fuß auf die Straße. Gerade als er den zweiten Schritt machen wollte, schoss ein Tentakel aus den Schatten, glitt über die Pflastersteine und schlang sich um seinen Knöchel.

Grant fiel zu Boden, wobei ihm das Schwert aus der Hand rutschte. Langsam zog der Tentakel ihn zurück auf die Brücke. Doch Grant hatte nicht vor, sich kampflos zu ergeben. Er klammerte sich an einem Pflasterstein fest, der ein wenig aus dem Boden ragte. Der Tentakel zerrte ungeduldig an ihm, doch Grant klammerte sich mit aller Kraft fest – so fest, dass seine

Fingernägel abbrachen und bluteten. Doch das war immer noch besser als die Alternative.

Grant hob den Kopf und richtete den Blick auf mich. Meine Seelensicht schaltete sich ein, und ich fühlte all seinen Schmerz, die Wut und den Unglauben über das, was gerade geschah.

»Hilf mir!«, schrie er.

»Nein.«

Als ihm klar wurde, dass er von mir keine Hilfe erhalten würde, richtete Grant seinen panischen Blick auf Devon.

»Devon! Bitte!«, schrie er. »Hilf mir!«

Devon seufzte. Wie erwartet wollte er vortreten, doch ich hob den Arm, um ihn zurückzuhalten, und schüttelte den Kopf.

»Nein«, wiederholte ich. »Nicht ihn. Ich weiß, dass er ein Mitglied deiner Familie ist. Ich weiß, dass du ihn bis vor Kurzem für deinen Freund gehalten hast. Aber er hat es nicht verdient, gerettet zu werden. Nicht nach dem, was er dir antun wollte. Nicht nach dem, was er Ashley und deinem Vater angetan hat. Glaub mir. Wenn du ihm jetzt hilfst, wird er bald schon wieder versuchen, uns umzubringen.«

Devon starrte mit undurchdringlicher Miene auf Grant hinunter, um einen Moment später kurz zu nicken.

Grant sah seine letzte Hoffnung verblassen, und sofort richtete er seinen hasserfüllten Blick wieder auf mich. »Du Miststück!«, knurrte er. »Du hast mir das angetan! Mein Blut klebt an deinen Händen!«

»Jepp«, sagte ich. »Ich habe dir das angetan. Aber gleichzeitig hast du es dir auch selbst angetan. Adieu, Grant.«

Grant klammerte sich weiter an dem Pflasterstein fest. Der Tentakel schlang sich fester und fester um seinen Knöchel, bis ich das Knacken brechender Knochen hörte. Es folgte ein Ruck, dann ein heftigerer Ruck … dann ein noch heftigerer …

Grant klammerte sich schreiend mit all seiner Kraft an den Pflasterstein.

Doch das reichte nicht.

Die Brücke war feucht, und die Steine waren glitschig, weil das Lochness alles mit Wasser bespritzt hatte. Und jetzt verlor Grant doch den Halt. In einem Moment rutschten seine Finger noch verzweifelt über die Pflastersteine. Im nächsten hatte der Tentakel ihn schon hoch in die Luft gerissen. Grant blieb kaum genug Zeit, einmal Luft für einen Schrei zu holen, bevor die Kreatur ihn unter Wasser zog.

Devon und ich sahen uns an. Dann humpelten wir beide zur Brücke und spähten über die Balustrade. Das Wasser war viel unruhiger als gewöhnlich, es brodelte und schäumte wie in einer heftigen Stromschnelle. Ich bildete mir ein, einen letzten gurgelnden Schrei von Grant zu hören, und dann …

Stille.

Der Fluss nahm seinen normalen Lauf wieder auf, auch wenn ölige Schlieren auf der Wasseroberfläche tanzten – Grants Blut.

Devon stieß einen leisen Pfiff aus und wich langsam vom Rand der Brücke zurück, doch ich blieb, wo ich war, und klammerte mich haltsuchend an die steinerne Balustrade. Vielleicht hätte ich mich auch zurückgezogen, wenn ich nicht das Gefühl gehabt hätte, dass dann meine Beine unter mir nachgegeben hätten.

Ich habe keine Ahnung, wie lang wir dort stehen geblieben wären, wenn sich nicht der schwarze Tentakel wieder über die Brücke erhoben hätte.

Ich verspannte mich und packte die Balustrade fester, während mir der Gedanke durch den Kopf schoss, dass das Lochness vielleicht immer noch hungrig war. Vielleicht würde es auch Devon und mich hochreißen und unter Wasser ziehen wie Grant und die zwei Wachmänner. Der Tentakel bog sich ein Stück nach hinten, dann schoss die äußerste Spitze nach vorne. Es war fast, als würde ein Baseballspieler etwas in unsere Richtung werfen. Etwas Silbernes flog glitzernd durch die Luft.

Klimper-klimper-klirr.
Der kleine Metallgegenstand traf die Balustrade, prallte ab und fiel mir vor die Füße. Ich senkte den Blick.
Im Mondlicht vor meinen Füßen glänzte der Saphirring meiner Mom.
Ich schnappte nach Luft, und neben mir tat Devon dasselbe.
»Warum hat es das getan?«, krächzte er. »Wieso hat dir das Lochness deinen Ring zurückgegeben?«
Ich beugte mich vor und hob das Schmuckstück auf. Trotz des Bluts im Wasser leuchteten der Saphirstern und das Silber der Fassung, als wären sie gerade gereinigt worden. Ich schob mir den Ring auf den Finger, wo er hingehörte, dann hob ich den Blick. Der Tentakel hing immer noch schwankend in der Luft. Fast, als würde er mir zuwinken.
Ich zögerte, dann winkte ich zurück, obwohl ich keine Ahnung hatte, ob das Lochness mich tatsächlich sehen konnte.
»Ähm ... danke.«
Der Tentakel zog sich zurück und verschwand unter der Wasseroberfläche. Einen Moment später tönte ein lautes Geräusch unter der Brücke hervor, das fast klang wie ein Nebelhorn.
Urp.
»War das ... ein Rülpser?«, flüsterte Devon.
»Willst du das wirklich wissen?«
Er schüttelte den Kopf.
»Mir geht es genauso.«

28

Ich konnte nicht mehr laufen, aber Devon wollte mich nicht allein lassen, also setzten wir uns einfach auf die Lochness-Brücke. Das war sicherer, als verletzt durch die Straßen zu humpeln. Trotz des Blutes, das an uns klebte, erschienen keine Monster, um uns in einen Mitternachtssnack zu verwandeln. Wir schienen unter dem Schutz des Lochness zu stehen – zumindest heute Nacht.

Also zog ich mein Handy hervor und rief Mo an, um ihm zu sagen, wo wir waren. Zehn Minuten später stoppten mehrere schwarze Geländewagen an unserem Ende der Brücke. Claudia, Felix, Reginald, Angelo und diverse Wachen ergossen sich aus den Autos und eilten zu uns, zusammen mit einem vertrauteren Gesicht.

Mo sank vor mir auf ein Knie. »Du siehst nicht gut aus, Mädchen.«

»Erzähl mir etwas, das ich noch nicht weiß.«

Grinsend legte er eine Hand auf meine Schulter.

Auch Felix kauerte sich vor mich und Devon. Er schüttelte den Kopf, dann lächelte er. »Ich kann euch beide wirklich keine Sekunde allein lassen, oder?«

»Das nächste Mal darfst gerne du gegen den Irren und seine Söldner kämpfen«, meinte ich.

»Was ist passiert?«, fragte Claudia scharf. »Wo ist Grant?«

»Er schläft bei den Fischen – für immer.«

Claudia starrte offensichtlich verwirrt auf die Brücke. Doch dann formten ihre Lippen ein stummes O. Alle anderen verstummten, und mehr als nur ein paar Männer spähten auf der Suche nach dem Lochness ins Wasser, die Hände an den Schwertern. Ich wusste, dass sie das Monster nicht entdecken würden.

Schließlich räusperte sich Angelo. »Ich spreche ungern das Offensichtliche aus, aber Lila und Devon brauchen medizinische Versorgung. Wir müssen sie in ein Auto bringen.«

Mo sah mich an. »Ist das okay für dich, Mädchen? Denn ich würde sagen, du hast deinen Vertrag mit der Sinclair-Familie mehr als erfüllt.«

Claudia versteifte sich bei diesen Worten, doch sie konnte kaum widersprechen.

Ich sah mich unter den Leuten um, die sich auf der Brücke versammelt hatten. Claudia, Reginald, Angelo, Felix, Mo und schließlich Devon, der mich mit einer Mischung aus Hoffnung und Wachsamkeit musterte. Und in seinem Blick lag noch etwas, über das ich im Moment nicht näher nachdenken wollte.

»Ja, bringt mich zurück ins Herrenhaus«, sagte ich. »Bringt mich nach Hause.«

Der Rest der Nacht verging wie im Nebel. Mo hob mich hoch und lud mich in einen der Geländewagen. Devon und Felix bestanden darauf, mit mir zu fahren, mit Mo auf dem Beifahrersitz und Reginald hinter dem Steuer. Die gesamte Fahrt über redete Mo ununterbrochen. Selbst Felix kam zur Abwechslung mal nicht zu Wort.

Zurück im Herrenhaus trug Mo mich in die Krankenstation, wo Angelo und Felix Stechstachelsaft über meine Wunden gossen. Devon lag im nächsten Zimmer, wo seine Kehle und seine anderen Verletzungen untersucht wurden. Felix und Angelo wechselten immer zwischen uns hin und her. Ich erkundigte mich nach Devon, und Felix versicherte mir, dass es ihm gut ginge und ich mir keine Sorgen machen müsse.

Sobald ich geheilt war, nahm ich eine lange Dusche, bevor ich in den Pyjama kletterte, den Felix mir gebracht hatte. Mo half mir zurück in mein Zimmer, und ich brach auf dem Bett zusammen.

Am nächsten Morgen weckte mich die Sonne, die durchs Fenster schien. Mit dem Gedanken an Tiny und seinen geliebten Sonnenfleck döste ich noch ein wenig, doch irgendwann wurde es einfach zu warm und zu hell, um weiterzuschlafen. Also warf ich die Decke zur Seite, schwang die Beine über die Bettkante und stöhnte, als sich Schmerzen in meinem Körper ausbreiteten. Alle Stichwunden waren geheilt worden, doch meine Hände und Arme waren immer noch mit Kratzern übersät, ganz zu schweigen von meinen wunden Füßen und dem Muskelkater in den Beinmuskeln, weil ich so lange gerannt war ...

Ich hörte ein leises Surren, dann schoss ein verschwommener Fleck durch den Raum und stoppte direkt vor meinem Gesicht.

»Endlich!«, blaffte Oscar. Er hatte die Arme vor der Brust verschränkt, und seine Flügel zitterten verärgert. »Ich habe mich schon gefragt, ob du jemals wieder aufwachen wirst.«

Ich verzog das Gesicht. »Musst du so schreien? Ich war gestern Nacht in einen Kampf verwickelt, nur für den Fall, dass du noch nichts davon gehört hast.«

»Oh, ich habe davon gehört. Das gesamte Herrenhaus hat es mitbekommen. Man redet über nichts anderes. Über Grant und das, was er getan hat, und über dich und das, was *du* getan hast.«

»Also tratschen alle über mich«, murmelte ich. »Super.«

Er zuckte mit den Achseln. »Das gehört einfach dazu, Sahneschnitte. Und jetzt komm. Wir müssen dich anziehen. Claudia will dich sehen.«

»Warum?«

»Ich habe keine Ahnung, aber du solltest sie nicht warten lassen. Also komm. Raus aus den Federn.«

Wieder stöhnte ich, doch Oscar schoss um mich herum wie eine nervige Biene und pikte mich mit dem Finger, bis ich endlich aufstand. Ich stolperte ins Bad und nahm eine heiße Dusche. Unter dem warmen Wasser versuchte ich mich ein wenig zu dehnen.

Als ich fertig war, schlüpfte ich in einen flauschigen weißen Bademantel und ging zurück ins Schlafzimmer. Oscar hatte bereits das Bett gemacht, und der nächste schwarze Hosenanzug lag auf der Decke ausgebreitet.

»Wofür ist der?«, fragte ich und befühlte das Gewebe, das sogar noch edler war als der Stoff des Anzuges, den ich gestern beim Abendessen getragen hatte.

»Claudia hat ihn für dich hochgeschickt, also ziehst du ihn an.«

»Kann ich nicht einfach Shorts und T-Shirt tragen?«, jammerte ich.

»Nein«, blaffte er. »Nicht, wenn du etwas *davon* haben willst, bevor du losziehst.«

Oscar flog ein Stück zur Seite und hob den Arm. Auf dem Tisch vor dem Fernseher waren die verschiedensten Tabletts mit Essen angerichtet. Teller mit dampfendem Rührei, Kartoffelpuffern, Schokoladenpfannkuchen, Kirschplunder und – natürlich – einem ganzen Berg von knusprigem Frühstücksspeck. Mein Magen knurrte, und allein bei dem Anblick lief mir schon das Wasser im Mund zusammen.

Ich trat vor, aber Oscar schoss mit verschränkten Armen vor mich und schnitt mir den Weg ab.

»Nein«, sagte er. »Du kriegst keinen einzigen Bissen, bevor du nicht den Anzug trägst.«

»Du verhandelst hart, Pixie.«

Er grinste. »Das habe ich schon mal gehört. Und jetzt sei

ein gutes Mädchen, zieh deine Sachen an und iss ein wenig Speck.«

»Ja, Herr«, grummelte ich, aber ich lächelte dabei. Und er auch.

Oscar drängte mich zur Eile, doch ich ließ mir Zeit mit meinem Frühstück, um jeden einzelnen Bissen zu genießen. Trotz der Geschehnisse der letzten Nacht hatte ich den leisen Verdacht, dass Claudia mich heute auf die Straße setzen würde. Nun da Grant tot war, brauchte sie mich schließlich nicht mehr, um Devon zu beschützen. Ich wollte noch ein letztes gutes Essen genießen, bevor ich das Herrenhaus verließ. Ich dachte kurz darüber nach, die Reste des Essens – besonders den Speck – in einen meiner Koffer zu packen, entschied mich aber dagegen. Für den Moment.

Als ich endlich bereit war, befestigte ich das Schwert meiner Mom in seiner Scheide an meinem schwarzen Gürtel und folgte Oscar zur Bibliothek.

»Claudia wird sich dir in einer Minute anschließen«, erklärte er.

»Danke«, murmelte ich. »Glaube ich zumindest.«

Er grinste mich an, dann schoss er durch den Flur und um eine Ecke.

Ich betrat die Bibliothek, aber Claudia saß nicht an ihrem Schreibtisch. Also ging ich zu den Terrassentüren und bewunderte die Aussicht. Noch etwas, das ich vermissen würde.

Ich hörte leise Schritte hinter mir, dann stellte Claudia sich neben mich. »Eindrucksvoll, nicht wahr?«

Ich zuckte nur mit den Achseln.

»Lass uns einen Spaziergang machen.«

Sie öffnete eine der Glastüren und trat nach draußen. Ich folgte ihr, als sie über ein paar Stufen nach unten schlenderte, um dann quer über den Rasen Richtung Wald zu gehen. Ich sah mich um, konnte aber niemand anderen entdecken.

»Wo sind die Wachen?«

»Ich habe sie ans andere Ende des Anwesens geschickt«, antwortete sie. »Ich wollte nicht, dass sie uns sehen.«

»Natürlich nicht«, murmelte ich.

Claudia warf mir einen scharfen Blick zu, sagte aber nichts dazu.

Wir folgten vielleicht für fünfhundert Meter einem Weg durch den Wald, bevor die Bäume sich zu einer großen Lichtung öffneten, die von einem Eisenzaun umgeben war. Hinter dem Zaun ragten rechteckige Marmorblöcke aus dem Boden. Nein, das waren nicht einfach irgendwelche Steinquader – es waren Grabsteine.

»Ein Friedhof? Warum haben Sie mich zu einem Friedhof geführt? Haben Sie vor, mich hier zu beerdigen?« Ich bemühte mich, locker zu klingen, als wäre das nur ein Witz, auch wenn ich fürchtete, dass dem nicht so war.

Claudia antwortete nicht. Stattdessen öffnete sie das Tor im Zaun und ging den Hauptweg entlang. Grummelnd folgte ich ihr.

Ich ließ den Blick über die Grabsteine gleiten, von denen viele die Form von Kreuzen hatten. Alle Inschriften auf der linken Seite des Friedhofes enthielten den Namen Sinclair, und ich entdeckte auch den Grabstein für Lawrence, Devons Dad. Doch dann musterte ich die rechte Seite und bemerkte, dass hier die unterschiedlichsten Namen auftauchten. Ein Grab relativ am Anfang war so frisch, dass noch verwelkte Blumen darauf lagen – das war Ashleys letzte Ruhestätte.

An diesem Grab hielt Claudia kurz an, senkte den Kopf und erwies Ashley so schweigend die letzte Ehre. Ich folgte ihrem Beispiel.

Dann gingen wir weiter. Je tiefer wir auf den Friedhof vordrangen, desto öfter erschien ein anderer Name auf den Grabsteinen – *Sterling*.

Angst breitete sich in mir aus, und meine Beine fühlten sich plötzlich genauso schwer und taub an wie gestern, nachdem Grant auf mich eingestochen hatte. Plötzlich wusste ich genau, warum Claudia mich hergebracht hatte.

Sie führte mich in den hinteren Teil des Friedhofs, wo sie vor einer der schwarzen Marmorsäulen anhielt. Ein Stern war oben in den Grabstein gemeißelt worden, und darunter standen ein paar einfache Worte – *Serena Sterling, geliebte Mutter und Freundin, hochgeschätztes Mitglied der Sinclair-Familie.*

Meine Hand glitt zum Schwert meiner Mom, und ich packte das Heft so fest, dass ich fühlte, wie sich der Stern auf dem Griff in meine Haut grub. Ich atmete keuchend, und das Herz verkrampfte sich in meiner Brust. Es tat so weh, als hätte einer der Tentakeln des Lochness mich gepackt, um mich in meiner eigenen Trauer zu ertränken.

Claudia suchte meinen Blick, und in ihren grünen Augen stand eine Mischung aus Kummer, Mitleid und Verständnis.

»Ich habe dich hierhergebracht, Lila«, sagte sie, »weil ich dachte, du willst vielleicht endlich einmal das Grab deiner Mutter sehen.«

In dem Versuch, meine Gefühle unter Kontrolle zu bekommen, atmete ich einmal tief durch, dann noch einmal ... dann noch einmal ... Schließlich, als ich mich ruhig genug fühlte, löste ich den Blick von dem Grabstein und sah Claudia an.

»Also«, meinte ich. »Dann ist die Katze wohl aus dem Sack, hm?«

Sie zog eine Augenbraue hoch, und ich seufzte.

Sie deutete auf eine Bank aus schwarzem Marmor, die ganz hinten auf dem Friedhof aufgestellt worden war. »Wir sollten uns unterhalten.«

Zusammen gingen wir hinüber und setzten uns auf die Bank. Trotz der Hitze des Tages war der Stein kühl, denn die Bäume hüllten diesen Teil des Friedhofes in Schatten. Mehrere Minuten lang sprach keiner von uns. Die einzigen Geräusche waren die leisen Rufe der Vögel und Trolle in den Bäumen und das Rascheln der Sommerbrise im grünen Laub.

»Wie lange wissen Sie es schon?«, fragte ich schließlich.

»Dass du in Wahrheit Lila Sterling bist? Tochter von Serena Sterling, der Frau, die eine meiner besten Freundinnen war?«, fragte Claudia.

Ich verzog das Gesicht, doch dann nickte ich.

»Es wurde mir klar, als ich dabei zugesehen habe, wie du gegen Felix und Devon gekämpft hast. Du hast dich genauso bewegt wie sie, hast auf dieselbe Art angegriffen. Da hatte ich schon einen Verdacht, und in dem Moment, als ich bemerkt habe, dass du den da trägst, wurde es zu einer Gewissheit.« Claudia hob die Hand und tippte auf meinen Saphirring. »Obwohl ich zugeben muss, dass ich es schon hätte verstehen müssen, als Mo mir deinen Namen genannt hat. Merriweather war ...«

»Der Mädchenname meiner Großmutter. Als ich noch klein war, haben wir sie oft besucht.«

Ich hatte mich für so schlau gehalten, weil ich meine wahre Identität vor Claudia verborgen hatte. Dabei hatte sie es die ganze Zeit über gewusst. Ich fragte mich, ob sie mich deswegen gezwungen hatte, Devons Leibwächterin zu werden. Damit sie ein Auge auf mich halten konnte. Wahrscheinlich schon.

Claudia schwieg einen Moment. »Was hat deine Mutter dir erzählt? Über die Familie? Über ... mich?«

»Alles«, sagte ich. »Sie hat nie etwas vor mir verheimlicht. Ich weiß, dass sie einmal Teil der Sinclair-Familie war und von der Freundschaft zwischen Ihnen und ihr. Sie hat die Familie wegen irgendeines Streites kurz vor meiner Geburt verlassen. Sie hat erklärt, hinterher hätte es kaum noch Kontakt zwischen Ihnen beiden gegeben.«

»Das klingt ungefähr richtig.«

Ich hätte ihr noch mehr erzählen können. Darüber, was meine Mom alles für die Familie getan hatte und wie sie Claudia dabei geholfen hatte, Leichen verschwinden zu lassen – im übertragenen Sinne genauso wie im wahrsten Sinne des Wortes –, aber ich wollte zumindest einige meiner Geheimnisse für mich behalten.

»Wo seid ihr hingegangen?«, fragte Claudia. »Nachdem deine Mutter die Familie verlassen hat? Was habt ihr beide getan?«

Ich zuckte mit den Achseln. »Im Winter und Frühling sind wir viel herumgezogen. Ashland, Bigtime, Cypress Mountain. Wir waren an vielen Orten. Mom hat sich als Wache bei reichen Familien verdingt oder Leuten dabei geholfen, Monsterprobleme zu lösen. Solche Dinge eben. Dasselbe, was sie auch für Sie getan hat. Manchmal war sie einfach nur eine Diebin und hat Kunstwerke, Autos, Schmuck gestohlen – eben alles, was ihr bei den Jobs, die Mo für sie besorgt hat, so untergekommen ist.«

»Aber?«, fragte Claudia.

Ich holte tief Luft. »Aber im Sommer kamen wir immer nach Cloudburst Falls zurück. Mom hat erklärt, das wäre unser Zuhause und würde es auch immer bleiben. Sobald die Schule vorbei war, packte Mom unsere Sachen, und wir kamen hierher. Sie hat ein schäbiges Apartment in einem Viertel gemietet, wo niemand uns bemerken würde, und dann sind wir jeden Tag losgezogen, um die Stadt zu erkunden. Wir waren auf dem Midway, auf dem Berg, draußen am See und am Strand. Wir haben Eis gegessen, gespielt, die Bibliothek besucht und alle Spielhallen, Parks und Museen besichtigt. Es waren immer wunderbare Sommerferien.« Meine Stimme sank zu einem Flüstern. »Darauf habe ich mich jedes Jahr am meisten gefreut. Sogar mehr als auf Weihnachten oder meinen Geburtstag.«

Claudia seufzte. »Bis zu dem Tag, an dem Devon und ich auf dem Midway angegriffen wurden.«

»Genau. Und meine Mom Sie gerettet hat.«

»Ich habe sie an diesem Tag gesehen. Nur für eine Sekunde. Ich habe gedacht, sie sei ein Geist oder nur eine Ausgeburt meiner Fantasie gewesen. Bis ich hörte, dass ihre Leiche gefunden worden war.«

Weiße Sterne tanzten am Rand meines Blickfeldes und drohten, sich zu dieser weißen Wand zu vereinen und mich zurück in die Vergangenheit zu katapultieren. Ich blinzelte und blinzelte, bis die Sterne verschwanden und ich wieder fest in der Gegenwart verankert war.

»Ich weiß, dass Victor Draconi sie ermordet hat«, erklärte Claudia. Ihre Stimme klang so kalt und leer, wie mein Herz sich anfühlte. »Er hatte ein Gerücht über Devons Kompulsionsmagie gehört, und er wollte sehen, ob es stimmte. Es waren seine Männer, die uns an diesem Tag angegriffen haben. Wäre deine Mutter nicht gewesen, hätten sie an diesem Tag Devon entführt und mich getötet.«

Ich runzelte die Stirn. »Aber das ist vier Jahre her. Hat Victor es nicht noch mal versucht? Hat er keine weiteren Männer auf Devon gehetzt?«

»Nein. Seit diesem Tag nicht mehr.«

Mir fiel etwas auf. »Deswegen denken alle, Devon besäße keine Magie. Deswegen setzt er sein Talent zum Zwang vor niemandem ein. Um zu verhindern, dass Victor es wieder versucht.«

Sie nickte. »Mir ist es gelungen, den Ursprung des Gerüchts ausfindig zu machen und diese Person ... davon zu überzeugen, Victor mitzuteilen, sie habe sich geirrt.«

Ich überlegte, wie schmerzhaft diese Überzeugungsarbeit wohl gewesen war, doch ich fragte nicht nach.

»Victor hat noch eine Weile herumgeschnüffelt, aber schließlich hat er geglaubt, dass Devon keine Magie besitzt, also ist er weitergezogen. Seitdem war Devon sicher. Zumindest, bis Grant auf der Bildfläche erschien.«

Ich nickte, während ich gedankenverloren den Stern im Heft

meines Schwertes mit dem Finger nachzog. Der Ring meiner Mom glitzerte bei der Bewegung an meinem Finger.

»Hat Victor Serena selbst getötet oder hat er nur jemanden geschickt?«

Ich hatte mit der Frage gerechnet, trotzdem zuckte ich zusammen und schloss die Finger um das Heft des Schwertes. »Er selbst«, flüsterte ich, wobei ich an das blutige Seidentaschentuch dachte, das flatternd in den Rinnstein gefallen war. »Blake war ebenfalls da.«

»Erzähl mir davon.«

»Nein«, blaffte ich harsch. »Das werden Sie nicht hören. Nicht heute. Und vielleicht niemals.«

Claudia musterte meine angespannte Miene, die verspannten Schultern und die Hand, die das Heft meiner Waffe umklammerte. »In Ordnung. Machst du mich und Devon für ihren Tod verantwortlich?«

»Ja.«

Ihre Lippen wurden schmal, und Schmerz blitzte in ihren Augen auf, bevor sie ihn verbergen konnte – Schmerz und dieselben allumfassenden, drückenden Schuldgefühle, die auch Devon ständig empfand.

Ich seufzte. »Nein, eigentlich nicht. Nicht mehr. Sie und Devon zu retten ... so war meine Mom einfach. Es lag ihr im Blut. Sie war eine gute Diebin, aber Mo hat immer gesagt, dass sie besser darin war, Leute zu beschützen. Und er hatte recht damit. Wären Sie es nicht gewesen, hätte sie jemand anderen gerettet.«

»Aber wir waren es«, sagte Claudia. »Und das tut mir mehr leid, als du dir vorstellen kannst.«

Ich zuckte nur mit den Schultern. Bedauern hatte noch nie etwas geändert.

»Ich wusste, dass Serena eine Tochter hat, auch wenn ich deinen Namen nicht kannte. Nach dem Tod deiner Mom habe ich überall nach dir gesucht«, erklärte sie leise. »Ich habe meine

Wachen den Midway nach verletzten Mädchen absuchen lassen. Ich habe wochenlang Ausschau gehalten, aber nie auch nur den geringsten Hinweis auf dich entdeckt.«
»Ich wollte nicht gefunden werden. Mo hat mir dabei geholfen. Er hat ein paar Dokumente gefälscht, sodass ich von da an Merriweather hieß, und hat mich dem menschlichen Pflegesystem überantwortet. Das ist allerdings nicht so toll gelaufen, also habe ich beschlossen, auf mich selbst aufzupassen.«
Claudia warf mir einen Blick zu. »Warum bist du nicht hergekommen? Warum hast du dich nicht an mich gewandt? Serena hat dir doch sicherlich gesagt, dass ich dir helfen würde ... dass ich dich um jeden Preis beschützen würde.«
»Das hat sie getan. Nach dem Angriff auf dem Midway, auf dem Rückweg zu unserer Wohnung, hat sie es mir noch mal gesagt. Dass ich herkommen soll, wenn etwas geschieht und wir getrennt werden sollten. Dass Sie mich aufnehmen würden.«
»Warum also hast du es nicht getan?«
»Weil ich nichts mit Ihnen zu tun haben wollte«, blaffte ich. »Nachdem Sie und Devon der Grund für ihren Tod waren.«
Wieder einmal blitzten die Schuldgefühle in ihren Augen auf, und wieder einmal fühlte ich mich wie ein totales Miststück.
»Hören Sie«, sagte ich. »Es tut mir leid. Ich mache Sie nicht für den Tod meiner Mom verantwortlich. Wirklich nicht. Nicht mehr. Aber ich will nicht in Ihre Welt gezogen werden. In Ihre Kämpfe und Fehden mit den anderen Familien verwickelt werden. Ich bin erst seit etwas über einer Woche hier, und ich habe bereits mehr als genug davon gesehen. Ich kann mich schon glücklich schätzen, wenn Blake mir nicht eines Tages in einer dunklen Gasse auflauert und mich totprügelt.«
Claudia verschränkte die Hände ineinander. »Ja, die Draconis sind auch noch etwas, worüber ich mit dir reden wollte.«

»Victor plant etwas. Irgendeine Intrige gegen Sie und die anderen Familien.«

Sie zuckte mit den Achseln. »Das tut er schon, solange ich denken kann. Aber du hast recht. Diesmal ist es ... anders. Finsterer. Und da kommst du ins Spiel.«

»Wirklich? Wieso das?«

Claudia sah mich an. »Weil ich will, dass du Teil der Familie bleibst, Lila. Ich will, dass du eine echte Sinclair wirst. Und vor allem will ich, dass du mir dabei hilfst, Victor Draconi zu zerstören.«

29

Ich lachte. »Ich? Mich wirklich einer Familie anschließen? Ihrer Familie? Und Victor Draconi ausschalten? Ich kann gar nicht entscheiden, welche dieser Ideen lächerlicher ist.«

Wieder wurden Claudias Lippen dünn, und sie verschränkte die Arme vor der Brust. »Ich versichere dir, dass ich es absolut ernst meine.«

»Warum?«, stichelte ich. »Damit ich wie meine Mom für Sie sterben kann?«

Das war ein echter Tiefschlag, und Claudia konnte ein Zucken nicht unterdrücken. Doch sie erholte sich schnell.

»Du behauptest, eine Diebin zu sein«, sagte sie. »Und doch hast du in den letzten Tagen mehrere brenzlige Situationen gemeistert, ohne dabei einen einzigen Gedanken an dich selbst oder deine eigene Sicherheit zu verschwenden. Ganz abgesehen von der Tatsache, dass du meinem Sohn ein ums andere Mal das Leben gerettet hast. Das ist genau die Art von Mut und Selbstlosigkeit, die ich mir bei Mitgliedern der Sinclair-Familie wünsche.«

»Ich bin eine Diebin«, schnauzte ich. »Eine sehr kluge sogar. Also warum genau sollte ich jeden Tag mein Leben für einen Haufen Leute riskieren wollen, die ich eigentlich nicht kenne? Die ich nicht einmal kennenlernen will? Leute, die mir nichts bedeuten?«

»Aber du kennst uns und wir bedeuten dir etwas«, sagte Claudia mit glitzernden Augen. »Du kennst Felix und Oscar und Angelo und Reginald und die Wachen. Und du kennst Devon.«

Ich schnaubte. »Und das gefällt Ihnen absolut nicht.«

Sie zuckte mit den Achseln. »So habe ich vielleicht zu Anfang empfunden. Wahrscheinlich wollte ich einfach erst sehen, wie sehr du deiner Mutter ähnelst.«

Ich kniff die Augen zusammen. »Was meinen Sie damit?«

Wieder zuckte sie mit den Schultern. »Ich wollte sehen, ob du loyal bist. Ob du deine Seite der Vereinbarung einhalten würdest. Ob du zuerst an andere denken würdest, wie sie es getan hat.«

»Ich bin eine Diebin«, wiederholte ich. »Keine Leibwächterin. Nicht Ihre kleine Soldatin und besonders keine Auftragsmörderin. Finden Sie jemand anderen. Irgendjemanden außer mir.«

Claudia stand auf und fing an, vor mir auf und ab zu tigern. »Aber es gibt niemand anderen. Niemanden sonst, der mir dabei helfen kann, zu tun, was getan werden muss. Und vor allem niemanden, dem ich vollkommen vertrauen kann.«

Wieder lachte ich, doch es klang fast höhnisch. »Mir? Sie wollen *mir* vertrauen? Ich habe an dem Tag, an dem wir uns zum ersten Mal gesehen haben, Silberbesteck mitgehen lassen. Und Sie glauben, *ich* wäre vertrauenswürdig? Lady, Sie ticken nicht ganz richtig.«

»Die Draconis haben überall Spione, sogar in unserer eigenen Familie. Und nach dem, was mit Grant geschehen ist …« Ihre Stimme verklang.

»Ah. Also bin ich das geringere Übel.«

»Eher das Geringste von unzähligen Übeln.«

Ich musterte sie durch schmale Augen. »Und was genau lässt Sie glauben, dass ich Sie nicht an eine andere Familie verraten werde?«

»Wenn Serena dir irgendetwas beigebracht hat, dann sicherlich, wie gefährlich die Draconis sind – besonders Victor.«

Ich dachte an die absolute, kalte Leere, die ich beim Abendessen der Familien in Victors Herz gesehen hatte. Die Grausamkeit, die von Blake ausging wie Hitze von der Sonne. Und Deah ... nun, ich wusste nicht viel über Deah, aber sie war eine von ihnen. Wenn es hart auf hart kam, würde sie sich wahrscheinlich auf die Seite ihrer Familie schlagen.

»Okay, ich gebe zu, dass die Draconi-Familie gefährlich ist.« Ich schüttelte den Kopf. »Aber es gibt nichts, was ich dagegen tun kann.«

»Willst du Serena nicht rächen?«, fragte Claudia leise. »Willst du Victor und Blake nicht für das zahlen lassen, was sie deiner Mutter angetan haben?«

Mein Blick saugte sich am Grabstein meiner Mom fest, und wieder spürte ich den Schmerz des Verlustes so deutlich wie in dem Moment, als ich die Schlafzimmertür geöffnet und festgestellt hatte, dass sie tot war ... gefoltert, ermordet.

»Doch«, antwortete ich heiser. »Ich will sie für das zahlen lassen, was sie ihr angetan haben. Aber ich bin auch klug genug, um zu wissen, dass ich das alleine nicht schaffen kann.«

»Aber du musst es nicht alleine durchziehen«, hielt Claudia dagegen. »Nicht mehr. Nicht mit mir an deiner Seite. Nicht mit der gesamten Familie an deiner Seite.«

Denk mal darüber nach, was du hier alles tun kannst, mit all der Magie, dem Geld, der Macht und den Ressourcen der Sinclair-Familie zu deiner Verfügung, flüsterte Mos Stimme in meinem Kopf.

Es war eine verlockende Idee – so unglaublich verlockend. Genau wie es Claudias erstes Angebot gewesen war, Devons Leibwächterin zu werden. Dieses Angebot hatte mich fast das Leben gekostet. Etwas gegen die Draconis zu unternehmen würde mich sicherlich umbringen.

Wieder schüttelte ich den Kopf, dann sprang ich auf die Beine. »Mo hatte recht. Ich habe Devon gerettet, also können wir die ganze Sache mit der Arbeit für Sie vergessen. Ich gehe jetzt rein und packe meine Sachen, dann verschwinde ich.

Folgen Sie mir nicht, versuchen Sie nicht, mich zu finden, und denken Sie nicht mal darüber nach, Mo zu fragen, wo ich bin. Lassen Sie mich einfach in Ruhe, und ich tue Ihnen denselben Gefallen. Okay?«

Ich ging den Weg zurück, um den Friedhof zu verlassen. Ich hatte gerade die Hand auf das schmiedeeiserne Tor gelegt, als Claudia erneut sprach.

»Ich weiß von deiner Magie, Lila«, sagte sie, und ihre Stimme war nicht mehr sanft, sondern eher hart wie Stahl. »Von deiner Seelensicht ... und von dem Übertragungstalent.«

Das reichte aus, um mich für einen Moment erstarren zu lassen, bevor ich zu ihr herumwirbelte.

Claudia kam langsam näher, und ihre ruhigen grünen Augen hielten meinen Blick. »Serena hat mir einmal erzählt, dass beide Talente in ihrer Familie vererbt werden. Transferenz ist eines der seltensten Talente. Wenn man manchen Leuten glaubt, kommt es in einer gesamten Generation vielleicht einmal vor. Leute haben versucht, Devon zu entführen, um sein Zwangstalent zu bekommen. Aber deine Magie, Lila? Manche Leute würden alles tun, um deine Übertragungsmagie für sich zu gewinnen – alles. Besonders jemand wie Victor Draconi.«

Die Wahrheit in ihren Worten sorgte dafür, dass mir kälter wurde als jemals unter dem Einfluss meiner Magie. Genau das hatte meine Mom mir wieder und wieder eingeimpft – dass ich meine Transferenzmagie unter allen Umständen verbergen musste.

»Victor sammelt Talente, wusstest du das?«, fuhr Claudia fort, leise und unerbittlich. »Wenn eine seiner Wachen oder ein Familienmitglied ihn enttäuscht, dann bringt er sie nicht einfach um. O nein. Das wäre zu gnädig. Stattdessen reißt er ihnen die Magie aus dem Körper und eignet sie sich an. Er besitzt inzwischen einige Talente. Deswegen ist er so mächtig, und deswegen haben alle Oberhäupter der anderen Familien Angst vor ihm. Weil sie wissen, dass er sie alle umbringen könnte, wenn er das wirklich wollte. Und das Schlimmste daran ist, dass Victor es weiß – und es wird nicht mehr lange dauern, bis er in dieser Hinsicht etwas unternimmt.«

Sie legte den Kopf schief, sodass ihr kastanienbraunes Haar sich über eine Schulter ergoss. »Denk nur mal darüber nach, wie viel leichter die Sache für ihn würde, wenn er deine Magie besäße. Dann könnte ihn niemand mehr aufhalten.«

»Drohen Sie mir?«, fragte ich. »Drohen Sie mir damit, mein Talent, meine Magie, öffentlich bekannt zu machen? Nur damit ich für Sie arbeite? Denn auf diese Art von Erpressung reagiere ich nicht besonders freundlich.«

Sie schwieg.

»Sie wissen, dass Sie sich damit nur ins eigene Fleisch schneiden, richtig? Wenn Sie Victor von meiner Magie erzählen?«

Claudia zuckte mit den Achseln. Ich sah ihr in die Augen und entdeckte darin absolute Entschlossenheit. Es würde ihr keinen Spaß bereiten, mich zu verpfeifen, aber sie würde es tun. Und sei es aus keinem anderen Grund, als dass ich dann für sie arbeiten musste, um einen gewissen Schutz vor den Draconis zu genießen und meine eigene Haut zu retten.

Ich stieß ein bellendes Lachen aus. »Mom hat immer gesagt, dass Sie die gnadenloseste, selbstsüchtigste und kaltherzigste Person sind, die sie je getroffen hat.«

»Und Serena war nicht kaltherzig genug«, blaffte Claudia. »Deswegen ist sie in einige der ... Schwierigkeiten geraten, die sie eben hatte. Besonders mit deinem Vater. Hat sie dir von ihm erzählt?«

»Sie hat mir gesagt, wie *Romeo-und-Julia*-mäßig die ganze Sache war«, antwortete ich, wobei ich an Felix und Deah dachte. »Dass er zu einer anderen Familie gehörte und sie nicht zusammen sein durften und dass es unglaubliche Probleme verursacht hat.«

»Das ist noch milde ausgedrückt.« Claudia hielt inne, als denke sie über ihre nächsten Worte nach, doch dann änderte sie anscheinend ihre Meinung und sah mich an. »Aber du bist kaltherzig genug, Lila. Gnadenlos genug. Deswegen brauche ich dich. Um mir dabei zu helfen, Devon zu beschützen – meine Familie zu beschützen.«

Ich war genau das, was sie behauptete. Kaltherzig, gnadenlos, selbstsüchtig und mehr auf mein eigenes Überleben, meine eigene Bequemlichkeit und mein eigenes Wohlbefinden konzentriert als auf irgendetwas anderes. Die Art, wie ich gestern Nacht Grant und seine Männer an das Lochness verfüttert hatte, bewies es.

Mein Blick glitt an Claudia vorbei zum Grabstein meiner Mom. Ich dachte an das zurück, was Mo mir an diesem ersten Tag im Herrenhaus der Sinclairs gesagt hatte – dass meine Mom gewollt hätte, dass ich hier lebte, dass ich hierher gehörte. Ich wusste nicht, ob Mo recht hatte, doch auf jeden Fall war es der Ort, an dem ich dank Claudia jetzt festsaß.

»Schön«, knurrte ich. »Wieder einmal lassen Sie mir kaum eine andere Wahl. Also werde ich es machen. Ich werde bleiben, Devon beschützen und ein guter kleiner Soldat sein. Erwarten Sie nur nicht, dass ich glücklich darüber bin.«

Zum ersten Mal, seit ich sie kannte, umspielte ein leises Lächeln Claudias Lippen. »Oh, *das* würde ich nie erwarten.«

»Und rechnen Sie auch nicht damit, dass ich für immer hierbleibe. Ich bleibe nur, bis wir herausgefunden haben, was Victor vorhat und wie wir ihn aufhalten können. Danach bin ich weg. Ein Geist. Und Sie werden mich nie wiedersehen, niemals wieder von mir hören und auch nie wieder an mich denken. Verstanden?«

Sie nickte. »Wie du willst.«

»Wenn ich hierbleibe, will ich außerdem ein gewisses Mitspracherecht in Familienangelegenheiten.«

»Wie zum Beispiel?«

»Sie brauchen einen neuen Makler, jetzt da Grant tot ist«, erklärte ich. »Und dieser Makler wird Mo sein.«

Ich hatte noch nie gesehen, wie jemandem vor Ekel die Gesichtszüge entgleisten, doch anders ließ sich Claudias Miene nicht beschreiben.

»Mo Kaminsky? Als Makler der Sinclair-Familie? Mein Makler? Wohl kaum«, stieß sie hervor.

»Mo kriegt den Job«, blaffte ich einfach zurück. »Sie brauchen jemanden, dem Sie vertrauen können, und dasselbe gilt für mich. Ob es Ihnen nun gefällt oder nicht, diese Person ist Mo. Außerdem kennt er so gut wie jeden in der Stadt, und er wird es schaffen, Deals auszuhandeln, von denen Sie nie geträumt haben. Ganz zu schweigen davon, dass er Informationen darüber aufstöbern wird, was Victor plant.«

Claudia grummelte noch etwas, aber schließlich nickte sie.

Wir klärten noch ein paar weitere Details, wobei jeder von uns Forderungen an den anderen stellte und keiner weiter nachgab als unbedingt nötig. Schließlich hatten wir alle wichtigen Punkte besprochen, inklusive meines neuen und viel besseren Gehaltes. Claudia zuckte tatsächlich zusammen, als ich ihr die gewünschte Summe nannte, doch ich hatte sie genauso in der Hand wie sie mich.

»Also, haben wir eine Abmachung?«, fragte Claudia schließlich.

Ich starrte ihre ausgestreckte Hand an, während ich mich wieder einmal fragte, worauf ich mich da eigentlich einließ. Aber ob es mir nun gefiel oder nicht, ich hing in der Sache drin, und dasselbe galt für Claudia.

Also schüttelten wir uns die Hände und besiegelten so unseren Teufelspakt.

Claudia und ich gingen zusammen zurück zum Herrenhaus, dann trennten wir uns. Sie ging in die Bibliothek, um Mo anzurufen und ihm mitzuteilen, worauf wir uns geeinigt hatten. Ich dagegen wanderte grübelnd durch die Flure und von einem Raum zum nächsten. Doch ständig traf ich Leute, die alle unappetitlichen Details über den Kampf gegen Grant und über das Lochness hören wollten, also zog ich mich schließlich in mein Zimmer zurück. Ich lehnte das Schwert meiner Mom gegen den Nachttisch, zog meinen Anzug aus und schlüpfte in eine kurze Hose und ein T-Shirt. Oscar flatterte durch den Raum und versuchte mich mit bissigen Kommentaren aufzuheitern, doch auch dafür war ich nicht in der Stimmung.

Kurz nach Sonnenuntergang fand ich mich auf dem Balkon wieder, von wo ich auf die blinkenden Lichter von Cloudburst Falls starrte. Es war derselbe Ausblick, den meine Mom jeden Abend gesehen haben musste, als sie noch hier im Herrenhaus gewohnt hatte. Ich fragte mich, was sie wohl über all die Leute gedacht hatte – über Claudia, die Sinclair-Familie, Victor Draconi. Ich fragte mich, ob sie wohl glücklich darüber wäre, dass ich jetzt hier war und in ihre Fußstapfen trat, ob ich es nun wollte oder nicht.

Ein kratzendes, schabendes Geräusch erregte meine Aufmerksamkeit. Es wurde von mehreren unterdrückten Flüchen begleitet. Ich hob den Blick. Das klang, als würde sich jemand sehr bemühen, nicht zu fallen, ohne dabei wirklich Erfolg zu haben.

Und tatsächlich rutschte Devon eine Sekunde später über das Abflussrohr nach unten. Na ja, rutschen klang vielleicht ein wenig zu kontrolliert. Er knallte so hart auf dem Balkon auf, dass seine Knie nachgaben und er auf dem Hintern landete. Aber er lachte nur leise und stand wieder auf, also wusste ich, dass er nicht verletzt war.

»Wie kannst du ständig an diesem Ding hoch und runter klettern?«, fragte er, während er sich die Hände abklopfte und zu mir kam. »Es ist viel schwerer, als es aussieht.«

»Übung«, witzelte ich.

Er musste oben auf der Terrasse auf den schweren Sandsack eingeschlagen haben, denn wieder einmal hingen Schweißtropfen an seinen Schläfen. Er trug eine schwarze Sporthose und ein T-Shirt, das wunderbar über seiner Brust spannte. Ich erinnerte mich daran, wie sein Körper sich letzte Nacht an meinem angefühlt hatte, seine Finger mit meinen verschränkt, sein Atem in meinem Haar. Das und noch mehr wollte ich noch mal spüren – viel mehr.

»Was ist los?«, fragte ich, um mich von diesen verräterischen Gedanken abzulenken.

Er grinste. »Ich dachte, zur Abwechslung komme ich mal zu dir runter.«

Bei seinen Worten ging mir das Herz auf. Das war wahrscheinlich das Seltsamste – aber auch Romantischste –, was je jemand für mich getan hatte. Doch ich zwang mich, den Blick von Devon abzuwenden und mich wieder zum Balkongeländer umzudrehen.

Devon zögerte kurz angesichts dieses nicht gerade herzlichen Empfangs, doch dann kam er herüber, stellte sich neben mich und stemmte die Ellbogen auf die Steinbrüstung. Zusammen starrten wir auf die blitzenden Lichter, die heute heller zu leuchten schienen als jemals zuvor.

»Wir hatten noch gar keine Gelegenheit, über das zu reden, was passiert ist«, meinte er. »Aber ich wollte mich bedanken. Dafür, dass du mein Leben gerettet hast.«

»Ich habe nur meinen Job gemacht«, murmelte ich. »Ich bin deine Leibwächterin, schon vergessen?«

Er verzog das Gesicht, dann schwiegen wir beide ein paar Minuten.

»Kommst du klar?«, fragte er dann. »Mit dem, was passiert ist?«

»Du meinst, weil ich Grant und diese anderen Männer überlistet habe, um sie vom Lochness fressen zu lassen?«

Er nickte.

Ich zuckte mit den Achseln. »Ich habe kein Problem damit. Und du?«

Auch er zuckte mit den Schultern. »Ich denke mal. Ich meine, es war eine Er-oder-wir-Entscheidung. Das weiß ich. Aber ich denke auch ständig über Grant nach, über alles, was er getan hat, und darüber, wie eifersüchtig und unglücklich er war. Ich frage mich, ob ich es hätte bemerken müssen, ob ich etwas dagegen hätte unternehmen können.«

Ich schüttelte den Kopf. »Wow. Du bist wirklich edler, als dir guttut.«

»Was meinst du damit?«

»Es ist nicht deine Schuld«, erklärte ich. »Jeder ist für seine eigenen Taten verantwortlich. Grant hat die Entscheidung getroffen, Leute zu verletzen, um zu bekommen, was er will. Dafür gibt es keine Entschuldigung. *Wage* es nicht, Entschuldigungen für ihn und seine Taten zu finden.«

Devon nickte schweigend, doch ich konnte quasi sehen, wie sich die Zahnräder in seinem Kopf drehten. »Da gibt es noch etwas, das ich gerne wüsste.«

Ich spannte mich an, weil ich genau wusste, was jetzt kommen würde. Er würde mich fragen, wie ich im Schlachthof entkommen war. Ich hatte mir die Lügen, die ich ihm erzählen wollte, bereits zurechtgelegt.

»Es geht um dein Transferenztalent.«

Ich blinzelte. Anscheinend hatte ich nicht gewusst, was jetzt kommen würde, denn *damit* hätte ich nie gerechnet.

Devon sah mich an. »So bist du deinen Fesseln entkommen, richtig? Grant hatte mich mit demselben Seil gefesselt, also weiß ich, wie dick es war. Aber du hast es mühelos zerrissen – nachdem diese Kerle ihr Talent für Stärke eingesetzt haben, um dich festzuhalten.«

Ich bewegte mich nicht. Blinzelte nicht. Sagte nichts. Plötzlich konnte ich kaum noch atmen. Das war mein ureigenstes, dunkelstes Geheimnis, und Devon sprach darüber wie über einen Actionfilm, den wir zusammen gesehen hatten. Erst Claudia. Jetzt ihr Sohn. Die Sinclairs waren um einiges klüger, als ich ihnen zugestanden hatte.

»Und als wir zur Brücke gelaufen sind? Da konnte ich kaum mit dir Schritt halten«, fuhr er fort. »Du warst diejenige, die mich mitgezerrt hat, Lila, obwohl du um einiges übler verletzt warst als ich. Und das ist passiert, nachdem ich mein Zwangstalent auf dich angewendet hatte. Da habe ich angefangen, über all die anderen Male nachzudenken, als ich dich habe kämpfen sehen, und wie du jedes Mal scheinbar stärker wurdest, nachdem jemand seine Stärke oder Geschwindigkeit gegen dich angewendet hatte. Das ist Übertragung, richtig? Transferenz?«

Ich leckte mir über die Lippen. »Woher ... woher weißt du so viel über meine Magie?«

Er zuckte mit den Achseln. »Als ich als Kind meine eigene Macht entdeckt habe, habe ich angefangen, alles über die verschiedenen Talente zu lesen. Wann immer ich jemanden zum ersten Mal treffe, versuche ich herauszufinden, welches Talent er besitzt. Bei dir hat es mich allerdings länger gekostet als je zuvor.«

Ich starrte ihn einfach nur unverwandt an.

»Mach dir keine Sorgen«, sagte er, als er meine entsetzte Miene bemerkte. »Ich werde niemandem davon erzählen. Ich finde es cool. Dass wir uns in Bezug auf unsere Magie irgendwie ähneln.«

Er lächelte, und ein paar der Knoten in meinem Bauch lösten sich wieder. Er würde mein Geheimnis wahren.

Devon zögerte, dann legte er langsam seine Hand über meine. Seine Haut war warm, als hätte er die Sonnenstrahlen in seinen Körper aufgenommen. Ich atmete tief durch, und sofort stieg mir sein frischer, sauberer Geruch in die Nase – der Duft, der dafür sorgte, dass ich mein Gesicht an Devons Hals vergraben wollte, um mehr davon zu bekommen. Doch ich zwang mich dazu, zurückzutreten, einen gewissen Abstand zwischen uns zu bringen, obwohl unsere Hände sich nach wie vor berührten.

»Hör mal«, sagte ich so ausdruckslos wie möglich. »Du bist

ein netter Kerl. Ein toller Kerl. Aber ich werde ... eine Weile hier sein. Du bist ein wichtiges Mitglied der Familie, und ich bin deine Leibwächterin. Also ist es meine Aufgabe, dich zu beschützen, und wir werden zusammenarbeiten müssen. Aber ich glaube nicht, dass da noch ... mehr sein sollte.«

»Wegen deiner Mom, richtig?«, fragte er leise. »Weil du mir die Schuld an ihrem Tod gibst?«

Ich schnappte nach Luft, so durcheinander, dass ich nicht mal so tun konnte, als wüsste ich nicht, wovon er sprach. Erst meine Magie und jetzt das. Irgendwoher kannte Devon alle meine Geheimnisse.

»Wieso weißt du von meiner Mom?«, presste ich hervor.

»Ich erinnere mich genau an diesen Tag im Park«, sagte er. »Auch an das Mädchen mit den blauen Augen, das dabei geholfen hat, mich zu retten.«

Ich sagte nichts dazu. Es fiel mir schon schwer, ihn über das Rauschen des Blutes in meinen Ohren überhaupt zu verstehen.

»Es hat eine Weile gedauert, bis ich darauf gekommen bin, warum du mir so bekannt vorkommst. Als mir klar wurde, dass du mich an das Mädchen im Park erinnerst, wusste ich, dass du es sein musstest. Mom hätte dich sonst niemals hergeholt. Außerdem stehen in der Bibliothek mehrere Fotos von deiner Mutter. Du siehst ihr sehr ähnlich. Ich weiß, was mit ihr passiert ist. Und es tut mir leid, dass sie meinetwegen gestorben ist – unglaublich leid.«

Seine grünen Augen suchten meinen Blick. Die vertrauten Schuldgefühle flackerten darin und trafen mich wie ein Schlag. Wieder einmal wollte ich ihn trösten.

»Ich gebe dir nicht die Schuld an ihrem Tod«, erklärte ich. »Es war nicht dein Fehler. Nichts davon war dein Fehler. Es waren nur die Draconis.«

»Meinst du das wirklich ernst?«, flüsterte er.

»Das tue ich.«

Devon überwand den Abstand zwischen uns und sah auf mich herunter. Und ich erlaubte mir einen Moment lang, in seine Augen zu sehen.

Dann entzog ich ihm meine Hand und trat zurück.

Ich sah, wie ein verletzter Ausdruck über sein Gesicht huschte, bevor er ihn verstecken konnte. Ich wollte aufhören. Ich wollte ihm erklären, dass ich diese Sache zwischen uns, die Anziehungskraft und Hitze, genauso deutlich fühlte wie er.

Ich wollte die Arme um seinen Hals schlingen, seinen Kopf zu mir herunterziehen und mich in dem Gefühl seiner Lippen auf meinen verlieren.

Doch das konnte ich nicht tun.

Nicht, wenn ich vorhatte, das Herrenhaus, die Familie und ihn zu verlassen, sobald meine Sicherheit wieder gewährleistet war. Schon jetzt bedeutete Devon mir viel zu viel. Und Felix und Oscar und sogar Claudia. Ich durfte nicht noch tiefer fallen, besonders in Bezug auf Devon, weil ich genau wusste, wie es für mich enden würde – mit einem gebrochenen Herzen.

»Du hast gesagt, ich hätte dir letzte Nacht das Leben gerettet. Nun, du hast auch meines gerettet«, sagte ich. »Also würde ich sagen, wir sind quitt. Also ist es unnötig, dich zu bedanken oder ... etwas anderes zu tun. Funktioniert das für dich?«

Inzwischen war Devons Miene so hart wie der schwarze Marmor, aus dem das Herrenhaus erbaut war. »Ja. Das funktioniert. Sorry, dass ich dich belästigt habe. Es wird nicht wieder passieren.«

Damit drehte er sich um und entfernte sich. Diesmal kletterte er nicht am Abflussrohr nach oben, sondern rannte die Treppe hinauf, ohne sich noch mal umzusehen. Nicht ein einziges Mal. Gut. Das hätte ich auch nicht gewollt, obwohl jeder seiner Schritte mich traf, als würde er mir ein Messer ins Herz rammen.

So war es am besten. Das wusste ich. Wirklich.

Aber warum tat es so verdammt weh?

30

Am nächsten Morgen rief Claudia mich schon vor dem Frühstück in die Bibliothek. Sie saß an ihrem Schreibtisch über einige Papiere gebeugt, doch mein Blick saugte sich an der schwarzen Samtschatulle fest, die an einer Ecke stand. Sie hatte dieselbe Größe und Form wie die Schatulle, in der sich die Rubinkette befunden hatte, die ich gestohlen hatte.

Claudia sah auf, dann deutete sie mit ihrem Stift auf die Schatulle. »Keine Sorge. Du musst sie nicht stehlen. Nimm sie. Sie gehört dir.«

Ich presste mir die Hände aufs Herz und klimperte mit den Wimpern. »Diamanten? Für mich? Das hätten Sie nicht tun müssen.«

Sie schnaubte. »Ich kaufe nicht mal mir selbst Diamanten.«

»Das ist allerdings eine Schande.«

Sie stieß ein unterdrücktes Geräusch aus, das verdächtig nach einem Lachen klang. Dann lehnte Claudia sich im Stuhl zurück, um mich zu beobachten, also zog ich die Schatulle vom Tisch und öffnete sie langsam.

Darin lag eine silberne Manschette.

»Jedes Familienmitglied trägt sie«, erklärte Claudia. »Mach schon. Leg sie an.«

Seufzend zog ich die Manschette aus der Schachtel. Sie sah aus wie alle anderen Familien-Manschetten, die ich bis jetzt gesehen hatte – ein dünnes, silbernes Band, in dessen Mitte das

Sinclair-Wappen eingestanzt war. Doch es gab einen Unterschied. Ein winziger, sternförmiger Saphir war in das Silber eingelassen, als trüge die Person, die das Schwert festhielt, einen Ring am Finger.

»Das war Serenas«, erklärte Claudia leise. »Ich dachte, du hättest sie vielleicht gerne.«

Meine Kehle wurde eng, also nickte ich schweigend und befestigte die Manschette an meinem rechten Handgelenk. Sie war leichter, als ich erwartet hatte. Statt wie eine Fessel fühlte sie sich fast ... angenehm an. Als wäre ich Teil von etwas. Als gehörte ich endlich irgendwo hin.

»Sie ist anders als die anderen Manschetten«, sagte ich.

»Ja«, antwortete Claudia. »Das ist sie.«

Ich ließ meine Fingerspitzen über das Wappen gleiten und spürte die Spitzen des Sterns auf meiner Haut. »Vielen Dank dafür«, flüsterte ich.

Claudia nickte einmal, dann konzentrierte sie sich wieder auf ihre Papiere. Mit der Manschette am Handgelenk schloss ich die Schatulle, schob sie in eine der Taschen meiner Cargohose und verließ die Bibliothek.

Ich ging davon aus, dass damit mein nicht allzu förmliches Aufnahmeritual in die Sinclair-Familie abgeschlossen war, also schlenderte ich zum Frühstücken in den Speisesaal. Zu meiner Überraschung hatten sich die anderen bereits um einen Tisch versammelt – Felix, Devon, Oscar und Mo.

»Lila! Da bist du ja!«, rief Mo.

Er trug sein übliches Hawaiihemd. Diesmal war es weiß mit einem Muster aus bunten Cocktails – ich glaube, es waren Pink Margaritas. Mo stand auf, kam um den Tisch und umarmte mich.

»Ich bin so stolz auf dich, Mädchen«, flüsterte Mo mir ins Ohr. »Und deiner Mom ginge es genauso.«

Er trat zurück und vollführte eine ausladende Geste mit dem

Arm. Erst in diesem Moment erkannte ich, dass der Tisch über und über mit Essen bedeckt war. Rührei, Kartoffelpuffer, Pfannkuchen und – am wichtigsten – gebratener Speck. Haufenweise Speck. Bergeweise Speck. Und alles war um meinen üblichen Platz angeordnet, als wartete es nur auf mich.
»Was ist das alles?«, fragte ich.
»Frühstück.« Oscar bewegte die Flügel.
»Mit extra viel Speck, nur für dich.« Felix zwinkerte mir zu.
Devon räusperte sich. »Das ist unsere Art, dich offiziell in der Familie willkommen zu heißen.«
Seine Stimme war leise und seine Augen waren dunkel, was mir verriet, wie sehr ich ihn gestern Nacht verletzt hatte. Mein Herz verkrampfte sich, doch wieder einmal erinnerte ich mich daran, dass es so besser war.
»Danke.«
Er nickte, dann setzten wir uns alle und fingen an zu essen. Mo dominierte das Gespräch. Er erzählte alles über seine Pläne und die tollen Deals, die er für die Sinclairs aushandeln würde. Ich wusste, dass er als Makler der Familie gute Arbeit leisten würde.
Irgendwann beugte sich Felix zu mir. »Himmel«, flüsterte er, »hält dieser Kerl jemals den Mund?«
Ich lachte.
»Außerdem«, sagte Mo und holte endlich einmal Luft, »müsst ihr euch nur mal vorstellen, wie viel mehr Kunden ich im Razzle Dazzle bekommen werde, jetzt da der Laden offiziell zum Sinclair-Imperium gerechnet wird. Oh, ich kann mir die Werbung schon vorstellen.«
Mo grinste noch breiter, sehr zum Entsetzen von Devon, Felix und Oscar. Ihre Augen wirkten eher glasig. Ich versteckte ein Lächeln. Sie würden sich schon an Mo gewöhnen ... irgendwann.
Felix schaffte es endlich, sich ins Gespräch einzumischen. Er, Mo und Oscar fingen an, darüber zu diskutieren, in welcher

Farbe Mo das Razzle Dazzle als Nächstes streichen sollten. Dieses Mal waren es meine Augen, die glasig wurden, zumindest bis Devon mich mit dem Ellbogen anstieß.

Er nickte in Richtung meines Arms. »Die Manschette steht dir gut.«

Meine Hand legte sich über das schmale Silberband, und wieder einmal fanden meine Fingerspitzen den kleinen Saphir im Metall. »Ja.«

»Ich bin froh, dass du hier bist, Lila«, sagte er. »Und ich hoffe, du empfindest das ähnlich.«

Devon blickte mich an, und in seinen Augen erkannte ich die verschiedensten Gefühle. Ich sah alles, was ich auch an diesem ersten Tag im Razzle Dazzle gesehen hatte – die Schuldgefühle, die Trauer und die anderen Bürden, die er trug.

Und dann war da dieser heiße Funke, ein wenig schwächer als zuvor, der aber trotzdem hell brannte.

»Ich auch«, antwortete ich.

Devon lächelte. Dieser Funke blitzte für einen Moment auf, und ich fühlte, wie sich in meinem eigenen Herz Wärme ausbreitete. Ich nickte ihm zu, dann wandten wir uns beide wieder unserem Essen zu. Doch die Anspannung zwischen uns hatte ein wenig nachgelassen. Ein wenig später lachten wir zusammen mit Oscar, weil Mo und Felix ohne Unterlass aufeinander einredeten.

Irgendwann zwischen diesem Lachen und all den anderen, die an diesem Morgen noch folgten, wurde mir etwas bewusst.

Mein Zuhause. Meine Freunde. Meine Familie.

Manchmal sind auch aller guten Dinge drei.

Verpassen Sie nicht Jennifer Esteps nächsten Black-Blade-Roman – *Das dunkle Herz der Magie:*

Für die Mafia zu arbeiten war gar nicht so toll. O sicher, in Filmen und Serien wirkt es total glanzvoll und glamourös. Leute in schicken Anzügen, die in feinen Restaurants speisen und sich über Kaffee und Cannoli darüber unterhalten, wie sie am besten mit ihren Feinden fertigwerden. Und vielleicht hatte ich ein paar dieser Dinge in den letzten Wochen, in denen ich für die Sinclair-Familie arbeitete, auch wirklich getan. Doch meistens war die Arbeit für die Familie ein langweiliger, nerviger Job wie jeder andere …

»Vorsicht, Lila!«, schrie Devon Sinclair.

Ich duckte mich gerade rechtzeitig, um nicht von einer Kakipflaume im Gesicht getroffen zu werden. Die reife, apfelgroße Frucht segelte über meinen Kopf hinweg. Als sie auf dem Boden aufkam, zerplatzte die Haut, rotes Fruchtfleisch ergoss sich über die grauen Pflastersteine und erfüllte die Sommerluft mit einem klebrig-süßen Geruch.

Traurigerweise war das Pflaster nicht das Einzige, was mit Fruchtfleisch überzogen war. Dasselbe galt für mich. Roter Saft verunstaltete mein blaues T-Shirt und die graue Cargohose, wo ich bereits getroffen worden war, während Samen und Fruchtfetzen in den Schnürbändern meiner Turnschuhe hingen.

Ein wütendes, hohes *Fiep-fiep-fiep* erklang. Das Geräusch lag irgendwo zwischen dem Krächzen einer Krähe und dem Ruf eines Streifenhörnchens. Ich starrte wütend in den Baum, aus dem die Kakipflaume gekommen war. Drei Meter über meinem Kopf sprang ein Wesen mit kohlegrauem Fell und saphirgrünen Augen auf einem Ast auf und ab. Die Sprünge der Kreatur waren so heftig, dass weitere reife Früchte von ihren Ästen fielen und auf dem Boden zerplatzten, um noch mehr nassen Schleim auf den Pflastersteinen zu verteilen. O ja. Der Baumtroll war definitiv sauer, dass er mich mit seiner letzten Fruchtbombe verfehlt hatte.

Baumtrolle gehörten zu den Monstern, die in und um Cloudburst Falls, West Virginia, lebten – zusammen mit Menschen und Magiern wie mir. Auf mich wirkten die Trolle immer wie eine seltsame Mischung aus großen Eichhörnchen und den fliegenden Affen aus dem *Zauberer von Oz*. Oh, Baumtrolle konnten nicht tatsächlich fliegen, aber die dunkle Gleithaut unter ihren Armen half ihnen dabei, Luftströmungen einzufangen, wenn sie von einem Ast zum nächsten oder von einem Baum zum anderen sprangen. Und ihre langen Schwänze machten es ihnen möglich, auch kopfüber zu hängen. Die Trolle waren vielleicht dreißig Zentimeter groß, also waren sie bei Weitem nicht so gefährlich wie Kupferquetschen und viele der anderen Monster in der Stadt. Die meiste Zeit über waren die Trolle ziemlich harmlos, außer man machte sie wütend. Und dieser hier war definitiv wütend. Er sprang die ganze Zeit auf und ab und zwitscherte in unsere Richtung.

Devon Sinclair wich den fallenden Kakipflaumen aus, als er neben mich trat und den Kopf in den Nacken legte. Auf seinem schwarzen T-Shirt und der beigefarbenen Cargohose klebte sogar noch mehr Kakipflaumenschleim als auf meiner Kleidung. Er sah aus, als wäre er in ein rotes Unwetter geraten. Das Einzige, was an ihm nicht mit Fruchtfleisch verklebt war, war die silberne Manschette, die an seinem rechten Handgelenk glänzte und auf der ein unverwechselbares Bild eingeprägt war – eine Hand, die ein Schwert in die Luft reckte. Das Wappen der Sinclair-Familie.

»Er ist nicht besonders glücklich, hm?«, murmelte Devon mit seiner tiefen, rumpelnden Stimme. »Kein Wunder, dass die Touristen sich über ihn beschweren.«

Cloudburst Falls war weit und breit bekannt als »der magischste Ort Amerikas«, ein Ort, »wo Märchen wahr werden«. Also drehte sich hier alles um Tourismus. Leute aus dem gesamten Land und der Welt kamen hierher, um die fantastische Aussicht vom Cloudburst Mountain zu bewundern, dem gezackten, nebelverhangenen Gipfel, der über der Stadt aufragte. Außerdem erfreuten sie sich an all den Läden, Kasinos, Restaurants, Hotels und anderen Attraktionen, die den Midway – die Hauptstraße mitten in der Stadt – umgaben.

Doch auch Monster fühlten sich von der Gegend angezogen wegen des Bluteisens, einem magischen Metall, das viele Jahre lang aus dem Cloudburst Mountain gewonnen worden war. Zumindest behaupteten das die örtlichen Legenden und Sagen. Touristentölpel mochten begeistert die Monster in den verschiedenen Zoos auf dem Midway bestaunen und die Kreaturen auf Touren und Expeditionen auf den Berg in ihren natürlichen Lebensräumen fotografieren, doch die Auswärtigen schätzten es nicht, von Baumtrollen mit Kakipflaumen beworfen zu werden, während sie nichtsahnend über einen Gehweg wanderten. Und die Touristen wollten auch nicht von den gefährlichen Monstern angegriffen oder gefressen werden, die überall in der Stadt in dunklen Gassen und finsteren Verstecken lauerten. Also war es die Aufgabe der Familien – oder Mafia-Banden – sicherzustellen, dass die Monster in den für sie ausgewiesenen Gebieten blieben. Oder zumindest dafür zu sorgen, dass sie nicht zu viele Touristen in Snacks verwandelten.

Dieser spezielle Troll hatte sich in einem großen Kakipflaumenbaum häuslich eingerichtet, der an einem der Plätze in der Nähe des Midway stand. Da dieser spezielle Platz in das Revier der Sinclairs fiel, waren wir gerufen worden, um uns um die Kreatur zu kümmern. Seit drei Tagen bewarf der Troll jeden mit Früchten, der es wagte, an seinem Baum vorbeizugehen. Damit hatte er mehrere Touristen dazu gebracht, ihre teuren Kameras und Handys fallen zu lassen, die dabei kaputtgegangen waren. *Nichts* brachte einen Touristen so auf die Palme, wie sein schickes neues Handy zu verlieren. Ich wusste das nur zu gut, denn ich hatte die letzten paar Jahre damit verbracht, Handys aus jeder Tasche und jedem Rucksack zu stehlen, der nach lohnender Beute aussah.

Neben mir bewegte sich Devon aus der direkten Sonne in den Schatten des Baumes. Kleine Sonnenflecken durchdrangen das Laubdach und tanzten über seinen muskulösen Körper, betonten seine leuchtend grünen Augen, sein kantiges Gesicht und die honigblonden Strähnen in seinem dunkelbraunen Haar. Ich atmete tief ein, und sofort stieg mir sein frischer Kieferduft in die Nase, vermischt mit der klebrigen Süße der aufgeplatzten Kakipflaumen. Allein Devon so nahe zu sein, sorgte schon dafür, dass mein Herz einen kleinen Tanz hinlegte, doch ich ignorierte das Gefühl, wie ich es nun schon seit Wochen tat.

»Was willst du wegen des Trolls unternehmen?«, fragte ich. »Denn ich glaube nicht, dass er kampflos von diesem Baum steigen wird.«

Devon war der Wächter – und damit das stellvertretende Oberhaupt – der Sinclair-Familie, verantwortlich für alle Familienwachen und jegliche Monsterprobleme, die innerhalb des Territoriums der Sinclairs entstanden. Die meisten Wächter der anderen Familien waren arrogante Mistkerle, die ihre Machtposition ausnutzten und es genossen, andere herumzukommandieren. Doch Devon war ein wirklich guter Kerl, der jeden in der Familie gleich behandelte, von dem kleinsten Pixie zum härtesten Wachmann. Außerdem tat er alles, um den Leuten zu helfen, die ihm etwas bedeuteten. Das hatte er bewiesen, indem er sich wieder und wieder in Gefahr begeben hatte.

Devons angeborener Anstand und seine Hingabe gegenüber anderen war einer der vielen Punkte, die dafür sorgten, dass ich ihn mehr mochte, als gut für mich war. Seine seelenvollen grünen Augen, sein spöttisches Grinsen und sein atemberaubender Körper störten auch nicht gerade.

Ich dagegen? Anstand und ich waren nicht gerade gute Freunde, und ich opferte mich nur für mich selbst auf und um sicherzustellen, dass ich Geld in den Taschen, einen vollen Magen und einen warmen, trockenen Ort zum Schlafen hatte. Ich war eine einzelgängerische Diebin, die die letzten vier Jahre in den Schatten gelebt hatte, bis man mich vor wenigen Wochen rekrutiert hatte, um als Devons Leibwächterin zu arbeiten. Nicht, dass er wirklich einen Leibwächter gebraucht hätte. Devon war ein zäher Kämpfer, der gut auf sich selbst aufpassen konnte – und mehr als das.

»Nun, ich würde sagen, wir pflücken eine Frucht, die noch am Ast hängt, und bewerfen zur Abwechslung mal den Troll damit«, schlug eine dritte Stimme bissig vor. »Lasst ihn spüren, wie es ist, vollkommen mit Fruchtfleisch verklebt zu sein.«

Ich sah zu Felix Morales, Devons bestem Freund und einem weiteren Mitglied der Sinclair-Familie. Mit seinem lockigen schwarzen Haar, der bronzefarbenen Haut und den dunkelbraunen Augen sah Felix sogar noch besser aus als Devon, trotz der Tatsache, dass er über und über mit Fruchtbrei verklebt war. Nicht, dass ich ihm das jemals erzählt hätte. Felix flirtete jetzt schon mit allem, was sich bewegte. Wir hielten uns vielleicht seit zehn Minuten auf dem Platz auf, und er hatte mehr Zeit damit verbracht, die vorbeikommenden Touristenmädchen anzugrinsen, als damit, eine Lösung für das Trollproblem zu finden.

Felix zwinkerte zwei Mädchen in Tank-Tops und wirklich kurzen Hosen zu, die auf einer nahen Parkbank saßen und Limonade tranken, dann winkte er ihnen. Die Mädchen kicherten und winkten zurück.

Ich rammte ihm den Ellbogen in die Seite. »Versuch dich zu konzentrieren.«

Felix rieb sich die Seite und bedachte mich mit einem schlecht gelaunten Blick.

Devon zuckte mit den Achseln. »Gewöhnlich müssen wir gar nicht so viel tun. Die meisten Trolle bleiben in den Bäumen in und um den Midway, die man ihnen zugewiesen hat. Wann immer sie anfangen, Ärger zu machen, schicken wir ein paar Wachen los, die ihnen erläutern, dass sie entweder damit aufhören oder wieder auf den Berg verschwinden sollen, wo sie tun und lassen können, was sie wollen.«

Ich nickte. Wie die meisten anderen Monster verstanden auch Baumtrolle die menschliche Sprache, auch wenn Menschen und Magier die ihre nicht allzu gut deuten konnten.

»Gewöhnlich reicht das. Aber dieser Kerl hier scheint einfach nicht verschwinden zu wollen«, erklärte Devon. »Er ist immer noch hier, trotz der Wachen, die ich gestern vorbeigeschickt habe. Und er ist nicht der Einzige. Ich habe Gerüchte gehört, dass alle anderen Familien ähnliche Probleme mit den Trollen haben. Anscheinend hat irgendetwas sie erschreckt und dafür gesorgt, dass sie in großer Zahl den Berg verlassen.«

Sobald Devon das Wort verlassen ausgesprochen hatte, sprang der Baumtroll noch heftiger auf seinem Ast auf und ab, und sein fiependes Schnattern wurde immer lauter. Die hochfrequenten Schreie bohrten sich förmlich in mein Hirn. Ich war dankbar, dass mein magisches Talent nichts mit überdurchschnittlichem Hörvermögen zu tun hatte. Die Kreatur war schon laut genug, ohne dass die Geräusche auch noch durch Magie verstärkt wurden.

Überall um uns herum hörten die Touristen auf, ihre riesigen Softdrinks zu schlürfen, ihre gigantischen Zuckerwatteberge zu essen oder Fotos von dem großen Springbrunnen in der Mitte des Platzes zu schießen. Stattdessen drehten sie sich zu uns um, weil der Lärm sie neugierig machte. Ich senkte den

Kopf und schob mich hinter Felix, um so wenig aufzufallen wie möglich. Als Diebin gefiel es mir einfach nicht, im Mittelpunkt der Aufmerksamkeit zu stehen. Es war ein bisschen schwierig, jemandem die Tasche auszuräumen oder die Uhr vom Handgelenk zu stehlen, wenn er einen direkt ansah. Ich mochte ja im Moment nicht hier sein, um etwas zu klauen, aber alte Gewohnheiten ließen sich nur schwer ablegen.

Devon sah mich an. »Glaubst du, du könntest deine Seelensicht einsetzen, um herauszufinden, warum er so aufgeregt ist?«

»Genau«, schaltete Felix sich ein. »Die große Lila Merriweather soll ihre coole Magie einsetzen. Schließlich ist sie die Monsterflüsterin.«

Ich rammte ihm die Faust gegen die Schulter.

»Hey!« Felix rieb sich den Arm. »Was habe ich getan?«

»Ich bin keine Monsterflüsterin.«

Er verdrehte die Augen. »Hast du vor ein paar Wochen drei Kerle an das Lochness verfüttert oder nicht?«

Ich zog eine Grimasse. Genau das hatte ich getan. Und ich fühlte mich deswegen nicht einmal schlecht, da diese Kerle zu diesem Zeitpunkt versucht hatten, mich und Devon umzubringen. Doch ich hatte meine Magie, meine Talente immer geheim gehalten, genauso wie das Wissen, das meine Mom mir über den Umgang mit Monstern vermittelt hatte. Das hatte ich tun müssen, weil ich meine Magie gerne behalten wollte, statt sie mir von jemandem, der sie für sich selbst wollte, aus dem Körper reißen zu lassen. Also war ich einfach nicht daran gewöhnt, dass Felix oder irgendjemand anderes so offen darüber sprach. Jedes Mal, wenn er oder Devon meine Magie kommentierten, sah ich mich um und fragte mich, wer es vielleicht mitbekommen hatte und was sie mir antun würden, um meine Macht für sich zu gewinnen.

Devon bemerkte meine besorgte Miene und legte eine Hand auf meine Schulter. Die Wärme seiner Finger drang durch mein T-Shirt und schien meine Haut zu verbrennen. Das war noch etwas, das ich viel mehr mochte, als gut für mich war. Ich schüttelte seine Hand ab, wobei ich mir Mühe gab, den verletzten Ausdruck in seinen Augen zu ignorieren.

»Bitte, Lila«, sagte Devon. »Versuch mit dem Troll zu reden.«

Ich seufzte. »Sicher. Warum nicht?«

Der Großteil der magischen Talente ließ sich in drei Kategorien einteilen – Stärke, Geschwindigkeit und Sinne. So besaßen viele Magier ein Talent für Sicht, ob es nun um die Fähigkeit ging, besonders weit zu sehen, Dinge in mikroskopischem Detail zu erkennen oder im Dunkeln auszumachen. Doch ich besaß das um einiges ungewöhnlichere Talent, zusätzlich auch *in Personen* schauen zu können und dabei ihre Gefühle zu spüren, als wären sie meine eigenen, ob nun Liebe, Hass, Wut oder etwas anderes. Das nannte man Seelensicht. Ich hatte sie noch nie zuvor auf ein Monster angewandt, aber wahrscheinlich gab es für alles ein erstes Mal.

Ich trat vor, legte den Kopf in den Nacken und spähte zu dem Baumtroll auf. Vielleicht spürte er, was ich vorhatte, denn er hörte tatsächlich mit dem Herumspringen auf und musterte mich genauso eingehend wie ich ihn. Unsere Blicke trafen sich, und sofort schaltete meine Seelensicht sich ein.

Die glühend heiße Wut des Baumtrolles traf mich in die Brust wie eine brennende Faust, doch dieses Gefühl wurde schnell von einer anderen, noch stärkeren Emotion verdrängt – nämlich von panischer Angst.

Ich runzelte die Stirn. Wovor konnte sich der Baumtroll so fürchten? Sicher, Devon, Felix und ich trugen alle Schwerter an der Hüfte wie fast jeder aus den Familien. Aber es war ja nicht so, als wollten wir die Kreatur tatsächlich *verletzen*. Vielleicht taten das die anderen Mafiafamilien ja. Ich hätte den Draconis durchaus zugetraut, jedes Monster abzuschlachten, das es wagte, in ihr Territorium einzudringen – egal ob hier in der

Stadt oder oben auf dem Cloudburst Mountain, wo das Herrenhaus der Draconi-Familie lag.

Was auch immer dem Troll solche Angst einjagte, er würde weder verschwinden noch sich beruhigen, bevor dieses Problem gelöst war. Als könnte er meine Gedanken lesen, zwitscherte der Troll noch einmal, dann kletterte er höher in den Baum und verschwand im Laubdach.

»Was hast du mit ihm angestellt?«, fragte Felix.

»Gar nichts«, sagte ich. »Hier. Halt das mal.«

Ich löste den schwarzen Ledergürtel von meiner Hüfte und hielt ihn Felix hin. Er drückte sich den Gürtel mit dem daran befestigten Schwert in seiner Scheide an die Brust.

»Was hast du vor, Lila?«, fragte Devon.

»Der Troll macht sich wegen irgendetwas Sorgen. Ich will wissen, worum es geht.«

Damit trat ich an den Stamm des Kakipflaumenbaums und ließ den Blick meiner dunkelblauen Augen von einem Ast zum nächsten gleiten, während ich darüber nachdachte, wie ich am besten zu der Stelle vordringen konnte, an der sich der Troll jetzt versteckte.

Felix sah erst mich an, dann den Baum. »Du willst da raufklettern? Zu dem Troll?« Er schüttelte den Kopf. »Manchmal vergesse ich, wie total bekloppt du bist.«

»Der Einzige, der hier bekloppt ist, bist du, Romeo«, spottete ich.

Felix verzog bei meiner nicht allzu subtilen Anspielung auf sein Liebesleben besorgt das Gesicht. Nach außen hin mochte Felix ja wie ein absoluter Casanova auftreten, doch damit wollte er nur verbergen, dass er total in Deah Draconi verschossen war, die Tochter von Victor Draconi, dem mächtigsten Mann der Stadt. Natürlich hasste Victor alle anderen Familien voller Leidenschaft, besonders die Sinclairs – weil zum Scheitern verdammte Liebesgeschichten nur auf diese Art funktionierten. Meine Mom und mein Dad waren das beste Beispiel dafür.

Devon sah zwischen Felix und mir hin und her, schwieg aber. Falls er wusste, worüber wir sprachen, ließ er sich zumindest nichts anmerken.

Ich verdrängte Devon und Felix aus meinen Gedanken, trat vor und griff nach dem ersten Ast. Der Baum war alt und kräftig, mit jeder Menge dicker Äste, die mein Gewicht halten würden. Und ich war schon immer gerne geklettert, egal auf welcher Oberfläche. Für eine Diebin war das quasi eine Voraussetzung, denn Klettern war oft der bequemste Weg, in verriegelte, bewachte Häuser einzudringen – an Orte vorzustoßen, an denen ich eigentlich nichts zu suchen hatte.

Also glitt ich mühelos am Stamm nach oben, um dann nach dem ersten Ast zu greifen. Schnell stieg ich fünf Meter höher. Die ganze Zeit über lächelte ich und genoss den erdigen Geruch des Baumes und die raue Rinde unter meinen Händen.

Ich mochte ja inzwischen ein offizielles Mitglied der Sinclair-Familie sein, aber ich trainierte trotzdem noch gerne meine alten Tricks. Man wusste schließlich nie, wann man sie brauchen konnte, besonders da Victor Draconi irgendeine Intrige gegen die anderen Familien plante.

Schließlich, bei zehn Metern, hörte ich wieder dieses charakteristische Schnattern. Ich entdeckte den Troll auf einem Ast links von mir. Die Kreatur beobachtete mich mit offenem Misstrauen, die smaragdgrünen Augen zu Schlitzen verengt. Der Baumtroll hielt bereits die nächste Kakipflaume in den gebogenen schwarzen Krallen, bereit, die Frucht auf mich zu werfen. Drei frische Narben zogen sich über seine rechte Gesichtshälfte, als hätte er sich vor Kurzem mit einem viel größeren Monster angelegt – und gewonnen. Dieser Baumtroll war ein Kämpfer. Nur gut, dass dasselbe für mich galt.

Ich schlang meine Beine um den Ast, um sicherzustellen, dass ich nicht fallen konnte, dann hob ich die Hände, um dem Troll deutlich zu machen, dass ich ihm nichts tun wollte. Die Kreatur starrte mich weiter an, machte aber keine Anstalten, mir die Frucht ins Gesicht zu klatschen. Endlich. Ein Fortschritt.

Ich senkte die rechte Hand und öffnete den Reißverschluss an einer meiner Hosentaschen. Der Troll legte den Kopf schräg, und seine kleinen, grauen, dreieckigen Ohren zuckten, als mehrere Vierteldollarmünzen in meiner Tasche klimperten.

Ich zog einen Schokoladenriegel heraus, hob ihn über den Kopf und wedelte damit. Die schwarze Nase des Trolles zuckte, und seine grünen Augen leuchteten erwartungsvoll.

Monster mochten mehr Zähne und Klauen haben als Menschen oder Magier, aber es war recht einfach, mit den Kreaturen umzugehen – meistens zumindest. Man musste einfach nur wissen, womit man sie bestechen konnte. Oft reichte ein Tropfen Blut oder eine Haarlocke, um sich sicheres Geleit durch das Revier eines Monsters zu erkaufen. Manche Monster – wie das Lochness, das Felix erwähnt hatte – verlangten Vierteldollarmünzen oder andere glänzende Dinge. Aber Baumtrolle wollten sofortige Befriedigung.

Dunkle Schokolade, und zwar eine Menge davon.

»Komm schon«, flötete ich. »Ich weiß, dass du ihn willst. Ich zahle nur den Zoll, weil ich auf den Baum gestiegen und in dein persönliches Revier eingedrungen bin ...«

Der Troll kletterte nach unten, schnappte sich den Schokoriegel und kehrte auf seinen Ast zurück. Dabei waren seine Bewegungen zu schnell, als dass ich sie wirklich hätte wahrnehmen können.

Knister-knister-knister.

Seine schwarzen Krallen machten kurzen Prozess mit der Verpackung, dann vergrub der Baumtroll die nadelspitzen Zähne in der Schokolade. Wieder schnatterte er, doch diesmal klang es eher genüsslich.

Ich wartete, bis der Troll noch einen Bissen genommen hatte, bevor ich meine Rede vom Stapel ließ. »Jetzt hör mal zu, kleines Pelztier. Ich bin nicht hier, um dir Ärger zu machen.

Aber du weißt, wie es läuft. Wenn du dich danebenbenimmst und Sachen auf die Touristen wirfst, dann wird die Sinclair-Familie dich zwingen, weiterzuziehen. Das weißt du. Also, was hat dich so aufgeregt?«

Der Troll biss noch einmal in die Schokolade, doch er starrte mich dabei unverwandt an, hielt meinen Blick mit seinen grünen Augen. Wieder einmal trafen mich seine Wut und Sorge, vermischt mit dem Glück, das die Schokolade auslöste. Das war nicht überraschend. Schokolade machte mich auch glücklich.

Doch je länger ich den Troll anstarrte, desto heller und grüner erschienen seine Augen, bis sie wie Sterne aus dem pelzigen Gesicht leuchteten. Es wirkte fast, als besäße die Kreatur dieselbe Seelensicht wie ich; als spähe der Baumtroll auf dieselbe Weise in mich wie ich in ihn. Um abzuschätzen, ob ich vertrauenswürdig war oder nicht. Also konzentrierte ich mich darauf, ruhig zu bleiben und so wenig bedrohlich zu wirken wie nur möglich.

Vielleicht bildete ich mir das nur ein, doch ich hätte geschworen, dass ich spürte, wie etwas in mir ... sich verschob. Als würde ich den Baumtroll irgendwie beruhigen, indem ich ihn anstarrte und besänftigende Gedanken dachte. Trotz der Hitze des Sommertages überlief mich ein kalter Schauder, heftig genug, dass sich auf meinen Armen Gänsehaut bildete.

Zitternd blinzelte ich, um den seltsamen Bann zu brechen. Dann war der Troll einfach wieder ein Troll, und alles war normal. Keine glühenden Augen, keine seltsamen Gefühle in meiner Brust, keine weiteren kalten Schauder. Seltsam. Selbst für mich.

Der Troll schnatterte wieder, dann hob er den Arm und schob einen Ast über seinem Kopf zur Seite, um den Blick auf ein großes Nest freizugeben.

Zweige, Blätter und Gräser waren in einer Astgabel miteinander verwoben worden, zusammen mit mehreren Schokoladenverpackungen. Es sah aus, als würde dieser spezielle Troll wirklich schwer auf Schokolade stehen. Ich schob mich auf meinem Ast höher, bis mein Kopf sich auf derselben Höhe befand wie das Nest. Einen Moment später streckte ein weiterer Baumtroll – dem dunkelgrauen Pelz nach zu urteilen ein Weibchen – den Kopf aus dem Nest, gefolgt von einem viel kleineren, wuscheligeren Kopf. Kleine Augen musterten mich mit unschuldigem Blick. Der männliche Baumtroll übergab den Rest des Schokoriegels an das Weibchen, und sofort verschwanden sie und das Baby wieder in den Tiefen des Nestes, wo ich sie nicht mehr sehen konnte.

Also bewachte das Monster nur seine Familie, und darin lag der Grund für all die Fruchtbomben. Zweifellos sah der Troll in jedem eine Bedrohung, der sich dem Baum näherte. Nun, das konnte ich ihm nicht übel nehmen. Nicht in dieser Stadt. Ich mochte ja eine Diebin sein, doch ich wusste, wie es war, eine Familie beschützen zu wollen – ob nun eine Mafiafamilie oder eine normale.

Und ich wusste auch, wie es war, dabei jämmerlich zu versagen.

Ein vertrauter, qualvoller Schmerz zog mir die Brust zusammen, doch ich drängte das Gefühl in den hintersten Winkel meines Herzens zurück, wo es hingehörte.

»In Ordnung«, sagte ich. »Du kannst hierbleiben, bis dein Kind alt genug ist, um zu reisen. Wenn du nach einem etwas ruhigeren Ort suchst, in der Nähe der Lochness-Brücke gibt es ein paar schöne, hohe Bäume. Die solltest du dir mal anschauen.«

Wieder schnatterte der Baumtroll in meine Richtung. Hoffentlich bedeutete das, dass er mich verstanden hatte.

Ich deutete auf ihn. »Aber du wirfst keine Früchte mehr auf die Touristen, okay? Du lässt sie in Ruhe, und sie lassen dich in Ruhe. *Capisce?*«

Der Troll schnatterte ein letztes Mal. Ich deutete das als Zustimmung.

Ich löste meine Beine von dem Ast und machte mich an den Abstieg. Der Troll beobachtete mich die ganze Zeit über, sprang von einem Ast zum nächsten und folgte mir über den Baum nach unten. Doch er bewarf mich nicht mehr mit Kakipflaumen. Ein echter Fortschritt. Vielleicht war ich ja doch eine Monsterflüsterin. Allerdings war ich mir nicht sicher, was ich davon halten sollte.

Als ich mich noch ungefähr drei Meter über dem Boden befand, setzte ich mich auf einen Ast, schob mich nach vorne und ließ einfach los. Ich sauste durch die Luft und lachte glücklich, als ich den Wind in meinem Haar fühlte, bevor ich in der Hocke landete. Ich vollführte eine überschwängliche Geste, um meinem dramatischen Abstieg die Krone aufzusetzen, dann richtete ich mich auf.

Felix grinste. »Angeberin.«

Ich grinste zurück. »Ich gebe mir Mühe.«

Devon legte den Kopf in den Nacken, um nach dem Troll Ausschau zu halten. »Also, was hat er getan?«

»Er hat eine Familie da oben, also wird er den Baum nicht verlassen«, erklärte ich. »Ich habe ihm klargemacht, dass er keine Früchte mehr auf die Touristen werfen soll, und ich denke, er hat dieser Bedingung zugestimmt. Also werden wir wohl einfach abwarten müssen.«

Devon nickte. »Danke, Lila. Gut gemacht.«

Ein Lächeln verzog sein Gesicht. Ich wandte den Blick von seinen grünen Augen ab, bevor meine Seelensicht sich einschalten konnte, doch die Wärme, die sich in meinem Herzen ausbreitete, hatte nichts mit meiner Magie zu tun. Er war einfach Devon, und ich war hoffnungslos in ihn verschossen, trotz meines Bedürfnisses, den Abstand zwischen uns zu wahren.

Devon spürte meinen Stimmungsumschwung, und sein Lächeln verblasste. Ich fühlte mich, als hätte ich die Hand gehoben und die Sonne mit den bloßen Fingern gelöscht, und sofort stiegen Schuldgefühle in mir auf. Er war wirklich ein guter Kerl, und ich stieß ihn immer wieder zurück; verletzte ihn, ohne das wirklich zu wollen.

Aber auch ich war verletzt worden – tief verletzt worden – und ich wollte nicht, dass mein Herz noch einmal gebrochen wurde. Nicht einmal von jemandem, der so allumfassend süß, charmant und wunderbar war wie Devon Sinclair.

Devon wartete, bis Felix mir meinen Gürtel zurückgegeben und ich das Schwert wieder an meiner Hüfte befestigt hatte, bevor er mit dem Daumen über die Schulter zeigte.

»Kommt«, sagte Devon dann. »Lasst uns nach Hause gehen und uns sauber machen.«

Er und Felix drehten sich um und verließen den Platz. Ich folgte ihnen. Aber dann brachte mich irgendetwas dazu, noch einmal anzuhalten und über die Schulter zurückzuschauen.

Dank meines Sichttalents entdeckte ich mühelos den Troll, der mich zwischen den belaubten Zweigen heraus beobachtete. Seine grünen Augen wirkten heller und wachsamer als jemals zuvor, als wüsste er um Gefahren, von denen ich nichts ahnte.

Unsere Blicke trafen sich, und erneut ließen die Sorge, die Angst und das Entsetzen der Kreatur mein Herz verkrampfen, hoben meinen Magen und jagten einen kalten Schauder über meinen Rücken.

Ich schüttelte mich, wandte den Blick ab und eilte hinter meinen Freunden her.